KB231829

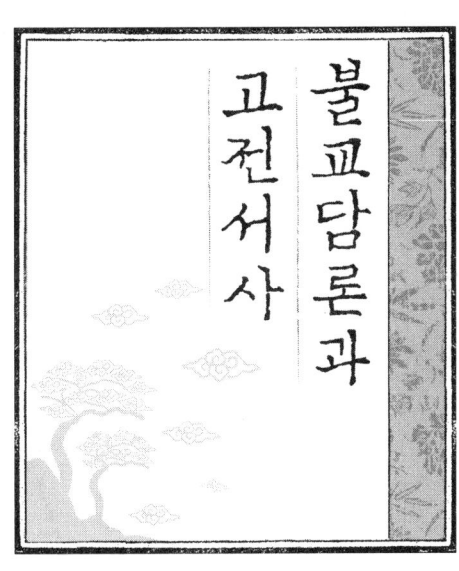

불교담론과
고전서사

김진영 지음

보고사

머리글

불교는 인도에서 기원했지만 각처로 확산되면서 이야기문학의 밑알로 기능해 왔다. 불교의 다양한 세계관이나 사상이 가공적인 이야기를 만드는 원천으로 작용했기 때문이다. 우리의 경우 인도의 원형적인 이야기는 물론이거니와 중국에서 윤색된 것까지 들여와 자국문학으로 다시 형상화하였다. 그러는 과정에서 아시아 공통의 불교문학이 우리의 정체성을 살린 민족문학으로 거듭날 수 있었다. 따라서 우리문학의 국제적인 위상을 올바로 이해하기 위한 한 방편으로 불교담론에 주목할 필요가 있다.

사실 우리의 이야기문학을 통시적으로 조망해 보면 불교와 아주 밀접한 관계가 있다. 삼국의 설화는 물론이거니와 나말여초의 기록문학도 불교와 무관하지 않기 때문이다. 또한 고려대와 조선전기의 불교전적에는 불교의 세계관이나 사상을 다양한 이야기로 형상화해 놓았다. 물론 이들은 알게 모르게 조선후기의 이야기문학에 많은 영향을 끼쳤다. 다만 그러한 불교담론을 어떠한 방법론과 시각에 따라 평가·정립하느냐가 관건일 따름이다.

이 책에서는 문제를 깊이 인식했음에도 불구하고 우선은 불교담론이 우리의 이야기문학으로 수용된 양상이나 후대문학으로 전승된 실태를 지엽적으로 고찰하는 데 그쳤을 따름이다. 1부에서 불교담론의 수용을, 2부에서 불교담론의 전승을 다룬 것이 그것이다.

제1부에서는 크게 다섯 꼭지의 글을 실었다. 여기에서는 불교담론이 우리의 문학으로 수용되어 광포화되는 과정을 다루고자 했다. 「불교담론

의 보편문학적 수용」에서는 불교담론의 작화방식과 특성을 검토한 후 그
것이 종교문학에서 일반문학으로 변이될 수 있었던 사정을 살피고, 「불교
담론의 민족문학적 수용」에서는 불교전래 과정에서 아시아 공통의 보편서
사가 우리의 민족문학으로 토착화되는 양상을 다루었다. 그리고 「불교담
론의 한국문학적 수용」에서는 우리문학으로 전승되어온 본생담의 자료를
검토한 다음 한국소설로 전개된 실태와 소설사적 위상을 다루었으며, 「불
교담론의 시대문학적 수용」에서는 여말선초에 와서 불경계 서사문학이
대량으로 편찬·유통될 수밖에 없었던 동인과 문학적 실상을 고찰하였다.
마지막으로 「불교담론의 국문문학적 수용」에서는 고려 말부터 대중적으
로 유통되던 불교서사가 조선 초에 와서 국역·향유된 사정을 『월인석보』
권제21을 중심으로 고찰하였다.

　제2부에서도 다섯 꼭지의 글을 실었다. 여기에서는 우리문학으로 수용
된 불교담론이 다양한 방편으로 전승·향유된 실태를 살피고자 했다. 「불
교담론의 신화적 전승」에서는 여말선초의 불교서사 중 「금우태자전」을
들어 고려후기의 사대부들이 견지한 것처럼 민족신화를 중시했던 사정을
고찰하고, 「불교담론의 전기적 전승」에서는 불교담론과 전기의 동질성을
파악함으로써 불교담론과 전기의 상관성을 부각하였다. 이어서 「불교담
론의 소설적 전승」에서는 고전소설에서 일반적인 적강담이 불교담론에서
연원할 수 있었던 경위를 살피고, 「불교담론의 예술적 전승」에서는 우리
변상도의 대표작인 「안락국태자경변상도」를 바탕으로 문학과 미술의 상
호텍스트성과 그 의미를 고찰하였다. 끝으로 「불교담론의 현장적 전승」에
서는 신행공간인 사찰에서 전승되던 불교서사의 다양한 면목을 백양사를
중심으로 검토하였다.

　언제나 고심한 만큼 만족스러운 결과가 따르는 것은 아니다. 마찬가지
로 이번에도 세상에 내놓기에 주저되는 보잘 것 없는 글이 대부분이다.
여러 글을 한 곳에 모아 검토하면서 올바른 길로 나아가기 위한 이정표로

삼고자 할 따름이다. 이러한 책이라도 모양을 갖출 수 있었던 데에는 알게 모르게 여러 분들의 도움이 있었기 때문이다. 특히 꼼꼼하게 교정을 봐준 윤보윤 강사와 송주희 조교, 그리고 김홍실 선생과 박민정 선생에게 고마운 마음을 전한다. 유학 와서 공부 중인 장조청 학생에게도 이 책이 작으나마 도움이 되었으면 한다. 아울러 사정이 여전히 어려운 가운데에도 흔쾌히 출판을 맡아준 보고사 김홍국 사장님과 편집에 노고를 아끼지 않으신 한나비 선생님께도 진심으로 깊은 감사의 말씀을 드린다.

2012년 3월 2일
어은서실(魚隱書室)에서 김진영 삼가 씀

차 례

제2부 불교담론과 전승

제1장 불교담론의 신화적 전승 / 173

제2장 불교담론의 전기적 전승 / 211

제3장 불교담론의 소설적 전승 / 250

1

불교담론과 수용

제1장 불교담론의 보편문학적 수용

프롤로그

이 글은 초월적인 세계관을 다룬 불교서사가 특정 종교의 포교문학에서 아시아 공통의 보편문학으로 유통될 수 있었던 사정을 살핀 것이다. 불교는 포교를 위해 가용한 방편을 모두 동원하곤 하였다. 그래서 다양한 세계관이나 사상을 형상화한 불교서사가 포교텍스트로 쓰이는 것은 아주 자연스러운 일이었다. 문제는 포교를 위한 특수문학이 각국으로 전파되면서 아시아 공통의 보편문학으로 유통되었다는 점이다. 종교문학이라는 선입견을 버리고 감상·향유하는 가운데 문학적인 외연이 그만큼 확장된 것이다. 이는 또한 특수담론이 보편담론으로 변용·전개된 것으로 이해해도 좋다.

1. 서론

불교서사는[1] 불교의 유입과 함께 각국의 이야기문학에 적지 않은

---

1) 여기서 불교서사라 함은 나말여초의 전기보다 시기적으로 앞서거나 적어도 동시대의 작품을 의미한다. 초기의 불교서사가 전기의 형성에 끼친 영향관계를 살

영향을 끼쳤다. 그것은 인도에서 발생한 불교가 초월적인 세계관을
기반으로 상상력을 자극하는 원천으로 작용하면서 각국의 사정에
맞게 다양한 종교서사를 창출해 놓았기 때문이다. 동남아시아에서
는 불교 또는 불교와 세계관을 공유한 힌두교의 영향으로 종교서사
내지 창세서사를 낳게 되었으며,[2] 서역이나 중국에서도 불교의 영
향으로 가공적인 상상의 세계를 이야기문학에 담아놓았다.[3] 물론
우리의 경우도 국조신화는 물론, 삼국의 다양한 서사문학에서 불교
의 작화방식을 원용하였다.[4] 그런 점에서 고전소설의 효시로 곧잘
논의되는 나말여초의 전기도 알게 모르게 불교의 작화방식을 원용
하게 된 것이다.

우리의 초기 서사 중 상당수는 불교의 세계관을 담고 있다.『수이전』
일문은 물론,『삼국유사』·『석가여래십지수행기』·『대동운부군옥』등
의 한문 전적과 조선 초의 국문본인『석보상절』·『월인석보』, 그리고
전기소설집인『금오신화』의 일부 작품도 불교의 세계관에서 자유롭지
못하다. 이를 감안할 때 불교의 담론이 우리의 서사문학사에서 차지하
는 비중은 결코 적지 않음을 알 수 있다.

피는 것이 이 글의 주목적이기에 시기적으로 제한을 두었다. 이를 감안하여 이
글에서는『삼국유사』의 불교서사를 중심으로 논의하고자 한다.
2) 태국에서는 불교서사가 이야기문학에서 큰 비중을 차지하지만, 캄보디아의 경우
힌두교의 세계관을 현실적으로 재현한 앙코르와트가 유명하다.(Thames &
Hudson, *Arts of Southeast Asia*, the United Kingdom, 2004(Printed Singapore
by C.S. Graphics), 68~125쪽, Thames & Hudson, *Buddhist Art and Architecture*,
the United Kingdom, 1993(Printed Singapore by C.S. Graphics), 29~85쪽 참조)
3) 김학주,『중국문학개론』, 신아사, 1976, 416~422쪽.
차상원 외,『중국문학사』, 명문당, 1990, 189~193쪽.
서경호,『중국소설사』, 서울대학교출판부, 2004, 143쪽.
4) 조현설,「불교의 동진과 신화의 변용-동아시아 건국신화를 중심으로」,『동아
시아비교문화』제1집, 동아시아비교문화학회, 2000, 276~296쪽.

불교서사의 통공시적인 중요성에도 불구하고 그간 이에 대해 체계적으로 조망하지 못한 것이 사실이다. 일부에서 불교전기의 통시적 양상을 개관했을 뿐,[5] 주로 설화적인 분석 틀 안에서 작품별로 주목한 것이 주종을 이루어 왔다. 특히 불교와 일정한 관계가 있는 전기의 경우 애정전기의 측면에서만 큰 관심을 가져 나말여초의 전기라면 으레 애정전기로 인식하는 경향이 없지 않았다.[6] 그런데 나말여초 전기의 작화양상을 살펴보면 다수가 불교의 세계관이나 불교서사의 전통을 원용하고 있음을 알 수 있다. 따라서 불교서사의 작화방식을 살펴 그것을 토대로 전기와 비교·검토하는 작업이 진행되어야 하겠다. 그렇게 할 때 전기의 개념이나 사적 체계가 명료해질 수 있기 때문이다.

이에 이 글에서는 불교서사의 작화가 전기에 끼친 영향관계나 사적 전개양상을 조감하기 위한 정지작업으로써, 불교서사의 작화방식에 한정하여 논의를 전개하고자 한다. 먼저 불교의 세계관을 검토한 후 이 세계관이 불교서사에 어떻게 투영되어 있는지 검토하도록 하겠다. 이어서 이 세계관을 중심으로 불교서사를 유형화한 후 각 유형별로 작화방식과 그 특징을 살펴보도록 하겠다. 이를 토대로 불교서사의 작화방식이 갖는 의미를 통공시적인 측면에서 점검해 보고자 한다.

이와 같은 논의가 효율적으로 진행될 때 우리 초기서사의 전기성·신비성이 해명될 수 있음은 물론, 이를 토대로 서사문학사의 계통

---

5) 김승호, 『한국사찰연기설화의 연구』, 동국대학교출판부, 2005, 227~295쪽.
　　　　, 「불교전기소설의 유형화에 대하여」, 『동국어문학』 15, 동국대학교 사범대학 국어교육과, 2003, 57~78쪽.
6) 박태상, 『조선조 애정소설 연구』, 태학사, 1996, 66~76쪽.

도 체계화될 것으로 믿는다.

2. 불교의 세계관과 불교서사의 작화 기반

불교의 세계는 복잡하면서도 광범위하게 짜여 있다. 바로 이 세계를 연기법(緣起法)에 따라 윤회전생하기 때문에 불교에서는 생사를 초탈한 영원관념이 자리할 수밖에 없다. 즉 욕계·색계·무색계의 공간을 행한 업에 따라 끝없이 윤회전생하다 보니 영속된 세계관이 보편화된 것이다. 이러한 세계관이 불교서사의 중심축으로 작용하여 불교서사는 다분히 초월적인 이야기가 될 수밖에 없었다. 이제 불교의 세계관과 그것의 작용으로 생성된 불교서사의 작화기반을 살펴보도록 한다.

1) 불교의 세계관

불교의 세계관은 초월적인 것이 특징이다. 이는 대부분의 종교가 그러하듯이 신화성이 가미되어 나타난 결과이다. 불교의 세계관에서 중심을 이루는 것은 수미산이다. 이 수미산을 우주의 중심에 두고 사방에는 구산팔해(九山八海) 등이 둘러싼 것으로 본다. 대양의 중심부에 높이 솟아 있는 수미산의 정상에는 제석천궁이 있고, 중턱에는 사천왕의 거처가 있다. 이 수미산의 외측(外側) 사방에 인간이 사는 섬부주(贍部洲)·승신주(勝身洲)·우화주(牛貨洲)·구로주(瞿盧洲) 등의 4대주가 있다. 섬부주의 밑은 팔한(八寒)과 팔열(八熱)의 지옥이 있고, 대양의 외곽을 둘러싼 것이 대철위산이다. 수미산을 정

점으로 보통 4대주·태양·달·육욕천·범천을 포괄하는 것을 불교의
세계관으로 인식한다.[7]

수미산을 정점으로 다양한 공간이 설정되는데, 이를 특성별로 보
면 크게 욕계·색계·무색계로 나눌 수 있다. 욕계는 식욕·성욕·수면
욕 등의 욕망을 가진 중생이 거처하는 세계로, 지옥·아귀·축생·아
수라·인간과 육욕천-사왕천·도리천·야마천·도솔천·화락천·타화
자재천-이 해당된다. 이 욕계는 삼매의 정심(定心)이 없기 때문에 욕
계산지(慾界散地)라고도 한다.[8]

색계는 천인이 거주하는 곳으로, 이 세계에 거주하는 중생들은
더럽고 거친 색법에는 집착하지 않지만, 청정하고 미세한 색법에
묶여 있기 때문에 욕계와 무색계의 중간 단계라 하겠다. 색계는 남
녀의 구별이 없고 옷이 저절로 생기며, 빛을 먹고 빛으로 언어를 삼
는다. 이 세계에 거처하는 존재는 신격이지만, 선업이 다하면 다시
다른 세계로 윤회전생해야 한다.[9]

무색계는 물질적·정신적인 속박으로부터 벗어난 초월적 세계로,
윤회가 일어나는 삼계 중에서 가장 높다. 이 세계는 물질적 존재나
저소가 없기 때문에 공간적인 높고 낮음도 없다. 이 무색계에서의
존재는 선정에 따라 네 가지 단계로 나눈다. 공간의 무한함을 뜻하
는 공무변처(空無邊處), 사고의 무한함을 의미하는 식부변처(識無邊
處), 비존재의 무한함을 말하는 무소유처(無所有處), 그리고 상이 아
니고 상이 아닌 것도 아닌 비상비비상처(非相非非相處)가 그것이다.

---

7) 운허용하, 『불교사전』, 동국역경원, 1990, 488쪽 참조.
8) 위의 책, 635쪽 참조.
9) 위의 책, 438쪽 참조.

이 가운데 비상비비상처가 삼계에서 가장 높은 자리이다.[10)]

삼계인 욕계·색계·무색계를 윤회하는 존재가 바로 중생이다.[11)] 그런데 이를 편의상 육도로 구분하여 윤회의 실상을 분명히 구분하기도 한다. 즉 욕계의 지옥도·아귀도·축생도·아수라도·인간도와 욕계의 천이나 색계 및 무색계의 세계를 통틀어 천상도로 구분한다. 욕계가 염부재의 중생이 고통 받는 고행의 바다라면 천상도는 적어도 선업에 따라 행복을 구가할 수 있는 곳이기에 크게 양분한 것으로 보인다.

문제는 위와 같은 공간을 삼라만상의 모든 것이 연기법에 따라 윤회전생을 반복한다는 점이다. 말하자면 선인선과 악인악과의 원칙에 따라 위에서 열거한 삼계육도를 반복·윤회하게 된다. 그래서 불교의 사상에서 중시되는 것 중의 하나가 바로 업보윤회이다. 자기가 쌓은 업에 따라 내생이 결정되기 때문에 중생은 선업을 쌓아 조금이라도 더 좋은 세계에 태어나기를 갈망한다. 그런데 이러한 윤회관념이 가능하게 된 것은 불교의 세계관이 기저에 깔려 있기 때문이다. 불교의 광범위한 시공간이 사유체계의 근저에 깔려 있어서 업을 통한 윤회가 가능한 것이다. 따라서 불교의 교리나 그에서 파생된 이야기들은 어느 모로 보나 이와 같은 세계관이 반영될 수밖에 없다.

불교의 세계관은 이처럼 초월계를 시공간으로 확립하고, 여기에

---

10) 위의 책, 222쪽 참조.
11) 불자의 궁극적인 목표는 욕계·색계·무색계를 초탈하는 것이다. 색계나 무색계가 신적 존재의 거주처라 할지라도 이들 또한 윤회의 업보에서 자유로울 수 없기 때문이다. 그래서 이 윤회의 고리를 초탈하는 것이 궁극적인 목표인데, 그것이 바로 해탈하여 영생극락을 누리는 것이다.

연기법이나 윤회전생 등 제반 교리를 연결시켰다. 그렇기 때문에 불교의 교의는 대부분 가공적·환상적 내용을 담게 되었고, 이에서 파생된 불교서사 또한 과거·현재·미래를 넘나드는 구조는 물론, 생사초탈의 신이성을 갖게 된 것이다.

2) 불교서사의 작화 기반

앞에서 말한 바와 같이 불교의 세계관은 복잡하면서도 광범위하다. 불교서사는 이러한 세계관을 반영하여 독특한 작화방식을 갖게 되었다. 초월계의 기이담이 불교서사에서 큰 비중을 차지하는 것도 바로 이 때문이다. 이는 허구의 연설이라는 점에서 이야기문학의 좋은 자양이 되었음은 물론이다. 여기에서는 불교의 세계관을 감안하면서 불교서사의 작화 기반을 몇 가지 항목으로 나누어 파악해 보도록 한다.

첫째, 불교서사는 시공을 초월한 작화가 필수적이다. 불교서사의 원천은 불교의 다양한 세계관을 설파한 불교경전에서 찾을 수 있다. 그러한 경전으로, 불타와 제자들이 초월계를 문답하면서 정신적인 깨달음을 다룬『금강경』, 아득한 옛날에 불타가 구원불(久遠佛)로 등장하여 불가사의한 능력 - 사방에 부처를 모시고 있는 수천 개의 세계가 눈앞에 보이는 능력 - 을 보인『법화경』, 불타와 아미타불이 극락세계에 대해 문답하는『무량수경』·『관무량수경』·『아미타경』, 신적 존재들이 불타의 성도를 찬탄하고, 보살들이 석가모니를 대신해서 지상과 천상에서 가르침을 펼친『화엄경』등을 들 수 있다.12) 이들 경전의 공통점은 작화기반으로 초월계를 비중 있게 다루었다는

---

12) 한국문학연구소 편,『한국불교문학연구(상)』, 동국대학교출판부, 1988, 257~
   331쪽.

점이다.

불경에서 초월계가 큰 비중을 차지하기 때문에 불교서사에서도 초월적인 시공간이 중시될 수밖에 없었다. 관음서사나 미타서사 등 상당수의 불교서사에서 이 초월계가 필수된 것이다. 그것은 신불대중에게 불교의 세계관을 효과적으로 설파할 필요성 때문이기도 하다.

둘째, 불교서사는 초인적인 인물의 형상화나 중생의 고행담이 필수된다. 불교의 세계관에서 보았듯이 불교에서는 현세의 구복보다는 내세의 안락을 추구한다. 삼계육도를 윤회하기 때문에 보다 나은 세계에 진입하거나 해탈하여 윤회에서 벗어나기를 서원한 것이다. 따라서 타계로의 진입과정에서 자연스럽게 초월적 인물이 등장할 수밖에 없다. 이들은 신적인 존재로 등장하여 혼미에 빠진 염부제의 중생을 제도하는 데 남다른 노력을 기울인다. 세계관에서 살핀 수미산의 정상에 존재하는 제석천을 중심으로, 욕계의 사왕천·도리천·야마천·도솔천·화락천·타화자재천의 왕은 물론, 사후에 전생의 행위를 심판하는 염왕과 그 수하, 각 지옥의 옥주, 모든 세계에서 위신력을 보이는 불타, 각종 세계를 담당하는 보살 등이 초월적 존재로 등장한다. 이들은 모두 신적인 능력을 갖기에 이들이 등장할 때는 으레 상서로운 구름과 꽃비, 그리고 광명이 수반된다.13) 실제로 이들은 불교의 온갖 세계를 무시무종으로 넘나들며 중생을 제도하는 영웅으로 부각되어 있다.14) 이들의 개입으로 불교서사는 환상성과 함께 이계가 서사의 주요 인자로 유입된 것이다.

---

13) 이는 고전소설 주인공의 출생묘사와 흡사하다.
14) 윤보윤, 「재생서사에 나타난 초월적 조력자의 비교 연구-불교서사와 고전소설을 중심으로」, 충남대학교 대학원 석사논문, 2007.

앞에서 말한 것처럼 불교는 연기법에 따른 윤회전생이 큰 비중을 차지하기 때문에 불교서사에 등장하는 중생은 선업을 쌓기 위해 끝없이 노력한다. 그래서 현실에서의 경제적인 고통은 물론, 목숨까지 희생하는 고난도 마다하지 않는다. 현세적인 육신은 단지 정신을 의지하기 위한 수단이라서 목숨을 초개처럼 생각한 것이다. 이는 무상도를 향한 일념이 우선한 때문이기도 하다. 특히 불경에 연원을 둔 본생담은 과거·현재·미래를 넘나드는 서사라서 생사초탈의 고난이 점철되어 나타나지만, 궁극적으로는 성불·극락왕생으로 고난에 대한 보상이 주어진다.15) 말하자면 신심이 깊어야 희망찬 내세를 보장받기 때문에 성불의지를 확인하는 차원에서 고난이 수반되는 특징이 있다.

셋째, 불교서사는 윤회전생 때문에 생사를 초월한 인과가 중시된다. 불교의 세계관은 일반적으로 윤회전생과 관련된다. 즉 지옥도·아귀도·축생도·아수라도·인간도·천상도를 윤회전생하는 담론이라 하겠다. 이는 선인선과 악인악과로 표방되는 불교의 인과법칙과도 밀접하게 관련된다.

위와 같은 사정 때문에 불경의 서사는 말할 것도 없고, 대중적으로 연역된 불교서사에서도 인과법칙을 중시한다. 실제로 불경에서 연원한 본생서사의 대부분은 어려움이 따르더라도 보시·인욕·희생을 통하여 선인을 쌓아 성불이라는 선과를 얻는다.16) 또한 『삼국유사』를 중심으로 각 찬저에 수록된 불교서사에서도 현세의 어려움을 무릅쓰

---

15) 김진영, 「본생담에 나타난 고난과 구원의 소설적 변용과 그 의미」, 『인문학연구』 68, 충남대학교 인문과학연구소, 2006, 100~106쪽.
16) 김진영, 위의 논문, 106쪽.

고 보시나 정진으로 선인을 쌓고, 그것이 궁극적으로는 서방정토에 왕생하는 선과를 가져온다. 이처럼 불교서사의 대부분은 윤회전생 때문에 선인을 쌓고, 이것이 마침내는 성불이나 정토왕생의 선과로 연결된다.

넷째, 불교서사는 초월적인 이상세계를 지향한다는 점이다. 불교에서는 윤회를 통하여 더 나은 세계에 진입하기를 소망한다. 그런데 그 이상세계가 현실을 불국토로 구현하기도 하지만, 대부분은 천상세계를 전제하고 그곳에 가서 태어나기를 소망한다. 천상에 태어나기 위해서는 지상에서의 끝임 없는 정진이 전제되어야 한다. 지상의 중생이 초인적인 고행을 자임하는 것도 바로 그 때문이다. 이를 감안할 때 불교서사의 귀결점이자 서사에서 의도하는 바가 바로 천상왕생임을 알 수 있다.

천상은 윤회의 범주에 드는 것에서부터 윤회를 초탈한 안락정토까지 아주 다양하다. 어쨌든 염부제의 인간에게는 모든 천상계가 희구하는 목적지가 될 수 있다. 제석천은 물론, 사왕천·도리천·야마천·도솔천·화락천·타화자재천 등이 모두 인간이 소망하는 이상적인 세계인 셈이다. 불교서사의 주요인물은 이 천상계에 진입하기 위하여 현세의 고난을 초인적으로 감내한다. 실제로 불교서사는 교화·포교를 전제하여 대부분은 왕생담·성불담의 성격을 갖는다. 작화의 궁극적인 귀결점이 성불에 따른 천상계의 진입으로 설정된 것이다.

다섯째, 불교서사는 유통의 필요성 때문에 표현이 다채롭다는 점이다. 불교서사의 상당수는 교화용 텍스트로 활용되었다. 특히 문맹률이 높았던 시기의 서사이기에 표현에서 다양한 특성을 갖추었다. 충격적인 내용을 감동적으로 전달하기 위해서 가용한 표현법을 동원한 결과이다.

표현에서 주목되는 것 중의 하나가 빈발하는 대화체이다. 물론 대화체는 희곡이나 소설에서 중시되지만, 불교서사의 장르적 특성을 가늠하는 데도 중요한 징표이다.[17] 빈번한 대화기법은 불경의 상당수가 불타와 제자 간에 문답형식으로 이야기를 전개한 데에서 찾을 수 있다. 표현상에서 주목되는 또 다른 특징은 산운교직체이다. 이 산운교직체는 인도 신우파니샤드에서 신에 대한 찬가로 활용되던 운문이 그대로 산문과 결합된 결과인데,[18] 이 전통을 불교에서 답습하여 찬집된 경전의 대부분이 산운교직체를 구비하게 되었다. 불경의 유전과 함께 이 산운교직체는 각국 서사문학의 형식에도 많은 영향을 끼쳤다.

3. 불교서사의 작화 양상과 특성

앞에서는 불교의 세계관을 간략하게 검토한 다음, 이 세계관에서 비롯된 불교서사의 작화 기반을 고찰해 보았다. 그렇다면 불교의 세계관이 실제로 불교서사에 어떻게 투영되었는지 검토할 필요가 있다. 이를 위해 이 장에서는 불교서사의 작화방식을 유형별로 검토한 다음, 그 특징을 확인해 보고자 한다.

---

17) 그렇기 때문에 『유마경』과 같은 경우 희곡문학으로 논의되기도 한다.(김잉석, 「불타와 불교문학」, 한국문학연구소 편, 『한국불교문학 연구(상)』, 동국대학교 출판부, 1988, 265~277쪽)

18) 佐佐木教悟 外, 앞의 책, 30쪽.

1) 불교서사의 작화 양상

불교의 세계관을 문학적으로 형상화한 것은 상당히 이른 시기에 그것도 아주 광범위하게 이루어졌다. 이미 불경의 대다수가 소설이나 희곡형태로 찬집되어[19] 이야기문학의 보고로 작용해 왔기 때문이다. 이 중 본생계 서사의 일부는 그대로 재전(再轉)하여 한국적으로 토착화되고, 이것이 고전소설이나 서사무가로 전개되기도 하였다.[20] 또한 불경 소재 이야기가 일반서사의 소재나 주제, 그리고 주요인물이나 배경 등에 영향을 끼쳤음은 물론, 문체의 특성도 그대로 일반서사에 영향을 미쳤다. 여기에서는 『삼국유사』를 중심으로 불교서사의 작화유형을 설정한 다음, 작화방식을 각 유형별로 살펴보도록 하겠다.

(1) 작화 유형

불교와 불경이 유입되면서 우리 이야기문학의 전통에 획기적인 변환을 가져온다. 이미 있었던 토착의 이야기와 전래된 불교의 이야기가 병립하면서 새로운 작화 방향을 모색할 수밖에 없었기 때문이다. 그러는 가운데 불교의 사상이나 작화방식이 중세전기 서사에 상당한 영향을 끼치게 된다. 『수이전』을 비롯하여 『삼국유사』·『해동고승전』·『석가여래십지수행기』·『권념요록』·『월인석보』·『대동운

---

19) 이야기를 효과적으로 집적한 불경은 『본생경』·『육도집경』·『비유경』을 필두로, 『경률이상』·『대장엄론경』·『대지도론』·『보살본생만론』·『보살본연경』·『보은경』·『사분율』·『생경』·『불본행집경』·『찬집백연경』·『출요경』·『태자수대나경』·『현우경』 등을 들 수 있다.
20) 사재동, 『한국고전소설의 실상과 전개』, 중앙인문사, 2006, 536~540쪽.
    김진영, 『한국서사문학의 연행양상』, 이회문화사, 1999, 259~287쪽.

부군옥』 등에 수록된 작품들이 그를 실증하고 있다. 특히 『수이전』·『삼국유사』는 불교의 세계관을 반영한 이른 시기의 서사라는 점에서 주목된다. 실제로 이들을 통해 한국서사문학의 형성·전개에서 불교가 차지했던 위상을 확인할 수 있다. 나아가 한국소설의 효시로 곧잘 논의되는 전기의 작화에도 이들이 많은 영향을 끼친 것으로 보인다.

다만 여기에서는 『삼국유사』에 수록된 작품에 한정하여 불교의 세계관이 문학적으로 어떻게 형상화되어 있는지 점검하고자 한다. 『삼국유사』에 이입된 이야기들은 대부분 가공의 세계를 문학공간으로 활용하되, 초월적인 인물이 등장하여 사건을 추진해 나간다. 그러다가 마침내는 고행을 초극하여 안락의 세계에 진입하는 주제를 드러낸다. 즉 과거·현재·미래를 연계한 시공간에, 초인적인 인물이 등장하여 생사를 초탈한 사건을 엮어가다가 이상향을 제시하는 것이 핵심이다. 이처럼 초월계가 큰 비중을 차지하기 때문에 『삼국유사』의 불교서사를 초월계의 개입 정도에 따라 크게 세 가지 유형으로 분류할 수 있다.[21]

첫째, 왕생을 중심으로 한 이계 지향의 서사를 들 수 있다. 불교서사 중 일부는 성속 인물을 함께 다루다가 성의 인물에 해당하는

---

[21] 여기에서는 현실계를 중심으로 이계의 개입 양상에 따라 유형을 나누었다. 따라서 모든 불교서사를 포괄하지 못하는 한계가 있다. 주로 현실의 문제를 다루면서 불교의 초월계나 신적 존재가 개입된 「민장사」·「원광서학」·「양지사석」·「이혜동진」·「원효불기」·「의상전교」·「효소왕대죽지랑」·「처용랑망해사」·「진정사효선쌍미」·「미추왕죽엽군」·「선덕왕지기삼사」·「문무왕법민」·「만파식적」·「혜공왕」·「손순매아」·「빈녀양모」 등을 다루지 못했다. 이들은 불교의 세계관을 윤회하기보다는 영험성·신비성을 고양하기 위한 방편으로 초월계나 신적 존재를 개입시켰다.

불타나 보살·천인 등이 속의 인물인 중생을 구제하는 경우가 많다. 특히 성과 속의 인물이 교유하되 성의 인물이 속인처럼 행동하다가 마침내 신분을 드러내면서 구도자를 전격적으로 구제하곤 한다.[22] 그래서 이러한 작품은 궁극적인 지향이 극락왕생이라 할 수 있다. 현실계에서 부단히 노력하여 극락왕생으로 사건을 종결한다는 점에서 이를 이계 지향의 서사라 할 수 있다.

이 유형은 불교의 윤회전생을 바탕으로 현재보다는 더 나은 세계에 진입하는 것을 중시한다. 그래서『삼국유사』에 수록된 다수의 작품이 이계를 지향하도록 작화된 것이다. 이 유형의 서사에서는 극락왕생을 분명히 드러내는 경우도 있고, 이야기를 마무리하면서 '좌화이거(坐化而去)', '부지종적(不知蹤迹)', '부지소종(不知所從)'과 같이 우회적으로 표현하기도 한다. 그렇지만 양자 모두 주인공이 이계에 진출하면서 이야기가 마무리되는 공통점이 있다.

『삼국유사』에는 미타신앙을 토대로 한 이계 지향의 서사가 다수 실려 있다. 대표적인 것으로「광덕엄장」·「남백월이성」·「포천산오비구」·「포산이성」·「무장사미타전」·「대산오만진신」·「명주오대산보질도태자전기」·「밀본최사」·「월명사도솔가」·「염불사」등을 들 수 있다. 이러한 작화는「안락국태자전」이나「구운몽」등으로 계승·발전된다. 위에서 든 작품들은 전반적으로 왕생의 상황이 명확하지만, 현실적인 담론을 펼치다가 사거 이후 이적을 보인 서사도 큰 틀에서 이계 지향의 서사라 할 만하다.

둘째, 재생을 중심으로 한 현실계 지향의 서사를 들 수 있다. 불

---

22)「남백월이성」과「낙산이대성관음정취조신」에서 여인으로 화한 관음보살을 대표적으로 들 수 있다.

교서사 중에는 현실계에서 다하지 못한 선업을 마무리하기 위하여 이계에 잠시 진입했다가 재·환생하는 작품이 있다. 이른바 재생담이나 환생담이 이에 해당된다. 이 유형은 불교의 세계관을 활용하되 현실을 비중 있게 다룬 것이 특징이다. 종교상의 본령은 극락왕생으로 표방되는 이계 진입에 있지만, 서사의 관점에서는 현실계가 강조된 유형이라 할 만하다.

이 유형은 주인공이 현실에서 제기되었던 문제를 해결하지 못한 채 이계인 지옥이나 극락에 진입했다가 재·환생하여 현실계의 문제를 해결하는 구조이다. 즉 지옥의 참상이나 극락의 영화를 생각하면서 현실계로 다시 돌아와 선업을 쌓는 것이 핵심이라 할 수 있다.

『삼국유사』에는 이 유형의 서사가 재생담과 환생담 형태로 실려 있다. 대표적인 작품으로 「선율환생」·「대성효이세부모」 등을 들 수 있다. 큰 틀에서 보면 「욱면비염불서승」과 같이 윤회를 반복하는 서사도 이에 해당될 수 있다. 이 유형의 불교서사는 후대의 불교소설로 계승되어 문학적인 편폭을 확장하기도 한다. 재생을 주요하게 다룬 「목련전」·「남염부주지」·「당태종전」·「제마무전」은 물론, 재·환생을 통하여 현실계에서 이루지 못한 꿈을 완성하는 「숙영낭자전」·「콩쥐팥쥐전」·「왕랑반혼전」·「정을선전」·「유문성전」·「권익중전」·「김학공전」 등이 해당된다.

셋째, 윤회전생을 토대로 한 다계 중첩의 서사를 들 수 있다. 앞에서도 말한 바와 같이 불교서사는 다양한 세계관을 작화의 기본 틀로 삼는다. 그래서 대부분은 이계를 오가면서 주인공의 위신력이나 서사의 신비성을 강조하곤 한다. 그렇지만 환생의 방편이 다양하여 일부의 작품은 여러 생이 중첩되기도 한다. 이는 끝없이 윤회전생하는 불교의 종교관이 기저에 깔려 가능할 수 있었다.

물론 앞에서 밝힌 이계 지향의 서사나 현실계 지향의 서사 또한 둘 이상의 세계를 보여준다는 점에서는 다계 지향 서사라 할 수 있다. 하지만 이 유형은 적어도 셋 이상의 세계를 중첩하면서 불교의 복합적인 세계관을 문학적으로 형상화하는 특징이 있다. 즉 삼계육도를 끝없이 반복하다가 영생의 극락을 지향하는 작품이 다계 중첩 서사의 본질이라 할 수 있다.

이에 해당하는 작품은 「욱면비염불서승」과 「거타지」 등을 들 수 있다. 「욱면비염불서승」에서는 인간계·축생·인간계·이계 등으로 연계되는 내용을 작화의 핵심으로 삼았고, 「거타지」에서는 이계인 수중, 사물인 꽃, 인간계를 연결하면서 서사의 방편으로 삼았다. 이와 같이 중첩된 세계는 후대의 서사에서도 확인할 수 있다. 대표적인 것이 「심청전」과 「구운몽」 등이다. 「심청전」이 인간계·수중·극락계(황궁) 등으로 짜였는가 하면, 「구운몽」에서는 인간계를 중심으로 수중이나 선계 등이 중첩되어 나타난다.

이상으로 불교서사의 유형을 크게 세 가지로 나누어 간략하게 검토해 보았다. 그렇지만 각 유형의 경계가 명확한 것은 아니다. 모두 불교의 윤회전생을 토대로 작화되었기 때문이다. 실제로 현실 지향의 서사라 할지라도 궁극에는 이계를 지향할 수밖에 없거니와, 현실적인 영이(靈異)를 보이던 인물도 결국은 해탈하여 이계를 지향하고 있다. 또한 재생하여 선업을 마무리 짓는 작화도 내세의 극락왕생을 염두에 둔 것이다. 따라서 각 유형은 복합적으로 연계될 수밖에 없는 공통분모를 가지고 있다. 다만 여기에서는 작화에서 비중 있게 생각한 세계관이 어떠한가를 따져 유형을 나누었을 따름이다.

(2) 유형별 작화 양상

이제 불교서사의 주요 작품을 대상으로 작화방식을 분석해 보고 자 한다. 다만 여기에서는 불교의 세계관을 잘 반영하면서도 다른 작품에 비해 서사성이 담보된 세 작품을 선정하여 작화방식을 살펴 보도록 하겠다. 이를 감안하여 선정한 작품은 「광덕엄장」·「선율환 생」·「욱면비염불서승」이다.

① 왕생을 통한 이계 지향 서사

이 유형의 대표적인 작품으로 「광덕엄장」을23) 들어 작화방식을 확인해 보겠다. 이 작품은 미타신앙을 기저로, 왕생 과정을 주요하 게 다루었다. 광덕과 엄장은 승려로서 극락왕생하기를 서원하는 현 실적인 인물이다. 그런데 이들의 왕생을 보좌하는 인물로 부처의 19 응신을 내세웠다. 삼자의 관계 설정을 통해 궁극적으로는 광덕과 엄장이 극락왕생을 성취한다. 작품 내용을 간단하게 정리하면 다음 과 같다.

광덕과 엄장은 각기 승려로서, 광덕은 처자를 거느리고 분황사 서쪽 마을에, 엄장은 남악에 암자를 짓고 생업을 꾸리며 산다. 그들은 먼저 극락왕생하는 사람이 자신의 왕생을 서로에게 알리자고 약속한다. 어 느 날 광덕이 자신은 벌써 극락으로 간다고 알리자, 엄장이 밖을 나와 보니 상서로운 기운이 가득하다. 이튿날 광덕의 집으로 가보니 그는 이 미 죽어 있었다. 엄장과 광덕의 부인이 장례를 치른 다음, 엄장이 그 부인에게 함께 살 것을 청하여 허락받는다. 엄장이 동침하려 하자 부인

---

23) 일 연, 『삼국유사』 권제5 감통 제7, '광덕엄장'.

이 책망하며 말하길 광덕은 자신과 함께 살면서 동침은커니와 항상 아미타불을 염하면서 16관을 실천했다고 말한다. 이에 엄장이 잘못을 뉘우치고 원효를 찾아 삽관법으로 지도받으며 한마음으로 공부하니 극락왕생한다. 그 부인은 분황사의 계집종인데, 부처님의 19응신 중의 한 사람이다.

이 작품에서는 윤회전생과 극락왕생을 작화의 근간으로 삼고 있다. 특히 극락왕생을 달성하는 과정에서 부처의 19응신인 부인과 보좌역인 원효가 크게 활약한다. 실제로 이들의 도움으로 광덕과 엄장이 극락왕생할 수 있었다.

이 작품의 작화에서 우선 주목되는 것이 극락의 전제이다. 따라서 모든 이야기가 이 극락을 지향점으로 삼게 된다. 광덕과 엄장은 각기 남과 북에 암자를 짓고 극락왕생을 염원한다. 염부제의 고통을 벗기 위하여, 그리고 해탈하여 극락에서의 영생을 도모하기 위하여 고행을 마다하지 않는다. 이는 서사의 정점을 극락으로 설정하고 작화한 것이라 할 수 있다. 실제로 그들은 그 정점을 향해 부단히 노력해서 꿈을 이룬다.

광덕과 엄장의 극락왕생 실현에 부인과 원효가 결정적인 역할을 맡고 있다. 이들이 신적인 조력자로 등장하여 구도자를 극적으로 구제하기 때문이다. 부인은 부처의 19응신으로 분황사의 계집종이었지만 광덕의 처로 살면서 그가 수행에 몰두하여 극락왕생을 달성하도록 돕는다. 나아가 엄장의 부인이 되었을 때도 그에게 욕계의 애욕을 벗어던지고, 오로지 정념해야만 극락왕생할 수 있다고 역설한다. 이에 자극받은 엄장이 원효를 찾아가 삽관법으로 수행하여 극락왕생을 실현한다. 따라서 신적 존재와 염부제 중생을 연계시키

다가 신적 존재의 위신력을 바탕으로 중생을 제도하는 것이 이 서
사의 핵심이라 할 수 있다.

위에서 보듯이 이 작품의 작화방식은 이상세계인 서방정토를 상
정하고, 인물들이 그곳에 도달하도록 설정하되, 성속을 결연시켜
의도한 바가 극적으로 달성되도록 했다. 특히 현실계의 인물에게
위신력을 가진 신적 존재가 화현하여 성불을 유도한 것은 이야기의
신비성 고양은 물론, 종교적 목적까지 달성하도록 했다.

② 재생을 통한 현실계 지향 서사

이 유형에서는 대표적인 작품으로 「선율환생」을[24] 들어 작화방
식을 살펴보겠다. 이 작품은 환생을 다루되 간경공덕과 영험을 강
조하였다. 다만 신비성이나 실증적 요소를 가미하기 위하여 한 여
인의 이야기를 병치하였을 따름이다. 그 여인이 간증인처럼 가미되
었기 때문에 선율이 모든 사람들의 도움을 받아 『육백반야경』을 완
성하게 된다. 작품의 내용을 정리하면 다음과 같다.

> 망덕사 승려 선율이 육백반야경을 이룩하려다 뜻을 이루지 못하고
> 음부에 잡혀간다. 염왕이 잡혀온 내력을 알고 그를 다시 살려 보내 뜻
> 한 바를 성취하도록 돕는다. 이때 길에서 한 여인이 자신도 남염부주의
> 신라인으로 부모가 다른 사람의 논을 빼앗아 그 연좌로 이곳에 잡혀 왔
> 음을 말한다. 그러면서 자신이 인간계에 있을 때 간직해 두었던 참기름
> 과 베가 있는 곳을 알려주면서 참기름은 공양등불을 밝히는 데, 베는
> 불경을 사경하는 데 써달라고 청한다. 이에 선율이 그녀가 거처했던 집
> 의 위치를 확인하고 길을 가다가 소생한다. 깨어보니 무덤 속이라서 큰

---

24) 일 연, 『삼국유사』 권제5 감통 제7, '선율환생'.

소리로 외쳐 목동의 도움을 받는다. 그 여인이 말했던 곳을 찾아가니 그녀는 15년 전에 죽었지만, 기름과 베가 그대로 있어 그녀의 청대로 활용한다. 그러자 여인의 넋이 자신은 스승의 은혜를 입어 벌써 고통을 벗어났다고 말한다. 이 소리를 듣고 모든 사람이 감복하여 선율이 불사를 완성하도록 돕는다.

이 작품의 핵심적인 작화는 명부를 경유해 불경간행을 완결하는 것이다. 불경간행의 중요성을 확인하기 위한 방편으로 명부를 활용하되, 신비성 고양 차원에서 한 여인의 보시와 구제가 양계에 걸쳐 나타나도록 했다. 선율은 이를 토대로 주변 사람의 도움을 받아 불경간행을 완수하게 된다.

먼저 이 작품에서는 염부가 큰 비중을 차지한다. 단지 주인공의 심리변화를 야기하는 모티프가 아니라, 주인공이 염왕과 불경에 대해 논의를 펼치는가 하면, 여인과 만나 그녀의 전생연과 현재의 고통에 대한 대화도 나눈다. 그런데 이와 같은 대화의 내용이 그대로 현실계로 직결된다는 점이다. 그래서 초월계와 현실계가 대차 없는 비중을 차지하며 작화의 토대로 작용하고 있다.

이 작품에서는 염부의 존재를 확인할 특단의 조치가 필요했다. 즉 선율이 단지 임사체험에 그친 것이 아니라, 염부에 갔다 온 사실을 명확히 할 필요가 있었다. 그를 위해 염부의 여인이 말한 대로 선율이 환생하여 15년 전에 죽은 여인의 집에 가서 기름과 베를 찾아 용처에 맞게 활용한 것이다. 이는 그녀가 염부에서 등불을 밝히는 데 기름을, 불경을 만드는 데 베를 보시한 결과가 되었다. 그런 일이 있은 후 그 여인이 현실계에 나타나 자신은 이미 고통에서 벗어났다고 말하여 보시로 악연이 끝났음을 알 수 있다. 이는 선율의 환생을 실증하는 것임은 물론, 현세와 내세가 긴밀히 연계되어 있음을 확인해 주는 것이기도 하다.

선율은 염왕의 당부대로 불경을 완성하기 위하여 환생한다. 다만 명부 왕래를 실증하기 위하여 여인의 악연 제거담이 병치된 것이다. 실제로 이 여인이 양계를 잇는 연결고리가 되어 주변인들의 신앙심을 고취시킬 수 있었다. 이제 신앙심을 갖게 된 주변인들은 선율이 수행하는 불경 제작에 모두 동참하여 불사를 완결시킨다.

요컨대 이 작품은 불교의 다양한 이계를 작화의 기본 틀로 설정하고, 두 세계를 오갔던 과정을 여인의 보시와 선과로 실증한 다음, 궁극으로는 불경간행을 완결하는 담론이다. 이는 불교의 세계관에 입각해서 신불의지를 고양한 것이기도 하다.

③ 윤회를 통한 다계 중첩 서사

이 유형에서는 「욱면비염불서승」을[25] 대표적인 작품으로 선정하여 작화방식을 확인해 보겠다. 이 작품은 반복되는 윤회를 통하여 인물의 여러 생을 보여준다. 먼저 내용을 시간대별로 조정하면 다음과 같다.

무리 1천여 명이 노력과 정진하는 두 패로 나누어 공덕을 닦던 중 노력하는 편을 맡아보던 사람이 계율을 어겨 부석사의 소가 된다. 이 소는 불경을 운반한 공덕으로 아간 귀진(貴珍)의 계집종 욱면으로 태어난다. 귀진이 만 일을 기약하고 미타사에 가서 염불한다. 이때 욱면이 함께 가서 미타사의 마당에서 염불한다. 귀진이 못마땅하여 매일 곡식 두 섬씩을 주고

25) 일 연, 『삼국유사』 권제5 감통 제7, '욱면비염불서승'.

방아를 찧으라 하니 욱면이 서둘러 방아를 찧은 후 염불에 정진한다. 욱면이 자학적인 방법을 동원하면서 염불을 게을리 하지 않자 공중에서 그녀에게 법당에 들어와 염불하도록 한다. 그에 따르니 욱면이 대들보를 뚫고 서쪽 교외로 나가 부처의 모습으로 변한다. 그녀가 떨어뜨린 신발 한 짝을 찾아 그곳에 제1의 보리사를, 그의 시신이 발견된 곳에 제2의 보리사를 창건한다. 귀진이 자신의 집에서 이인이 나옴을 생각하여 집을 희사하여 절을 만들지만 후에 폐사가 된다. 오랜 뒤에 승려 회경(懷鏡)이 중창을 결심하고 직접 재목을 나르니 어떤 늙은이가 그에게 삼과 칡으로 만든 신을 건네준다. 5년여에 걸쳐 불사를 완공하니 사람들이 회경을 귀진의 후신이라 한다.

이 작품의 작화에서 주목되는 것은 바로 윤회의 중첩이다. 그것도 주인공에 국한되지 않고 조연인물까지 윤회를 보인다는 점에서 윤회전생이 이 작품의 작화에서 핵심이라 하겠다.

먼저 주인공인 욱면의 윤회가 주목된다. 욱면은 욕계의 인간계에서 축생으로, 축생에서 인간계로, 그리고 인간계에서 해탈하여 마침내 윤회의 고를 벗는다. 욱면은 애초에 인간계에서 무리 5백을 거느리고 불도에 정진하는 책임자였다. 그런데 계율을 지키지 못하여 그 악업으로 부석사의 소로 태어난다. 욕계의 인간계에서 강등되어 축생으로 환생한 것이다. 그렇지만 그 소가 불경을 운반하면서 공덕을 쌓아 다시 인간계로 태어난다. 축생에서 다시 인간계의 욱면으로 환생한 것이다. 욱면으로 태어나고부터는 부단히 염불공덕을 쌓아 해탈한다. 따라서 작화의 핵심이 바로 다양한 윤회전생임을 알 수 있다. 즉 인간계→축생계→인간계→천상계의 순으로 윤회전생하는 것이 작화의 핵심이라 하겠다. 따라서 윤회전생과 해탈을 통해 신불을 유발한 서사라 할 수 있다. 실제로 이 작품은 욱면의 신발과 그의 시신이 발견된 곳에 각각 보리사를 창건하여 신불을 고취하고 있다. 이는 사찰연기담과도 관련되지만, 서사의 본령은 역시 선인선과 악인악과의 인과법칙이라 하겠다.

욱면의 서승에 감발된 귀진 또한 윤회를 거듭하면서 선인을 쌓는다. 귀진은 욱면이 해탈하여 서방으로 가자 자신의 집을 희사하여 절로 만든다. 하지만 귀진이 죽고 오랜 시간이 지나자 그 절은 폐사가 되고 만다. 후에 회경 승려가 중창할 뜻을 품고 주변 사람과 함께 5년 만에 역사를 완공한다. 회경은 직접 목재를 나르는 등 남다른 열정을 보이는데, 그에게 한 노인이 칡과 삼으로 만든 신을 건네준다. 마침내 역사가 마무리되자 사람들은 회경이 귀진의 후신임을 말한다. 따라서 귀진은 욕계의 인간계에서 다시 인간계로 환생하여 자신의 불사가 영속되기를 소망했음을 알 수 있다. 그리하여 귀진의 경우 두 생애를 걸쳐 선업을 쌓는 결과가 되었다.

요컨대 이 작품의 작화는 윤회를 거시적인 틀로 설정하고, 욕계인 축생과 인간계를 오가면서 불사를 완결하는 특징을 갖는다. 물론 보리사나 법왕사(法王寺)를 창건하게 된 내력을 밝히는 남론일 수도 있지만, 이야기의 핵심은 여전히 초월적인 신불 행위를 보인 것이라 하겠다. 그래서 이 작품은 선인선과 악인악과의 인과법칙에 따라 윤회전생하는 모습을 설파한 것이 핵심이라 할 수 있다.

3) 불교서사의 작화에 나타난 특성

앞에서 살펴본 바와 같이 불교서사는 다양한 특성을 가지고 있다. 종교적인 초월세계를 서사에 반영하다 보니 대부분의 작품이 신비성과 기이성을 겸비하게 된 때문이다. 따라서 시공이 무한히 확장되는가 하면, 신인의 등장은 물론, 주인공이 내세를 위하여 초인적인 고행을 감내하기도 한다. 또한 생사초탈의 인과를 구현하는가 하면, 이상세계에 왕생하기 위하여 남다른 노력을 기울이기도 한다. 게다가 위와 같은 내용을 효과적으로 표출하기 위하여 대화체를 구사하거나 산운교직체를 보이기도 한다. 이제 앞에서 불교서사의 작화 기반으로 들었던 항목을 감안하면서 불교서사가 갖는 특성을 살펴보도록 하겠다.

첫째, 시간이나 공간의 무한한 확장이다. 이는 이미 불교의 세계관에서 예견되었던 바이다. 불교에서는 수미산을 중심으로 다양한 세계가 펼쳐지고, 그 세계를 인과법칙에 따라 윤회전생한다. 윤회 자체가 긍정이든 부정이든 간에 영속되기에 시간이 무한히 확장될 수밖에 없다. 또한 공간도 욕계인 인간계를 토대로 지옥이나 축생은 물론, 색계나 무색계의 천상, 나아가 해탈하여 영생을 도모하는 세계로까지 확대된다.

실제로 위에서 살핀 작품에서도 시공간이 무한히 확장되어 나타난다. 모두 윤회전생을 토대로 작화가 이루어졌기 때문이다. 시간의 경우 단절보다는 영속이, 공간의 경우 고정보다는 이동을 통해 끝없이 재설정된다. 「광덕엄장」에서는 현실계에서 서방정토로 왕생함에 따라 초월적인 영속성을 보일 뿐만 아니라, 공간도 현실계와 천상계가 양립된다. 「선율환생」의 경우 죽었다 환생한 선율을 통하여 세계를 달리하면서까지 시간이 지속됨을 알 수 있거니와 공간 또한 염부에서 남염부주의 신라로 환치·재설정된다. 「욱면비염불서승」에서도 욱면은 남염부주의 인간계에서 축생으로, 축생에서 인간계로, 다시 인간계에서 천상으로 윤회하기 때문에 시간배경이 무한히 확장될 뿐만 아니라, 공간도 죽음을 초월하여 광범위하게 재설정된다.

둘째, 주인공의 수행의지를 시험한다는 점이다. 불교서사에 등장하는 대부분의 주인공은 현세에서 초인적인 수행을 단행한다. 현세의 공덕으로 차세는 안락한 세계에 환생하기를 소망하기 때문이다. 그래서 육신은 일시적으로 머무는 그릇에 지나지 않아 신체적인 고통을 마다하지 않는다. 설령 수행에 따른 선업이 부족하여 천상에 낳지 못하더라도 욕계에서나마 더 좋은 곳에 태어나기를 소망하며 헌신한다.

앞에서 보았던 작품도 그 경중의 차이는 있을지언정 현세에서 공덕을 쌓기 위해 지속적인 노력을 기울인다. 「광덕엄장」에서는 광덕이 부인을 거느리고도 오로지 선정에만 몰두하여 극락왕생했을 뿐만 아니라, 엄장 또한 광덕 처를 부인으로 맞이한 후 왕생극락하기 위하여 원효의 도움을 받아 선정한다. 마침내 엄장도 속세의 모든 애욕을 버리고 선정·수도하여 소원한 바를 성취한다. 「선율환생」에서는 선율이 『육백반야경』을 완성하기 위해 희생적인 노력을 기울인다. 그것도 염부와 현세를 오가는 죽음과 재생을 통한 것이기에 결코 쉽지 않은 불사였다. 「욱면비염불서승」에서는 초인적인 고행이 한층 증폭되어 나타난다. 욱면은 애초에 인간계에 거처했지만 계율을 어겨 축생인 소로 태어나 불경을 운반하는 고된 노역을 맡는다. 그 공덕으로 인간세에 다시 태어나 해탈하고자 초인적인 고행을 마다하지 않는다. 그 결과 성불하여 서방정토에 왕생한다.

셋째, 인과에 의한 보상이 주어진다는 점이다. 불교서사의 사건은 생사를 초탈한 신앙심이 깔려 있어 충격적으로 진행되는 경우가 많다. 문제는 다양한 세계를 토대로 사건을 구비하되 인과를 중시한다는 점이다. 자신이 쌓은 업에 따라 내세에서의 안녕과 징치가 따르기 때문이다. 비록 이야기가 시공을 초월하여 환상적으로 전개되더라도 언제나 그곳에는 원인과 결과가 수반된다. 선인에는 선과가, 악인에는 악과가 주어지는 것이다.

앞에서 다룬 작품도 그 경중의 차이는 있지만 사건전개상에서 생사초탈의 인과법칙이 적용된다. 「광덕엄장」에서는 광덕이나 엄장 모두 부인을 대동하였음에도 욕계의 음욕을 멀리하고 오로지 선정에만 몰두하여 모두 극락왕생할 수 있었다. 즉 왕생을 위한 일념으로 수행정진한 것이 동인이 되어 안락찰에 태어나는 선과를 얻은 것이다. 「선율환생」에서는 선율이 현생에서 『육백반야경』을 완성하기 위하여 부단히 노력하다가 그 뜻을 이루지 못하고 염부에 잡혀간다. 그런데 그가 재생할 수 있었던 동인이 바로 불경을 편찬하고자 했던 불심이다. 불심이 깊고, 또한 그것이 숭고한 작업이기에 염왕은 불사를 완성하도록 선율을 염부제에 다시 살려 보낸다. 「욱면비염불서승」에서는 다양한 동인으로 윤회전생을 반복한다. 욱면은 인간세에서 계율을 지키지 못한 악인 때문에 축생인 소로 태어난다. 축생에서 불경을 운반한 선인으로 다시 인간계로 태어난다. 나아가 인간계에서 초인적인 염불공덕이 선인이 되어 해탈하는 선과를 얻는다. 철저하게 인과법칙에 입각하여 사건이 진행됨을 알 수 있다.

넷째, 주인공이 의도하는 지향점이 전제되어 있다는 점이다. 이는 작가의식과도 관련된 것으로, 지금보다 나은 세계를 전제하면서 작화가 연역적으로 이루어졌음을 의미한다. 물론 이상적인 세계는 해탈하여 열반에 드는 것이다. 불교서사에서 일반적으로 말하는 서방정토 왕생이 그것이다. 그렇지만 모든 사람이 해탈하여 왕생하는 것은 아니다. 그러기에 자신이 처한 위치를 감안하여 그보다는 나은 세계를 갈망하는 것이 보통이다. 지옥도·아귀도·아수라도에 거처할 때는 축생이나 그 이상의 세계에, 축생일 때는 인간도나 그 이상의 세계에, 인간도일 때는 현실적으로 나은 인간도나 천상의 세계에 낳기를 갈망한다. 따라서 불교서사에서 소망하는 세계는 인간계가 될 수도 있고 천상계가 될 수도 있다. 그것이 지금 처한 곳보다 이상적인 세계면 족하다.

앞에서 거론한 네 작품도 사정은 다소 다를지언정 이상을 희구하는 것만은 공통적이다. 때로는 인간계에서 인간계로 수평 이동하기도 하지만, 불교의 천문학적인 세계관 속에서 수직 이동하는 것이 보편적이다. 「광덕엄장」에서는 이상세계가 바로 해탈하여 극락왕생하는 것이다. 이를 달성하기 위하여 광덕과 엄장은 세속과 관련된 애욕을 단절하고 오로지 선정에 힘썼다. 그 결과 둘 다 왕생극락을 달성한다. 이는 신불을 유도하기 위한 작화 의도와도 접맥됨은 물론이다. 「선율환생」에서는 이상세계가 인간계이다. 그것은 선율이 환생하여 자신이 다 하지 못한 불사를 완성하는 공간이 바로 인간계이기 때문이다. 이 또한 장차 안락의 세계에 진입하기 위한 초석임은 물론이다. 어쨌든 선율은 자신이 소망한 것처럼 재생하여 불사를 완성한다. 「욱면비염불서승」에서는 욱면의 다양한 윤회전생만큼 이상세계도 복합적이다. 이상계가 복합적일지라도 그 핵심은 바로 극락왕생이다. 그래서 귀진의 계집종으로 태어났을 때 자해를 감행하면서까지 염불 정진한 것이다. 그 결과 서승(西昇)을 달성함은 물론, 신불을 유도하고자 했던 작화의도까지 실현된다.

다섯째, 불경의 산운교직과 동일한 표현문체를 보인다는 점이다. 불경문체의 주요한 특성은 바로 산운교직이다. 물론 다양한 담화체가 나타나기도 하지만, 이는 불경만의 독특한 표현이라고 단언하기는 어렵다. 그렇지만 산운교직체는 『금강경』을 비롯하여 본생담이 수록된 다수의 경전, 그리고 불타의 일생을 다룬 경전에 이르기까지 보편적이다. 이것이 이른바 변문체가 되어 동아시아 서사문학의 공통된 표현문체로 확산된다.[26] 그래서 우리의 불교서사에서도 산운교직체가 다수 발견되는 것이다.

앞에서 살핀「선율환생」·「욱면비염불서승」에는 서사문맥 자체에는 운문이 삽입되지 않았지만 일연이 찬한 중송적 게송이 병치되어 거시적으로는 산운교직체를 구비했다. 일연의 게송은 인도의 베다문학에서 신에 대한 찬양을 펼친 후 마지막에 감정을 이입하여 노래로 불렸던 운문과 상통하는 면이 있다.「광덕엄장」에서는 기왕에 불렸던「원앙서왕가」가 마지막에 중송처럼 이입되어 속화된 변문의 그것과 상통한다. 비록 위에서 거론한 작품들이 운문이 다소 미미할지라도 산운교직체의 일단으로 이해할 수 있다.

4. 작화방식을 통해 본 불교서사의 위상

불교의 세계관이 문학적으로 형상화되면서 우리의 서사문학계에

---

26) 周紹良·白化文 編, 『敦煌變文論文錄』, 明文書局, 1985, 249~254쪽.
임기중, 『한국고전문학과 세계인식』, 도서출판 역락, 2003, 72~75쪽.

는 상당한 변화를 가져올 수밖에 없었다. 불교서사의 작화에는 환
상성이나 기이성뿐만 아니라, 전기적 요소까지 다수 배치되어 있기
때문이다. 이는『삼국사기』열전에 실린 유교담론이 현실 위주로 서
사되어 있는 것과 좋은 대조를 이룬다.『삼국사기』열전은 충·효·
열이나 예능을 가진 인물에 대하여 사실적인 관점에서 기술함으로
써 현실 담론이 될 수밖에 없었다. 반면에『삼국유사』는「물계자」·
「김제상」등『삼국사기』와 중첩된 몇몇 작품을 제외하고는 대부분
초월적인 사건이 큰 비중을 차지한다.

　불교서사는 이처럼 가공의 세계를 전제했기 때문에 작화의 틀이 그
만큼 광범위해질 수 있었고, 이것이 이야기의 신비성·신이성을 증폭
하는 인자로 작용할 수 있었다. 우리의 초기서사는 유교담론을 제외
하고는 대부분 기이성을 보이는데, 그러한 자양을 바로 불교서사에서
찾을 수 있다. 따라서 불교서사의 작화방식은 우리 서사문학의 다양
성을 가능하게 한 원천이라는 점에서 문학사적으로 그 의미가 남다르
다 하겠다.

　사실 불교서사의 작화방식은 문학사의 통공시적인 측면에서 중시
된다. 공시적인 측면에서 볼 때 불교의 유입과 함께 다양한 포교담이
유통되면서, 이들이 가공적인 이야기를 확산시키는 기폭제 역할을
담당했기 때문이다. 더욱이 불보살 등의 신적인 존재가 현실을 초월
하여 활약하는 작화방식은 다른 계통의 서사에도 좋은 전범이 될 수
있었다. 신라나 고려대의 서사문학이 기이성을 주요하게 다룬 것도
이러한 전통 때문이라 하겠다.『수이전』을 비롯하여『삼국유사』·『해
동고승전』·『석가여래십지수행기』·『태평통재』·『대동운부군옥』 등
에 수록된 서사의 다수가 이를 실증한다.

불교서사의 작화방식은 통시성까지 확보되어 주목된다. 불교서사는 초월계나 초월적 존재를 다루어 신비성이 강화되어 있다. 그런데 이것이 전기의 발양에도 좋은 지침이 될 수 있었다는 점이다. 전기도 초월계나 초월적 존재를 중시하는데, 그러한 조건을 이미 불교서사가 구비하고 있었기 때문이다. 실제로 우리의 소설사를 운위할 때 초기 소설로 지목되는 「조신몽」·「최치원」·「남백월이성」·「김현감호」 등은 불교의 세계관에서 자유로운 작품이 없다. 또한 불교의 전기로 볼 수 있는 『석가여래십지수행기』의 「금우태자전」이나 「선우태자전」 등도 불교의 세계관을 전폭적으로 반영한 작품이다. 뿐만 아니라 서사성이 강한 「균여전」도 불교의 세계관을 문학적으로 표출한 작품이거니와 조선조의 국문불서인 『석보상절』과 『월인석보』 소재 「안락국태자전」과 「목련전」, 그리고 『금오신화』의 「만복사저포기」와 「용궁부연록」 등도 불교서사의 전통을 계승하고 있다. 고려대부터 유전되던 것이 『권념요록』에 와서 국문으로 실린 「왕랑반혼전」도 불교서사의 작화방식을 그대로 따르고 있다. 이를 감안할 때 불교의 복합적인 세계관을 반영하면서 충격적인 방법으로 사건을 구축한 불교서사야말로 한국서사문학의 통시성을 감안할 때 중시할 수밖에 없다.

5. 결론

지금까지 불교서사의 작화에 따른 몇 가지 문제를 살펴보았다. 먼저 불교의 세계관을 간략하게 살핀 후 그것이 불교서사의 작화에 어떻게 투영되어 있는지 검토해 보았다. 이어서 불교서사에 해당하

는 텍스트를 유형화하여 작화방식과 그 특성을 검토한 후 그 의미
를 문학사적인 관점에서 점검해 보았다. 이를 요약·정리하면 다음
과 같다.

첫째, 불교는 다층적인 세계관을 구비하고 있는데, 이것이 불교서
사의 작화기반으로 작용하였다. 불교의 세계관은 수미산을 정점으
로 다양한 세계가 수직적·수평적으로 놓여 있다. 이를 크게 지옥도
·아귀도·축생도·아수라도·인간도·천상도로 구분할 수 있다. 이러
한 공간을 인과에 따라 윤회전생하기 때문에 불교의 세계관은 초월
성을 그 특징으로 한다. 초월적인 세계관의 반영으로 불교서사의 작
화방식도 독특성을 확보하게 되었다. 실제로 불교서사의 작화는 시
공을 초월하여 이루어지는가 하면, 신적인 존재가 등장하여 중생의
고행을 관장하기도 한다. 또한 윤회전생을 바탕으로 초월적인 이상
세계를 지향하도록 구조화하기도 한다. 그리고 위의 내용을 효과적
으로 선양하기 위해 산운을 교직하는 변문체를 선호하기도 했다.

둘째, 불교서사는 초기의 서사문학으로 중시될 뿐만 아니라, 작화
방식 또한 독특하여 주목된다. 『삼국사기』의 유교담론을 제외하면,
우리 초기 서사의 상당수는 불교서사라 할 만하다. 『수이전』을 비롯
하여 『삼국유사』·『석가여래십지수행기』와 각종 승전 등이 불교를 문
학적으로 형상화하였기 때문이다. 이 중에서 『삼국유사』의 불교서사
를 중심으로 타계 지향 서사, 현실계 지향 서사, 다계 중첩 서사로
나눈 다음, 각각 「선율환생」·「광덕엄장」·「욱면비염불서승」을 대표
작품으로 들어 분석하였다. 이들 작품은 불교의 세계관을 반영하여
윤회전생을 기본 축에 놓고, 이계를 넘나드는 인물을 통해 신비한
사건을 구축한다. 그러면서 궁극적으로는 신불을 강조하는 종교성이

나 극락왕생을 표방하는 작화의도를 드러내고 있다. 특히 시간과 공간이 무한히 확장되거나, 주인공의 수행의지를 시험하거나, 주인공에게 인과에 의한 보상이 주어지거나, 지향점이 전제된 사건구성 등은 불교서사의 기본적인 특성이라 할 만하다.

셋째, 불교서사의 작화방식은 문학사적인 측면에서 다양한 의미를 가지고 있다. 불교의 전파와 함께 다양한 세계관이 보편적으로 자리 잡자 이러한 세계를 반영한 불교서사가 교화의 목적에서 성행할 수 있었다. 불교서사는 불교의 다양한 세계를 수직·수평적으로 엮은 초월적인 담론이다. 이러한 허구·가공성으로 인하여 불교서사는 신비한 문학, 기이한 문학으로 유통되었다. 그래서 불교의 세계관이나 불교서사의 작화방식이 다른 계통의 서사에 영향을 주어 그들이 내적 기반을 다지도록 했다. 이는 불교서사의 특장이 공시적으로 확산되었음을 의미하는 것이다. 그리고 그러한 작화방식이 나말여초의 서사문학은 물론, 고려 중후기의 불교 전적 나아가 조선조의 국문불서 및 소설 등에 영향을 끼쳐 통시적 맥락에서도 남다른 의미가 있다.

지금까지 불교서사의 작화방식을 중심으로 논의를 펼쳤다. 이제 이 작화방식이 주변의 다른 서사문학과 어떠한 상관성이 있는지 구체적으로 검토할 필요가 있다. 또한 불교서사와 그것의 작화방식을 원용한 서사문학의 통시적 전개도 체계적으로 검토해야 한다. 이에 대한 내용은 제2부에서 다루도록 한다.

제2장 불교담론의 민족문학적 수용

프롤로그

이 글은 불교의 전래과정을 살피면서 아시아 공통의 불교문학이 우리의 정체성을 살린 민족문학으로 자리잡아가는 과정을 추적한 것이다. 효과적인 논의를 위하여 불경에 실린 서사보다는 한국에서 자생한 서사에 초점을 맞추었다. 불교의 전래과정을 척불·습불·신불로 나눌 수 있는데, 척불에서는 불교의 작용이 서사내용에서 나타나지 않아 이때의 불교문학은 민족문학으로 운위하는 데 한계가 있다. 반면에 습불의 과도과정을 거쳐 신불에 오면 불교서사가 우리의 민족문학으로 온전하게 수용된다. 신불을 다룬 불교서사에 와서야 비로소 아시아 공통의 불교시기 우리의 민족서사로 완전히 정착·수용된 것으로 볼 수 있다.

1. 서론

잘 아는 것처럼 기득권층만이 신앙했던 브라만교와는 달리 불교는 평등종교를 표방했다. 상하귀천을 막론하고 깨달은 사람은 모두

부처라는 파격적인 교리를 앞세워 대중적인 파급을 가속화한 것이
다. 따라서 불교의 동점은 고대의 수직적인 사고를 상당수 이완시
키면서 수평적인 인간관계를 형성하도록 만들었다. 이는 불교가 고
대에서 중세로 넘어오는 데 이념적인 지표로 작용했음을 뜻하는 것
이다.

　종교 대부분이 그러하듯이, 불교도 일반민중의 포섭을 위해 쉽고
흥미로운 이야기를 즐겨 사용했다. 자타카(Jataka)인 본생담을 포교
의 방편으로 왕왕 이용하였거니와 불경의 상당수도 대화 위주의 이
야기문학이라는 점에서 포교에 유용했다. 이러한 포교담이 불교의
전파지마다 유입되면서 다양한 이야기문학을 산출하는 자양이 되었
음은 물론이다.[1]

　불경은 그 자체로서 아시아 전역에서 보편문학으로 유통되었다.
불경의 다양한 이야기가 불교가 전파된 어느 나라에서든 공통문학
으로 기능한 것이다. 다만 그러한 보편문학이 전파국의 사정에 맞
게 토착화되면서 각 지역의 특수문학 또는 민족문학으로 변용된 것
이라 하겠다. 이는 불교가 전래되면서 불교적인 세계관이나 사상이
새로운 문학을 산출하는 원천으로 기능했음을 의미하는 것이기도
하다.[2] 따라서 불교전래 과정과 이야기문학의 형상화를 살피면 적
어도 서사문학의 변인과 전개양상을 짚어보는 성과를 거둘 수 있으
리라 본다.

　불교전래 과정과 그것의 서사문학적 형상화에 대해서는 다양한

---

1) 임기중, 「동아세아 불교문학 연구의 의미」, 『한국문학연구』 제23집, 동국대학
　교 한국문학연구소, 2000, 5~15쪽.
2) 김승호, 「한중간 불경설화의 수용방식과 변이양상」, 『국제어문』 제48집, 국제
　어문학회, 2010, 35~66쪽.

관점에서 논의할 수 있다. 『삼국유사』를 비롯한 불교서사의 상당수
가 불교전래와 토착화 과정, 나아가 토착 후의 신불에 대한 문제를
주요하게 다루었기 때문이다. 따라서 불교전래 과정에 대해 살피는
것은 이야기문학의 형상화 방식과도 밀접하게 관련된다. 나아가 이
것이 후대의 서사문학과도 연계되어 통시적인 측면에서도 주목할
만하다. 하지만 그간에는 이에 대해 크게 관심을 기울이지 않은 것
으로 보인다. 관심을 표명한 것도 특정 사안에 한정하여3) 불교전래
과정과 서사문학의 관계를 종합적으로 살피지는 못했다.

이에 이 글에서는 불교전래 과정과 서사문학의 관계를 개괄한 다
음, 불교전래 과정을 서사문학으로 형상화한 작품을 세 유형으로
나누어 검토하고자 한다. 끝으로 위의 논의를 토대로 불교전래 과
정의 서사문학적 수용과 그 의미를 시기별로 나누어 살펴보도록 하
겠다.

2. 불교전래 과정과 서사문학의 관계

불교는 인도에서 발생했지만 아시아 각처로 퍼지면서 그 파장이
증폭되었다. 전파지마다 다양한 방편으로 불교를 수용·전파했기 때
문이다. 특히 이야기문학의 측면에서 불교전파를 크게 주목해야 마
땅하다. 기왕의 작화에 불교의 다양한 세계관이 개입하여 이야기문

---

3) 이기백, 「삼국시대 불교 전래와 그 사회적 성격」, 『역사학보』 제6집, 역사학회,
  1954, 128~205쪽.
  신선혜, 「신라불교의 전래와 교단의 확립」, 『불교연구』 33, 한국불교연구원,
  2010, 159~194쪽.

학의 편폭이 그만큼 확장되었기 때문이다. 이는 불교가 이야기의 새로움을 촉발하여 서사문학의 다양성을 제고한 것이기도 하다. 여기에서는 불교전래 과정과 서사문학의 전반적인 추이를 불경계(佛經系)와 불연계(佛緣系) 서사로 나누어 개괄해 보도록 한다.

1) 불경계 서사문학

불경계 서사문학은 불타의 현생과 본생담뿐만 아니라 불타가 설한 이야기도 해당된다. 그래서 이 서사는 불교발생지인 인도는 물론 불교전파지마다 다양하게 유전되었다. 실제로 이들은 육상실크로드를 따라 서역을 거쳐 중국 및 한국과 일본에, 그리고 해상실크로드를 따라서 동남아 각국의 소승불교에 영향을 끼쳤다. 특히 본생담은 아랍을 거쳐 유럽의 이야기문학에도 적잖게 영향을 미친 것으로 보고 있다.4) 이들 불경계 서사는 원천은 하나일지라도 각지로 퍼져 아시아권의 공통문학으로 작용하였다. 물론 각국의 언어와 문화적인 상황에 따라 자국문학화되는 사례도 없지 않지만 생래적으로 '불교공통의 문학'이라는 범주를 벗어나기가 쉽지 않았다.

우리의 경우 이에 해당되는 대표적인 이야기문학은 현생불전과 본생불전을 들 수 있다. 물론 불타와 제자들이 대화하는 다수의 경전이나 위경도 거론할 수 있지만 역동적인 이야기로 형상화된 것은 양 불전이 핵심이라 하겠다. 사실 여말선초의 다양한 불경계 서사

---

4) Victor H. Mair·정경훈 역, 「그림과 연행-중국의 그림이야기 구술과 인도 기원」 (*Painting and Performance-Chinese Picture Recitation and Its Indian Genesis*, University of Hawaii Press, 1988), 'Introduction'(『동서문화교류연구』 제3집, 한국돈황학회, 2001, 243~272쪽)

도 현생불전, 즉 팔상의 기본 줄기에 본생서사를 개입시켜 방대한 찬저로 결집된 것이다. 따라서 이 절에서도 현생불전과 본생불전을 중심으로 불경계 서사를 확인해 보도록 한다.

현생불전은 불교의 교주에 대한 일대기이기 때문에 서사의 근간 이 변하기가 쉽지 않다. 현생불전, 즉 팔상은 애초에 탑의 기단부에 부조되어 사상(四相)으로 형상화되었지만 후에는 여덟 장면으로 전 형성을 갖게 되었다. 이 팔상은 이야기로 꾸준히 전승되면서 신앙 의 요체로 인식되곤 하였다. 고려후기의 『석가여래행적송』이나 『석 가여래십지수행기』의 「실달태자선」 등의 한문본과 조선 초의 『월인 천강지곡』·『석보상절』·『월인석보』 등의 국문본에서 그 실태를 확 인할 수 있기 때문이다.5) 나아가 이들의 영향으로 조선후기에 들어 서는 여러 책의 『팔상록』이 소설처럼 읽히기도 하였다.6)

불경계 서사문학이 이처럼 국한문을 막론하고 유통되었을지라도 그들은 여전히 보수적인 성향을 가질 수밖에 없었다. 경전의 속성 상 내용에 획기적인 변화를 줄 수 없었기 때문이다. 불교입국이었 던 나려대는 말할 것도 없거니와 조선 초에 들어와 표현문자가 달 라졌을지라도 새로운 내용의 첨기는 여전히 어려웠다. 조선후기에 와서 그 표현이 소설적인 문체로 조정되어 유통의 용이성이 담보되 었을지라도 불교의 교주와 관련된 이야기라는 생각에는 변화가 없 었다. 이는 앞에서도 말한 것처럼 현생불전이 아시아 공통의 자산 이라서 자국의 문화나 문학으로 쉽게 운위할 수 없었기 때문이다.

---

5) 신현규, 「불교서사시의 맥락 연구」-『석가여래행적송』과 『월인천강지곡』을 중 심으로, 『어문론집』 제26집, 중앙어문학회, 1998, 141~159쪽.
6) 김진영, 「불전과 고소설의 상관성」, 『어문연구』 제33집, 어문연구학회, 2000, 203~234쪽.

본생담은 불타는 물론 각 보살의 전생담을 설파한 것으로 대부분 경전에 그 기반을 두고 있다. 따라서 이들이 충격적·인과적인 서사임에도 불구하고 대중적인 연역이 쉽지 않았다. 현생불전과 마찬가지로 이들 또한 우리문학사에서 주목되는 것은 여말선초이다. 이때에 와서 앞에서 말한 『석가여래십지수행기』 등에서 본생담을 본격적으로 다루었기 때문이다. 이들은 뛰어난 문학성과 충격적인 담론으로 대중포교에 효과적인 면이 없지 않다. 포교의 입말 전통 때문에 이들은 조선조 국문불서인 『월인천강지곡』·『석보상절』·『월인석보』 등에 어렵지 않게 편역될 수 있었다.

국문불서에 이입된 이들 작품은 빼어난 문학성 때문에 대중적인 유통이 활성화될 수 있었고, 그것이 소설시대에 들어와서 본생담의 탈을 벗는 동인이 되었다. 본생담의 탈을 벗을 수 있었던 데에는 교주를 직접 다룬 현생담보다 변용에 대한 부담이 덜했기 때문이다. 즉 위경이면서 전생담이라는 점에서 변용에 더 적극적일 수 있었다. 이는 조선후기에 들어와 소설로 유통된 작품을 통해서 알 수 있다. 그래도 일부의 작품을 제외하고는 여전히 의고적인 유통을 벗어나지 못했다. 아무래도 불경을 표방한 작품이라는 데서 그 원인을 찾아야 하겠다. 본생담도 자국문학·민족문학으로 다루는 데 주저하는 이유를 여기에서 찾을 수 있다.

실제로 『석가여래십지수행기』에 실린 작품들은 소설로 전개된 일부를 제외하고는 조선후기에 와서도 내용상 큰 변화가 없다. 더욱이 불가를 중심으로 유통되던 전적에서는 변화의 폭이 더 미미하다. 불경을 금과옥조로 인식하는 신중들에게 큰 폭의 변화가 거부감을 줄 수 있었기 때문이다. 다만 유불을 문학적으로 아우른 텍스트만

소설로 변용되어 대중적 기호에 부응했다.[7]

현생담이든 본생담이든 간에 불경계 서사는 불교전파지마다 나타나기에 불교의 공통문학이라는 인식이 강할 수밖에 없다. 이들을 자국문학이나 민족문학으로 쉽게 말할 수 없는 이유도 여기에 있다. 다만 이들에 얼마나 많은 변화를 주어 자국화·민족화했는가를 중시할 따름이다. 그렇게 변화를 주어도 극히 일부를 제외하고는 불경이라는 인식을 완전히 떨칠 수 없어서 자국문학·민족문학으로 다루기에는 여전히 주저될 수밖에 없다.[8] 일연이 민족문학을 고취하는 차원에서『삼국유사』에 다양한 불교문학을 담으면서도 현생담이나 본생담을 언급하지 않은 이유도 여기에서 찾을 수 있다.

2) 불연계 서사문학

불연계 서사문학은 불교를 모티프로 하면서 한국적으로 창안된 작품이라 하겠다. 앞에서 살핀 불경계 서사의 경우 국제적으로 전형화된 텍스트라서 변용에 한계가 있었다면 불연계 서사는 자생적인 이야기라서 문학적인 지향이 자유로울 수 있다. 이를테면 불경계 서사의 경우 의고성이 강한 반면 불연계 서사는 창신성(創新性)이 돋보인다 하겠다.[9] 이는 불연계 서사가 자국문학이나 민족문학을 지향하여 나타난 결과라 할 수 있다. 여기에서는 그러한 사정을 인

---

7) 여말선초의 다양한 본생담 중에서 일부의 작품이 조선후기의 소설로 유통되었다. 대표적인 작품이「안락국태자전」·「금우태자전」·「선우태자전」등이다.

8) 안정훈,「불교설화의 중국화 과정을 위한 시론」,『중국소설논총』제23집, 한국중국소설학회, 2006, 161~176쪽.

9) 김용덕·윤석산,「한국불교설화의 형성과 전승원리」,『한양어문』4권, 한국언어문화학회, 1986, 5~30쪽.

물담과 사물담을 중심으로 살펴보도록 한다.

인물담은 불교의 전래와 수용, 그리고 대중적인 확산에 이르기까지 아주 다양하다. 먼저 불교의 초전(初傳)과 관련된 「아도기라」나 「원종흥법염촉멸신」은 물론이거니와 불교가 기존 신앙을 누르고 상위에 오르는 정황을 포착한 「선도산성모수희불사」·「어산불영」·「원광서학」·「보양이목」 등과 불교의 공인과 전파에 주력한 「백월산양성성도기」·「광덕엄장」·「욱면비염불서승」·「진정사효선쌍미」 등이 불교전래 과정과 문학적 수용을 다룬 작품이라 하겠다.

위의 이야기들은 창작동인이나 다룬 내용이 한국적·민족적인 성향이 농후하다. 단순히 기존의 불경을 답습하는 것에서 벗어나 신앙행위와 관련된 사항을 집중적으로 거론했기 때문이다. 즉 불교를 받아들여야 할 필요성, 토착신앙을 능가하는 불교의 우월성, 불교를 숭신해야 하는 당위성 등을 바탕으로 이야기가 형상화되어 독창성이 돋보인다. 이들은 신이한 인물에 불교의 다양한 사상이나 세계관을 대입시켜 작품을 구조화하고 있다. 그러기에 이야기의 주인공이나 그가 벌인 행적 모두가 자생적·토착적일 수밖에 없다. 이는 불경계 서사의 답습적인 작화와 변별되는 것으로, 인물담에 그만큼 창의성이 내재되어 있음을 의미하는 것이다.

사물을 형상화한 작품도 독창성을 담보하고 있다. 이에는 대체로 불교의 윤회전생을 전제하면서 한반도를 불연지로 인식하거나 불교적인 성물을 활용한 연기담이 주종을 이룬다. 신라를 불연지로 인식한 이야기는 「어산불영」·「백월산양성성도기」·「낙산이대성관음정취조신」 등 다수를 들 수 있고, 「황룡사장육」·「분황사천수대비맹아득안」·「심화요탑」 등처럼 불상과 불탑에 대한 것도 여럿이다.

하지만 상당수의 이야기는 궁극적으로 사찰 창건과 관련된다.

문제는 이러한 이야기들도 작화의 소재나 내용, 그리고 다룬 주제에서 불경계 서사의 그것과 차별된다는 점이다. 즉 신앙생활의 다양한 현상을 문학적으로 형상화하여 불경계 서사와는 달리 창작성이 돋보인다. 실제로 이들은 불교를 수용한 이후 불교의 사상을 끌어들여 신불에 따른 제반문제를 이야기로 형상화하였다. 이는 아시아 공통의 사상이나 문화를 받아들여 우리의 사정에 맞게 재창조한 것이라 할 수 있다.10) 이렇게 한국적으로 토착화된 것을 두고 문학의 지역성·민족성·특수성이 구현된 것이라고 말할 수 있겠다. 따라서 불경계 서사보다 자국문학적인 전개가 이 불연계 서사에서 더 돋보인다 하겠다.

3. 불교전래 과정의 서사문학적 수용

삼국의 불교전래는 당시의 종교계나 사상계에 큰 변화를 초래했다. 기존신앙을 숭신하던 세력들이 반대를 무릅쓰고 새로운 종교인 불교가 당시의 문화나 사상계를 지배했기 때문이다. 그러한 사정은 여말선초에 불교에서 유교로, 조선후기에 천주교의 유입과 전파 등을 통해서도 짐작할 수 있다. 사상계의 커다란 충격과 대응은 자연스럽게 다양한 이야기문학을 낳는 자양이 되었다. 여기에서는 불교전래 과정과 관련된 이야기를 크게 척불(斥佛)·습불(褶佛)·신불(信佛)

---

10) 장춘석, 「인도유래 불교설화 연구의 동향과 문제점」, 『중국인문과학』 19, 중국
　　인문과학, 1999, 161~173쪽.

로 나누어 그 실태를 확인해 보도록 하겠다. 다만 앞에서 살핀 불연계 서사를 주요 텍스트로 삼고자 한다. 이들이 불교전래 과정의 서사문학적 대응을 적절히 포착했기 때문이다.

1) 척불적 수용

이 유형은 불교가 전래되었을지라도 여전히 객체에 머문 사정을 다룬 담론이라 하겠다. 불교가 사상을 통일하면서 왕권을 강화하거나 통치이념으로 자리잡기까지는 지난한 과정을 겪어야만 했다. 기존 신앙을 숭신하는 집단에서 기득권을 고수했을 뿐만 아니라 새로운 종교에 대한 거부감 또한 적잖았기 때문이다. 따라서 불교 초전기(初傳期)에는 기존 종교를 신앙하는 집단에서 지속적으로 불교를 배척할 수밖에 없었고, 그러한 사정이 이야기문학으로 형상화된 것이라 하겠다. 불교가 유입되었을지라도 토착세력들에게 배척당하여 여전히 외래종교·외래문학의 범주에 머물렀을 따름이다. 이는 불교가 수동적인 객체에 머물고 있어 불교의 사상이나 이념이 우리의 문학으로 형상화되지 못했음을 의미하는 것이기도 하다.

척불을 이야기로 형상화한 것은 불교 초전 상황을 다룬 「아도기라」·「원종흥법염촉멸신」 등이 대표적이다. 두 작품은 불교가 기존 종교에 밀려 토착화가 쉽지 않음을 드러낸 담론이다. 즉 불교전파에 노력을 기울였지만 그 주체가 패배하여 비극적인 상황을 맞는 이야기라 하겠다. 그러한 내용을 표로 보이면 다음과 같다.

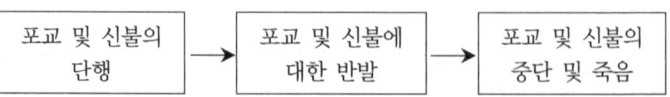

위의 표에서 보는 바와 같이 새로운 종교를 가지고 포교를 시행하지만 반대세력에 의해 철저히 부정된다. 특정한 계기로 잠시의 포교활동이 이루어져도 그 계기가 사라지면 기존의 세력에게 철저하게 배척·응징 받는다. 어쨌든 불교의 초전 과정이 이야기문학으로 형상화된 것은 불교전래가 그만큼 지난했음을 의미하는 것이라 하겠다. 이를 「아도기라」와 「원종흥법염촉멸신」을 들어 확인해 보도록 한다.

첫째, 「아도기라」의 척불 양상이다. 「아도기라」는 아도 또는 묵호자라고 하는 승려의 인물담이다. 일연은 아도가 본명이고 묵호자가 별칭으로 결국은 동일인물이라고 보았다. 아도가 불법을 신라에 전한 이야기는 세 가지 유형으로 전한다. 미추왕(263년) 때 모록의 집에 숨어 있으면서 세상에 나왔다가 사정이 여의치 않자 다시 숨어들어 나오지 않은 이야기, 눌지왕(417-458) 때 모례의 집에 굴을 파고 지내면서 양나라에서 보내온 향의 용도를 확인해 주고, 또한 향을 피워 공주의 병을 치료한 이야기, 소지왕(479-500) 때 어떤 사람이 시자 세 명과 함께 입국하여 편안히 살다 기세하자, 동행한 세 명이 불경을 강독하고 그를 따르는 이들이 있었다는 이야기가 그것이다. 이렇게 세 유형으로 이야기가 전개된 것은 불교 초전과 관련된 상황이 복잡했음을 의미한다. 실제로 위의 세 작품은 시기적으로 상당한 거리가 있고, 역사적인 합리성 또한 결여되어 있다.11) 어쨌든 세 이야기에 나타난 문제의 핵심은 아도의 포교활동이 결코

---

11) 미추왕 때 불교가 전래되었다고 본 것은 시기적으로 문제가 있다. 고구려와 백제의 불교 수용이 각각 372년과 384년인 점을 감안하면 외래문화 수용에 시기적으로 뒤진 신라에 263년에 불교가 전해졌다고 보기는 어렵다. 이를 감안해 일연은 아도의 행적을 눌지왕 때로 보고 있다. 실제로 고구려와 백제를 감안하면 시기적으로 이때가 적절할 수 있다.

쉽지 않다는 데 있다. 이제 이야기문학으로 잘 형상화된 미추왕 때
의 작품을 좀 더 구체적으로 살펴본다.

　　위나라 아굴마와 고구려 고도령의 아들 아도가 신라의 왕성 서쪽에
　머물면서 궁궐에 불법을 전하고자 한다. 하지만 세상에서 불교에 대해
　이전에 들어본 적이 없다며 아도를 죽이려 한다. 이에 아도가 모록의
　집에 숨어서 지낸다. 미추왕의 성국공주가 발병했을 때 유독 아도만이
　그 병을 고칠 수 있었다. 미추왕의 윤허로 아도는 소박하게 절을 짓고
　불법을 가르치니 모록의 누이동생도 아도에게 의탁하여 절을 짓고 지
　낸다. 얼마 후 미추왕이 사거하자 나라 사람들이 아도를 헤치려 한다.
　그는 모록의 집에 토굴을 파고 다시 숨어들어가 목숨을 다하고 만다.
　이후 불교도 사라진다.

　위 이야기는 아도가 불교를 포교하고자 했지만 일방적으로 패배
하고 마는 내용이다. 그는 왕궁 서쪽에 거처하면서 불법을 전하고
자 했지만, 기존 신앙을 믿는 사람들이 그를 살해하려고 한다. 기득
권을 가진 세력들이 새로운 종교를 강력하게 배척했던 사정을 확인
할 수 있다. 결국 아도는 모록의 집 토굴에 들어가 다시는 나오지
않고, 불교도 그렇게 사라진다. 한때 왕의 위신력을 바탕으로 불법
을 폈지만 그것은 아주 특별한 사례에 지나지 않았다. 따라서 미추
왕이 사거하자마자 나라 사람이 그를 일시에 헤치려 한 것이다. 불
교 전파를 도모했지만 여전히 불교가 외래종교에 지나지 않음을 보
인 담론이라 하겠다. 이는 신라 전통세력과 그 신앙이 막강하여 불
교가 주체적인 지위에 오르지 못하고 방외에 머문 사정을 드러낸
것이기도 하다.

둘째, 「원종흥법염촉멸신」의 척불 양상이다. 이때는 눌지왕 때보
다 한 세기가 지난 시점이다. 그래서 불교의 전래가 더 진척될 수
있었다. 실제로 법흥왕은 신불로 나라를 다스리려는 마음이 있으나
대신들의 반대로 그 뜻을 이루지 못한다. 이때 하급관리인 이차돈
의 순교로 왕명이 온전히 하달되도록 하여 문제를 타개하고자 했다.
그렇게 했을지라도 불교가 공인된 것은 아니다.[12] 기득권을 가진
사람들이 여전히 반대하여 불교의 공식화보다 법흥왕 개인의 신불
을 인정했을 따름이다. 그러한 사정을 확인하기 위해 작품을 정리
하면 다음과 같다.

　　법흥왕이 백성의 복을 빌고 죄를 없애기 위해 사찰을 건립하려 하지
　만, 조정신하들의 반대로 뜻을 이루지 못한다. 이때 하급관리 염촉(厭
　髑)이 거짓된 말을 전했다는 이유로 자기를 베라고 왕에게 청한다. 왕
　의 권위를 세워 신하들에게 신불의 당위성을 설득하고자 함이다. 왕이
　형장을 엄중하게 갖추고 신하들에게 절 짓는 것에 반대하는 이유를 묻
　자 신하들이 당황하여 정성을 다해 맹세하겠다고 한다. 마침내 염촉의
　목을 베니 흰 젖이 높이 솟구쳤다. 이때 천지에 기이한 현상이 일어나
　고, 염촉을 아는 사람들이 모두 슬퍼 운다.

이 이야기를 통해서 알 수 있는 것은 왕일지라도 신불이 쉽지 않
았다는 점이다. 그래서 염촉을 희생양으로 삼아 문제를 타개하고자
했다. 그렇게 했을지라도 이 작품의 문면에서는 불교의 공인에 대
한 내용을 찾을 수 없다. 다만 신불을 행하는 것이 죽음을 초래할
정도로 지난했음이 확인될 따름이다. 따라서 이 또한 불교가 우리

---

12) 최광식, 「신라의 불교 전래, 수용 및 공인」, 『신라사상의 재조명』 12집, 서경문
　　화사, 1992, 107~127쪽.

의 문화나 사상계의 주변에 머무른 사정을 담은 이야기라 하겠다. 실제로 위의 이야기는 불교가 정착되는 과정에서 야기된 갖은 어려움을 극적으로 형상화했을 따름이다.

2) 습불적 수용

이는 불교가 전래되어 객체에서 주체로 전이되는 과정을 보여주는 담론이다. 어려움을 극복하고 불교가 상하민중에게 신앙되기 시작하자 이제 불교에 대한 인식이 새로워진 것이다. 배척의 대상에서 신앙의 대상으로 인식의 변화가 생긴 것이다. 그러기에 절대시되던 기존 신앙이 불교를 위해 존재하는 상황까지 야기된다. 원시나 고대사회 이래로 절대시되던 토착신앙의 위신력이 격하되고, 불교가 그것을 대체하기 시작한다. 더 나아가 토착신앙이 불교의 선양을 위해 부수적으로 동원되는 상황까지 벌어진다. 토착신앙과 불교의 대결에서 불교가 우위에 섰기 때문에 불교를 부각하는 장치로 토착신앙이 동원된 것이다. 이는 불교가 전래된 후 토착화가 상당히 진척된 사정을 이야기로 포착한 것이라 하겠다.

이와 관련된 작품은 「선도산성모수희불사」·「어산불영」·「원광서학」·「보양이목」 등을 들 수 있다. 이들은 모두 불교와 토착신앙이 긴밀히 연계된 특징이 있다. 특히 토착신앙이 수행하던 일을 불교가 대체하는 방향으로 습합이 이루어진다. 그러한 사정을 표로 보이면 다음과 같다.

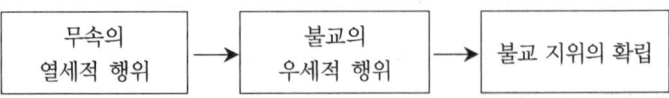

위의 표에서 보듯이 무속적인 방법으로는 문제해결에 한계를 느끼자 불교와 관련된 행위로 문제를 타개하고자 했다. 치열한 경쟁에서 불교가 궁극적인 승자가 되도록 이야기를 꾸민 것이다. 이는 나름대로 불교의 지위가 확립된 사정이 반영된 담론이라 하겠다. 여기에서는 「선도산성모수희불사」와 「어산불영」을 들어 불교의 수용 양상을 확인해 보겠다.

첫째, 「선도산성모수희불사」에 수용된 습불적 상황이다. 이 작품은 신화의 주인공인 선도산성모보다 부처가 우위에 있음을 드러낸 담론이다. 선도산성모는 부계인 천신이 나타나기 이전부터 신화의 주인공이었다. 그녀는 박혁거세와 알영을 낳은 성모이면서 지모신 또는 곡신의 위상을 확보하고 있었다. 그래서 원형적인 신화에서는 선도산성모의 지위가 절대적일 수밖에 없었다.[13] 하지만 불교가 들어와 토착신앙의 전통을 수렴하자 토착신앙은 그 위세가 날로 기울어지게 된다. 이는 불교가 객체에서 주체로 한 발 더 진척된 사정을 웅변하는 것이기도 하다. 이를 확인하기 위해 내용을 정리하면 다음과 같다.

진평왕 때 여승 지혜가 불전을 중수하는 불사를 일으킨다. 그러자 선도산성모가 지혜의 꿈에 나타나 금을 희사하고자 한다. 꿈에서 깬 지혜가 선도산성모의 지시대로 금을 얻어 불사가 완성된다. 나라가 세워진 뒤로 신모는 항상 여러 산천제사에서 수위를 차지했었다. 신모는 중국 황실의 딸로 서연산(西鳶山)의 지선(地仙)이 되어 신령한 아들을 낳아 첫 임금이 되게 했다.

---

13) 다만 선도산성모를 중국과 연결시킨 것은 중세적인 질서가 반영된 것으로 시조 도래설화와 연계된다 하겠다.

이 작품은 중세적인 이념이 일부 반영되었지만[14] 그 조형은 지모
신·산신과 관련된 원형적인 신화라 하겠다. 원형적인 신화에서 선
도산성모는 개국조를 낳는 절대적인 권능을 갖기에, 마치 「단군신
화」의 웅녀나 「동명신화」의 유화와 비견될 만하다. 고구려의 동맹
제에서 수혈신으로 유화를 받든 것처럼 선도산성모에 대한 신앙 또
한 남달랐을 것이다. 이때의 성모는 뛰어난 능력을 가진 문제의 해
결자였음은 물론이다.

문제는 불교가 들어오고 성모가 수행했던 일의 상당수를 부처가
대신하게 되었다는 점이다. 그래서 선도산성모는 절대적인 지위에
서 밀려나 부처를 받드는 데 동원될 따름이다. 이는 토착신앙보다
불교가 우위에 선 상황을 드러낸 것이기도 하다. 실제로 이 작품에
서 절대적인 권위를 가졌던 선도산성모가 불사를 기꺼이 수행하는
것은 지위의 역전을 말하는 것이다. 한편으로는 불교가 수용되면서
기존의 토착신앙에 대한 불신이 생기고, 그로 인해 토착신앙은 불
교와 연계해야만 그 입지를 다질 수 있게 된 것이다. 불교가 토착신
앙을 수렴하면서 스스로의 입지를 강화한 것이라 하겠다.

둘째, 「어산불영」에 수용된 습불적 상황이다. 앞의 작품이 산신·
지모신·국모와 관련된 토착신앙과 불교의 습합과정을 보였다면, 이
작품은 개국조인 수로왕이 부처의 힘을 빌려 뜻한 바를 성취하는
담론이다. 이 또한 불교가 토착신앙보다 우위에 선 사정을 담고 있
다. 이를 확인하기 위하여 작품을 정리하면 다음과 같다.

---

14) 시조도래설화가 그것이다. 이는 문화적으로 앞선 중국에서 시조가 도래한 것으
로 처리하여 우월성을 담보한 것이라 할 수 있다. 고대는 천상이, 중세는 문화적
으로 앞선 중국이 변별성을 보장한 것이다.

옛날 하늘에서 알이 내려와 수로왕이 되었다. 당시에 옥지(玉池)가 있었는데 그곳에 독룡이 살고 있었다. 만어산의 나찰녀가 독룡과 어울려 다니느라 번개가 치고 비가 와서 4년간 곡식이 여물지 않았다. 수로왕이 주술로 막으려 했지만 실패하고 부처에게 도움을 청한다. 부처가 설법한 후 나찰녀에게 오계를 내려 폐해가 없도록 하고, 동해의 용과 물고기는 바위로 변해 골짜기에 가득 찼다.

이상에서 보는 것처럼 이 작품은 무불습합을 복합적으로 다루다가 마침내는 불교의 우위를 강조하며 마무리하고 있다. 먼저 수로왕은 개국조로서 절대적인 위신력을 확보하고 있었다. 신화적 영웅은 인간과의 부조화는 화해로, 자연에서 파생되는 문제는 제의를 통해 모두 해결할 수 있었다. 그러한 그가 독룡과 나찰녀가 벌이는 문제를 해결할 수 없어 부처에게 도움을 청하게 된다. 물론 부처는 설법으로 모든 문제를 어렵지 않게 해결하여 수로왕보다 상위에 있음을 드러낸다. 이는 전통적인 신앙 관념이 불교로 대체되었음을 의미하는 것이라 하겠다.

또한 부처가 설법한 후 나찰녀에게는 계를 내려 구제하지만, 동해의 독룡과 물고기에게는 돌로 변하는 징벌을 내린다. 독룡으로 표상되는 토착룡은 호법룡과는 달리 불교전래 이후 부정적으로 그려진다. 이 작품 또한 그러한 사정이 반영된 것이라 하겠다. 이때의 용은 나찰녀와 돌아다니느라 자신의 임무를 등한히 했을 뿐만 아니라, 불교와도 대척적인 위치에 있어 배척의 대상이 될 수밖에 없었다. 그래서 돌로 변모되는 징벌을 받은 것이라 할 수 있다. 개국조인 수로는 부처에게 도움을 청하는 존재로 격하되었을지라도 여전히 무불습합의 범주에서나마 위신력을 드러내는 반면, 불교의 전래에 항거했던 토착룡은 설자리조차 찾지 못하고 돌로 변하고 만다. 이 작품에서는 전통신앙보다 외래종교인 불교가 우위에 선 사정을 천손인 수로왕과 동해의 용을 들어 확인하고 있다. 이는 그만큼 불교의 토착화가 진척되었음을 의미하는 바라 하겠다.

3) 신불적 수용

이는 불교가 주체가 되어 상하민중에게 능동적으로 다가섰던 사정을 다룬 담론이다. 불교가 토착신앙보다 우위에 있음을 형상화하는 것에서 더 나아가 이제는 불교 자체가 절대적인 신앙으로 확립되었음을 천명한 것이다. 이를테면 불교가 우뚝한 지위에 올라섰기 때문에 불교를 효과적으로 선양하는 일에 관심을 기울일 따름이다. 이제 불교를 통해 현세건 내세건 간에 소원하는 바를 성취하는 것이 중요하게 되었다.[15]

이와 관련된 작품은 신불이 당위적으로 받아들여지던 사정을 다루고 있다. 즉 불교가 우뚝한 지위에 서자 공사나 상하를 막론하고 신불하여 소망을 성취하는 내용이 담겼다. 대표적인 작품으로 「욱면비염불서승」・「백월산양성성도기」・「광덕엄장」・「진정사효선쌍미」 등을 들 수 있다. 이들은 어떠한 역경이 있어도 오로지 신불로 모든 문제를 해결한다. 이제 불교에 귀의하고, 그것을 숭신해야만 문제가 해결되는 시대가 온 것이다. 그러한 사정을 표로 보이면 다음과 같다.

---

15) 안정훈, 「불경설화의 중국화에 관한 고찰-「경률이상」과 「법원주림」을 중심으로」, 『중국어문학논총』 제58호, 중국어문학연구학회, 2009, 541~565쪽.

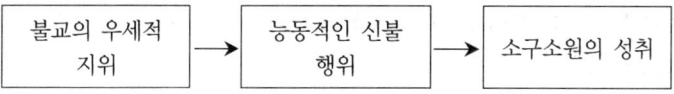

위에서 보는 바와 같이 불교는 우열을 가릴 필요가 없는 절대적인 지위에 올라섰다. 국가적인 공인은 물론 상하를 막론하고 숭신하는 종교가 되었기 때문이다. 이제 각처에서 불연지가 생겨나고, 사람마다 불법을 통해 현세는 물론 내세의 복락까지 비는 시대가 되었다. 문학적으로는 윤회전생을 바탕으로 현세의 질곡에서 벗어나 극락정토를 염원하는 작품을 양산하게 된다. 여기에서는 그러한 실태를 「욱면비염불서승」과 「백월산양성성도기」를 중심으로 확인해 보겠다.

첫째, 「욱면비염불서승」에서의 신불적 수용이다. 이 작품은 미타신앙에 토대를 둔 이야기로 궁극적으로는 사찰창건과 관련되지만, 이면에는 하층민의 지난한 신앙생활을 부각하고 있다. 특히 불교의 주요 신앙인 미타극락 왕생을 염원하여 그간 객체에 머물던 불교가 주체로 우뚝 섰음을 확인할 수 있다. 그러한 사정을 확인하기 위하여 내용을 정리하면 다음과 같다.

경덕왕 때 귀진이 신도 수십 명과 어울려 미타사를 창건하고 만 일을 기약하며 계를 결성한다. 이때 귀진의 여종 욱면이 주인을 따라가서 열심히 염불한다. 귀진이 자기 일을 게을리 한다며 곡식 두 섬을 주고 하룻저녁에 찧으라고 명한다. 욱면은 서둘러 방아를 찧은 다음 밤낮으로 염불을 게을리 하지 않는다. 하루는 새끼줄로 손바닥을 관통시킨 후 그 끝을 양쪽의 말뚝에다 묶고 좌우로 흔들면서 스스로 경계한다. 이때 하늘에서 법당에 들어가 염불하라는 소리가 들리자 그에 따른다. 그러자 욱면이 홀연 솟아올라 법당 지붕을 뚫고 서쪽 교외로 날아가 육신을 버린 후 승천한다.

위에서 보듯이 상하를 막론하고 불교에 귀의하여 깨달음을 얻고자 정진한다. 불교에 대한 믿음이 보편화되어 이제 성심껏 불도를 닦는 것이 무엇보다 중요하게 되었다. 그 일환으로 주인은 미타사를 창건하여 극락왕생을 염원하고, 좋은 주인을 수행하면서 염불을 통해 내세를 보장받고자 했다. 어느 경우든 불교를 전적으로 수용하면서 자신의 성불을 위해 노력하고 있다. 이제 불교가 절대적인 위치에 올라섰기 때문에 상하민중 모두가 다른 종교를 의식하지 않고 신불하는 것이 중요하게 되었다.

둘째, 「백월산양성성도기」에서의 신불적 수용이다. 이 작품 또한 앞에서 다룬 「욱면비염불서승」과 마찬가지로 하층민들의 신앙생활이 녹록치 않음을 드러내고 있다. 어려운 환경 속에서도 성불을 위해 노력하는 것은 그만큼 불교가 안착되었기 때문이다. 그래서 상하민중 모두 불교를 통해 정신적·심리적 안정을 추구하곤 하였다. 특히 이 작품에서는 불교가 일반화되자 재가 및 출가의 상황을 문학적으로 형상화하여 주목된다. 내용을 정리하면 다음과 같다.

노힐부득과 달달박박이 처자를 거느리고 출가하여 생계를 꾸리며 각기 회진암과 유리광사에서 지낸다. 얼마 후 세상살이의 무상함을 알고 극락세계를 생각하면서 세속과 단절된 곳으로 들어가 박박은 판방에서, 부득은 뇌방에서 수행한다. 하루는 아리따운 처녀가 박박을 찾아와 유숙하기를 청한다. 그는 수행처에 여성을 들일 수 없다며 문전박대한다. 여인이 부득을 찾아가니 그는 중생의 뜻을 따라야 한다며 맞아들인다. 여인은 산기가 있다며 부득에게 수발들기를 청하고 목욕까지 부탁한다. 부득이 그녀를 목욕시키자 그 물이 금색으로 변하고, 여인의 청대로 부득이 그 물에 목욕하니 금색의 미륵불이 된다. 다음날 파계를 기대하고 부득의 처소에 찾아온 박박은 부득의 성불을 보고 자신의 편벽됨을 자책하며 부득이 시키는 대로 남은 물에 목욕하여 아미타불이 된다. 두 부처는 설법하고 구름을 타고 떠난다.

위에서 보듯이 이 작품에서도 불교가 절대적인 위상을 확보하고 있다. 그러기에 부득과 박박이 불교의 권위를 의심하지 않고 가족을 동반한 채 출가하여 수행한다. 하지만 더 큰 깨달음을 위해 세속과 절연하고 심산으로 들어가 정진하여 각기 미륵과 미타불이 되어 서방정토로 떠난다. 이로 볼 때 불교가 절대적인 위치를 점하면서 민중신앙의 핵심으로 부상했음을 알 수 있다. 이제 불교에 귀의하고 따르는 것이 무엇보다 중요하게 되었다. 그래서 두 주인공도 어떠한 고통도 마다하지 않고 신불을 실천할 수 있었던 것이다. 가족과 결별하는 고통, 심산에서의 초극적인 행위를 감내한 것도 바로 그 때문이다. 이러한 수행의지가 있었기 때문에 그들의 소원도 이루어질 수 있었다. 즉 깨달음의 세계, 평온의 세계에 들어가 안락을 누리게 된 것이다.

4. 불교전래 과정의 서사문학적 수용과 의미

이 절에서는 앞에서 나누었던 불교전래 과정별로 서사문학적 수용과 그 의미를 확인하고자 한다. 즉 불교전래 과정이 이야기의 형상화에 어떻게 반영되었고, 그것이 서사문학의 전반적인 추이와 어떠한 상관성이 있는지 검토해 보도록 한다.

첫째, 척불의 서사문학적 수용과 의미이다. 앞에서 척불과 관련된 작품으로 「아도기라」와 「원종흥법염촉멸신」에 대하여 살펴보았다. 이들의 형성 시기는 각각 5세기 중반과 6세기 초반이다.[16] 이는 불교 초전 이후 약 1세기 동안으로, 불교가 여전히 정착하지 못하고 외래종교로 부침하던 때라 하겠다. 또한 공간적으로는 서라벌의 왕궁을 중심으로 불교의 토착화가 추진되었음도 알 수 있다. 하지만 토착신앙을 믿는 세력에게 배척당하여 불교가 이야기문학의 형상화에 기여하는 데는 일정한 한계가 있었다.

이때의 불교는 토착신앙과 마찰을 겪으면서 갈등을 낳곤 하였다. 이렇게 불교가 기존의 신앙과 충돌하면서 빚어진 충격적인 상황은 이야기문학의 좋은 자양이 될 수 있었다. 위에서 든 작품들도 모두 그러한 상황을 적절히 포착한 것이다. 이 척불적 수용에서는 불교가 소재적 측면에서만 이야기문학에 기여하게 된다. 위의 작품에서도 포교를 위해 벌였던 기이한 현상, 포교를 염원한 사람들의 순교 정도가 이야기 형상화의 소재로 작용했을 뿐이다. 이야기의 내용과 구조, 그리고 세계관이나 사상 등에서 불교가 개입할 여지가 없었던 것이다.

그럴지라도 불교의 유입은 기존의 문학계에 상당한 영향을 주었다. 이 시기의 서사문학은 신화가 큰 비중을 차지하면서 일부의 전설이나 민담이 유통되고 있었다. 신화는 고대부터 전승되어 왔거니

---

16) 「아도기라」에서는 일반적으로 눌지왕(417~458) 때 불법을 편 것으로 보고, 「원종흥법염촉멸신」은 527년의 일이다.

와 전설이나 민담은 중세로 진입하면서 양산된 것으로 본다. 그런
데 이러한 서사의 형상화에 불교의 작화방식이 영향을 미친 것이다.
다양한 가상세계, 끝없이 윤회전생하는 사고관념 등이 이야기문학
의 좋은 재료가 된 것이다. 불교가 사상이나 문화계에 미친 파장을
감안하면 이 시기야말로 불교계 서사문학의 태동기라 해도 좋겠다.
실제로 긍정적인 부정적이든 간에 이때에 들어와서 불교적인 내용
이 서사문학으로 형상화되기 시작한다. 역설적이게도 척불적 수용
에서 그러한 정황을 읽을 수 있다.

둘째, 습불의 서사문학적 수용과 의미이다. 이와 관련된 작품으
로「선도산성모수희불사」와 「어산불영」을 살펴보았다. 이들은 모두
6세기 말에서 7세기 초의 작품이다.[17] 즉 법흥왕과 진흥왕을 지나
면서 불교가 공인되자 그 파장이 지역적으로 확산된 것이라 하겠다.
이는 불교가 공인되고 반세기 또는 한 세기에 걸쳐 일어난 것으로
그만큼 불교의 위상이 달라졌음을 의미하는 것이다. 실제로 공간적
인 측면에서도 왕궁을 중심으로 했던 척불적 수용과는 달리 경주의
서악(西嶽)인 선도산과 부산의 북쪽에 위치한 삼랑진 만어산 등으로
불교의 지형이 빠르게 확장되었음을 수 있다.

불교가 공인되고 한 세기 가까이 흐르자 이제 불교의 위상도 상
당히 높아졌다. 그래서 기존의 토착신앙이 담당했던 종교적 기능을

---

17) 「선도선성모수희불사」는 진평왕 때의 일인데 진평왕의 재위기간은 579~632년
   이다. 「어산불영」의 경우 가야의 불교전래와 관계된 것으로 그 시기가 정확하지
   는 않다. 다만 같은 조목에서 다루었던 「선도산성모수희불사」와 「원광서학」(542
   ~640)을 감안하면 적어도 6세기 말에서 7세기 초의 일이 아닌가 한다. 이때는
   신라의 경우 불교가 공인되어 토착신앙과 습합되면서 불교가 우세적 지위를 갖
   게 되었다. 그런 점에서 「어산불영」도 6세기 말에서 7세기 초의 일이라 할 수 있
   겠다.

불교가 대체하면서 무불습합이 이루어지게 된다. 이들에서는 불교 전래에 따른 갈등보다는 토착신앙과의 조화를 염두에 두었다. 작품의 형상화를 보면, 척불적 수용과는 달리 인물이나 작품의 구성, 그리고 주제의 구현에 이르기까지 불교가 다양하게 영향을 미쳤다. 그만큼 불교가 이야기문학의 형상화에 기여한 바가 남다르다 하겠다. 「선도산성모수희불사」에서는 승려가 불사를 단행·성취하고 있거니와 「어산불영」에서는 다섯 나찰녀의 문제를 해결하기 위해 부처가 직접 등장하고 있다. 모두 불교가 대내외적으로 공인되어 가능할 수 있었던 것이다. 다만 이러한 내용이 단독으로 쓰이지 않고 토착신앙, 즉 신화적 인물과 결부되어 나타난다는 점이다. 그렇게 된 데에는 불교가 공인되고 많은 사람들이 믿을지라도 여전히 기존의 신앙, 즉 무속신앙을 도외시할 수 없었기 때문이다. 그래서 이때의 신앙체계는 '외불내무(外佛內巫)'의 특성이 있다 하겠다. 그러한 사정을 습불적 작품이 적절히 수렴하고 있다.

이때까지만 해도 신앙과 관련된 서사의 상당수는 토착신앙과 관련된 신화가 주종을 이루고 있었다. 앞에서 본 선도산성모나 수로왕 등이 모두 고대부터 있었던 신화적 유산이기 때문이다. 그런데 불교가 공인되고 이러한 신앙체계를 대체하게 되자 다수의 신화에 불교적인 색체가 가미된다. 불교의 현생담이나 본생담도 종교신화적인 특성이 다분하여 이들이 신성담론에 영향을 끼친 것이라 하겠다. 특히 습불적 수용이 귀족층과 관련된 서사에서 다수 나타나는데, 이는 고대 귀족유물인 신화에 불교적 세계관이 가미된 결과라 할 수 있다. 그래서 앞에서 살핀 척불이 소재적인 차원에서 영향을 끼쳤다면, 습불적 수용에서는 불교의 사상과 세계관까지 작품 형상화에 영향을 끼친 것으로 볼 수 있다. 물론 아래에서 살필 신불적 수용에서는 전설이나 민담적 모티프까지 동원되어 불교의 영향이 더 확대된다. 어쨌든 습불적 수용에서는 불교가 신성담론과 융화하면서 불교문학의 지평을 확장한 것만은 틀림없다.

셋째, 신불의 서사문학적 수용과 의미이다. 앞에서 이 유형의 작품으로 「백월산양성성도기」와 「욱면비염불서승」을 살펴보았다. 이들은 각각 8세기 초·중반의 작품으로 앞에서 다룬 습불적 수용보다 한 세기를 더 지난 시점이다.18) 이때는 불교가 공인되고 두 세기 정도 지났기 때문에 신불행위가 당연시되었다. 앞에서는 무속신앙을 숭신하던 집단을 의식해 무불습합을 염두에 두었다면, 이제는 불교가 우위에 섰기 때문에 오로지 신불에 심혈을 기울일 따름이다. 지역적으로도 각각 진주와 창원으로 경주와는 상당한 거리가 생겼다. 불교가 공인되고 그것을 신봉하는 사람들이 전국적으로 확산된 상황이 반영된 것이다.

이 시기는 상하를 막론하고 종교적인 측면에서 신불이 중요했다. 물론 외불내무적인 행위가 없었던 것은 아니지만, 불교가 전 계층에 걸쳐 신앙된 것만은 틀림없다. 이때는 대당유학승이나 외국에서 도래한 승려 또한 다수 확인된다. 귀족층에서는 화엄종을 중심으로 한 교종이 신봉되었고, 하층민들은 정토종을 믿으며 극락왕생을 염원하곤 하였다. 그래서 상하를 막론하고 신불과 관련된 이야기가 양산될 수 있었다.

신불이 당연시되자 이야기의 형상화에도 큰 변화가 생겼다. 습불

---

18) 「백월산양성성도기」는 709년의 일이고, 「욱면비염불서승」에서 욱면이 성불한 것은 755년이다.

적 수용에서는 기존 신앙을 감안했지만 여기에서는 오로지 불교의 세계관으로 작품을 형상화하였다. 이는 고려나 조선조에 들어와서도 다르지 않다. 그런 점에서 신불적 수용은 불교가 아시아 공통의 문화나 문학에서 한국의 문화나 문학으로 안착된 상황을 다룬 담론이라 할 수 있다. 불교문학이 한국적인 특수문학·민족문학으로 토착화된 것이다. 실제로 위에서 든 「욱면비염불서승」이나 「백월산양성성도기」는 불연지 및 사찰이 배경이거니와 등장인물도 상하를 막론하고 오로지 신불에 몰두하고 있다. 다른 사건도 성불을 위해 온갖 시련을 감내하는 초극담이 핵심이다. 이처럼 불교의 세계관이 반영되고 불교의 사상과 관념이 작품을 형상화하는 토대이자 핵심이 되었다. 그래서 척불이나 습불적 수용과는 차원을 달리하는 불교문학이 되었다.

신불적 수용에서는 철저하게 불교의 세계관을 반영하면서 이야기를 마련하고 있다. 그래서 합리성이 강조된 유교담론과 변별되는 서사적 전통을 확보하게 된다. 실제로 불교에는 불교천문학이라고 할 만한 다양한 가상세계가 구비되어 있다. 그래서 불교에서는 이 가상세계를 통한 비유가 많아 현상보다는 관념적인 세계가 더 큰 비중을 차지한다. 자연스럽게 이들이 불교의 초월문학·관념문학을 낳는 토대가 되었다. 불교에서 관념·피안·내세를 내세우며 이야기문학의 편폭을 확장할 수 있었던 것도 바로 그 때문이다. 이는 모두 위에서 살핀 신불적 수용과 밀접하게 관련된다. 신불적 수용의 서사가 불교의 관념이나 세계관을 다양하게 수렴하여 서사의 소재나 기법을 다채롭게 했기 때문이다. 그러한 전통은 설화는 물론 후대의 고전소설로 이어져 통공시적으로 확장되어 나간다. 이는 신불적 수용이 불교서사의 전범을 보이며 후대로 계승되었음을 의미하는 것이기도 하다.

5. 결론

지금까지 불교전래 과정과 서사문학적 수용에 대하여 살펴보았다. 먼저 불교전래 과정과 서사문학의 관계를 불경계 서사와 불연계 서사로 나누어 개괄한 다음, 불교전래 과정과 서사문학적 수용을 세 단계로 나누어 검토하였다. 마지막으로 불교전래 과정의 서사문학적 수용이 갖는 의미를 시기별로 나누어 살펴보았다. 이상의 논의를 요약하는 것으로 결론을 대신하도록 한다.

첫째, 불교전래 과정과 서사문학의 관계를 살펴보았다. 여기에서는 아시아 공통문학인 불교서사가 민족문학화 내지 자국문학화되는 양상을 불경계 서사와 불연계 서사로 나누어 검토하였다. 불경계 서사는 불경에 연원을 두고 있을 뿐만 아니라 전형성까지 확보하고 있어서 아시아의 공통문학으로 기능하기가 쉽다. 그래서 불교전파지의 토착문학으로 정착하는 데 어느 정도 한계가 있었다. 반면에 불연계 서사는 불교전래와 관련된 사항을 작품으로 형상화하여 불경계 서사의 모방성과는 달리 창작성이 돋보인다. 그래서 불연계 서사는 민족문학 내지 자국문학적 특성을 잘 드러낸다 하겠다.

둘째, 불교전래 과정의 서사문학적 수용양상을 검토하였다. 여기에서는 크게 척불·습불·신불로 나누어 불교전래 과정의 서사문학적 수용을 다루었다. 척불적 수용에서는 토착신앙을 믿는 기득권층에서 반대하여 불교의 정착이 쉽지 않은 상황을 다루었다. 그래서 불교전래에 따른 외피, 즉 소재적인 측면에서만 이야기문학의 형상화에 영향을 끼쳤다. 습불적 수용에서는 불교가 토착종교와 융화되면서 정착되는 상황을 다루었다. 여기에서는 불교가 토착신앙을 누르면서 우월적 지위를 드러내도록 이야기를 꾸몄다. 마지막으로 신불적 수용에서는 토착종교를 의식하지 않고 불교 자체만으로 이야기를 형상화하였다. 불교가 절대적인 위치에 올라 어떻게 하면 신불을 더 강렬하게 유도할 것인지가 관심의 대상이 되었다.

셋째, 불교전래 과정의 서사문학적 수용과 그 의미를 살펴보았다. 불교전래 과정은 우리의 이야기문학에서 중시할 만하다. 불교전래 과정이 우리 이야기문학의 변이양상을 단계적으로 보여주기 때문이다. 먼저 척불적 수용은 5세기 중반과 6세기 초반에 경주를 중심으로 포교에 임했던 사정을 이야기문학으로 포착한 것이다. 새로운 문명과의 충돌을 이야기문학에서 포착하여 주목할 만하다. 습불적 수용은 6세기 말에서 7세기 초에 경주 외곽을 중심으로 무불이 습합된 사정을 다룬 것이다. 이때의 이야기는 불교의 다양한 세계와 사상이 무속과 연계되면서 문학적으로 형상화되었다. 신불적 수용은 8세기 초반 이후에 경주는 물론 먼 지방에 이르기까지 불교가 전파·숭신되었던 사정을 포착한 것이다. 이때의 문학은 오로지 불교의 세계관이나 사상만으로 작품을 형상화하여 아시아 공통문학이 민족문학·자국문학으로 완결된다. 그런 점에서 불교문학의 깊이나 넓이를 확장한 시기가 바로 이때라 하겠다.

제3장 불교담론의 한국문학적 수용

프롤로그

이 글은 대표적인 불교담론이라 할 수 있는 본생담을 살피면서 그것이 우리의 서사문학으로 수용된 과정을 추적한 것이다. 본생담은 불보살의 전생담으로 많은 불경에서 주요하게 다루어 왔다. 그래서 이들이 우리나라에 들어와 설법텍스트로 활용되는 것은 아주 자연스러운 상황이었고, 그러는 중에 일부가 한국의 전통문학으로 수용·안착되었다. 사실 여말 선초의 불교전적에 실린 본생담을 살피면 이들이 한국적으로 수용된 사정을 알 수 있거니와 그러한 전통은 적어도 조선후기까지 지속되었다. 이는 본생담이 오랜 유통과정에서 한국문학으로 수용·정착되었음을 뜻하는 것이기도 하다.

1. 서론

본생담은 불보살의 전생담으로 수억 겁 전의 삶을 현재적으로 환치한 담론이다. 즉 불보살의 전세를 오늘의 이야기로 끌어와 교화용 텍스트로 활용한 것이다. 그래서 본생담은 근본적으로 허구를 연설(演說)한 특성을 갖게 되었다. 허구의 연설이라는 점에서 본생담은 가공적인 문학세계를 구축할 수 있었고, 이것이 불교 전파지마다 다양한 문학장르를 산출하는 원천이 되었다.

문학적 자질이 뛰어난 본생담은 불교의 전파와 함께 아시아 각국으로 확산되어 나갔다. 즉 인도와 중앙아시아는 물론이거니와 중국·한국·일본 등 동아시아나 태국·베트남 등의 남아시아로 퍼져나갔다.1) 그러는 중에 본생담이 변문·강창문학으로 유통되면서 아시아 공통의 문학적인 자산이 된 것이다.

우리나라의 경우 한역 경전이 들어오고부터 본생담이 본격적으로 유통되었을 것으로 본다. 이는 불경의 상당수 내용이 불보살의 본생담이라는 점에서 이미 예견된 일이다. 고려조의 불교서사체는 물론이거니와 조선조의 국문불서와 고전소설·서사무가 등에서 본생담을 쉽게 확인할 수 있는 것도 바로 그 때문이다. 따라서 본생담의 특성을 파악하고 그것을 통시적으로 고찰하면 한국서사문학사의 한 지류를 분명하게 파악하는 성과를 거두리라 본다.

본생담에 대한 지금까지의 논의는 불교계 서사문학의 실태와 그것의 소설적 전개 양상을 확인하는 것이 주류였다.2) 그래서 겉으로

---

1) 岩本裕, 「佛敎說話の原流と展開」, 改命書院, 1979, 79~127쪽.
  傳藝子, 「敦煌俗文學之發見及其展開」, 『敦煌變文論文錄』上, 明文書局, 1985, 129~146쪽.
  陶德臻, 『東方文學簡史』, 北京出版社, 1985, 59~65쪽.
  黑部通善, 『日本佛傳文學の硏究』, 和泉書院, 1989.
2) 사재동, 『불교계 서사문학의 연구』, 중앙문화사, 1995, 115~121쪽.
  박병동, 『불경전래 설화의 소설적 변모양상』, 도서출판 역락, 2003, 216~228쪽.
  최호석, 「석가여래십지수행기의 소설적 전개」, 고려대학교 대학원 석사학위논문, 1993, 81~87쪽.

드러나는 현상만을 좇아 작품의 내용에 침윤된 본생담의 실상과 그 의의를 제대로 부각하지 못한 느낌이 없지 않다. 이제 본생담의 구조적인 특성을 다수 작품을 대상으로 추출하고, 그것이 우리의 고전소설에 어떻게 침윤·작용했는지 조망할 필요가 있다. 이것이 서사문학의 계통과 변이를 본생담을 중심으로 체계화하는 일이기에 연구의 시급성이 있다.

이에 이 글에서는 본생담의 자료를 먼저 개관하고, 문학적 양상을 일별해 보도록 하겠다. 이를 토대로 본생담의 구조적인 특성을 찾아 그것이 고전소설에 끼친 영향관계를 찾아보고자 한다. 이는 본생담의 외형적인 전승뿐만 아니라 후대 작품의 내용에 끼친 영향관계를 검토하는 것이라서 의미가 있다.

2. 본생담 자료의 개관

본생담은 현재 불보살의 위신력을 제고하고, 신불을 유발하기 위해 제작되었다. 특히 불보살의 영웅적 행위를 충격적인 방법으로 그려, 감동적인 설법텍스트로 활용할 수 있도록 했다. 그래서 본생담은 무속텍스트인 서사무가의 본풀이와 상당한 유사성이 있다.[3] 불경에 내재된 본생담은 대중적으로 연행되면서 각국의 사정에 맞게 파생 작품군이 산출되었다. 그래서 원텍스트와 파생텍스트 간에는 어느 정도 변별력을 갖게 되었다. 이에 이 절에서는 불경의 본생

인권환, 『한국불교문학연구』, 고려대학교 출판부, 1999, 191~211쪽.
3) 제주도의 「초공본풀이」·「이공본풀이」·「삼공본풀이」가 좋은 본보기이다.

담을 전제하면서 그것에서 변이·파생된 정도에 따라 유형을 설정하고 유형별로 특성을 개괄해 보도록 하겠다.

본생담은 불경 소재의 원텍스트를 바탕으로 대중적인 연행을 거치면서 변이·토착화되었다. 이를 감안하면 본생담을 불경계 본생담, 위경계 본생담, 서사계 본생담으로 나눌 수 있겠다. 불경계 본생담이 본생담의 기본 조건을 충실히 갖추었다면, 위경계 본생담은 그에서 변이되어 불교적 성격이 상당수 거세된 것이다. 서사계 본생담은 일반 서사문학을 지향하여 본생담의 기본 자질만 확보되어 있을 따름이다. 이제 위 세 가지 유형을 구체적으로 살펴보도록 하겠다.

첫째, 불경계 본생담은 말 그대로 불경에 이입된 본생담을 말한다. 이들은 인도의 고전이면서 동시에 동양 공통의 문학적 자산이라 하겠다. 따라서 섣부르게 그것을 우리의 문학으로 운위하기가 쉽지 않다. 그럴지라도 국문으로 개변되면서[4] 우리의 사상을 지배해 왔음을 감안할 때는 굳이 백안시하며 배척할 필요는 없어 보인다. 이들이 이미 신라·고려·조선조를 거쳐 다양하게 인출되면서 신앙의 대상으로, 또는 문학의 대용으로 향유되어 왔기 때문이다. 따라서 수용미학적인 측면에서 보면 우리문학처럼 인식될 수도 있다.

우리나라에 불경이 전래된 것은 상당히 이른 시기이다. 불교의 전래와 때를 같이 하면서 유입되었기 때문이다. 실제로 고구려에서는 395년에 진나라 승려 담시(曇始)가 불교의 교리 연구 및 설법의 이해에 필요한 경률 수십 부를 가지고 왔다. 백제도 성왕 때(541)에 『열반경』·『법화경』·『유마경』 등의 대승 경전이 널리 연구되는 양나라에

---

4) 『석보상절』·『월인석보』·『팔상록』 등이 대표적이다. 이들에는 다양한 삽화 형태로 본생담이 이입되어 있다.

서 경전에 대한 해설서를 구해 왔다. 신라에서도 565년에 승려 명관 (明觀)이 불경 1,700여 권을 진(陳)에서, 576년에는 안홍법사(安弘法 師)가『능가승만경』을 수나라에서 가져왔다.5) 이렇게 유입된 불경 은 대중적인 교화를 위하여 활용되었을 뿐만 아니라 일본으로 전해 지기도 하였다.6) 특히 강경법석을 통하여 대중적인 확산을 도모했 는데, 진평왕(613) 때에는 수나라 사신이 오자 황룡사에서 백고좌(百 高座)를 베풀어 원광 등의 법사가 불경을 강론하였다.7) 헌강왕 때에 도 황룡사에서 승려들에게 재(齋)를 베풀고 백고좌회를 열어 불경을 강설하였다. 게다가 각종 재의나 행사에서『금경』·『인왕경』·『반야 경』·『천수경』·『지장경』·『금강반야경』·『법화경』·『화엄경』·『육백 반야경』 등을 강론하였다.8) 따라서 경전에 이입되었던 본생담이 강 경과 행사를 통해 승속 간에 유전될 수 있었다.

동아시아에 널리 유전된 대승경전에서 본생담과 관련된 것은『본 생경』·『육도집경』을 필두로『경률이상』·『대장엄론경』·『대지도론』· 『보살본생만론』·『보살본연경』·『보은경』·『사분율』·『생경』·『찬집백 연경』·『출요경』·『태자수대나경』·『현우경』 등을 들 수 있다. 이들 경전 에는 삭품 수에서 낳고 석음의 차이가 있을지언정 대부분 본생담이 수 록되어 있다. 위의 경전 중에서도 특히『본생경』·『육도집경』이 주목 된다.

---

5) 한국정신문화연구원,『민족문화대백과사전』10, 웅진출판주식회사, 1991, 492~ 496쪽.
6) 일본의 경우 본생담이 100여 편 전승되고 있다. 이를 통해 우리 본생문학의 사 정을 유추할 수 있다.(김태광,「일본에서의 본생담의 수용」,『경동논총』3, 경동 대학교, 2001).
7) 김진영,『한국서사문학의 연행양상』, 이회문화사, 1999, 34~36쪽.
8) 일 연,『삼국유사』권4 탑상 제5, '대산오만진신'.

『본생경』은 불타의 위신력을 고양할 목적에서 불타의 전생을 다양한 이야기로 서사해 놓았다. 즉 인과론에 입각하여 불타의 본생담을 547가지 설파해 놓았다. 또한 『육도집경』은 불타가 전생 보살이었을 때의 이야기를 보시·지계·인욕·정진·선정·지혜 등으로 나누어 91화를 서사해 놓았다. 이들 본생담은 대중취향적인 특장 때문에 각국의 전통문학에 많은 영향을 끼쳤다.

우리나라에서도 불경을 토대로 다양한 법화가 서사문학으로 발전·토착화되었다. 대표적인 것을 들어보면, 『육도집경』·『출요경』을 바탕으로 한 「선색녹왕전」, 『현우경』·『대장엄론경』을 토대로 한 「인욕태자전」, 『현우경』·『찬집백연경』을 바탕으로 한 「보시국왕전」, 『현우경』·『보살본생만론』을 토대로 한 「사신태자전」, 『육도집경』을 토대로 한 「인욕선인전」, 『생경』·『경률이상』을 바탕으로 한 「선우태자전」, 『생경』·『본생경』을 바탕으로 한 「금우태자전」, 『과거현재인과경』을 바탕으로 한 「선혜선인전」, 『보살본연경』·『육도집경』을 토대로 한 「보시태자전」, 『불설관무량수경』을 근저로 한 「안락국태자전」등이 그것이다.[9] 따라서 우리 이야기문학의 발양을 살필 때 불교경전의 본생담을 중시할 수밖에 없다.

둘째, 위경계 본생담을 들 수 있다. 이들은 불경의 체제를 답습하면서도 서사내용이 다수 변개되었다. 따라서 불경의 탈을 쓰고 있지만, 일부의 작품은 우리의 서사문학으로 간주해도 무방하다. 이러한 위경류는 불경에서 변이·전개된 것도 있고,[10] 우리나라에서 자생적으로 생겨난 것도 있다.[11] 이 위경계 본생담은 상당히 이른

---

9) 박병동, 앞의 책, 58~61쪽.
10) 「선우태자전」이나 「수천제태자전」 등 대부분이 이에 해당된다.

시기에 포교의 방편에서 형성·유통되었을 것으로 보이지만, 우리가 접할 수 있는 것은 고려 중후기의 텍스트이다.

대표적인 위경 본생담은 『석가여래행적송』 소재 단편들과 『석가여래십지수행기』에 들어 있는 작품을 들 수 있다. 특히 『석가여래십지수행기』 소재 독립 단편들은 서사성이 돋보여 한국소설사에서 중시되는 면이 없지 않다. 여기에는 본문으로 제1지 「선색녹왕」, 제2지 「인욕태자」, 제3지 「보시국왕」, 제4지 「사신태자」, 제5지 「인욕선인」, 제6지 「선우태자」, 제7지 「금우태자」, 제8지 「선혜선인」, 제9지 「보시태자」, 제10지 「실달태자」와 부록으로 「불설유광불경」·「섬효자경」·「지림고적」·「수달기정사품」·「거련경칠축대의」·「선우팔해구주경」·「국청사기문」·「불설복전경」·「영산법어」 등이 실려 있다. 이 중 제10지나 수필적 성격을 갖는 부록의 몇 편을 제외하고는 모두 위경계 본생담으로 후대의 서사문학과 긴밀히 연계된다.

조선 초에 국문화된 불서에서도 다수의 위경계 본생담을 확인할 수 있다. 『석보상절』이나 『월인석보』에 실린 독립 단편이 그것이다. 이들 중 상당수는 유통과정에서 소설의 체재나 내용에 영향을 끼쳤다. 이에 해당하는 작품으로는 「나운 출가기」(석보상절 6), 「시리불항마기」(석보상절 6), 「아육왕전」(석보상절 24), 「선혜선인담」(월인석보 1), 「난타출가기」(월인석보 7), 「안락국태자전」(월인석보 8), 「선숙비구담」(월인석보 9), 「녹모부인전」(월인석보 11), 「성녀구모담」(월인석보 21), 「광목구모담」(월인석보 21), 「인욕태자전」(월인석보 21), 「선우태자전」(월인석보 22) 등을 들 수 있다.

---

11) 「안락국태자전」이 대표적인 사례이다. 실제로 이 작품은 원텍스트를 확인할 수 없어 전형적인 한국형 본생담으로 보아도 무난하다.

위경계 본생담은 이렇게 고려대를 거쳐 조선조까지 문학적 역량을 발휘해 왔다. 특히 선초의 국문불서에 실린 작품들은 상당히 속화된 텍스트로 속강변문과 같은 위상을 확보하고 있다. 조선후기의 고전소설로 어렵지 않게 전승된 것도 바로 그 때문이라 하겠다.

셋째, 서사계 본생담을 들 수 있다. 이 서사계 본생담은 위경 본생담보다 더 속화되어 일반 서사문학과 유사하다. 불교적 성격이 약화된 본생담계 고전소설 및 서사무가 등을 대표적으로 들 수 있다. 이 서사계 본생담은 종교적인 목적보다는 문예나 흥미성에 주안점을 두었다. 따라서 이들은 본생담 계통의 서사문학이라는 선입견을 갖지 않으면 일반 서사문학과 분별하기가 쉽지 않다.

서사계 본생담은 고려 말의 한문 위경계 서사체나 조선 초 국문 위경계 서사체에서 파생·변이되어 조선후기에 일반 소설처럼 유통된 문헌전승과 불경계 본생담이나 위경계 본생담을 계승한 구비전승, 즉 서사무가에서 그 실태를 확인할 수 있다.

문헌전승 본생담은 여말선초의 위경계 본생담인 「안락국태자전」·「선우태자전」·「금우태자전」 등을 계승한 「안락국전」·「적성의전」·「금우태자전」 등을 대표적으로 들 수 있다. 뿐만 아니라 본생담의 서사적 특성을 직간접적으로 계승한 「구운몽」·「심청전」·「흥부전」·「별주부전」·「옹고집전」 등도 본생담의 파생 작품군이라 할 수 있다. 게다가 일반소설 중에서도 본생담의 충격적인 서사나 영웅담적 요소, 초월적인 자기희생을 형상화한 작품도 본생담의 서사관습이나 파편화된 화소의 영향으로 보아야 하겠다.

구비전승 본생담은 서사무가를 들 수 있다. 잘 아는 바와 같이 본생담은 불교선양을 위하여 대중적으로 연행되어 왔다. 특히 불교의

재의(齋儀)에서 연행되어 무속의례에서 활용하기에 적절한 면이 없
지 않았다.[12] 본생담이 불보살의 본풀이 구조를 갖게 된 것도 바로
그 때문이다. 물론 이러한 본풀이 구조는 무속의 서사무가에서도
동일하게 나타난다. 이는 양자 간에 친연성이 이미 확보되어 있음
을 의미하는 것이다.

구비전승 본생담은「안락국태자전」을 변용한 제주도의「이공본풀
이」, 경남의「오구대왕본풀이」, 함경도의「신선세천님청배」, 그리고
「선광공주전」을 수용한「삼공본풀이」등을 들 수 있다.[13] 이외에도
「심청전」을 수용한 동해안의「심청무가」도 본생담의 방계 작품이라
하겠다. 특히 무속신의 내력을 밝히는 청배무가에서 본생담의 본풀
이적 성격을 다수 확인할 수 있다. 그래서 청배무가에 해당하는「제
석본풀이」·「바리공주」·「군웅본풀이」·「성주풀이」·「장자풀이」등도
그 정도의 차이는 있을지언정 본생담의 작화방식을 수용한 것으로
보아야 하겠다.

3. 본생담의 문학적 성격과 실대

본생담은 다양한 유형으로 전승되어 왔다. 불경계 본생담을 토대
로 위경계 본생담이나 서사계 본생담으로 전승되어 왔기 때문이다.
이들 중 일부는 우리의 정서를 반영하여 한국문학적인 성향이 농후

12) 김진영,「안락국태자전승의 무가적 전개」,『고소설연구』2, 한국고소설학회,
   1996, 423~449쪽.
13) 황인덕,「내복에 먹고 산다형 설화와 삼공본풀이 무가와의 비교 고찰」,『어문
   연구』18, 어문연구회, 1988, 115~127쪽.

하다. 특히 서사계 본생담은 창작에서부터 우리의 정서가 반영되어 한국서사문학으로 간주·논의해도 무방하다. 다만 여기에서는 본생담의 자질을 두루 포섭한 위경계 본생담을 중심으로[14] 문학적 성격과 실태를 점검하고자 한다. 이들이 고전소설보다 선행하면서 소설의 내용이나 작화방식에 적잖은 영향을 끼쳐 서사문학의 통시적 고찰을 염두에 둔 이 글의 취지와 상부하기 때문이다.

1) 문학적 성격

본생담의 문학적 성격은 다양한 관점에서 조망할 수 있다. 우선 본생담은 유통과정에서 운문이나 산문을 넘나들었을 뿐만 아니라, 불교의 다양한 의례에서 법화로 활용되기도 하였다. 따라서 본생담의 문학적 성격을 서정과 서사, 그리고 극양식의 관점에서 고찰할 수도 있다. 하지만 여기에서는 본생담과 고전소설의 문학적 상관성을 살피는 것이 핵심이기에 서사내용만을 특성별로 확인하고자 한다. 즉 고려대부터 전승되어 온『석가여래십지수행기』와 조선조의 국문불서인『석보상절』·『월인석보』소재 작품들을 대상으로 문학적 성격을 개괄해 보도록 한다. 주요하게 다룰 작품은 「섬효자전」[15]·「선색녹왕전」[16]·「선우태자전」[17]·「보시국왕전」[18]·「보시태자전」[19]·「인욕태자전」[20]·「인욕선인

---

14) 불경계 본생담은 동양 공질의 문학이라는 점에서 논의할 여지가 충분하지만, 우리의 문학으로 온전히 취급하는 데는 저어되는 면이 없지 않다. 서사계 본생담은 서사구조가 본생담의 기본구도를 크게 벗어나 이 유형을 가지고 본생담의 본래적 속성을 찾으면 그 의미가 반감될 수 있다.

15)『석가여래십지수행기』부록.

16)『석가여래십지수행기』제1지.

17)『석가여래십지수행기』제6지.

18)『석가여래십지수행기』제3지.

전」21) · 「금우태자전」22) · 「안락국태자전」23) · 「사신태자전」24) · 「인욕태자전」25) · 「수천제태자전」26) 등이다. 이들에서 공통적으로 도출되는 성격을 구조와 주제를 중심으로 확인하도록 하겠다.

첫째, 본생담은 무시무종의 시공관념을 보인다. 본생담은 불타나 보살의 전생 이야기이다. 전생에서의 영웅적 행위 때문에 현세에서 지엄한 위치에 오른 것이다. 나아가 현세의 불보살은 다시 천상계로 재편되어 불멸의 위신력을 보이기도 한다. 따라서 본생담은 필연적으로 무대배경이 과거-현재-미래를 자유롭게 넘나들 수밖에 없다. 즉 시작과 끝이 없는 말 그대로 무시무종의 시공관념을 드러내고 있다. 그래서 본생담은 가상의 시공간이 서사구성의 핵심일 수밖에 없다.

본생담에 나타난 허구의 세계는 대체로 나라로 나타난다. 이 나라는 실재하기보다는 가상의 세계로 인식하는 것이 무난하다. 즉 과거의 이야기를 설파하는 과정에서 수반되는 세계쯤으로 보아야 하겠다. 그렇기 때문에 바라나국과 같은 경우 여러 서사체에서 두루 쓰일 수 있었던 것이다. 특정 공간으로 제시된 나라를 보면 다음과 같다. 「섬효자전」의 가리국, 「선색녹왕선」의 금바국, 「선우태자전」의 바라나국, 「보시국왕전」의 다보국, 「보시태자전」의 섬파국, 「인욕태자전」의

19) 『석가여래십지수행기』 제9지.
20) 『석가여래십지수행기』 제2지.
21) 『석가여래십지수행기』 제5지.
22) 『석가여래십지수행기』 제7지.
23) 『월인석보』 권제8.
24) 『석가여래십지수행기』 제4지.
25) 『월인석보』 권제21.
26) 『석가여래십지수행기』 부록.

선주국, 「인욕선인전」의 사위국, 「금우태자전」의 파리국, 「안락국태
자전」 서천국·범마라국·죽림국, 「사신태자전」의 금광국, 「인욕태자
전」의 바라내국, 「수천제태자전」의 바라나국 등이 그것이다.

본생담에 나타난 나라의 공통점은 모두 불·보살의 과거 구도 및
성도처라는 점이다. 이는 본생담의 주인공이 과거의 특정 세계에서
특출한 행적과 능력을 보여 성불·득도할 수밖에 없었음을 드러낸
것이기도 하다. 그러는 과정에서 시공간이 끝없이 확장·반복될 수
밖에 없었다. 실제로 본생담은 과거의 특정 세계에서 남다른 행적
으로 성불·득도하여 현세의 불·보살로 좌정할 뿐만 아니라, 다시
천상으로 재편되어 시공간적인 배경이 영속된다. 이는 영원회귀를
표방한 불교의 윤회관이 기저에 깔려있기 때문이다.

둘째, 본생담의 주인공들이 종교적 영웅으로 부각되어 있다. 본
생담의 주인공은 현세에서 불보살로 좌정한다. 그래서 그들은 신앙
의 대상이면서 동시에 문학적으로는 특출한 영웅이 된다. 이렇게
영웅으로 우뚝 설 수 있었던 데에는 주인공이 감내하기 힘든 고난
과정을 거쳤기 때문이다.

주요 작품에서 주인공들의 영웅적 면모를 보면, 「섬효자전」의 섬
자는 부모에 대한 지극한 효행·인욕을 실천함으로써 부모의 눈을
개안시키고, 「선색녹왕전」의 선색녹왕은 이타적인 행위로 자기를
희생·보시한다. 「선우태자전」의 선우는 보시를 위해 바다에서 보주
를 구하는 어려움을 인욕하며, 「보시국왕전」의 보시국왕은 법문을
듣기 위해 자신을 포함한 가족을 희생·보시한다. 「보시태자전」의
수달나는 토굴에서 수행하던 중 노인에게 두 아들을 보시하여 윤회
전생상에서의 선인을 드러내며, 「인욕태자전」(수행기 소재)의 인욕태

자는 매에게 쫓기는 토끼를 대신하여 자신의 몸을 먹도록 허락한다. 「인욕선인전」의 인욕선인은 인욕행이 뛰어나 국왕이 자신의 신체를 잘라도 미동도 하지 않으며, 「금우태자전」의 금우는 수생(獸生)하여 감당하기 어려운 고통을 인욕한다. 「안락국태자전」의 안락국 및 원앙부인은 끝없는 인욕행을 다하여 정토에 환생하며, 「사신태자전」의 사신은 범으로 변한 제석에게 자신의 몸을 보시하여 수행 정도를 증명한다. 「인욕태자전」(월인석보 소재)의 인욕태자는 자신의 몸을 환약으로 희생하여 부왕의 병을 고치고, 「수천제태자전」의 수천제는 자신의 인육으로 부모를 구제한다.

본생담의 주인공들은 이렇게 더 큰 서원을 달성하기 위하여 자신은 물론, 가족까지 희생·보시·인욕하는 특징이 있다. 즉 성불·득도를 위해 자신의 신체 부위가 절단되거나 목숨을 잃기도 하고, 가족을 희생·보시하여 원만한 보리심을 증명하기도 한다. 그런 과정에서 고난에 빠지고, 그 고난을 무사히 통과했을 때 주인공들이 종교적인 영웅으로 부각된다. 즉 고행을 통해 큰 깨달음을 얻어 영웅이 되는 것이다. 특히 불교의 영웅은 깨달은 바를 모든 중생에게 회향하여 신성한 영웅으로 거듭 태어난다. 이타행의 실천이야 말로 어느 시기의 영웅에게나 보편적으로 요구되는 사항이기 때문이다. 역사계의 영웅들이 보국충성을 기치로 내세우면서 개인은 물론 가문의 영달을 도모했다면, 본생담의 주인공들은 그러한 현세적인 영달보다는 인간의 근원적인 고통을 제거하기 위하여 진력하는 차이가 있을 따름이다. 따라서 본생담의 주인공들은 인간의 근원적인 고통을 해결하기 위해 자신을 초개처럼 희생한 영웅이라 할 만하다. 이 점이 역사계 영웅과 본생계 영웅의 차이점이라 하겠다.

셋째, 본생담의 사건은 시작과 끝이 없는 순환구조를 갖추었다. 본생담은 기본적으로 윤회전생을 토대로 구축된 담론이다. 그래서 시공간이 무한히 확장됨은 물론, 생사를 초탈한 이야기라서 순환구조를 띨 수밖에 없다. 그것은 과거의 특정한 시간과 공간에서 불세출의 영웅이 갖은 고난을 극복하고 성불·득도하여 영웅적인 활약을 보인 후 마침내 천상세계나 영생의 세계로 재편되기 때문이다. 과거-현재-미래가 유기적으로 조직된 담론이라서 끝없는 윤회가 수반되는 순환구조를 갖게 된 것이다. 그러한 실태를 작품을 들어 확인해 보도록 한다.

「섬효자전」의 경우 섬이 안맹한 부모의 구도를 위해 산속에서 효행을 다하다가 가리국왕이 쏜 화살에 맞아 죽지만, 사천왕이 선약을 먹여 재생시킴은 물론 안맹한 부모도 개안시킨다. 「선색녹왕전」은 선색녹왕이 임신한 사슴을 위해 자신이 금파국왕의 어찬으로 희생되겠다고 자임하지만, 금파국왕이 그가 성현임을 알고 놓아줌은 물론 수렵을 금지한다. 「선우태자전」의 선우는 용왕에게 보주를 얻어 오던 중 동생 악우를 만나 보주를 빼앗기고 두 눈을 찔려 실명하지만, 선인의 도움으로 부인을 만나 개안하고 여의보주로 민중을 구제한다. 「보시국왕전」은 다보국왕이 사구게를 구하기 위하여 귀신에게 자신의 아들을 보시하여 삼키게 하고, 나아가 자신의 몸도 보시·희생하려 할 때 귀신이 제석으로 변하여 모든 것을 원상회복시킨다. 「보시태자전」은 수달나태자가 중생제도를 위해 부왕의 보물을 축내고 쫓겨나 산중에서 수행하던 중 한 노인에게 두 아들과 부인을 보시하지만, 그 노인이 그들을 태자의 부왕에게 팔아 부왕이 후회하며 아들을 불러들여 왕위를 잇게 한다. 「인욕태자전」(수행기)은 인욕태자가 보봉산에서 수행하다가 매에게 쫓기는 토끼를 구해주고 자신이 대신 희생되고자 다짐하니 매가 갖은 방법으로 위협하다가 그의 인품에 감동하여 자취를 감춘다. 「인욕선인전」은 인욕선인이 산속에서 수행할 때 국왕이 찾아와도 미동도 하지 않자 국왕이 대노하여 선인의 코·귀·손을 자르지만, 선인이 서원을 발하여 원래대로 복원된다. 「금우태자전」은 보만부인의 태자가 금우로 환생하여 갖은 고생을 겪지만, 고려국 공주와 결혼한 후 금륜국왕이 되어 중생제도에 전념한다. 「안락국태자전」은 안락국과 어머니가 자현장자에게 박해받고, 아버지가 물 깃는 유나로 고난을 겪지만 구도심을 발하여 모두 극락왕생한다. 「사신태자전」은 마하살타 태자가 출가하여 범의 위협과 투신하는 고행을 겪지만, 제석이 나타나 수행의 견고함을 확인해 준다. 「인욕태자전」(월인석보)의 인욕태자는 자신의 골수와 눈으로 환약을 만드는 고통을 당하지만, 죽은 다음 칠보탑이 되어 영원히 숭앙된다. 「수천제태자전」은 수천제태자가 피난길에서 자신의 인육으로 부모를 살리고 죽지만, 제천이 내려워 태자를 평상시의 모습으로 복귀시킨다.

본생담은 이처럼 사건에서 순환구조를 보이고 있다. 작품 지체의 구성이 바로 이 순환·반복에 입각하여 조직되기 때문이다. 위에서 살펴본 작품에서도 주인공이나 주요 인물들의 특출한 고행담과 그에 상응한 보응담이 재환생의 순환·반복 구조로 짜여 있다. 따라서 본생담은 사멸·종식보다는 순환·반복의 사건이 근간임을 알 수 있다.

넷째, 본생담의 주제는 이타적인 서원이 핵심이다. 앞에서 본 것처럼 본생담의 주인공들은 끝없는 고통을 감내한 후 성불·득도한다. 문제는 그러한 고통을 감내하고 얻은 무고안온의 세계가 자기 자신을 위한 것이 아니라는 점이다. 물론 평안의 세계를 갈급했고 그것을 구해서 충족될 수 있지만, 궁극적으로는 자신이 깨달은 바를 일반 민중에게 두루 펴는 것이 핵심이다. 즉 다른 사람의 안녕을 보장하기 위해 온갖 고통을 감내한 것이다. 이는 역사계의 영웅들이 보국충성으로 이타행을 실천하는 것과 큰 차이가 없다. 다만 본생담의 주인공들은 이타적인 행위를 인간의 근원적인 고통을 해소하는 데 두었을 따름이다. 이제 그러한 실태를 작품을 들어 확인해 보도록 하겠다.

「섬효자전」에서는 죽음으로 부모를 구제하여 태평세계를 구가하도록 했으며, 「선색녹왕전」에서는 선색녹왕의 용기와 희생으로 금파국왕이 불살생을 단행하도록 했다. 「선우태자전」에서는 보주를 구해 중생을 제도했으며, 「보시태자전」에서는 보시를 실천하여 궁극적으로 왕위를 계승하고 선정을 베풀었다. 「인욕태자전」에서는 죽음을 무릅쓴 희생심으로 불살생이 가능했으며, 「인욕선인전」에서는 신체가 절단되는 고통을 통해 국왕으로 하여금 선정하며 중생을 제도케 했다. 「금우태자전」에서는 수생의 고난을 겪은 후 국왕으로 재위하여 선정에 힘썼고, 「안락국태자전」에서는 지극한 신앙심·효행심을 바탕으로 죽은 어머니를 극락왕생시켰다. 「사신태자전」에서는 굶주린 호랑이에게 자신을 보시하거나 높은 곳에서 뛰어내리는 수행의지로 중생제도를 감행할 수 있었고, 「인욕태자전」에서는 자신의 목숨을 버려 투병 중인 부왕을 회복시켰으며, 「수천제태자전」에서는 자신의 인육으로 부모의 생명을 구해 태평세계가 가능하도록 하였다.

본생담의 주제는 위에서 보는 바와 같이 대부분 해피엔딩으로 끝난다. 이렇게 행복한 결말이 가능했던 것은 주인공들의 고난을 전제한 보시·인욕·선행·희생이 있었기 때문이다. 따라서 본생담의 주제는 다분히 이타적일 수밖에 없다. 주인공들이 고난을 무릅쓰고 깨달아 영웅이 되고, 그 깨달은 바를 모든 중생에게 두루 폈기 때문이다. 이처럼 본생담의 주인공들이 불특정 다수를 구제하는 종교적 영웅이 되어 본생담의 주제가 이타성을 갖게 된 것이다.

2) 문학적 실태

본생담은 궁극적으로 해피엔딩을 다룬 담론이다. 그것은 본생담이 현세에서 위신력을 보이는 불보살의 과거 이야기이기 때문이다. 그래서 정해진 주제에 맞게 해피엔딩의 수법을 구사할 수밖에 없었다. 여기에서는 그러한 불보살의 득도과정에서 나타난 고난과 구원을 본생담의 대표적인 특징으로 내세워 유형을 설정하고 각 유형별로 상론해 보도록 한다. 다만 고난과 구원의 대표격인 희생·보시·인욕을 중심으로 확인해 보도록 하겠다.[27) 실제로 정도의 차이는 있을지언정 이 세 가지 유형에 현전하는 본생담의 대부분이 포섭될 수 있다. 여기에서는 각 유형별로 두 작품씩을 선정하여 살펴보도록 하겠다. 즉 희생형에서는 「섬효자전」·「수천제태자전」을, 인욕형에서는 「인욕선인전」·「사신태자전」을, 보시형에서는 「보시국왕전」·「보시태자전」을 들어 고난과 구원의 양상을 살펴보도록 한다.

첫째, 희생을 통한 고난과 구원이다. 본생담이 이타적인 작화임

---

27) 희생형에는 「섬효자전」·「수천제태자전」·「인욕태자전」·「안락국태자전」이, 인욕형에는 「인욕태자전」·「선색녹왕전」·「인욕선인전」·「금우태자전」·「선우태자전」·「사신태자전」이, 보시형에는 「보시국왕전」·「보시태자전」이 해당될 수 있다.

은 앞에서 이미 거론하였다. 그런데 이 이타적인 작화가 바로 희생을 통하여 가능하다는 점이다. 즉 주인공이 처절한 고난을 겪다가 마침내 죽음을 통해 원만세계를 구축하는 것이다. 그래서 이 유형에서 고난의 종결은 죽음으로 마무리되는 특성이 있다. 이제 이 유형의 고난과 구제 양상을 「섬효자전」과 「수천제태자전」을 들어 확인해 보겠다.

「섬효자전」의 고난과 구원은 수행과 정진 과정에서 파생된다. 과거세 가리국의 눈 먼 장자부부가 입산·구도하기를 서원하자, 일체묘견보살이 그 부부의 입산을 위하여 아들로 태어난다. 섬이 10세가 되자 부모를 모시고 입산하여 수행정진한다. 하루는 섬이 물을 긷는데 가리국왕이 사냥을 나와 섬을 화살로 맞힌다. 섬이 소리를 지르며 뒹굴자 왕이 참회하며 구명코자 하나 섬이 부모의 부양을 부탁하고는 죽는다. 부모는 이 사실을 알고 찾아와 살려달라며 통곡할 따름이다. 이때 사천왕이 감동하여 섬에게 신약을 먹여 소생시키고, 감격한 부모도 눈을 뜬다. 섬이 왕에게 자비·공덕을 설파하니 왕이 참회하며 오계의 이행을 맹세하고 나라에 효행령을 반포한다.

이 작품의 고난은 일체묘견보살이 안맹한 두 부부의 아들로 태어나 효행을 다하고, 나아가 그들의 수행을 돕기 위하여 산속에 들어가 남루한 차림으로 필사적인 노력을 기울이는 과정에서 야기된다. 그 효행이 간절하기에 산속의 사나운 짐승들도 자비심을 갖게 되고, 천신이나 산신이 사람으로 화하여 격려하기도 한다. 하지만 자신의 뜻이 이루어지기도 전에 가리국왕이 오인하여 쏜 화살에 맞아 죽고 만다. 효행·선사를 실천하면서 다양한 고난을 감내하던 차에 죽음

으로 그 고난이 극대화된 것이다. 따라서 이 작품의 고난은 수행정
진하는 부모를 위해 끝없는 효행을 다하고, 그것이 강화되어 죽음
으로 확대된 것이라 하겠다. 그렇지만 그러한 죽음도 곧바로 조력
자가 나타나 해결된다. 이 작품에서의 구원은 죽은 섬을 살리고, 가
리국의 모든 백성들이 오계를 가지도록 한 것이라 하겠다. 사천왕
은 섬의 감동적인 사정을 알고 그에게 신약을 먹여 재생시킨다. 사
천왕의 도움으로 재생한 섬은 가리국왕에게 자비와 공덕을 설파한
다. 이에 가리국왕은 나라에 효행령을 반포하고 오계십선을 권장한
다. 원조자의 도움으로 재생할 뿐만 아니라, 가리국의 만백성이 불
교에 귀의하는 것으로 구원을 마무리 지었다.

　「수천제태자전」의 고난과 구원은 수천제태자의 죽음을 불사한 효
행에서 촉발된다. 수천제는 바라나국의 셋째 왕의 아들로 생장한
다. 마침 바라나국의 나후박이 반란을 일으켜 대왕은 물론, 첫째 왕
과 둘째 왕을 살해한다. 이에 수천제는 부왕·모후와 함께 이웃 나
라로 피난길에 오른다. 일행이 착각하여 14일 걸리는 길을 7일 양식
만 가지고 들어선다. 양식이 다하자 태자가 스스로 희생하여 부모
를 살리기로 결심하고 자신의 인육으로 봉양하며 여정을 계속한다.
마침내 태자의 간청에 따라 부모는 뼈에 붙은 마지막 살을 발라 먹
고 길을 떠난다. 태자는 부모를 봉송하고 쓰러져 독충에게 나머지
모든 것을 희생한다. 제석이 감동하여 맹수로 나타나 태자를 위협
하지만 의연할 뿐 두려워하지 않는다. 마침내 제석이 무상보리 성
취를 서원하는 태자를 평시보다 더 단정한 몸으로 변모시킨다. 태
자의 희생심을 알게 된 이웃 나라의 왕이 구원병을 보내 나후박을
처치한다. 왕부부가 태자의 재생에 환희하고 태자는 귀국하여 왕위

에 올라 선정한다.

이 작품에서의 고난은 반란과 피난이 일차적인 동인이지만, 피난의 여정을 착각하여 식량을 제대로 준비하지 못한 것이 실제적인 문제로 부각되어 있다. 그런데 이러한 절체절명의 상황에서 부모에 대한 효행심으로 수천제는 자신의 목숨을 버리기로 결심한다. 그래서 매일 신체의 일부를 잘라 부왕과 모후에게 드리면서 길을 계속 간다. 이웃 나라에 가기 위해 자신의 몸을 점진적으로 죽도록 하는 처절한 효행이야 말로 기괴스러울 따름이다. 이러한 고난이 태자에게 지속되지만 목적지에 도달하기 전에 죽을 운명에 놓인다. 그래서 마지막 살점까지 부모에게 드리고 자신은 쓰러져 독충에게 희생된 후 죽음을 맞는다. 이렇게 이 작품은 신체의 절단과 죽음으로 효행을 실천한다. 태자가 절체절명의 순간에 부왕과 모후를 위하여 죽었기 때문에 사천왕이 조력자로 등장하여 그를 구제한다. 즉 신약으로 태자를 살려내어 본연의 모습을 갖도록 함은 물론, 반란이 평정되고 태자가 본국에 귀국하여 선정을 베풀도록 한다. 이처럼 이 작품의 구원은 죽은 태자를 재생시켜 왕위에 올라 태평세계를 구축하도록 한 것이다.

둘째, 인욕을 통한 고난과 구원이다. 인욕은 어떠한 정신적 충격이나 신체적 위협에도 굴하지 않고 자신의 집념을 드러내는 것으로, 종종 정진과 병치되곤 한다. 즉 무상도를 위한 수행의지가 남달라 특별한 폭력에도 당당히 맞서며 참는 것이다. 인욕형의 고난과 구원양상은 「인욕선인전」과 「사신태자전」을 들어 확인해 보겠다.

「인욕선인전」의 고난과 구원은 수행의 정도를 실험하는 과정에서 파생된다. 인욕선인은 수행정진이 남다를 뿐만 아니라 뛰어난 품덕이 사방으로 퍼지게 된다. 이에 왕이 찾아와 인욕선인을 만나고자 하지만 그는 미동도 않고 오로지 수행할 따름이다. 이에 왕이 노하여 그의 수행 정도를 확인한다며 코와 귀 그리고 손을 자른다. 그러면서 이런 상황에서도 수행이 가능한지 묻는다. 선인이 수행이 가능하다면서 서원을 발하자 천지가 진동하는 가운데 절단된 신체부위가 원래대로 복원된다. 이에 감복한 국왕은 아들에게 양위하고 선인을 모시며 수행정진한다.

이 작품에서의 고난은 신체부위가 절단당하면서도 수행의지를 꺾지 않아 야기된다. 무고안온의 정신세계를 지향하기에 신체의 훼손을 마다하지 않은 것이다. 그러한 고난이 강하면 강할수록 수행의 정도나 의지가 배가됨은 물론이다. 그렇게 수행의 정도가 심대하기에 그가 서원하자 곧바로 절단된 신체부위가 원상회복된다. 이는 구원 방편이 따로 있는 것이 아니라 수행 그 자체에 있었던 셈이다. 이렇게 수행을 통하여 자신을 구원한 선인은 국왕을 출가시켜 수행정진하도록 돕는다.

「사신태자전」의 고난과 구원은 사신태자가 수행정진하는 과정에서 야기된다. 태자가 왕궁에서 출가하여 수행성신하는데, 하루는 굶주린 범이 찾아와 보시를 요구한다. 태자가 기꺼이 허락하니 범이 포효하며 위협한다. 태자가 미동도 없이 수행하자 범은 높은 바위 위에서 뛰어 내리도록 요구한다. 태자가 몸을 던지니 황운(黃雲)이 에워싸서 땅에 내려놓는다. 그의 수행심에 감복한 범이 제석으로 변하여 태자가 중생을 제도할 인물이라고 밝힌다.

이 작품의 고난은 끝없는 위협에도 굴하지 않고 정진·인욕하여 촉발된다. 사신태자는 어떠한 위협에도 수행심을 토대로 참고 인내할 따름이다. 그래서 죽을 줄 알면서도 기꺼운 마음으로 범의 요구에 응할 수 있었다. 이렇게 굳은 의지로 수행에 임했기 때문에 더 이상 범은 그를 위해할 수 없었고, 그래서 재석으로 변해 그의 성인 됨을 확인해 준다. 구원의 요체가 바로 사신태자 자신의 수행·인욕에 있었던 셈이다. 따라서 범의 위협은 단지 그의 수행 정도를 가늠하는 방편에 지나지 않는다.

셋째, 보시를 통한 고난과 구원이다. 보시는 자신이 가지고 있는 모든 것을 기꺼이 희사하는 것이다. 자신에게 아무리 소중한 것일 지라도 대가없이 베푸는 행위가 바로 보시이다. 이러한 보시는 대체로 재보시·법보시·무외시·인보시 등으로 나타나는데, 본생담에서는 주로 무외시나 인보시가 많다. 여기에서는 이와 관련된 고난과 구원양상을 「보시국왕전」과 「보시태자전」을 들어 확인해 보도록 한다.

「보시국왕전」은 사구게(四句偈)를 얻는 과정에서 고난과 구원이 촉발된다. 다보국왕은 불도에 귀의하고도 사구게를 얻지 못한다. 이때 한 귀신이 왕비와 태자를 보시하면 사구게를 설해준다고 말한다. 왕이 둘을 보시하니 귀신이 두 사람을 삼키고는 게를 절반만 설한다. 다보국왕이 연유를 물으니 국왕의 몸을 보시해야 나머지를 설할 수 있다고 말한다. 국왕이 헛된 몸을 버려 중생을 제도하겠다고 굳게 다짐한다. 이에 귀신이 제석으로 변해 왕비와 태자를 원래대로 회생시킨다.

이 작품에서의 고난은 사구게를 얻기 위한 국왕의 수행심에서 파생된다. 그 수행심을 확인하는 방편으로 귀신이 부인과 아들은 물론 국왕까지 보시를 요구한다. 이에 국왕이 기꺼운 마음으로 보시

를 다짐한다. 그러는 가운데 가족 간에 사별하는 처절한 고난이 수
반된다. 깨달음을 얻기 위한 것일지라도 가족을 보시하는 것은 결
코 쉬운 일이 아니다. 나아가 자기의 몸까지 살피지 않고 보시를 결
행한 것은 고통 그 자체일 따름이다. 그럼에도 굳은 수행의지로 보
시를 결행했고, 이것이 결정적 동인이 되어 제석의 도움으로 구원
을 받게 된다. 즉 귀신이 다보국왕의 신심을 확인하고는 곧바로 제
석으로 변하여 그간의 정신적 충격을 치유함은 물론, 삼켰던 왕비
와 태자도 본연의 모습으로 복원시킨다. 이렇게 해서 다보국왕의
보리심이 자연스럽게 발양될 수 있었다.

　「보시태자전」은 수달나태자가 부왕의 제물을 보시로 축낸 후 쫓
겨나서 처자와 함께 입산수도한다. 부인이 산과일을 따러 간 사이
태자가 제석이 화한 노인에게 아이들을 보시하니 노인이 아이들을
회초리로 때리며 데리고 간다. 부인이 늦게 그 사실을 알고 달려가
나 어찌할 수 없어 서럽게 이별할 따름이다. 이번에는 노인이 부인
의 보시를 요구하니 태자는 역시 기꺼운 마음으로 허락한다. 다행
히 보시한 아이들은 천신의 도움으로 태자의 부왕에게 팔려간다.
이에 부왕이 태자 부부를 쫓이낸 것을 후회하며 그들을 불러들여
태자로 하여금 왕위를 잇게 하니 태평성세가 지속된다. 태자는 아
들에게 양위하고 입산수도하다가 앉아서 죽는다.

　이 작품의 고난은 중생제도를 위해 아들을 보시하거나 부인을 보
시하면서 파생된다. 중생제도의 큰 서원을 위해 아이들뿐만 아니라
부인까지 보시한 것이다. 여기에서의 보시는 천륜과 인륜을 단절하
는 것으로, 충격과 고통이 수반됨은 당연하다. 하지만 그러한 고난
도 대의를 위하여 얼마든지 감내할 수 있었다. 그러기에 천신의 도

움으로 보시했던 가족이 부왕에게 팔리게 되고 태자도 귀환하여 왕위를 잇게 된다. 따라서 이 작품의 구원은 가족 상봉과 태자의 왕위 계승, 그리고 왕위에 올라 선정하여 태평성대를 구가하도록 한 것이라 하겠다.

본생담은 이처럼 희생과 인욕·보시를 통한 고난과 제 3의 조력자나 자신의 위신력으로 구원을 받아 중생제도 및 극락왕생을 성취하는 담론이다. 따라서 고난이 극대화되고 그 고난을 통해 당해 인물의 수행 정도가 확인될 때 다양한 방편으로 구원이 이루어진다. 지금까지 논의한 것을 표로 보면 다음과 같다.

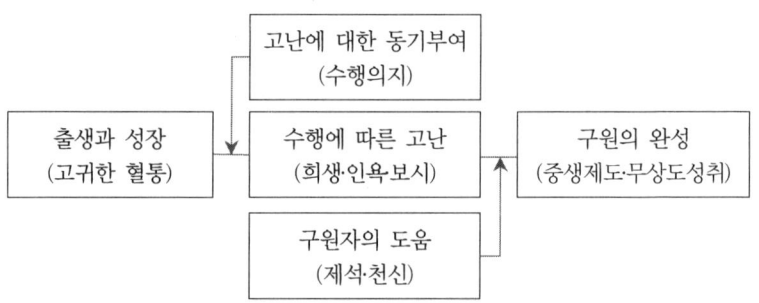

표에서 보는 바와 같이 본생담은 수행의 원만상이 확인되면 구원을 통해 행복한 결말로 이끈다. 실제로 주인공들의 일대기를 보면 고귀한 왕가에서 출생한 후 보시·인욕·희생 등을 통하여 고난의 길로 접어들고, 이러한 고난이 극점에 달했을 때 그들의 성불의지도 극대화된다. 바로 이때 제석이나 천신이 조력자로 나타나 그들을 극적으로 구원한다. 구원된 주인공들은 성불·득도 후 중생을 제도하는 하화중생을 단행한다.

4. 본생담의 서사적 수용

본생담은 그 자체로서 소설성이 다수 확보되어 있다. 그렇기 때문에 비교적 장형인 작품들은 고정체면의 큰 틀을 유지한 채 유교나 도교적인 요소들을 유입·부연하면서 조선후기의 본격적인 소설로 발전하였다. 「안락국전」·「금송아지전」·「적성의전」 등을 대표적으로 들 수 있다. 이들은 본생담의 기본 틀을 유지하면서도 다양한 화소의 부연으로 장형화를 지향했다. 하지만 이러한 내용은 이미 상당한 연구 성과가 축적되었고, 이들을 들어 본생담의 서사문학사적 위상이나 문학적 가치를 검토하기도 하였다.[28] 하지만 본생담의 다양한 화소나 구조가 고전소설보다 선행하면서 문학적 관습으로 자리잡았음에도 불구하고 이들에 대해서는 서사문학사적인 측면에서 크게 주목하지 않은 듯하다. 따라서 여기에서는 본생담의 주요 화소인 희생·인욕·보시에 따른 고난과 구원이 고전소설에 어떻게 투영되어 있는지 파악해 보고자 한다.

1) 희생형 본생담의 수용

희생과 관련된 고난과 구원은 다수의 고전소설에 반영되어 있다. 상당수의 고전소설은 초인적인 희생을 전제로 서사전개가 이루어진다. 이는 본생담의 주요 화소가 소설의 작화에 영향을 끼친 때문이라 하겠다. 이에 해당하는 대표적인 작품으로 「숙영낭자전」·「콩쥐팥쥐전」·「정을선전」·「김학공전」·「권익중전」·「김희경전」·「왕랑반

---

28) 이강옥, 「불경계 설화의 소설화 과정에 대한 고찰」, 『고전문학연구』 4, 한국고전문학연구회, 1988, 137~162쪽.

혼전」·「삼생록」 등을 들 수 있다. 이제 이들 작품을 들어 고난과 구
원의 실태를 점검해 보도록 하겠다.

「숙영낭자전」에 나타난 고난과 구원은 희생형 본생담의 그것과
큰 차이가 없다. 백선군은 숙영과 결혼하여 10여 년간 행복을 누린
다. 그러던 중 아버지의 권유에 못 이겨 과것길에 오르지만 숙영이
그리워 몇 차례나 되돌아와 숙영을 만난다. 한 번은 백선군이 과것
길에서 밤 몰래 돌아와 그녀를 만나는데, 선군의 목소리를 듣고 시
비 매월이 외간남자가 든 것처럼 누명을 씌우고 시아버지는 숙영을
엄하게 추궁한다. 이에 숙영이 변명하지 않고 자결하니 칼과 시체
를 치우려 해도 움직이지 않을 뿐더러 몇 달이 지나도 부패하지 않
는다. 백선군이 꿈속에서 숙영의 억울한 죽음을 알고 돌아와 시비
를 처벌하고, 숙영은 며칠 뒤 옥황상제의 은혜로 다시 살아난다. 백
선군은 숙영과 행복하게 살다가 신선이 되어 승천한다.

이 작품의 전반적인 구도는 본생담의 그것과 동일하다. 특히 숙
영이 어려움에 처하여 자결한 것은 본생담의 희생과 유사하며, 마
지막의 옥황상제의 도움으로 재생하는 것도 본생담에서 제석의 도
움으로 되살아나는 것과 흡사하다. 뿐만 아니라 마지막 부분에서
행복하게 살다 신선이 되는 것도 본생담의 주인공이 다시 태어나
치자로서 선정하다 좌화이거(坐化而去)하는 것과 동일하다.[29] 따라
서 「숙영낭자전」의 고난과 구원 그리고 행복한 결말은 본생담의 기
본 구도를 염두에 둔 것이라 할 수 있다.

---

29) 본생담의 종결은 대부분 좌화이거(坐化而去)나 와화이거(臥化而去)로 처리된다.
이는 극락왕생을 상징적으로 보이는 것이라 할 수 있다. 고전소설의 선화 및 승
천도 같은 맥락이라 하겠다.

「콩쥐팥쥐전」의 고난과 구원은 퇴리(退吏) 최만춘의 본처 소생인 콩쥐와 후처 소생인 팥쥐 사이의 애정쟁취 과정에서 파생된다. 후처 배씨와 팥쥐는 콩쥐를 무척 싫어한다. 마침 콩쥐는 냇가에 떨어 드린 신발이 인연이 되어 감사와 혼인하게 된다. 이를 시기한 계모 와 팥쥐는 흉계를 꾸며 콩쥐를 연못에 빠뜨려 죽이고 팥쥐가 콩쥐 처럼 행세한다. 이에 사람으로 화한 콩쥐가 감사 앞에 나타나 자초 지종을 고하자, 감사가 연못의 물을 퍼내 콩쥐를 살려낸다. 감사는 팥쥐를 처형하여 조림을 만들어 배씨에게 보내고, 이를 받아본 계 모는 기절해 즉사한다.

이 작품의 기본 구도는 희생형 본생담과 유사하다. 먼저 콩쥐는 계모와 동생에게 갖은 고난을 겪다가 마침내는 우물에 빠뜨려 죽임 을 당한다. 극한의 고난 상황이 죽음으로 나타난 것이라 하겠다. 이 는 본생담의 주인공들에게 있어 최악의 고난이 죽음으로 나타났던 것과 유사하다. 그리고 본생담의 주인공이 위신력을 통해 모든 사 태를 스스로 해결하는 것처럼 이 작품에서도 콩쥐가 자신의 원한을 해결하기 위해 감사에게 나타나 고하고, 감사가 조력자로 등장하여 콩쥐를 되살린다. 따라서 이 작품은 고난에 따른 죽음과 새생을 통 한 사태의 해결이 서사의 기본 구도라 하겠다. 이는 희생형 본생담 의 기본 구도와 상통하는 것이기도 하다.

「정을선전」은 정을선과 유추연의 결연과정에서 파생된 죽음과 재 생을 다룬 소설이다. 정을선은 유추연의 자태에 매료되어 결혼하기 에 이른다. 유추연의 계모가 이를 시기하여 자신의 사촌 오빠를 추 연의 간부로 내세워 정을선과 유추연을 떼어놓는다. 이에 유추연이 변명도 하지 않은 채 울다가 죽는다. 죽은 뒤에도 혼령이 계속해서

우는데, 이 울음 소리를 듣는 사람은 모두 죽게 된다. 마침내 추연의 고장인 익주가 폐촌이 되고 오직 추연의 유모만이 살아남는다. 익주가 폐촌이 되었다는 상소에 황상(皇上)은 을선을 보내 해결하고자 한다. 을선이 유모에게서 자초지종을 듣고 그제야 자기의 불찰을 깨닫는다. 을선은 추연의 혼령이 시키는 대로 금성산에서 신기한 구슬을 얻어와 추연을 회생시킨다. 그리고는 충렬부인으로 봉해진 추연과 부귀영화를 누리다 부부가 같은 날 같은 시간에 죽는다.

이 작품도 전반적인 구도가 희생형 본생담과 동일하다. 추연이 계모의 시기로 갖은 고난에 직면하다가 마침내 죽음에 이르기 때문이다. 그러나 을선이 찾아와 자초지종을 알고 추연을 재생시켜 가정사의 쟁총을 해결한 다음 행복한 삶을 영위한다. 이는 희생형 본생담에서 구원을 통해 충만된 삶을 보장받는 것과 유사하다. 행복한 삶을 마무리하고 한날 한때에 죽었다는 것도 본생담의 좌화이거와 유사하다.

「김학공전」의 학공은 아버지를 여의고 어머니·누이와 함께 지낸다. 이때 노복들이 학공의 가족을 죽이려 한다. 이에 어머니가 김학공을 충복 및 전답문서와 함께 굴을 파서 숨기고 도주한다. 노비들은 이 일이 있은 후 계도에 들어가 마을을 이루고 지낸다. 어느 날 학공이 우연히 계도에 가서 김동지의 딸 별선과 혼인하는데, 도망간 노복들이 그의 정체를 알고 죽이려 한다. 이 사실을 미리 안 별선은 자신을 학공으로 가장하여 바다에 대신 투신한다. 한편 여자로 변장하고 섬에서 탈출한 학공은 임감사의 딸과 혼인하지만, 꿈에서 별선의 암시를 받고 과거에서 장원급제하여 강주자사가 된다. 그는 임지로 가는 도중 헤어졌던 어머니와 누이를 만난다. 계도에 들어가 원수를 갚은 후 자기 대신 죽은 별선을 위해 제사를 지낸다.
그러자 물속에서 별선이 되살아 나와 그녀와 함께 육지로 돌아온다.
학공은 두 부인과의 사이에서 아들과 딸을 낳고 벼슬도 승상에 이
르는 등 세상의 모든 부귀영화를 누리다 선계로 돌아간다.

　이 작품의 고난은 노비들의 반란으로 야기된다. 노비들의 반란으
로 학공 가족이 고난을 겪음은 물론, 학공과 혼인한 별선이 죽는다.
특히 별선의 죽음은 희생형 본생담의 그것과 큰 차이를 보이지 않
는다. 그것도 남편을 위해서 희생한 것이기에 본생담 주인공들의
이타적인 희생과 흡사하다. 하지만 그러한 죽음도 재생으로 해결되
고, 행복한 생활을 영위하다가 선계에 진입한다. 이는 희생형 본생
담에서 보이는 구원에 따른 해피엔딩과 유사하다. 더욱이 마지막
부분의 선계로의 진입은 본생담의 좌화이거와 동일하다.

2) 인욕형 본생담의 수용

　인욕과 관련된 고난과 구원을 다룬 고전소설도 다수이다. 그것은
고전소설의 주인공들도 어려움을 극복하고, 마침내 그 보상으로 행복
한 생활을 보장받기 때문이다. 따라서 고전소설 주인공들이 행복을
확보하기 전 단계의 고난이 바로 인욕형 본생담의 그것과 유사할 수
있다. 이에 해당하는 대표적인 작품으로 「사씨남정기」·「박씨전」·「현
수문전」·「소대성전」·「곽해룡전」·「장풍운전」·「춘향전」 등을 들 수
있다. 주요 작품을 들어 그 양상을 확인해 보도록 한다.

　「사씨남정기」는 사씨와 교씨의 대립에서 사씨가 일방적으로 인욕
하면서 다양한 고난이 촉발된다. 사씨는 유연수와 결혼한 지 9년이
지나도 아이를 낳지 못한다. 이에 남편에게 첩을 얻도록 강권하여

교씨를 들인다. 교씨는 천성이 간악하여 겉으로는 사씨를 존경하는 척하면서도 속으로는 증오해 마지않는다. 그러다가 아들 장주를 출산하고는 정실이 되고자 문객 동청과 모의하여 남편 유한림에게 사씨에 대해 온갖 모함을 자행한다. 사씨가 인아를 낳자 이들의 간악한 행위는 더해만 가는데 급기야 자신이 낳은 장주를 죽이고 그것을 사씨가 행한 것처럼 가장한다. 이에 유한림이 사씨를 폐출시키고 교씨를 정실로 맞아들인다. 사씨는 폐출 후 교씨의 간교한 계교에 못 이겨 남방의 산사(山寺)에서 어렵게 생활한다. 그러던 중 유배 갔던 유한림이 해배(解配)되어 교씨와 동청이 꾸민 모든 일을 알아낸 후 사씨를 찾아 정실로 삼고 교씨를 처형한다.

이 작품에서의 인욕행은 주인공인 사씨에게서 확인할 수 있다. 그녀는 교씨의 간악한 행위를 염두에 두지 않고 오로지 자신이 할 일만을 묵묵히 수행한다. 그래서 교씨가 옥지환으로 간부가 든 것처럼 꾸미거나 장주를 죽이고 자신에게 누명을 씌워도 참고 인내할 뿐 소명하려 들지 않는다. 결국은 그러한 인욕이 출척당하는 원인이 되지만, 출척 이후에도 누구를 원망하지 않고 자책할 따름이다. 따라서 사씨의 행위는 인욕형 본생담에서 보여주는 바 신체적·정신적인 위협에도 아랑곳하지 않고 오로지 선정에 몰두하는 것과 흡사하다. 그렇기 때문에 궁극적으로는 그러한 인욕행이 그녀를 정실로 귀환하도록 했고, 나아가 행복한 삶을 담보한 것이라 하겠다.

「박씨전」은 박씨의 추한 외모에서 빚어지는 인욕과 고난이 핵심이다. 이시백은 박씨와 혼인했지만 첫날밤에 박씨가 못생긴 것을 알고 그녀를 돌보지 않는다. 박씨는 후원에 피화당(避禍堂)을 지어 홀로 지내지만, 시아버지의 조복(朝服)을 하룻밤 사이에 짓는가 하면, 비루먹은 말을 싸게 사서 3년 뒤 비싸게 팔아 재산을 늘리기도 한다. 또한 백옥연적을 주어 이시백을 장원급제시키기도 한다. 그 뒤 박씨의 액운이 다하여 허물을 벗으니 절세미인으로 변하고 가족 모두에게 사랑을 받는다. 이후 박씨는 호왕(胡王)이 임경업과 이시백을 죽이라고 보낸 설중매를 본국으로 쫓는가 하면, 역시 호왕이 보낸 용홀대를 죽이고, 그 형인 용골대를 도술로써 본국으로 쫓아낸다. 전란이 평정되자 박씨를 충렬부인으로 봉한다.

이 작품에서의 인욕은 바로 박씨의 생활에서 확인된다. 박씨는 재주가 남다르지만 추한 얼굴 때문에 누구도 거들떠보지 않는다. 특히 남편 이시백이 그녀를 탐탁지 않게 생각하여 아버지에게 꾸지람을 듣기도 한다. 그런 상황에도 박씨는 아랑곳하지 않고 자신이 할 수 있는 일을 묵묵히 수행할 따름이다. 그러던 박씨가 탈갑을 통해 미인으로 새롭게 태어나자 모든 사람이 총애한다. 따라서 박씨의 행적은 인욕형 본생담의 그것과 동궤의 것임을 알 수 있다. 특히 인욕하며 고난의 세월을 보내다가 탈갑으로 구원된 다음, 영웅적 행위를 보이는 것은 본생담의 주인공이 성불·득도로 하화중생을 실천히는 것괴 흡시히다.

「현수문전」은 현수문의 어려운 생장과정 전반이 인욕과 관련된 고난으로 볼 수 있다. 수문은 아버지가 간신의 참소로 유배된 후 어머니와 함께 외롭게 지내던 중 운남왕의 반란으로 어머니와도 헤어진다. 현수문은 어머니를 잃고 방황하다가, 남악산으로 들어가서 일광도사에게 수학한다. 수학을 마친 현수문이 석채운과 혼인하나 채운의 계모에게 학대받는다. 더욱이 채운의 아버지가 죽고 난 다음 그 박해가 자심해서 훗일을 기약하고 처가를 떠난다. 수문은 황성에 올라가 문무 양과에 장원급제하고 마침 남만왕이 반역할 기미가 있자, 황제의 명을 받아 그를 설득시킨다. 이후에도 수문은 혁혁한 군공을 세우고 위왕이 되어 선정을 편다.

이 작품에서의 인욕은 수문의 어려운 성장과정과 수학, 그리고 결혼 후의 갖은 박해를 들 수 있다. 그는 일찍이 아버지 없이 혼자 지내야 했는가 하면, 어머니를 잃고 방황하기도 했다. 또한 일광도사에게 어렵게 수행함은 물론, 결혼 후에도 처의 계모에게 끝없는 박해를 받는다. 이러한 고통에도 현수문은 오로지 참고 인내하며 훗일을 기약할 따름이다. 따라서 현수문의 고난은 어려움을 감내하는 과정에서 파생되는데, 이러한 고난은 과거급제와 출장입공, 그리고 가족구성원의 재회로 보상받는다.

「소대성전」의 고난은 소대성의 성장과정에서 파생된다. 대성은 어려서부터 비범하나 부모가 병으로 일찍 죽는다. 그래서 집을 떠나 품팔이와 걸식으로 연명할 따름이다. 이상서는 기이한 꿈을 꾸고 대성을 발견하여 집으로 데려온 후 딸 채봉과 혼약케 한다. 부인과 세 아들은 대성의 미천한 신분을 들어 혼인을 반대한다. 혼례 전에 이상서가 갑자기 죽자 이들은 대성을 박해하고 자객을 보내 죽이려 한다. 대성은 자다가 자객의 침입을 도술로써 피해 청룡사로 가서 노승에게 병법과 무술을 익힌다. 대성이 공부한 지 5년째 호국의 침공을 예견하고 노승에게서 보검을, 이상서가 지시한 갑주를, 노인에게서 용마를 얻어 출정한다. 출정한 대성이 위태로운 지경의 황제를 극적으로 구한다. 마침내 대원수가 된 대성은 호국왕을 항복시키고 개선하여 노국왕에 봉해진다. 노국왕이 된 대성은 채봉을 맞아 인연을 성취하고 선정을 베푼다.

이 작품에서의 고난은 대부분 소대성의 출생과 성장과정에서 야기된다. 즉 고아가 되어 품팔이하며 연명한 것, 결혼하려 할 때 장모 및 처남들이 반대한 것, 어렵게 병법과 무술을 익힌 것 등이 모두 인욕을 요구하는 고난이다. 이러한 어려움에도 소대성은 위기를 슬기롭게 극복한 후 출전하여 큰 공을 세운다. 그가 성공하여 노국왕이 된 것은 알고 보면 인욕·정진을 성실히 실천한 때문이다. 즉 그가 특출한 영웅이 된 것은 출세를 담보하는 인욕과정을 무사히 통과했기 때문이다. 이는 본생담의 주인공들이 화평한 세계, 안온의 세계를 갈망하며 인욕·정진했던 것과 큰 차이를 보이지 않는다.

3) 보시형 본생담의 수용

보시와 관련된 고난과 구원도 다수의 고전소설에서 확인된다. 실제로 고전소설에서 망자나 생자를 위한 기원, 그리고 기자를 바라는 의식에서 알게 모르게 보시와 관련된 내용이 개입된다. 고전소설 중 보시와 관련된 작품은 「심청전」·「보심록」·「흥부전」·「옹고집전」·「적성의전」·「보은기우록」 등을 들 수 있다. 이제 주요 작품을 들어 보시와 관련된 고난과 구원양상을 확인해 보도록 하겠다.

「심청전」에서 보시와 관련된 고난은 심청의 지극한 효행심에서 파생된다. 심청은 어렵게 생활하면서도 아버지를 극진히 봉양한다. 그러던 중 아버지가 화주승에게 개안을 전제로 공양미 300석을 시주하기로 약조한다. 이에 심청은 공양미 300석을 얻기 위하여 남경상인에게 자신을 팔기로 결심한다. 마침내 남경상인들의 출항일이 당도하자 심청도 따라나서 인당수에 투신한다. 다행이 선녀의 도움으로 용왕에게 안내되어 전생과 앞으로의 운명을 들은 후 연꽃에 싸여 바다 위에 떠오른다. 남경상인들이 지나는 길에 연꽃에 싸인 심청을 황제에게 바치니 황제가 그녀를 황후로 맞이한다. 심청은 황제를 도와 선정하도록 하면서 맹인잔치를 열어 어렵게 찾아온 아버지를 만나 개안시킨다.

이 작품은 본생담의 전반적인 성격이 잘 나타나지만 그 중의 핵심은 바로 인보시(人布施)이다. 즉 심청이 아버지가 시주하기로 약조한 공양미를 확보하기 위하여 자신을 인당수 제물로 보시한 것이다. 그것도 죽음을 전제한 보시이기에 충격적인 서사가 되었다. 이는 본생담의 주인공들이 보이는 이타적인 선사, 희생적 보시와 크게 다를 바가 없다. 그러한 보시의 공덕으로 심청은 지존의 자리에 올라 안맹한 아버지를 찾아 개안시키는 환희를 맛본다.

「보심록」은 선인선과를 통해 고난과 구원을 형상화하였다. 양자기가 만년에 아들 세충을 얻고, 고아가 된 친구의 아들 화익삼과 증운효를 자식처럼 키운다. 세 사람이 모두 동자과에 합격한 후 화익삼과 증운효 두 사람은 성례를 치르고, 세충은 왕상서의 딸과 혼약한다. 왕소저는 흉괴 동필적이 청혼해 오지만 거절하고 양세충과 혼인한다. 화익삼은 양세충의 심부름으로 3천 냥을 받아오던 중 그 돈을 빚 독촉에 시달리다 자살하려는 증소저에게 기꺼이 주고 돌아오니 세충도 그를 칭찬한다. 한편 세충은 병을 앓고 있는 증운효를 위해 약을 구해 오다가 굶주려 죽어가는 사람을 만나 증운효에게 먹일 약으로 그를 살려낸다. 돌아와서는 자신의 인육을 먹여 증운효까지 살린다. 동필적은 왕을 꿈꾸던 차에 이를 저지하는 세충을 모함하여 유배시키고, 임신 중인 그 부인까지 투옥되도록 한다. 더욱이 자객 구돌평으로 하여금 귀양가는 세충을 죽이도록 하지만,

구돌평은 세충이 옛날에 자기를 구해준 은인임을 알고 살려준다. 왕부인이 옥중에서 아들을 낳자 화·증 두 사람이 아이를 몰래 빼돌리니, 이 사실을 안 동필적이 그들을 죽이려 하나 구돌평과 이전에 도움을 받은 증소저가 구해준다. 또한 왕부인도 구돌평의 도움으로 옥에서 무사히 탈출한다. 이후 동필적의 모반을 양세충과 화익삼의 아들이 출정하여 평정하고 행복한 생활을 영위한다.

이 작품에서의 보시와 구원은 화익삼과 양세충의 선사·보시와 그에 따른 보답에서 확인할 수 있다. 화익삼은 양세충의 심부름으로 받아오던 삼천 냥을 어려움에 시달리던 증소저를 위하여 희사하고 돌아온다. 이에 대해 양세충도 칭찬해 마지않는다. 양세충도 증운효를 위해 구해오던 약으로 굶주려 죽어가던 구돌평을 구해준다. 그런데 간신의 모함으로 유뱃길에 오른 양세충을 바로 이 구돌평이 구해 줌은 물론, 그 부인이 투옥되어 어려움을 겪을 때도 구돌평과 도움을 받았던 증소저가 구해 준다. 따라서 주요인물이 베풀었던 보시 덕분에 가정의 위기를 무사히 넘기고 화평한 세계를 맞을 수 있었다. 따라서 이 작품의 근간은 보시와 그에 따른 보답과 구원이 핵심임을 알 수 있다.

「흥부전」에서 흥부는 놀부에게 쫓겨난 후 어려운 살림을 꾸려 나간다. 그는 자식이 많고 가진 재산이 없어 끼니를 제대로 잇지 못한다. 할 수 없이 형을 찾아가 양식을 구걸하다가 매만 맞고 돌아온다. 흥부는 남의 품을 팔기도 하고, 매를 대신 맞는 등 갖은 애를 쓰지만 가난에서 벗어나지는 못한다. 하루는 처마 밑에 떨어져 다리를 다친 제비새끼를 극진히 구완하여 살려주니 그 제비가 이듬해 박씨 하나를 물어온다. 흥부가 그것을 심자 박이 열렸는데, 그 속에서 금은보화가 쏟아져 큰 부자가 된다. 이 소식을 들은 놀부는 재물을 얻을 욕심에 제비다리를 고의로 부러뜨리고 보살펴주지만, 제비가 물어다 준 박씨에서 온갖 재앙이 쏟아져 나와 패가망신한다.

이 작품의 보시는 바로 흥부가 제비다리를 고쳐준 것이다. 흥부가 대가를 바라지 않고 제비다리를 고쳐 줌으로써 선사·보시의 마음을 드러냈다. 그러자 제비가 다음 해에 박씨를 물어다 주고, 다 자란 박 속에서 금은보화가 쏟아져 나와 큰 부자가 된다. 이처럼 흥부는 가난으로 고난을 겪으면서도 제비를 위해 선사·보시하는 마음을 가져 그 대가로 큰 부자가 되었다. 따라서 이 작품은 이타적인 보리심이 결국은 더 큰 구원으로 돌아온 것이라 하겠다.

「옹고집전」의 옹고집은 탁발승을 쫓아내고 병든 80세의 노모를 박대한다. 이에 월출봉 취암사의 도사가 도술을 부려 진짜 옹고집과 똑같은 가짜 옹고집을 만든다. 마을에 내려간 가옹이 진옹과 다투다가 족보에 대한 지식을 통해 가옹이 진옹으로 판결 받는다. 진옹은 송사에 패하고 남북촌으로 다니며 걸식하는 신세가 되어 고생하다가 자살하려는 순간 취암사의 도사가 나타나 부적을 주면서 집으로 돌아가라고 한다. 진옹이 집에 돌아와 부적으로 가옹을 초인으로 만든 다음 스스로 참회하면서 독실한 불교신자가 된다.

이 작품은 보시를 중심에 둔 작화이기보다는 보시를 외면한 인물에 대한 징치가 핵심이다. 그럴지라도 보시를 권장하는 측면에서 이 이야기가 기획되었음은 물론이다. 이는 쇠락한 불교계에서 불운(佛運)을 진작할 목적에서 작화한 것으로 볼 수도 있다. 어쨌든 이 작품에서도 보시를 작화의 한 부면으로 다루었다는 점에서 본생담의 보시화소가 일정한 역할을 담당한 것으로 볼 수 있다.

5. 본생담의 소설사적 의의

본생담은 초극적인 고난이 전제되고, 그 고난을 무사히 통과했을 때 그에 대한 보상으로 성불·득도의 행복한 결말이 주어진다. 그런데 이러한 이야기 유형은 고전소설의 상당수에서 찾아 볼 수 있다. 특히 불교소설은 물론이거니와 설화계 소설에서 그 실상이 더욱 농후하다. 이를 감안하여 여기에서는 본생담의 소설사적 의의를 크게 두 가지로 나누어 검토하고자 한다.

첫째, 본생담의 서사구성이 그대로 본격소설이나 구비서사로 전개된 것을 들 수 있다. 본생담의 일부 작품은 이미 그 자체로서 서사성이 공고하여 특별한 조치 없이 조선후기의 소설이나 서사무가로 계승될 수 있었다. 대표적인 작품으로 「안락국전」·「금송아지전」·「적성의전」 등의 고전소설과 「이공본풀이」·「삼공본풀이」 등의 서사무가를 들 수 있다. 이러한 특성 때문에 이들은 본생담의 통시성을 확인하는 지표로 종종 논의되어 왔다.[30] 실제로 이들이 통시성을 확보하며 고전소설이나 서사무가의 지평을 확장한 것만은 틀림없다.

둘째, 본생담의 파편화된 주요 화소가 고전소설의 작화방식에 영향을 끼친 것을 들 수 있다. 즉 작품의 해체과정을 통해 주요 화소가 분리되고, 그것이 고전소설의 작화에 영향을 끼친 것이다. 우리의 고전소설은 전기성을 띠는 경우가 많은데 바로 그러한 전기적인 작화방식에 본생담의 화소가 일조한 것으로 보인다. 실제로 희생형 본생담은 주인공이 죽을지라도 제석이나 천신이 등장하여 재생시

---

30) 전진아, 「「금송아지전」 연구—이본의 전개양상을 중심으로」, 이화여자대학교 석사학위논문, 1995.

키고 행복한 미래를 보장해준다. 그런데 이러한 고난과 구원은 재
환생의 고전소설에서 일반적이다. 뿐만 아니라 인욕을 통한 고난과
구원도 고전소설과 유사성을 보이고 있다. 본생담의 일부 작품은
성불득도에 따른 대환희를 지향하며 초인적인 고통을 감내하는데,
고전소설의 다수 작품에서도 미래의 안녕을 위하여 현실의 고통을
감내하고 있다. 이는 영웅소설이나 가정소설 등에서 보편화된 구성
기법이다. 게다가 본생담의 보시에 따른 고난과 구원도 고전소설의
작화와 유사하다. 본생담의 주인공들은 선사·보시를 통해 화평세
계를 갈구한다. 그런데 고전소설의 일부 작품에서도 선사·보시를
서사구성의 핵심으로 삼는다. 따라서 선험적인 본생담의 작화방식
이 고전소설의 구성에 영향을 끼친 것으로 볼 수 있다.

　본생담은 이렇게 독특한 서사구성 때문에 고전소설이나 구비서사
로 계승되었을 뿐만 아니라, 핵심적인 화소가 고전소설의 주요 삽
화로 원용되어 문학세계를 확장하기도 하였다. 따라서 본생담의 문
학적인 역량만큼이나 통시적인 위상도 중시해야 마땅하다. 지금까
지의 논의를 표로 보이면 다음과 같다.

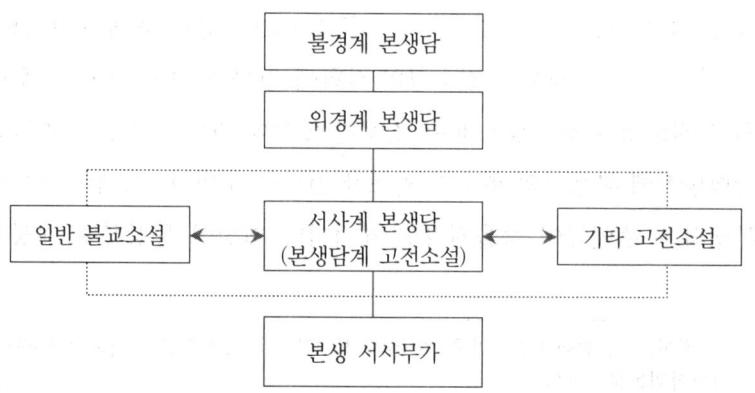

본생담은 비록 불경에서 연원했지만, 그것이 대중적으로 유통되면서 자연스럽게 우리의 정서에 맞는 내용으로 변용되어 갔다. 실제로 여말선초의 불교전적에 이입되어 문학적 기능을 발휘한 작품들이 산문문학의 흥성을 틈타 이들 중 일부가 조선조 소설로 발전했는가 하면, 주요 화소들이 고전소설의 서사구성에 영향을 끼치기도 했다. 주로 불교소설을 표방하는 작품이나 설화계 소설에서 본생담의 작화방식을 원용하고 있다. 이처럼 본생담은 문학세계를 확장하여 고전소설의 구성방식이나 주제형상화 기법에 영향을 끼쳤다. 뿐만 아니라 일부의 작품은 서사무가로 변용되며 불교재의의 서사적 전통을 무속에까지 확장하였다. 이렇게 본생담은 후대의 서사문학에 영향을 끼쳐 문학사적인 의미가 남다르다 하겠다.

6. 결론

지금까지 본생담의 구성 원리인 고난과 구원의 소설적 변용과 그 의미에 대해 검토해 보았다. 먼저 본생담의 자료를 개관한 다음, 문학적 성격과 고난 및 구원의 실태를 점검하였다. 이를 토대로 고난과 구원의 소설적인 변용 사례를 확인한 다음, 본생담이 갖는 문학사적 의미를 가늠해 보았다. 지금까지 논의한 것을 결론 삼아 요약·정리하면 다음과 같다.

첫째, 본생담의 자료를 불경계와 위경계, 그리고 서사계로 나누어 검토하였다. 경전에 이입된 본생담은 동양 공질의 문학적인 자산으로, 이를 싣고 있는 주요 경전은 『본생경』·『육도집경』을 필두로, 『경

률이상』·『대장엄론경』·『대지도론』·『보살본생만론』·『보살본연경』·
『보은경』·『사분율』·『생경』·『찬집백연경』·『출요경』·『태자수대나
경』·『현우경』 등이다. 이들에 이입된 본생담은 각국에 전파되어 이
야기문학의 원천 텍스트로 기능하였다. 그리고 위경계 본생담은『석
가여래십지수행기』·『석보상절』·『월인석보』에 이입된 단편들로, 이
들은 불경계 본생담에 변화를 주어 한국적인 정서를 어느 정도 반영
한 것이다. 따라서 일부의 작품은 우리의 서사문학으로 간주하여도
무방하다 하겠다. 서사계 본생담은 본생담의 원텍스트에서 상당한
변화가 있어 일반서사와 큰 변별력이 없다. 대표적인 것으로 조선후
기의 본생계 소설이나 서사무가 등을 들 수 있다.

둘째, 본생담의 문학적인 성격과 고난 및 구원양상을 검토해 보
았다. 본생담은 불보살의 전생담으로 초월계에서 벌어지는 제반사
를 서사의 핵심으로 삼았다. 그래서 무대배경이 무시무종의 특성을
구비했는가 하면, 주인공들이 초월적인 종교의 영웅으로 형상화되
기도 하였다. 게다가 사건구조도 시종(始終)을 초월하는 특성을 보
이는 일면, 주제도 이타적인 선행을 주요하게 다루었다.

본생담의 고난과 구원은 크게 희생형·인욕형·보시형으로 대별할
수 있다. 희생형에서는 투철한 수행의지를 죽음으로 보인 후 곧바
로 원상 복귀되어 행복한 미래를 보장 받는다. 인욕에 따른 고난은
자신의 신체가 잘리는 고통이나 정신적인 공포상황에서도 동요 없
이 수행에 전념하는데, 마침내는 제석이나 천신이 나타나 수행의지
를 확인하고 행복한 미래를 마련해 준다. 보시에 따른 고난은 자신
은 물론 가족을 보시하면서 고난을 겪지만, 조력자가 등장하여 보
시로 죽은 사람을 재생시켜 더 나은 미래를 보장한다.

셋째, 본생담의 핵심인 고난과 구원의 작화방식이 고전소설에 투영된 양상을 살펴보았다. 희생형 본생담의 경우 재환생을 다룬 고전소설로 계승될 수 있었다. 고전소설 중에는 주요인물이 죽음과 재생을 통하여 행복한 삶을 보장받는 경우가 있는데, 이는 희생형 본생담의 주인공이 죽음으로 자신의 신불의지를 드러내고, 마침내 재생하여 성불·득도로 행복한 미래를 보장받는 것과 흡사하다. 인욕형 본생담의 경우도 다수의 작품에서 확인할 수 있다. 보장된 미래를 위하여 감내하기 어려운 역경을 극복하는 가정소설이나 영웅소설에서 그 실태를 짐작할 수 있다. 이들은 본생담의 주인공이 초인적인 인욕을 거쳐 마침내 자신이 의도하는 세계를 구현한 것과 동일하다. 그리고 보시형 본생담의 경우 주로 인과응보를 다룬 고전소설에서 확인이 가능하다. 즉 자기가 가진 것을 기꺼이 희사하여 그 대가로 보응을 얻는 소설에서 보시형 본생담의 면모를 짐작할 수 있다.

넷째, 본생담의 소설사적 의미를 파악해 보았다. 본생담은 그 자체의 서사성 때문에 후대의 서사문학으로 직접 계승된 일면, 단형본생담에서 주요하게 다루었던 핵심화소가 다수의 소설에 원용되기도 하였다. 그렇기 때문에 본생담은 그 자체로서 통시성을 확보하는 일면, 주요한 화소가 후대 소설의 작화에 영향을 끼쳐 소설사적인 의미가 남다름을 알 수 있다.

제4장 불교담론의 시대문학적 수용

프롤로그

이 글은 여말선초기를 단대사적으로 나누어 시대문학의 측면에서 불교
담론을 다룬 것이다. 왕조교체기인 여말선초에는 많은 변화가 촉발된다.
불교의 경우 숭유억불책으로 인하여 운신의 폭이 줄어들자, 그에 상응한
대책을 강구하지 않을 수 없었다. 그것이 불경에 기반을 둔 서사문학을
활용한 포교사업으로 나타났다. 여말선초에 다양한 국한문의 불교찬집
이 나타난 것도 그러한 사정 때문이다. 이러한 시대적인 상황을 감안하
여 여말선초기 불교서사의 유통동인, 유통의 실태, 문학사적 위상 등을
종합적으로 다루었다.

1. 서론

한국서사문학사에서 주목되는 시기 중의 하나가 바로 여말선초이
다. 이때는 정치사회는 물론 종교사상이나 문화예술 분야에서 큰
변화가 초래된다. 특히 불교계에서는 위축된 교세 만회를 위하여

다양한 포교 사업을 추진한다. 그것이 불경계 서사문학을 낳는 주요한 동인 중의 하나였다. 이를 감안할 때 여말선초의 불경계 서사문학의 전반적인 유통 추이를 체계적으로 살피면, 한국서사문학사를 이해하는 데 큰 도움이 되리라 본다.

지금까지 여말선초기의 불교문학에 대해서는 다양한 측면에서 관심을 기울여 왔다. 시가 분야에서는 여말의 선시나[1] 선초의 국문시가에 대해 관심을 기울여 왔거니와[2] 산문에서는 여말의 위경(僞經)이나[3] 토착화된 불교설화, 그리고 선초의 국문불서에 수록된 산문에 대해 주목해 왔다.[4] 이러한 연구를 통해 여말선초기 불교문학의

---

1) 인권환, 『고려시대 선시의 자연』, 현대시학사, 1993.
  이종찬, 『한국선시의 이론과 실제』, 이화문화출판사, 2001.
  조상현, 「선불교의 '실상'의 의미와 시적 구현-고려시대 선시를 중심으로」, 『한국한시연구』 17, 한국한시학회, 2009, 5~35쪽.
2) 사재동, 「「원앙서왕가」의 연구」, 『한국언어문학』 제4권, 한국언어문학회, 1966, 90~115쪽.
  사재동, 「「정각상봉가」에 대하여」, 『한국언어문학』 8·9권, 한국언어문학회, 1970, 155~178쪽.
3) 최호석, 「『석가여래십지수행기』의 소설사적 전개-「선우태자」·「적성의전」·「육미당기」를 중심으로」, 고려대학교 석사학위논문, 1994.
  박병동, 「『석가여래십지수행기』의 형성 경위」, 『고소설연구』 2권, 한국고소설학회, 1996, 383~422쪽.
  박병동, 『불경 전래설화의 소설적 변모 양상』, 도서출판 역락, 2003.
  김진영, 「본생담의 서사적 전통과 「심청전」의 구조」, 『고전소설의 전통과 변이』, 태학사, 2006.
4) 사재동, 「형성기 국문소설의 형성과정 연구」, 충남대학교 대학원 박사학위논문, 1977.
  김진영, 『한국서사문학의 연행양상』, 이회문화사, 1999.
  인권환, 「『석보상절』의 문학적 고찰」, 『민족문화연구』 9, 고려대학교 민족문화연구원, 1975, 143~173쪽.
  유정일, 「『월인석보』 체제에 대한 일고찰」, 『불교어문논집』 제9집, 한국불교어문학회, 2004, 179~197쪽.

특성이나 유통 상황이 어느 정도 윤곽을 드러낸 것이 사실이다.

문제는 이 시기에 왜 유독 많은 불경계 서사문학이 간행·유통되었는가 하는 점이다. 이들이 그렇게 대량으로, 여러 차례에 걸쳐 간행 및 유통되었을 때에는 그만한 사정이 있었을 것이다. 그럼에도 불구하고 이를 통공시적인 측면에서 조망하지 못한 아쉬움이 있다. 다시 말해 나말여초에 불교문학이 우리의 사정에 맞게 민족문학으로 탄력성 있게 적응했음에도 불구하고, 수백 년이 지난 여말선초기에 접어들어 왜 아시아 공질의 보편문학을 다시 내세우게 되었는지 살펴보아야 하겠다. 그것이 해명될 때 여말선초기 불교문학의 특성이나 후대 문학과의 관계도 선명해질 수 있기 때문이다. 이제 이와 같은 문제를 시대 상황에 맞게 해석함으로써, 불경계 서사문학이 갖는 위상을 온전하게 평가해야 하겠다.

이에 이 글에서는 먼저 불경계 서사문학의 유통 동인을 정치·문화적인 사정을 감안하여 파악한 다음, 불경계 서사문학의 유통 실태를 개략적으로 살펴보도록 하겠다. 이어서 불경계 서사문학의 의미를 통공시적인 측면에서 조망해 보도록 한다.

2. 여말선초 불경계 서사의 유통동인

여말선초기는 정치사회적으로 급변하게 된다. 그러한 변화는 무신의 난과 원나라와의 관계가 주요한 동인이 되었다. 특히 무신의 난 이후에 선승과 신진사대부는 개혁의 주동세력으로 활동하며 서로 돕는 위치에 있었다. 그러다가 선종이 고려 말에 들어와 교종을 아우른 후 개혁의 의지를 잃은 반면, 신진사대부는 신유학으로 무장하여 새로운 기치를 내세우게 되었다.

개혁을 주도하던 두 세력 중 신진사대부가 주체성을 가지고 기득권 세력과 지속적으로 대응하며 스스로의 입지를 다지는 동안, 불교계에서는 개혁을 주도하던 선종이 교종을 포섭하자 개혁의 추동력을 잃고 왕권과 결탁하여 문제를 야기하곤 했다. 그래서 고려 말 신진사대부들이 불교를 배척의 대상으로 지목한 것이다. 이러한 사정이 극대화되어 조선조에 들어와서 척불이 제도적으로 확립되기에 이른다.

실제로 고려 말에 오면 불교는 신진사대부들의 유교에 비해 열세에 놓인다. 이에 교종의 경우 자기정체성을 찾고자 선종의 이념을 상당수 수렴하면서 변혁을 꾀하였지만 성공하지는 못한다. 그 고민의 결과가 바로 『석가여래행적송』이다. 그러한 노력에도 불구하고 교종은 더 이상 제자리를 찾지 못하고 행방이 묘연하게 된다.5) 선종의 경우도 몇몇의 승려가 왕권과 결탁하여 개혁을 추진했지만 사대부들의 반대에 부딪혀 한계를 드러내고 만다. 마찬가지로 대중을 상대로 한 일반 선승들도 설 자리가 마땅치 않았음은 물론이다.

불교계에서는 신진사대부들에게 밀려 입지가 날로 줄어들자 그 타개책을 모색할 수밖에 없었다. 그것이 대대적인 포교 사업으로 나타났다. 불교의 세계관이나 불교의 근본원리, 나아가 불경의 이야기문학에 관심을 기울인 것도 바로 그 때문이다. 더욱이 기울어

---

5) 교종은 고려 말까지 그 계통을 근근이 유지하였다. 즉 요세·천인·천책·이안·운묵 등으로 계맥을 이었지만 그 이후로는 행방이 묘연해졌다. 운묵이 『석가여래행적송』을 찬한 것도 이러한 사정과 무관하지 않다.

가는 교세를 만회하기 위해서는 대중포섭이 무엇보다 중요하기에 그들의 수준에 맞는 포교활동을 다양하게 펼쳤다. 우리말에 입각한 속화된 포교텍스트가 그래서 나타난 것이다. 그 결과 시가문학에서는 불교의 세계관이나 불경의 내용을 연역하여 긴 노래를 부르다가 가사장르를 낳았고,[6] 산문문학에서는 불경의 이야기를 연역한 속문학 작품이 개별 또는 작품집 형태로 간행·유통되면서 소설적인 변화를 가져왔다.[7]

한문이나 국문의 불경계 서사문학이 여말선초에 집중적으로 간행된 것은 역설적이게도 기울어가는 교세를 만회하기 위함이었다. 어려운 상황을 극복하고자 할 때 불후의 명작이 완성되는 것처럼, 불교계의 어려운 사정 때문에 불경계 서사문학이 다수 형성·유통된 것이다. 특히 불경계 서사문학에 관심을 기울인 것은 불교의 근본을 다시 돌아보면서 심기일전할 필요성 때문이었다. 뿐만 아니라 불경의 근본도 알고 보면 신진사대부들이 주창하는 유학과 다를 바가 없음을 변증한 것이기도 하다. 그러한 사정으로 불경계 서사문학이 전례 없이 다수 등장할 수 있었다. 그래서 이들 서사문학은 대중성을 고려하여 한문본일지라도 문장구성이나 표현문체가 변격을 지향했거니와 이것이 조선조에 들어와 훈민정음으로 어렵지 않게 간행된 동인이기도 했다.

---

6) 조동일, 『한국문학통사』 2, 지식산업사, 2007.
7) 김진영, 「『월인석보』의 서사문학적 전개」, 『한국서사문학사의 연구』 4, 중앙문화사, 1995.

3. 여말선초 불경계 서사문학의 유통실태

앞에서 불경계 서사문학의 간행·유통이 여말선초에 집중될 수밖에 없었던 사정을 간략히 살펴보았다. 이제 그러한 동인으로 간행·유통된 주요작품들을 살펴보도록 하겠다. 다만 유통실태를 단독작품과 찬집형태로 나누어 고찰하도록 한다.

1) 독립형 불경계 서사문학

여말선초에 대중적으로 유통된 불경계 서사작품으로 「목련경」과 「부모은중경」을 대표적으로 들 수 있다.[8] 이들은 고려대부터 시작하여 조선 전후기는 물론 지금까지 유통되어 통시성이 돋보인다. 두 작품은 변문적 성격을 드러내는 일면, 경전을 모방하여 위경의 특성도 갖추고 있다. 이들 중 「목련경」은 선망영가(先亡靈駕)를 추선(追善)하는 효행을 강조했거니와 「부모은중경」도 부모의 은혜가 끝이 없음을 드러낸 것이다.[9] 이는 모두 신진사대부들이 주장하는 유교의 덕목을 염두에 둔 것이라 할 수 있다. 특히 신진사대부들의 유교이념에 적절히 대응하는 수단으로 이들을 내세워 효행을 강조한 것이라 하겠다. 이제 각각의 작품을 살펴보도록 한다.

첫째, 「목련경」이다. 이 경전은 부처의 10대 제자 중 한 사람인 목련존자를 서사한 것이다. 목련은 신통력이 뛰어난 불제자로 재가

---

8) 이들은 고려 말에 유통되었을지라도 『삼국유사』에 이입되지 못했다. 주체적인 시각을 견지한 일연이 보았을 때 경전을 표방한 것이 문제가 될 수 있었다. 즉 토착화된 이야기보다는 아시아 보편문학의 성격이 강하여 『삼국유사』에 편입되지 못한 것이라 할 수 있다.

9) 김진영, 「「부모은중경」의 문학적 성격과 파급」, 『고전소설의 전통과 변이』, 태학사, 2006, 231~255쪽.

는 물론, 출가해서까지 부모에 대해 특출한 효행을 실천했다. 효행
을 중시했던 송나라나 고려 및 조선의 사대부들에게 불교의 효행을
부각하는 방편으로 이 경전을 활용한 것이다. 그래서 이 위경은 「부
모은중경」과 함께 유교의 「효경」처럼 취급되었다.

「목련경」은 인도에서 기원한 경전을 연역하여 중국에서 찬성한
작품이다. 돈황의 막고굴에서 발견된 목련변문이 그러한 사정을 말
해 준다. 이 경은 송대에 들어와 다양하게 찬집되고, 그러한 것이
고려는 물론 일본에까지 전해져 각기 자국의 특수문학으로 자리잡
게 된다. 우리의 경우 고려 예종(1106년) 때에 이미 「목련경」을 우란
분재(盂蘭盆齋)에서 강론한 사실이 『고려사』에 전한다. 이후 의종
(1153년)·충렬왕(1285년)·충목왕(1348년) 때에도 우란분재가 거행되
었는데, 이때에도 「목련경」을 연행했을 것으로 보인다.[10] 그것은
송대의 목련고사가 지방희나 우란분재 등을 통해 다양하게 유통되
었음을 보아 예견할 수 있다. 특히 고려 말은 유교가 득세하는 상황
이기에 불교도 유교와 다름없음을 항변하는 수단으로 「목련경」을
활용했을 가능성이 크다.

고려 말에 대중적인 법화로 활용되던 「목련경」은 조선조에 들어
와 시가 및 산문으로 국역되기에 이른다. 이는 오랫동안 구어형태
의 법화로 유통되어 어렵지 않게 국문으로 변용된 것이라 할 수 있
다. 즉 속문학·변문으로 유통되어 왔기에 우리어음에 입각한 훈민
정음으로 쉽게 번역된 것으로 볼 수 있다. 대표적인 것이 『월인천강

---

10) 사재동, 「「목련전」의 연구」, 『우란분재와 목련전승의 문화사』, 중앙인문사,
   2000, 143~172쪽.
   김학주, 「한국에 전해진 목련구모 고사」, 『우란분재와 목련전승의 문화사』, 중
   앙인문사, 2000, 133~141쪽.

지곡』·『석보상절』·『월인석보』이다. 『월인천강지곡』의 「목련경」은 운문으로 개찬되어 노래 중심으로 연행·유통된 것으로 보인다. 『석보상절』의 「목련경」은 산문으로 서사되어 유통에서는 강설이 주요했을 것으로 짐작된다. 『월인석보』의 「목련경」은 월인곡의 노래가 끝난 다음에 산문이 병기되어 강설과 노래의 강창연행이 가능했을 것으로 보인다.

이 「목련경」은 고려시대에 개별 작품으로 유통되다가 조선 초의 국문불서에 편입되었다. 그러던 것이 조선후기의 『팔상록』에 와서 다시 『월인석보』에서처럼 다양한 서사가 찬집되는 가운데 「나복전」이라는 제목으로 재편된다. 이렇게 찬집형태로 유전되는 일면, 개별 이본이 승속 간에 성행했음은 물론이다. 그러한 사정은 「목련경」의 단독 이본이 여럿 현전함을 통해서 알 수 있다.

둘째, 「부모은중경」이다. 이 경전은 이미 중국 당대에 위경으로 찬집되었다. 그러한 이본이 고려대에 들어와 현재까지 신불자들에게 많은 반향을 불러일으키며 유통되고 있다.[11] 그렇게 될 수 있었던 것은 이 경전도 「목련경」과 마찬가지로 효행을 서사의 핵심으로 삼았기 때문이나. 잘 아는 깃처럼 고려 말에서 조선 초기는 불교에서 유교로 사상계가 급속하게 재편되고, 그러는 과정에서 불교는 존폐의 기로에 서게 된다. 불교계에서는 이를 극복하기 위해 불교도 유교와 다르지 않음을 효행을 들어 항변하곤 하였다. 「부모은중경」이 고려를 거쳐 조선조 내내 반향을 불러일으킨 것도 그러한 사정 때문이다. 이는 이미 중국에서 「부모은중경」을 위경으로 찬집한

---

11) 송일기, 「「부모은중경」 한·중 판본고」, 『한중인문학연구』 제5집, 한중인문학회, 2000, 179~215쪽.

동인이기도 했다. 유교에서 효행을 강조하는 것처럼 불교에서도 시공을 초월하여 효행을 강조한 전형이 「부모은중경」이라 하겠다.

이 「부모은중경」은 모본(母本)이라고 할 만한 것이 당대의 변문·강창문학이다. 중국에서 이 경전이 대중성을 확보할 수 있었던 것은 앞에서도 말한 것처럼 효행을 강조했기 때문이다. 유교에서와 마찬가지로 효행을 강조하다 보니 자연스럽게 당대는 물론, 송대나 그 이후에 이르기까지 다양한 이본으로 유통될 수 있었다. 더욱이 이 경전은 그림과 문학이 병치되어 대중적인 연행을 지속해온 것으로 볼 수 있다.

중국에서 위경으로 찬성된 「부모은중경」이 고려에 유입된다. 고려 중기의 판본이 그를 실증하고 있다. 또한 고려대장경 속의 「불설부모은난보경」(1권)도 「부모은중경」의 내용과 비슷하다. 따라서 중국의 위경에다 불경의 내용을 유교적으로 연역하면서 우리의 「부모은중경」이 창출된 것으로 볼 수 있다. 고려대에 찬성된 우리의 「부모은중경」은 조선 전기는 물론 후기까지 지속적으로 간행되면서 불교적인 효행을 설파하였다. 이는 앞에서도 말한 것처럼 유교에서 중시하는 효행을 내세워 기울어가는 불세를 만회하려 한 것이라 하겠다. 그러기에 이 「부모은중경」이 유교가 득세하기 시작한 고려 후기부터 집중적으로 부각된 것이라 할 수 있다. 유교이념이 여전히 강했던 조선 전후기에도 이 경전이 관심의 대상이었음은 물론이다. 그러한 사정으로 이 경전은 80여 종을 헤아리는 이본을 거느리게 되었다.

이들 작품 이외에 경전을 표방한 독립형 불경서사를 더 유추해볼 수 있다. 그것은 『석가여래십지수행기』의 부록에 실린 「안락국태자

경」·「섬효자경」·「수천제태자경」 등을 통해 알 수 있다. 더욱이 「금
우태자경」·「선우태자경」 등도 조선후기에 들어 독립작품으로 유통
되어 이전에도 개별적으로 전승되었을 개연성이 크다. 여기에서는
고려대나 조선 초에 개별 작품으로 유통된 것을 일단 독립형 불경
서사로 다루었지만, 실은 독립형과 찬집형이 명확하게 구획되는 것
은 아니다. 불경계 서사작품이 소용에 따라 이산을 거듭해 왔기 때
문이다.

2) 찬집형 불경계 서사문학

찬집형 불경계 서사문학이 나타나기 시작한 것은 고려 후기인
1300년대부터이다. 이 시기에 『석가여래행적송』과 『석가여래십지
수행기』 등이 찬집되었기 때문이다. 이들은 모두 불교가 신진사대부
들에 의해 배척되는 어려운 상황 속에서 찬성되었다. 이 시기에 교
종은 선종의 장처를 받아들이면서 나름대로 발전 방안을 모색하지
만 비책을 찾지는 못했다. 선종도 대중취향적인 포교를 지속했지만
시대를 역행할 수는 없었다. 마침내 유교를 기치로 내세운 개혁적인
신진사대부들이 역성혁명에 성공하자 불교는 풍전등화의 신세가 되
고 만다. 『경국대전』 등에서 척불을 명시하면서 불교는 오랫동안 누
려왔던 영예로운 지위를 잃게 되었다. 이제 불교계에서는 숭불주나
신불왕후를 등에 업고 발전 방안을 모색해야만 했다. 그렇게 해서
나타난 찬집형태의 국문불서가 『월인천강지곡』·『석보상절』·『월인
석보』 등이다. 이들 전적은 고려 말에 대중적인 호응을 얻었던 불경
계 서사문학을 국역·찬집한 것으로 후대 국문문학의 발전에 크게
기여한다. 이제 각각에 대하여 개괄적으로 살펴본다.

첫째, 『석가여래행적송』이다. 이 찬저는 선종에 밀려 이미 기울어가는 교종의 교세를 만회하기 위해 찬성한 것이다. 찬자인 무기(無寄)는 당시 불교계의 참상을 보면서 쇄신할 필요성을 절감한다. 그래서이 책에다 불교의 본질에 근접할 방안을 다양하게 기술해 놓았다.[12]이 찬저는 불교의 핵심을 노래로 먼저 엮은 다음, 그에 상응하는 산문을 다양한 경전에서 뽑아 병기함으로써 방대한 불교대서사문학으로완성되었다. 따라서 한시만을 뽑으면 그대로가 불교의 대서사시가되거니와 산문을 종합하면 방대한 불교대산문이 될 수 있다.

이 찬저는 기본적으로 다양한 불경을 전제하면서 서사시를 먼저찬성한 다음, 그에 상응하는 산문을 병기하였다. 특히 서사시형과산문을 병기한 것은 노래와 이야기를 통한 포교를 전제한 때문이라하겠다. 노래와 이야기 형태의 포교를 염두에 둔 것은 선종이 불립문자를 내세우면서 대중포교를 시행한 것과 관련이 깊다. 실제로이때는 선종에서 우리말 노래를 중심으로 포교활동을 펼쳐 장형의노래인 가사를 낳기도 하였다.

이 찬저에서는 선종에 대해 비판하는 일면 불교의 근본교리를 중요하게 생각했다. 특히 선풍의 발양, 사대부들의 득세를 들어 당시를 말법시대로 인식하고 문제해결을 위해 총력을 기울인다. 그렇기에 작품의 후반부에서 말법시대의 불제자가 견지해야 할 자세를 장황하게 설파한 것이다. 핵심은 모든 중생이 불교의 근본으로 돌아가 교(敎)에서 오묘한 진리를 찾아야 한다고 했지만, 찬자의 희망과달리 교종은 그 명맥을 제대로 잇지 못하고 명멸해간다.

---

12) 김기종, 「「석가여래행적송」의 구조와 주제의식」, 『어문연구』 62, 어문연구학회, 2009, 99~130쪽.

『석가여래행적송』은 불타의 일대기인 팔상이나 불교의 교리, 그리고 수행자가 지켜야 할 계행 등을 종합적으로 찬집했다는 점에서 주목할 만하다. 비록 불경계 시가나 산문을 기록했을지라도, 경전의 보편문학을 우리의 사정에 맞게 특수문학으로 변용하는 과정을 보여주었기 때문이다. 또한 이 찬저의 출현으로 불경계 서사문학을 주요하게 다룬『석가여래십지수행기』의 간행도 가능했을 것으로 본다. 교종이든 선종이든 간에 날로 위축되어 가는 교세를 회복하기 위해 노력한 것이다. 이때에 불교를 새롭게 선양할 목적에서 우리말 노래가 일반화되어 가사문학이 나타나고, 산문에서는 한문표기일지라도 변격한문, 즉 변문·속문학이 성행하여 불교소설을 촉발하게 된다. 그러한 상황을 알 수 있는 찬저가 바로『석가여래행적송』이다. 물론『석가여래십지수행기』에 오면 그 정도가 더해져서 불경계 서사문학이 한국적으로 상당히 토착화된다. 이러한 전통 때문에 조선시대에 들어와 이들이 곧바로『월인천강지곡』·『석보상절』·『월인석보』 등의 국문불서로 편역된 것이라 할 수 있다.

둘째,『석가여래십지수행기』이다. 이 찬저는 일찍이 고려대에 간행되었다가, 조선조 이부에서 중간하기도 했다. 현재는 충주의 덕주사판본(1660년)이 고본으로 전한다.[13] 이 찬저가 고려대에 간행될 수 있었던 것은 충과 효를 충격적으로 그린 위경이라는 데 있다. 거듭 말하지만 당시는 신진사대부들이 유교를 통치이념으로 내세우면서 불교의 반인륜성을 문제 삼기 시작했다. 그래서 불교의 교리도 유교에서 이야기하는 강상과 다르지 않음을 드러낼 필요가 있었다. 불경을 표방하면서 충이나 효를 집중적으로 부각한『석가여래십지

---

13) 박병동, 「『석가여래십지수행기』 연구」, 충남대 대학원 박사논문, 1998.

수행기』가 그래서 찬성된 것으로 볼 수 있다.

이 찬저는 운문적 성격이 강한『석가여래행적송』과는 달리 10편의 산문서사가 실려 있다. 즉 제1지에서 제9지까지는 불타의 본생담을, 제10지에서는 불타의 현생담을 실었다. 이 찬저에 실린 작품은 단형 인 것도 있고 장형인 것도 있다. 비교적 장형인 것은 조선 초의 국문 불서에 번역·수록되었다가 조선후기의 국문소설로 발전한다. 그렇 게 될 수 있었던 데에는 이 찬저가 한국의 속문학을 다룬 변문집이기 때문이다. 즉 쉬운 우리말 포교를 염두에 두어 훈민정음이 창제되자 국문서사로 쉽게 변용된 것이라 하겠다. 이 찬저에서는 불교적인 효 행이나 충을 주요하게 다루었다. 불교도 유교와 다르지 않음을 드러 낼 필요성 때문이다. 다만 그 방향성에 있어서만은 불교적인 인욕 ·정진·보시·희생과 같은 바라밀이 주종을 이룬다.[14]

『석가여래십지수행기』는 통공시적인 측면에서 주목할 만하다. 먼 저 이 찬저는 통시적인 측면에서 관심을 끈다. 비록 현전본이 조선 중기인 1660년에 간행한 것이지만 그 조본은 고려 말에 있었다. 이 를 감안하면 이 찬저에 실린 불경서사는 고려 말에 대중적인 법화 로 유통되다가 조선 초에 외유내불의 분위기 속에 다양한 국문불서 에 재수록된 것이라 하겠다. 그러한 저변에는 이 찬저나 조선 초의 국문불서 모두 속문학을 지향한 공통점이 있었기 때문이다. 국문으 로 번역된 작품들은 산문문학의 발흥을 틈타 조선후기의 국문소설 로 발전해 나간다.

---

14) 김진영,「본생담의 구조적 특성과 파장」,『불교문화연구』제5집, 한국불교문화
   학회, 2005, 109~140쪽.
   김진영,「본생담에 나타난 고난과 구원의 소설적 변용과 그 의미」,『인문학연
   구』통권68호, 충남대학교 인문과학연구소, 2006, 85~124쪽.

이 찬저는 고려 말의 어지러운 상황에서 불교계의 간절한 염원을 담아 간행한 것이다. 잘 아는 것처럼 이 찬저가 찬집된 고려 말은 급진적인 사대부와 보수적인 사대부가 대립하며 변혁을 모색하고 있었다. 문제는 급진이든 보수든 간에 신진사대부들이 불교의 천문학적인 세계, 왕권과 결탁한 선종의 문제를 들어 척불의 기치를 내세웠다는 점이다. 그래서 『석기여래행적송』을 찬한 승려 무기가 이 시기를 말법시대로 인식한 것이다. 어려울 때일수록 혁신과 부흥을 꿈꾸듯이 불교계에서도 대중을 불교의 세계로 끌어들이기 위하여 분주했다. 즉 포교를 통해 문제를 해결하고자 노력한 것이다. 이 포교의 텍스트로 활용하기 위하여 『석가여래십지수행기』를 찬성한 것이라 하겠다. 결과적으로는 호소력이 짙고 서사성이 강한 작품을 총집하여 서사문학사적인 관점에서 이 찬저를 주목해야 마땅하다.

셋째, 『월인천강지곡』이다. 이 찬저는 다양한 불교의 세계관을 유기적으로 연결한 국문서사시이다. 고려대의 『석가여래행적송』이 한문불교대서사시였다면, 이 찬저는 그것을 계승한 국문불교대서사시라 할 만하다. 내용을 보면 부처의 일생은 물론, 장단편의 서사를 나채롭게 그려놓있다. 특히 이 찬지는 악장으로 창제되었기에 공사간에 다양하게 공연될 수 있었다. 『용비어천가』의 경우 유교적·현실적·공적인 관점에서, 이 찬저의 경우 불교적·내세적·사적인 관점에서 공연될 수 있었다.

유교의 이념 아래 새롭게 출발한 조선일지라도 사상적인, 또는 내면적인 고민을 해결하기 위해서는 오랫동안 정신계를 지배해온 불교를 도외시할 수 없었다. 더욱이 유교는 현실의 실천덕목을 강조하여 종교적인 위안에는 일정한 한계가 있었다. 그러한 문제 때문에 불교가 여전이 외유내불로 숭신될 수밖에 없었다. 그렇게 해서 등장한 것이 바로 『월인천강지곡』이다. 이 찬저는 노래에 곡명을 붙였기 때문에 필요에 따라 얼마든지 발췌·공연할 수 있었다. 그러한 전통이 있었기에 불경계 서사작품들이 서사무가로 어렵지 않게 전승된 것이라 하겠다.

이 찬저는 문학사적인 측면에서 주목할 만하다. 그것은 이 찬저가 국문시가의 전형을 일찍이 구축해 놓았기 때문이다. 이 찬저는 거시적으로 장편의 국문대서사시이지만, 미시적으로는 곡의 번호를 통해 알 수 있듯이 의미단위로 분절될 수 있다. 이 분절된 의미단위의 시가형은 비교적 긴 가사형에서부터 짧은 시조형까지 아주 다양하다.15) 분절된 초기의 시가형은 그 자체만으로도 문학사적인 측면에서 주목해야 마땅하다.

넷째, 『석보상절』이다. 이 찬저는 고려 말에 유통되던 다양한 불경계 서사문학을 국문으로 수렴한 것이다. 잘 아는 것처럼 고려 말에는 우리말 문학이 활발하게 유통된다. 시조나 가사의 형성이 그러한 사정을 말함은 물론, 산문분야에서도 불교계 서사작품이 속문학·민간문학을 지향하고 있었다. 특히 불교산문의 속문학화는 포교를 염두에 둔 것이라서 결국은 우리말 문학을 벗어날 수가 없었다. 고려 말의 불교계 서사작품들이 변격한문을 지향한 것도 그러한 사정 때문이다. 그래서 조선 초에 국음에 입각한 훈민정음이 창제되자 쉽게 번역된 것이라 하겠다. 즉 고려 말부터 이미 우리말 문학을 지향하여 훈민정음으로 어렵지 않게 번역된 것이라 할 수 있다. 그

---

15) 사재동, 「「원앙서왕가」의 연구」, 90~115쪽.
_____, 「「정각상봉가」에 대하여」, 155~178쪽.

러한 불경계 산문의 대표적인 국문찬저가 바로『석보상절』이다.

『석보상절』은 초기의 국문산문이면서도 내용이나 표현에 있어서 자연스러운 면이 없지 않다. 먼저 내용에서는 불교의 다양한 세계를 다루면서 위경계 작품을 다수 수록하고 있다. 이러한 위경계 작품은 고려 말에 찬성된『삼국유사』의 내용과는 변별된다.『삼국유사』소재 작품들이 토착화된 불교문학이라면, 위경계 작품들은 토착화되었을지라도 불경이라는 공통분모로 묶일 수 있기 때문이다. 이는 경전을 표방한 위경을 통해 민중을 불교의 세계로 끌어들이기 위함이라 하겠다. 극적·충격적·문예적 성격이 강한 위경을 포교텍스트로 활용한 것도 바로 이 때문이다.『석보상절』소재 상당수의 작품은 문학성이 돋보일 뿐만 아니라 표현도 비교적 자유롭다. 특히 문장구성이나 어휘 등이 구어적 속성을 보임은 물론, 대화문체가 발달되어 포교의 법화로 활용하기에 적절했다. 이는 고려 말부터 우리말 문학으로 유통된 결과라 할 수 있다.

이『석보상절』은 문학사적으로도 주목되는 바가 크다. 우선 고려대부터 있었던 산문문학을 계승함은 물론이거니와 그것을 우리의 어음에 입각한 훈민정음으로 간행한 최초의 산문집이기 때문이다. 특히 조선 초에 완정에 가깝게 한글로 쓴 산문집이라는 데에 큰 의의가 있다. 더욱이 이 찬저에 이입된 작품들은『월인석보』에 편입되는 일면, 조선후기의 고전소설로 발전하여 국문소설의 비조와 같은 구실을 담당하였다. 결국 이 찬저는 변격한문으로 유통되던 불경계 서사를 수렴하여 최초의 국문산문으로 재창조했다는 점에서 주목되거니와 이렇게 재편된 작품들이 조선후기 국문산문의 대표 장르인 고전소설로 계승되어 문학사적으로 중요한 위치를 점유한다 하겠다.

다섯째, 『월인석보』이다. 이 찬저는 이미 있었던 『월인천강지곡』
과 『석보상절』에 약간의 창의를 더해 합편·개신한 것이다. 앞에서
살펴본 바와 같이 『월인천강지곡』은 국문대서사시이고, 『석보상절』
은 국문대서사산문이다. 그런데 불교서사의 유통에서 주목되는 것
이 바로 산문과 운문의 유기적인 교직이다. 이러한 형식은 불교계
에서 인도 브라만교의 전통을 수용하여 보편화시킨 것이다.16) 그래
서 노래인 『월인천강지곡』과 산문인 『석보상절』을 효율적으로 합편
하여 노래와 이야기가 중첩된 『월인석보』를 만든 것이다. 이는 필요
에 따라 노래와 이야기 단위로 발췌하여 대중설법에 임하기 위한
수단이기도 했다. 그렇게 하는 것이 오랜 전통이거니와 포교에도
도움이 되었기 때문이다.

『월인석보』는 먼저 시가형이 배치된 다음에 그에 상응하는 산문이
병기되었다. 그래서 마치 고려 말의 『석가여래행적송』과 흡사하게
되었다. 이는 앞에서도 말한 것처럼 유통의 효율성을 염두에 둔 것이
라 하겠다. 불교포교의 주요 방편 중의 하나가 바로 속강이다. 이 속
강은 노래와 이야기가 중첩되는 것으로, 중국 감숙성 둔황의 막고굴
에서 출토된 변문이 그러한 사정을 잘 대변하고 있다. 우리의 경우도
고전서사의 상당수가 노래와 이야기로 중첩되어 있다. 『월인석보』가
창강구조를 갖춘 것도 그러한 전통 때문이라 하겠다. 또한 상절부
중장편의 독립형 작품들도 그 나름대로 이야기와 노래가 엇섞여 강
창구조를 구비하고 있다. 이러한 점을 생각하면 『월인석보』는 노래

---

16) 김진영, 「불교계 강창문학 연구」, 충남대학교 대학원 석사학위논문, 1992,
    6~10쪽.

와 이야기가 비교적 복합적으로 엮여 있는 찬저라 할 만하다.

『월인석보』에 수록된 작품은 아주 다양하다. 이미 고려 말부터 전하던 상당수의 텍스트가 『월인천강지곡』과 『석보상절』에 편역되어 있다가 이 찬저에 재수록되었기 때문이다. 그러한 작품들은 문예적인 이면에 불교적인 충과 효를 충격적·초월적으로 서사하여 기괴한 느낌마저 든다. 이는 불교의 윤회관에 입각한 서사로 그만큼 수용층에게 깊은 인상을 주기 위함이다. 이러한 요인은 신성성이 강한 서사무가나 고전소설로 자연스럽게 전승되었다.

『월인석보』는 한국문학사에서 상당한 의미를 가지고 있다. 그것은 고려 말의 불경계 서사의 운문과 산문을 『월인천강지곡』과 『석보상절』이 수렴·번역하고, 『월인석보』에 와서 재차 정리하여 집성했기 때문이다. 그런 점에서 『월인석보』는 고려대부터 지속되던 불경계 서사문학, 불교의 속문학을 총화하는 결과가 되었다. 실제로 『월인석보』는 간행된 이래 곳곳의 사찰에 보급되었고, 필요에 따라서는 각 사찰에서 재인출하기도 하였다. 그러면서 이 찬저에 실린 작품들이 불교의 의식이나 포교를 위해 활용되는 한편, 조선후기에 성행하던 문학장르에 영향을 끼치기도 하였다. 이는 불경계 서사가 대중적·민중적 성향을 띠었기 때문에 어렵지 않게 구비서사나 국문소설로 변용된 것이라 할 수 있다. 이처럼 『월인석보』는 한국의 속문학·국문문학의 사적 위상을 비교적 선명하게 부각하고 있다.

이상에서 보는 바와 같이 여말선초의 불교서사는 『삼국유사』의 설화를 제외하고는 불경계 서사가 주종을 이룬다. 불경계 서사는 개별적으로 전승되는 경우도 있었지만, 대체로 찬집형태로 유통되었다. 이는 불교계에서 날로 쇠퇴하는 교세를 만회하기 위한 포교텍스트로 이들을 적극 활용한 때문이다. 이들 찬저는 한문이라도 달의적인 면에 주안점을 두어 조선 초에 들어와 어렵지 않게 국문으로 변용될 수 있었다. 이처럼 불경계 서사는 조선전기 국문문학을 발흥시키는 원천이었음은 물론, 조선후기의 국문문학이 발전하는 자양이기도 했다. 그래서 불경계 서사가 문학사적인 면에서 남다른 의미가 있는 것이다.

4. 여말선초 불경계 서사의 문학사적 의의

여말선초의 불경계 서사는 찬집형이 주종을 이룬다. 여기에 「목련경」과 같이 일부의 작품이 개별적으로 유통되다가 조선 초에 국문불서에 수록된다. 따라서 여말선초 불경계 서사문학의 통공시적 의미를 파악하기 위해서는 찬집형에 주안점을 두어야 하겠다.

고려 말 불가에서는 기울어가는 교세를 만회하기 위하여 포교 사업에 전념한다. 그러한 포교의 텍스트로 활용하기 위하여 장편의 운문형과 산문형의 찬저를 편찬하게 된다. 운문형의 대표적인 텍스트가 바로 『석가여래행적송』이다. 작품의 제목에서도 알 수 있듯이 이 작품은 다양한 불교의 세계관은 물론, 불타의 일생과 말법시대 신중의 자세 등을 기술하고 있다. 그러한 사정을 한시로 기록하여 장편 불교대서사시가 되었다. 이는 선초의 『월인천강지곡』과 상통하는 바가 없지 않다. 다만 이러한 운문형에 해당하는 내용의 산문을 다양한 경전에서 찾아 병기함으로써 운문과 산문이 조화를 이루게 되었다. 이는 선초의 『월인석보』와 유사한 면이 있다. 어쨌든 『석가여

래행적송』은 운문적인 요소가 주종을 이루고 경전의 산문이 부수적
으로 병기된 찬저라 할 수 있다.

산문형은『석가여래십지수행기』를 대표적으로 들 수 있다. 현전
하는 찬저에는 10편이 본문에 실리고, 부록에 몇 편이 더 있다. 부
록의 작품이 언제부터 있었는지 명확하지 않지만, 적어도 본문의
그것처럼 고려 말에 유통되었을 것으로 본다. 그것은 부록의「안락
국태자경」이 본문의 다른 작품들처럼 조선 초의 국문불서에 번역·
편입된 것에서도 짐작할 수 있다. 어쨌든 이 찬저에 실린 작품들은
기본적으로 산문이 주종을 이루고 있다. 대부분의 작품이 산문으로
사건을 기술하는 가운데, 필요에 따라 절구나 율시의 한시가 삽입
가요 형태로 들어 있을 따름이다. 따라서 이 찬저의 작품은 전형적
인 산문기술을 따른 것으로 볼 수 있다. 이『석가여래십지수행기』의
서사적 전통, 즉 표현상의 특징은 조선 초의『석보상절』과 상통하는
바가 있다.

고려 말에 이미 운문서사형으로『석가여래행적송』이, 산문서사
형으로『석가여래십지수행기』가 있었다. 이들 중 시가형인『석가여
래행적송』은『월인천강지곡』에, 산문형인『석가여래십지수행기』는
『석보상절』로 계승되었을 개연성이 크다. 그렇다고 그러한 영향관
계를 단정할 필요는 없다.『석가여래행적송』의 산문형이『석보상절』
의 찬성에 영향을 주었을 가능성도 없지 않기 때문이다.『월인천강지
곡』과『석보상절』의 운문과 산문은 유기적으로 교직되어『월인석보』
로 재편된다. 이들 찬저에 수록된 작품들은 그 자체로서 문학적인
자질을 갖추어 작품 전체나 파편화된 소재가 후행의 문학에 영향을
끼쳤다. 이상의 내용을 표로 보이면 다음과 같다.

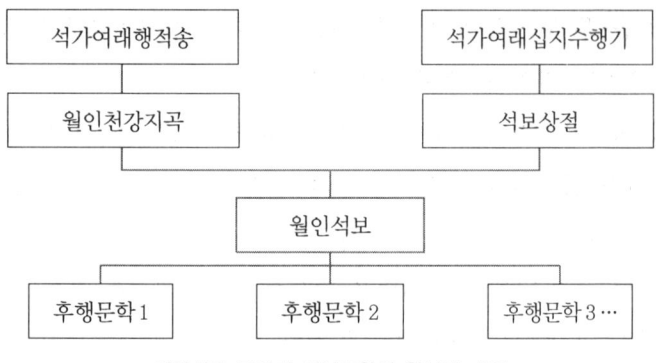

여말선초 불경계 서사문학의 형식적 계통

위의 표에서 보는 바와 같이 고려 말『석가여래행적송』은『월인천
강지곡』에,『석가여래십지수행기』는『석보상절』에 상당한 영향을
끼치고, 국문화된『월인천강지곡』과『석보상절』은 강창체체를 갖춘
『월인석보』로 재편된다. 물론 이러한 편찬적 전통은 조선후기의『팔
상록』으로 계승되어 소설처럼 읽히기도 했다. 또한 장단편의 작품들
이 독립되어 고전소설이나 서사무가로도 전개되었다.

앞에서는 주로 형식적인 측면에서 사적 전개과정을 짚어 보았다.
하지만 내용을 보면 이들의 유통망이 더욱 복합해진다. 고려 말에
찬집된『석가여래행적송』과『석가여래십지수행기』의 내용이 조선
초의『월인천강지곡』이나『석보상절』에 상호 교차하여 영향을 줄
수 있었기 때문이다. 실제로『석가여래행적송』의 팔상은『월인천강
지곡』은 물론이거니와『석보상절』에도 영향을 줄 수 있었다. 그런가
하면『석가여래십지수행기』의 작품 중에는『석보상절』은 물론『월
인천강지곡』에도 영향을 주었다. 형식적인 측면에서는 영향의 계통
이 어느 정도 정연할 수 있지만, 내용에 있어서만큼은 복합적인 전

승관계를 보이고 있다. 물론 그러한 내용은 그대로 『월인석보』에 재
수용된다. 그러한 사정을 표로 보이면 다음과 같다.

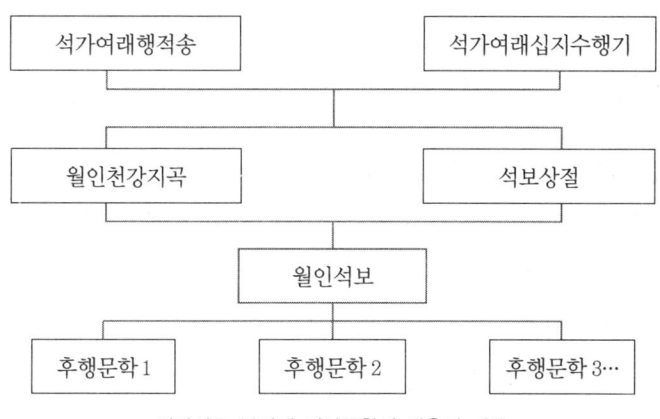

여말선초 불경계 서사문학의 내용적 계통

　표에서 보듯이 고려 말에 찬집된 불경계 서사작품은 형식에 구애
받지 않고 조선 초에 찬역된 국문불서에 다양하게 영향을 끼쳤다.
즉 『석가여래행적송』에 이입되었던 작품이 그대로 『월인천강지곡』
이나 『석보상절』에 영향을 끼쳤는가 하면, 『석가여래십지수행기』
소재의 작품도 역시 『월인천강지곡』과 『석보상절』에 영향을 주었기
때문이다. 그래서 내용에 있어서는 시가나 산문형을 막론하고 조선
초의 국문불서에 영향을 준 것으로 볼 수 있다. 물론 이렇게 찬성된
국문시가형과 국문산문형은 그대로 재편되어 운문과 산문이 유기적
으로 조직된 『월인석보』로 개신되고, 이러한 『월인석보』의 체재를
조선후기의 『팔상록』이 답습한다. 또한 이들 찬저에 수록된 다양한
작품들이 조선후기의 소설이나 서사무가로 전개됨으로써 한국문학
사의 계통을 분명히 하고 있다. 이러한 사정 때문에 여말선초 불경

계 서사문학의 통공시적인 의미를 다양한 관점에서 짚어볼 필요가
있다.

5. 결론

지금까지 여말선초기 불경계 서사문학의 유통 상황을, 단대사적
인 관점에서 살펴보았다. 먼저 여말선초기에 불경계 서사문학이 왕
성하게 유통될 수 있었던 동인을 살펴본 뒤 그 유통실태를 고찰해
보았다. 마지막으로 여말선초기 불경계 서사문학의 사적 의의를 통
공시적인 측면에서 살펴보았다. 지금까지 논의한 것을 결론 삼아
요약·정리하면 다음과 같다.

첫째, 여말선초기 불경계 서사문학의 유통 동인을 살펴보았다.
고려 말에 들어와서 불교는 그 위세가 크게 위축된다. 유학으로 무
장한 신진사대부들이 불교의 허탄한 세계를 못마땅하게 생각한 일
면, 왕권과 결탁한 문제를 비판하기도 하였다. 교세가 기울어진 불
교계에서는 그 타개책으로 대중포교를 선택했고, 그 포교의 텍스트
로 불경계 서사문학을 적극 활용하였다. 그래서 불경계 서사문학은
한문본일지라도 달의적인 면에 주안점을 두어 조선조에 들어와 훈
민정음으로 쉽게 번역된 것으로 볼 수 있다. 조선조에 들어와 불경
계 서사문학이 다양하게 번역된 것도 불교를 부활시키려는 의도가
내재되었기 때문이다. 이처럼 불경계 서사문학의 유통 동인은 역설
적이게도 기울어가는 불교의 위세를 만회하고자 한 데에 있었다.

둘째, 여말선초기 불경계 서사문학의 유통실태를 고찰해 보았다.

앞에서도 말한 바와 같이 고려 말과 조선 초기에 불경계 서사문학의 간행·유통이 활발하게 전개되었다. 이들 중 일부는 독립형태로 유통되기도 했지만, 대부분은 찬집형태로 전승되었다. 찬집형이 많은 것은 필요에 따라 해당 작품을 발췌·활용할 목적 때문이다.

독립형의 경우 일부의 불경계 서사작품이 해당되는데, 고려대부터 유통된 「목련경」과 「부모은중경」을 대표적으로 들 수 있다. 「목련경」은 부모에 대한 효행을 현세는 물론 내세에까지 연결시켜 곡진하게 표현한 것이다. 「부모은중경」 또한 부처와 제자들이 대화를 통해 부모의 은혜가 끝이 없음을 설파한 것이다. 모두 유교에서 효행을 강조한 시대적 상황이 반영된 텍스트라 하겠다. 이들 중 「목련경」은 개별적으로 유통되는 일면, 조선조에 들어와서는 『석보상절』·『월인석보』와 같은 찬저에 편입되기도 하였다.

찬집형의 경우 고려대의 『석가여래행적송』과 『석가여래십지수행기』, 그리고 조선 초의 『월인천강지곡』·『석보상절』·『월인석보』 등을 들 수 있다. 『석가여래행적송』은 불타의 생애나 말법시대의 신자가 지켜야 할 도리 등을 노래와 이야기로 엮었고, 『석가여래십지수행기』는 흥미롭고 충격적인 위경계 변문을 수록했다. 조선 초의 『월인천강지곡』은 노래로 불타의 이야기를 억겁 전부터 기술한 대서사시이거니와 『석보상절』은 이야기로 불타의 행적이나 본생담을 설파한 것이다. 이 두 찬저의 장처를 살려 『월인석보』에서는 월인곡의 노래와 상절부의 이야기를 중첩시켜 창강구조를 갖추었다. 이들 찬집형은 통시성을 확보하면서 후행의 문학에 영향을 끼쳐 사적으로 주목되는 바가 크다.

셋째, 여말선초기 불경계 서사문학의 문학사적 의의를 조망해 보앉다. 불경계 서사문학은 통시적인 위상을 중시해야 한다. 이들이 고려 말에 활성화된 이래 조선전기에 들어와 국역되고, 그것이 부연되어 조선후기의 문학으로 유통되었기 때문이다. 실제로 이들은 형태나 내용에서 통시성이 비교적 분명하다. 고려대의『석가여래행적송』과『석가여래십지수행기』는 형식이나 내용 면에서 조선조의『월인천강지곡』과『석보상절』에 영향을 끼쳤거니와 조선 초의『월인천강지곡』·『석보상절』은 장르적 파생태를 다양화하면서『월인석보』로 집록되었다. 이러한 찬집형의 서사는 조선후기의『팔상록』으로 계승되는 일면 서사무가로 유통되기도 하였다. 무엇보다도 일부의 작품이 조선후기에 들어와 산문문학의 대표로 자리 잡은 고전소설로 전승되어 불경계 서사문학의 통시성을 명확히 하고 있다.

제5장 불교담론의 국문문학적 수용

프롤로그

이 글은 대중포교를 위한 텍스트로 활용되던 한문본 불교서사가 조선 초
에 와서 국문서사로 변용된 양상을 『월인석보』 권제21을 중심으로 살핀
것이다. 불교서사는 훈민정음의 창제와 함께 다양하게 국역·인출된다.
『월인천강지곡』·『석보상절』·『월인석보』 등이 대표적인 사례라 하겠다.
특히 『월인석보』는 앞의 두 전적을 창조적으로 계승하면서 국문문학의
기틀을 다졌다. 그러한 사정을 여기에서는 갑사장판 권제21을 중심으로
국어학이나 국문문학의 측면에서 살펴보았다. 이들의 국어국문학적 특
징은 자연스럽게 후대로 계승되었다.

1. 서론

『월인석보』는 조선 초기의 제반 문화현상을 살필 수 있기에 국학
의 각 분야에서 관심을 기울이고 있다. 실제로 음악·미술·무용 등
의 예술사는 물론, 국어학·문학·민속학 등의 문예사를 다양하게 집
적한 것이 바로 『월인석보』이다.1) 이러한 『월인석보』 중에 특히 관

심을 끄는 것은 갑사장판 권제21이다.[2] 다른 권본과는 달리 갑사장
판은 인출본과 그 판목까지 현존함은 물론, 중간본의 성격상 『월인
석보』의 변화된 실태를 점검할 수 있기 때문이다. 따라서 조선 중기
의 인쇄·출판문화의 사정을 확인하거나 국어와 국문학의 변화양상
을 검토하는 지침으로 이 갑사장판을 적절히 활용할 수 있다.

갑사장판은 판각·인출이 일반 민가에서 이루어져 인쇄유통의 획
기적인 변화를 가져왔을 뿐만 아니라, 당시의 현실음에 입각한 출
판이기에 조선 중기 국어의 다양한 성격도 살필 수 있다. 또한 형상
화 기법의 다변화를 생각할 때 문학적인 측면에서도 관심을 가질
만하다. 이러한 갑사장판이 갖는 의미를 제대로 파악하기 위해서는
인쇄·출판사나 음악·미술사적인 고찰은 물론, 시가문학사나 서사
문학·희곡문학사적인 관점에서도 논의를 진행해야 하겠다.[3]

하지만 갑사장판은 그 중요성에 비하여 지금까지의 논의는 만족
할 만한 수준에 이르지 못하고 있다. 갑사장판에 관심을 기울인 논
의가 일부에 지나지 않을 뿐만 아니라, 접근 방법 또한 다양하지 못
하기 때문이다.[4] 그러함에도 불구하고 이 글 또한 부득이 어문학적

1) 사재동, 「『월인석보』의 실상과 문학적 위상」, 『한국문학유통사의 연구』, 중앙
인문사, 1999, 309~320쪽.
2) 이 판목은 선조 2년(1569) 충청도 한산에 사는 백개만(白介萬)이 시주하여 활자
를 새기고, 충남 논산 불명산 쌍계사에서 보관하고 있었다. 현재는 갑사(甲寺)에
소장되어 있는데 70여 년 전에 입수하였다고 한다. 계수나무에 돋을새김으로 새
겼고, 판목의 오른쪽 아래에 시주자의 이름과 판각자의 이름이 있다. 내용표기에
있어서는 방점이나, 동국정운식 한자음이 대부분 소멸되었다.
3) 사재동, 「『월인석보』의 실상과 문학적 위상」, 『한국문학유통사의 연구』, 중앙
인문사, 1999, 330~333쪽.
4) 한상각, 「공주 계룡갑사소장 월인석보 권제21판본에 관한 연구」, 『논문집』, 공
주대학교, 1980.
사재동, 「『월인석보』 권제21에 대하여」, 『월인석보』, 백제불교사상연구회,
1999, 3~18쪽.

인 특성에 한정하여 살펴보고자 한다. 먼저 갑사장판의 체재와 내용을 개괄한 다음, 그것의 한국어문학적인 특성을 살펴보도록 하겠다. 마지막으로 갑사장판이 갖는 의미를 한국어문학사적인 측면에서 고찰해 보고자 한다.

2. 갑사장판『월인석보』권제21의 체재와 내용

갑사장판 권제21은『월인석보』의 전반적인 체제와 동일하게 편찬되어 운문과 산문이 유기적으로 조직되어 있다. 그러한 체제 속에 다양한 불교문학과 불교예술 및 불교문화를 응축·표출하고 있다. 여기에서는 먼저 갑사장판의 전반적인 구조형태와 내용을 개괄해 보도록 하겠다.

갑사장판은 월인부의 운문부가 먼저 자리하고, 이어서 상절부의 산문부가 배치되어 전체적으로는 운문과 산문의 교호(交互) 형태를 취하고 있다. 이는『월인천강지곡』제21과『석보상절』제21이 합편된 것으로, 월인부는 기412곡에서부터 기429곡까지 모두 18곡이 실리고, 이 내용에 해당하는 상설부가 산문 해실긱으로 자리하고 있다.5) 이와 같은 거시적인 구조 속에 여러 편의 이야기가 분절·독립

김진영,「『월인석보』의 문화학적 접근-갑사장판 권제21을 중심으로」,『불교문화연구』1집, 한국불교문화학회, 2003, 189~229쪽.

5) 갑사장판『월인석보』권제21은 1973년 12월 31일 보물 제582호로 지정되었다. 판각의 크기는 90×21cm(마구리 제외)이며, 판은 반곽 7행이고, 매행은 14-15자이다. 판심제(板心題)는 월인(月印)으로 되어 있고, 1매마다 앞뒤 양면에 각각 2장씩 판각되었다. 또 판목 끝판의 간기에 '隆慶三年己巳二月 日 忠淸道 寒山地 竹山里 白介萬家 枳刻以傳 恩津地 佛明山 雙溪寺留置'로 되어 있어 백개만이라는 재산가의 시주로 각판된 듯하다.

되어 있다. 그러한 것으로는 '지장보살 이야기', '우전왕 이야기', '인욕태자 이야기'로 이들은 각기 운문과 산문으로 적절히 조응·배치되어 있다. 이를 표로 보이면 다음과 같다.

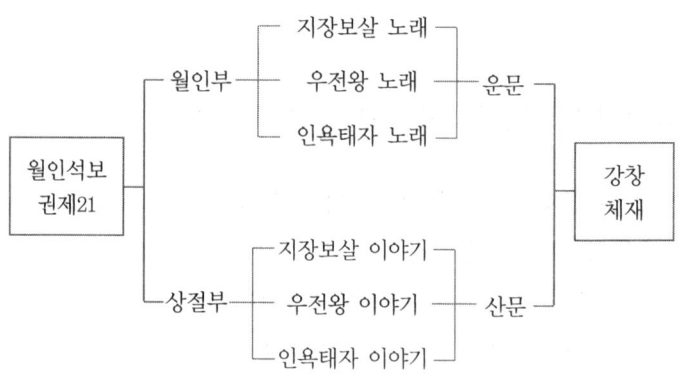

『월인석보』 권제21은 이처럼 거시적인 구조가 시가와 산문으로 교직되어 있다. 게다가 산문 속에는 단형의 본생담이 다시 이입되어 복합적인 이야기 층위를 구비하고 있다. 이제 위 세 이야기의 체재와 내용을 정리해 보도록 하겠다.

먼저 '지장보살 이야기'이다. 이 작품은 월인부 기412곡에서 기417곡까지 모두 6곡과 그에 해당하는 상절부의 산문이다. 그 내용은 불타가 열반에 들기 전 각 보살들과 인천대중의 구제에 대해 논설하면서, 과거·현재·미래의 육도중생을 위신력으로 구제하는 지장보살의 이타행을 찬양한 것이다. 즉 지장보살이 서원을 발하여 천백 억의 화신으로 인천대중을 구제하되, 그것이 다 이루어지지 않으면 성불하지 않겠다는 내용을 논답식으로 말하고 있다. 따라서

지장보살의 무궁한 자비·위신력을 도리천궁에 모인 세존과 각 보살
이 찬탄·숭앙하는 내용이 이 작품의 핵심이라 하겠다. 이를 개조식
으로 정리하면 다음과 같다.

① 불타가 열반에 들기 전 도솔천에서 어머니 마야부인을 위하여 설
법을 행하니 제 보살과 천룡귀신이 모두 모인다.

② 이때 불타는 문수보살에게 지장보살의 이름을 듣고 찬탄하거나
공양하면 33천에 들고 악도(惡道)에 떨어지지 않는다고 말한다.

③ 불타는 문수보살에게, 옛날에 큰 장자의 아들이 수고하는 중생을
모두 제도하여 사자분신구족만행여래상(師子奮迅具足萬行如來相)을 얻
어 성불하겠다고 서원하였는데 그가 바로 지장보살이라고 이른다.

④ 이어서 불타는 바라문의 딸 성녀가 탑사에 공양하며 불타를 염(念)
한 공덕으로 어머니가 지옥에서 도리천에 왕생하게 되었는데, 이 바라
문의 딸이 바로 지금의 지장보살이라고 밝힌다.

⑤ 이에 모든 참여자가 불타께 공양하며 지장보살의 위신력에 교화
되는데, 불타가 지장보살에게 미륵이 출세할 때까지 중생제도를 당부
하니 지장보살이 후세의 악업중생을 걱정하지 말라 한다.

⑥ 이때 마야부인이 지장보살에게 염부제에서의 어떠한 업보가 지옥
에 드는지 묻자, 지장보살은 삼보의 비방, 승려의 훼절, 사찰 물건의
훼손, 음욕, 도둑 등을 행하면 무간지옥에 들어 고생한다고 말한다.

⑦ 불타가 지장보살이 일도중생을 해탈시킬 것이기 때문에 걱정이
없다고 하자, 정자재왕은 지장보살이 억 겁 전부터 무슨 일을 했기에
찬탄을 듣는지 묻는다.

⑧ 이에 불타는 옛날에 두 소국의 왕이 선정을 베풀 때 한 백성이 모
진 일을 벌이자, 한 왕은 빨리 불도를 이루어 해결하려 했고, 다른 왕은
중생죄고를 먼저 해탈케 한 후 보리를 이루려 했는데, 두 번째 왕이 바
로 지금의 지장보살이라고 밝힌다.

⑨ 또한 옛날에 광목녀가 그의 어머니가 죽어 지옥에 듦을 알고 청정연화목여래의 소상(塑像)을 그려 염(念)하니 어머니가 자신의 집 종으로 태어나지만 13년 후에 다시 악도에 떨어질 운명임을 알게 된다. 이에 자신의 어머니가 긴 겁에 수고를 면케 되면, 자신은 지옥중생·축생·아귀를 모두 구제하고 정각을 이루겠다고 서원하니, 그 어머니는 무우국토(無憂國土)에 가서 낳게 된다. 불타는 바로 이 광목녀가 지금의 지장보살이라고 밝힌다.

⑩ 이에 사천왕이 지장보살은 수억 겁 전부터 공덕이 무진함에도 계속해서 서원을 발하는 이유가 무엇인지 물으니 염부제의 중생이 계속해서 과업을 지어 지옥에 드는 것을 방지하고 나라를 지키기 위함이라 말하니 사천왕이 찬탄한다.

⑪ 이제 보현보살이 지장보살에게 지옥의 이름과 그 과보에 대하여 청하니 지장보살이 다양한 지옥의 실태와 그 죄보에 대하여 밝힌다.

⑫ 이에 보광보살이 말법 중생과 지장보살의 관계에 대하여 불타께 여쭈니 불타는 지장보살의 이름을 듣거나 그를 찬탄·합장하면 10겁에 죄를 면할 수 있고, 또한 지장보살을 소조(塑造)하면 악도에 들지 않지만, 만약 그를 기롱(欺弄)하면 무간지옥에 떨어진다고 밝힌다.

⑬ 계속해서 대변장자(大辯長者)가 지장보살에게 사후에라도 대소권속이 재(齋)를 올리면 사자가 해탈하는지 묻자, 그는 지극 정성으로 올리면 이익이 있다고 말한다.

⑭ 한편 지장보살이 불타의 위신을 찬탄하며 청법하자, 지장보살에게 선남선녀를 위해 권면토록 당부하며, 나아가 불타와 견우지신(堅牢地神)은 지장보살을 칭양하거나 지장경을 독송하거나, 존상에 예배하면 효험을 본다고 말한다.

⑮ 이때 불타가 관세음보살에게 지장보살의 형상을 보거나 지장보살의 이름을 듣거나 절하거나 보시하거나 공양하거나 지장도를 그리면, 공덕복리가 무량하다고 이른다.

⑯ 이에 지장보살이 부처의 말을 앙청하며 수행할 것을 다짐하니, 허

공장보살이 불타께 미래세의 선남선녀들이 지장경을 읽거나 지장명을 듣거나 존상에 예불하면 몇 가지 복리가 있는지 묻자 28가지 이익이 있다고 말하며, 또한 천룡귀신도 지장보살을 공양·찬탄하면 일곱 가지 복리가 있음을 밝힌다.

이상에서 보는 바와 같이 '지장보살 이야기'는 지장보살의 위신력을 확인하는 담화로 구성되어 있다. 대체로 각 보살들이 지장보살의 위신력을 불타나 지장보살에게 묻고 답하는 형식으로 짜여 있다. 즉 불타와 지장보살을 상대로 문수보살, 마야부인, 사천왕, 보현보살, 보광보살, 관세음보살, 허공장보살이 그 위신력을 물으면, 이에 대하여 불타는 지장보살의 위신력을, 지장보살은 지옥의 참상을 설명하고 있다. 특히 불타는 지장보살의 본생담을 들어 그의 위신력이 수억 겁 전부터 지속되어 왔음을 강조하고 있다.

이렇게 위의 내용은 천상 도리천을 배경으로 묻고 답하는 형식으로 결구되어 마치 연극의 한 장면을 보는 듯하다. 실제로 위의 내용은 소설처럼 인과식 구성을 보이기보다는 다소 산만한 듯한 옴니버스식 구성을 취하고 있다. 이는 희곡의 장면단위 또는 인물의 언행 본위 사건 구조와 흡사하다.

다음은 '우전왕 이야기'이다. 이 작품은 기418곡에서 기424곡까지 총 7곡의 월인부와 그에 조응하는 산문부로 구성되어 있다. 불타가 도리천에서 어머니 마야부인을 위하여 설법하고 장차 열반에 들려 하자, 염부제의 우전왕 등 제 중생이 부처님 보기를 갈망한다. 이에 부처님이 제 천중과 동행·강림하여 무수한 위신력을 보인다. 이를 개조식으로 정리하면 다음과 같다.

① 불타가 도리천에서 상주할 때 인간세계의 우전왕이 부처님을 뵙고 싶어 병이 나니, 나라의 어진 장인들이 우두전단향(牛頭栴檀香)으로 부처님 상을 만든다.

② 이에 파사익왕(波斯匿王) 또한 그 말을 듣고 자마금(紫磨金)으로 불타상을 만든다.

③ 우전왕이 육사에게 불타 계신 곳을 물으니 그는 불타가 환술을 써서 진실한 체(體)가 없다며 자신들의 구담사문(瞿曇沙門)을 섬기라고 종용한다.

④ 이때 아나율타가 왕에게 도리천에 계신 불타가 머지않아 염부제에 내려온다고 이르니, 왕이 길을 청소하고 향을 사르며, 당(幢)을 꽂고 각종 향화와 기악을 준비하자 육사는 구담사문을 청해야 한다고 거듭 말하지만 대중은 세존만을 갈망할 따름이다.

⑤ 그때 불타는 도리천에서 설법하며 구마라(鳩摩羅)에게 열반에 들 것이라 이르니, 우전왕 등 염부제 중생이 구마라에게 불타 강림을 간청한다.

⑥ 불타가 게송을 지어 어머님과 헤어진 후 염부제에 내려오니 범천과 사천왕이 양쪽에서 잡고 사부대중이 찬탄하며 따르되 꽃비와 풍류가 성대하다. 이에 염부제의 우전왕과 파사익왕이 보계 아래 가서 머리를 조아리며 불타를 맞이한다.

⑦ 우전왕이 금상을 코끼리에 실으니 그 금상이 오르락내리락하는 것이 생불과 같고, 방광하며 허공에 걸으시니 꽃비가 내린다.

⑧ 금상이 불타에게 합장하니 불타도 꿇어 합장하고, 자신이 멸도한 후에 제자들을 부촉한다 하니 공중화불이 부처 없을 때 불상에 공양하면 염불청정삼매를 얻으리라 말한다.

⑨ 세존이 강림할 때 사중팔부(四衆八部)가 모두 환영했으나 연화색 비구니만 오만하게 굴자 세존이 훈계하니, 이에 육사들도 조용히 팔천 대중과 함께 앉아 귀의한다.

⑩ 불타가 삼매에 들자 대중 속에서 칠보탑이 솟아나 대중이 보탑을

보고 의심하는데, 미륵이 불타께 그 인연을 물을 뿐이다.

이상은 도리천궁에서 어머니에게 설법하던 불타가 열반에 들려 하자, 불타를 흠모·갈망하던 우전왕이 구마라에게 불타의 강림을 간청하고, 마침내 강림한 불타가 무수한 중생에게 그 위신력을 보인 후 열반에 드는 장면이다. 마치 일반 신화나 고전소설의 적강 장면과 흡사하다. 이는 선혜보살(호명보살)이었던 불타가 마야부인에게 투태(投胎)할 때와 비슷한 것으로, 공간개념을 확장한 신화소로 이해해도 좋을 것 같다.

다음은 '인욕태자 이야기'이다. 이 작품은 기425곡에서 기429곡에 이르는 월인부와 이에 해당하는 상절부로 구성되어 있다. 이 이야기는 운문시가형은 단형이지만 산문부는 불타의 본생담을 설화한 것으로 비교적 장형이다. 더욱이 인과성을 감안한 긴밀한 서사라서 '지장보살 이야기'와는 좋은 대조를 이룬다. 특히 희생적인 효행담이라는 점에서 설화나 고전소설의 좋은 소재가 될 수 있었다. 그 내용을 개조식으로 정리하면 다음과 같다.

① 부처가 미륵보살에게 말한다.
② 아주 오랜 옛날에 파라내국의 바라내대왕이 정법으로 나라를 다스리되 아들이 없어 고민한다.
③ 이에 신령을 섬기며 12년을 치성하니 제일 부인이 단정한 아들을 낳아 이름을 인욕이라 짓는다.
④ 인욕태자가 자라 보시를 즐기며 중생을 고르게 사랑하나, 여섯 대신이 백성들을 모질게 대하며 태자를 미워한다.
⑤ 바라내대왕이 중병을 앓을 때 태자가 신하들에게 어찌하면 좋은

지 물으니, 신하들이 좋은 약이 없어 오래 살지 못할 것이라고 말한다.

⑥ 여섯 대신이 태자를 제거하지 않으면 자신들이 편치 못할 것으로 판단하여 태자에게 대왕의 중병은 성내지 않은 사람의 눈동자와 골수가 영약이라고 거짓으로 고하니 태자가 기꺼이 자신의 눈동자와 골수를 약으로 쓰도록 허락한다.

⑦ 태자는 어머님께 자신이 약이 된다고 이르고, 대신과 소국왕을 불러 모은 후 전타라(栴陁羅)를 시켜 뼈를 잘라 골수를 빼고 두 눈동자를 파내게 한다.

⑧ 이 약을 먹고 병이 호전된 왕이 무슨 약이냐고 묻자 대신이 인욕태자로 만든 것이라고 전한다.

⑨ 대왕이 이 말을 듣고 놀라 태자가 지금 어디 있느냐고 묻자 대신이 태자 몸이 상하여 명이 머지 않았다고 아뢴다.

⑩ 대왕이 자식을 약으로 먹은 것이 후회되어 목 놓아 울며 땅에 뒹굴다가 태자에게 가니 대신·백성·무량중생이 운집한 가운데 그 명을 마치자 어머님이 태자 위에 엎드려 자신의 전생업보를 탓하며 서러워한다.

⑪ 이때 대왕과 소왕들이 우두전단향(牛頭栴檀香)으로 태자를 다비하여 칠보탑을 세우고 공양한다.

⑫ 부처가 미륵 및 선남자 등의 대중에게 대왕은 자신의 아버지인 열두단(閱頭檀)이고, 어머니는 마야(摩耶)이고, 인욕태자는 자신이라고 말한다.

이처럼 '인욕태자 이야기'는 서사성이 돋보인다. 특히 불타의 본생담으로 부왕의 쾌유를 위하여 자신의 목숨마저 기꺼이 희생함으로써 불교적인 대효행을 실천하고 있다. 이는 「수천제태자전」이나 「섬효자전」처럼 효행을 위하여 자신의 목숨을 버렸기 때문에 희생불공과도 관련이 있다. 물론 불타의 화신인 인욕태자의 효행은 현세불인 석가모니불의 위신력을 제고하는 주요 인자이기도 하다. 그래서 이 법화는 인천대중의 권선을 위한 텍스트로 효과적인 면이 없지 않다.

3. 갑사장판『월인석보』권제21의 어문학적 성격

갑사장판 권제21이 당시의 예술·문화와 밀접하게 관련됨은 당연한 일이다. 따라서 그것의 성격 또한 복합적으로 조망할 필요가 있지만, 여기에서는 어문학적인 성격을 살피는 것으로 만족하고자 한다. 이 장판은 관각(官刻)이 아니라 사각(私刻)이라는 점에서 어문학적인 성격이 부각될 수 있다. 아무래도 사각이 형식이나 틀에 얽매이지 않고, 자신들의 기호와 처지에 맞게 인출할 수 있었기 때문이다. 그래서 국어학적인 관점에서 판각·인출 당시의 언어현상을 짐작할 수 있을 뿐만 아니라, 그 내용 또한 말과 문자에서 오는 괴리를 극복하여 쉽고 재미있게 향유할 수 있는 속문학이라는 점에서 주목된다. 바로 이러한 점 때문에 갑사장판은 국어학이나 국문학적 측면에서 주목되는 바가 크다. 이를 감안하여 여기에서는 이 장판의 성격을 국어학과 국문학으로 나누어 살펴보기로 한다.

1) 국어학적 성격

잘 아는 것처럼『월인석보』는 15세기 국어의 제반 특성을 살피는데 아주 유용한 자료이다.『월인천강지곡』·『석보상절』과 대비하여『월인석보』의 국어학적 특성을 살필 수도 있고,[6] 초간본과 중간본을 비교하면서 국어학적인 변화양상을 파악할 수도 있기 때문이다. 이러한 중요성을 감안하여 『월인석보』의 편제는 물론,[7] 그것의 어휘·문체상의 의미까지 『석보상절』·『월인천강지곡』과 견주어 파악하기도 하였다.[8] 그 결과 『월인석보』는 『월인천강지곡』이나 『석보상절』보다 의역이 많고, 어휘 등의 출입이 자유로워 제3자적 창조물로서의 성격이 확인되기도 했다.[9]

이제 『월인석보』 중 임진왜란 이전의 판목으로 유일하게 남아있는 갑사장판의 국어학적인 특성을 확인할 필요가 있다. 먼저 갑사장판의 국어학적 특성을 살피기 위해서는 그것이 복각본(復刻本)인지 아니면 중간본(重刊本)인지의 성격이 우선 규명되어야 하겠다. 단지 15세기 초간본을 복각한 것이라면 갑사장판만이 갖는 국어학적인 의미는 반감되고 말 것이기 때문이다. 그런데 갑사장판은 기존의 판본을 활용한 것이기는 하되 주목할 점이 몇 가지 있다. 그것은 초간본에서 확인되는 방점이나 동국정운의 한자음에서 많이 벗어나 있다는 점이다. 이는 충실한 복각이 아니라 당시의 형편에 맞는 어음을 감안하여 수정·보완이 가해졌음을 의미하는 것이다. 따라서 갑사장판은 초간본에 변화를 가미한 중간본으로서의 성격을 확보하

6) 고영근, 「『석보상절』, 『월인천강지곡』, 『월인석보』의 제 특징」, 『단어 문장 텍스트』, 한국문화사, 1995, 337~364쪽.
7) 안병희, 「『월인석보』의 편찬과 이본」, 『진단학보』, 진단학회, 1993, 183~195쪽.
8) 고영근, 「『석보상절』과 『월인석보』와의 한 비교」, 『단어 문장 텍스트』, 한국문화사, 1995, 323~335쪽.
9) 이는 당시의 언어현실에 충실한 결과라 할 수 있다. 언어현실에 충실했다는 점에서 이 전적에 편입된 이야기들의 연행문학적 자질을 짐작할 수 있다. 말과 글에서 오는 괴리감을 극복하여 대중적인 연행법화로 활용될 개연성이 한층 강화되었기 때문이다.

게 되었다.

실제로 갑사장판은 초간본에서와는 다르게 방점이 거의 사멸되었다. 잘 아는 것처럼 방점은 사성을 구분하기 위한 것이었다. 하지만 우리의 음가가 평성과 거성만 실현되었다는 견해가 있음을 보아서는[10] 방점은 중국어를 감안한 초창기의 인위적인 용례가 아니었을까 한다. 말하자면 방점은 현실음을 충실히 고려하지 않은 사례라 할 수 있다. 그렇게 되면 후속 간행에서는 자연스럽게 현실음을 반영하여 개변할 수밖에 없다. 갑사장판이 그 현상적인 모습을 잘 보인다 하겠다. 이를 확인하기 위하여 초간본과 갑사장판의 용례를 들어보면 다음과 같다. 먼저 초간본에서 인용해 보도록 하겠다.

○ 부텼긔절ᄒ 숩고 부텼 바리ᄅᆞᆯ 가져 지븨 드러 밥 다마 나가 부텼긔 받ᄌᆞᄫᅡᄂᆞᆯ 부톄 아니 바ᄃ신대 阿항難난이ᄅᆞᆯ 주어늘 阿항難난이도 아니 받고 닐오ᄃᆡ 네 바리ᄅᆞᆯ 어듸 가 ᄒᆞ든다[11]

○ 安한樂락國귁이 어마님긔 술ᄫᅩᄃᆡ 나ᄅᆞᆯ 이제 노ᄒᆞ쇼셔 아바니믈 가ᄫᅡ 수ᄫᅡ지이다 太붕人ᅀᆡᆼ이 닐오ᄃᆡ 네 처섬 나거늘 長댱者쟝ㅣ 닐오ᄃᆡ 나히 닐굽여듧 만ᄒᆞ면 내 지븨 아니 이실 아ᄒᆡ라 ᄒᆞ더니[12]

○ 目목連련일 뵈ᄂᆞ니라 獄옥主즁ㅣ 目목連련이 ᄃᆞ려 무로ᄃᆡ 어마니ᄆᆞᆯ 아라보리로 소니잇가 目목連련이 닐오ᄃᆡ 몰라 보애라 獄옥主즁ㅣ 닐오ᄃᆡ 그 알ᄑᆡ 잇ᄂᆞᆫ 모매 고론ᄇᆞᆯ린 거시 긔 스숭[13]

10) 안병희·이광호, 『중세국어문법론』, 학연사, 1991, 61~63쪽 참조.
11) 『월인석보』 권제7, 초간본.
12) 『월인석보』 권제8, 초간본.

이처럼 초간본에서는 방점이 두루 쓰이고 있다. 이제 갑사장판에
서 방점이 소멸된 경우를 확인해 보도록 하겠다.

> ○ 부톄 彌미勒륵菩보薩살ᄃ려니르샤디 디나건 不불可가思ᄉ議의 阿
> 아僧승 祇끼劫겁에 毗삐婆빠尸시如ᅀᅧ來ᄅᆞᆺ 象썅法법中듕에 나라히
> 이쇼디 일후미 波바羅라㮈내러니……(중략)……太태子ᄌᆞㅣ 듣고 닐오
> 디 내모미 ᄲᅥ줏ᄒᆞ도다 내 난 後훃로 嗔친心심훈 적 업소라.[14]

이상에서 보는 바와 같이 갑사장판에서는 대다수의 방점이 사라
졌다.[15] 사실 방점은 16세기를 넘어 점차 그 변별력을 상실하면서
체계가 문란해졌고, 근대국어에 들어와서는 표기 자체마저도 사라
졌다.[16] 대체로 방점의 소멸시기를 임란 이후로 보고 있는데, 갑사
장판의 판각연대가 1569년인 점을 감안하면 방점의 소실은 자연스
러운 일이라 하겠다. 이는 기존의 기술체계를 현실음에 맞게 바로
잡은 결과이기도 하다.

또한 갑사장판은 동국정운식 한자음을 상당수 탈피하였다. 익히
아는 바와 같이 동국정운식 한자음은 중국어 원음에 가깝도록 개신
한 것으로, 통용음이 아니라 이상론적인 음이었다. 이 동국정운식

---

13) 『월인석보』 권제23, 초간본.

14) 백제불교사상연구회 편, 『월인석보』 권제21, 중앙인문사, 1999, 425~431쪽 참조.

15) 방점의 경우 갑사장판 전체를 감안할 때는 미미한 편이다. 실제로 전체 분량에
    서 방점이 활용된 경우는 25%에 지나지 않는다. 446쪽의 분량에서 겨우 110여
    쪽만이 방점을 활용하고 있다. 이는 기존 판본을 활용해서인지, 필사자(판각자)
    가 다수여인지 명확히 알 수 없지만, 복잡한 판각 과정만은 유추할 수 있다.

16) 안병희·허경, 『국어문법론Ⅱ』, 한국방송통신대학교 출판부, 1995, 54~55쪽
    참조.

한자음은 중국어 원음에 가깝도록 의도했을 뿐만 아니라, 종성을
그 성음법에 따라 받침이 없는 경우에도 'ㅇ'을 받쳐 쓰거나 'ㅱ'을
쓰기도 했으며, 입성 표기를 위해 종성 'ㄹ'에는 'ㆆ'을 덧붙이기도
하였다.[17] 이러한 동국정운식 한자표기가 초간본에서는 당연하게
구현된다. 다음의 인용문을 보자.

> ㅇ無뭉常썅 / 迦강毗삥羅랑國귁 / 阿항那낭律률 / 優홈波방離링 / 羅
> 랑漢한果광 / 難난陀땅 / 比삥提똉希힁國귁 / 夫붕人인 / 無뭉數숭諸졍
> 佛뿛/ 慈쭝悲빙[18]
> ㅇ成쎵佛뿛/ 大땡悲빙觀관世솅音흠菩뽕薩삻 / 勝싱熱ᅀᅥᇙ婆빵羅랑門
> 몬 / 子중賢현長댱者쟝 / 子중息식/ 沙상羅랑樹쓩王왕 / 衆중生싱敎굘
> 化황 / 時씽節졇[19]
> ㅇ夏ᅘᅡᆼ、ㅇ安안居겅 / 五옹百빅僧숭齋쟁 / 羅랑卜복 / 現현世솅 / 罪쬥人
> 인 / 化황樂락天텬 / 錫셕杖땽 / 大땡目목犍건連련 / 獄옥主즁 / 世솅
> 尊존[20]

이상에서 보는 바와 같이 초간본인 7, 8, 23권에서는 동국정운식
한자음을 그대로 따르고 있다. 이렇게 인위적으로 표기하다 보니
동국정운식 한자음은 중국 운서체계를 그대로 따르지 못하는 한편,
국어 현실음과도 유리된 가공적인 한자음 체계가 되고 말았다. 이
러한 문제 때문에 초간본에 나타났던 동국정운식 한자음 표기는 중

---

17) 이기문,『국어사개설』, 탑출판사, 1993, 121~122쪽 참조.
18)『월인석보』권제7, 초간본.
19)『월인석보』권제8, 초간본.
20) 동방학연구소 편,『동방학지』제6집, 연세대학교 동방학연구소, 1963,『월인석
  보』권제23, 도판 10~29쪽 참조.

간본인 갑사장판에 와서 제대로 나타날 리가 없었다. 이를 확인하기 위하여 초간본에서는 반드시 받침이 있어야 하지만 갑사장판에서 실현되지 않은 사례를 들어보도록 하겠다.

> ○ 長댱者쟈(35쪽) / 受슈苦고衆즁生싱(36쪽) / 佛불道도(36쪽) / 虛허空콩(43쪽) / 地디藏장菩보薩살(61쪽) / 不블可가思ᄉ議의(69쪽) / 無므間간地디獄옥(78쪽) / 疑의心심(111쪽) / 閻염浮부提뎨(135쪽) / 善쎤男남子ᄌ(168쪽) / 現현在찐未미來리(197쪽) / 惡악道도(231쪽) / 土토地디(247쪽) / 布보施시(287쪽) / 善쎤女녀人신(303쪽) / 一일夜야(335쪽) / 忉도利리天텬(387쪽) / 波바羅라㮈내(426쪽)[21]

위에서 인용된 단어들은 갑사장판 전반에서 선별한 것이다. 이들은 모두 동국정운식 한자음에서 벗어나 있다. 만약 동국정운식 한자음을 따랐다면, 그 표기는 長댱者쟝 / 受슝苦공衆즁生싱 / 佛불道동 / 虛헝空콩 / 地딩藏장菩뽕薩살 / 不블可캉思ᄉ議잉 / 無뭉間간地딩獄옥 / 疑읭心심 / 閻염浮뿡提뎅 / 善쎤男남子ᄌ / 現현在찡未밍來링 / 惡악道동 / 土통地딩 / 布뽕施싱 / 善쎤女녕人신 / 一일夜양 / 忉동利링天텬 / 波방羅랑㮈냉 정도가 되었을 것이다. 이렇게 갑사장판에서는 동국정운식 한자음을 탈피해 생동하는 포교문학에 부합되도록 고려했다. 그렇다고 모든 한자음이 동국정운식 표기를 탈피한 것은 아니다. 일부에서는 여전히 동국정운식 한자음을 준수하고 있다. 이런 점에서 갑사장판은 인위적인 동국정운식 한자음을 상당수 벗어나는 과정에서 판각된 것이라 하겠다. 즉 의고적인 표기를 상당수 벗어나 당시의 음가를 어느 정도 실현한 결과라 하겠다. 이는 갑

---

21) 백제불교사상연구회 편, 앞의 책.

사장판이 갖는 국어학적 특성을 말하는 것이기도 하다.

이상에서 보는 바와 같이 갑사장판은 대중적인 포교·권선을 위한 텍스트이기에 쉽고 유용한 표현이라야 제격이었다. 그래서 의고적이거나 인위적인 표기를 지양한 것이라 할 수 있다. 방점을 배제하거나 동국정운식 한자음을 탈피한 것도 바로 그 때문이다. 이처럼 갑사장판은 당시의 현실음을 반영하여 말과 글에서 오는 괴리감을 어느 정도 극복할 수 있었고, 이것 때문에 그 나름의 국어사적 의의를 갖게 된 것이다.

2) 국문학적 성격

갑사장판 권제21에는 위에서 살펴본 바와 같이 크게 시가와 이야기가 각각 세 작품씩 들어 있다. 하지만 이들은 같은 내용을 시가와 산문으로 형상화했을 뿐 그 내용에 있어서는 큰 차이가 없다. 그렇기 때문에 크게 세 작품으로 나누어 고찰해도 큰 무리는 없어 보인다.

이들 작품에는 불교문학에서 일반적으로 나타나는 특성이 쉽게 확인된다. 아무래도 불교천문학을 신화나 소설형태로 형상화하다 보니 자연스럽게 불교의 보편적인 속성들이 작품 속에 투영된 결과라 하겠다. 무한의 시간이나 공간상의 특징, 본생담의 본풀이적 성격과 주인공의 영웅적 면모, 자기희생을 감내하면서 펼치는 이타행 등이 그것이다.

실제로 갑사장판에서는 위에서 열거한 내용이 작품 형상화에서 적극적으로 활용된다. '지장보살 이야기'에서는 천상공간과 무한의 시간배경이, '우전왕 이야기'에서는 천상에서의 강림과 영웅적인 위신력이, '인욕태자 이야기'에서는 초극적인 자기희생과 불교적인 효

행이 주요하게 다루어졌다. 이를 전제하여 여기에서는 위 세 작품
의 문학적인 속성을 천상공간의 문학적 형상화, 영원불멸의 순환시
간 활용, 주인공의 절대적인 위신력과 영웅적인 면모, 자기희생을
통한 이타적인 효행 등으로 대별하여 살펴보도록 하겠다. 다만 각
항목별로 두 작품씩만 살피도록 한다. 세 작품 모두 공질성이 강하
여 두 작품씩만 살펴도 같은 결과를 얻을 수 있기 때문이다.

첫째, 갑사장판 권제21은 『월인석보』의 일반과 마찬가지로 천상
공간을 문학적으로 형상화하였다. 불전의 대부분은 윤회전생의 종
교관 때문에 다양한 천상계를 형상화해 놓았다. 그래서 갑사장판도
대부분의 내용이 천상계와 관련된다. '지장보살 이야기'의 경우 불
타를 위시하여 지장보살 및 제 보살의 의론이 천상에서 펼쳐지고
있거니와 '우전왕 이야기'에서도 천상에 머물던 불타를 우전왕이 모
셔오는 내용이다. 이렇게 천상을 자유자재로 형상화하면서 독특한
문학세계를 창출하고 있다. 후대소설에서도 이러한 공간이 보편적
인 배경으로 자리 잡곤 한다. 이제 천상세계의 문학적 형상화 실태
를 확인해 보도록 한다.

'지장보살 이야기'를 보겠다. 이 작품은 모든 사건이 천상인 도리
천에서 이루어진다. 석제환인이 불타께 도리천 환희원에서 설법을
청하자 불타는 이 자리에서 어머니를 위하여 설법한 후 지장보살의
위신력을 칭양한다. 이에 제 보살과 사천왕 등이 지장보살의 공덕
과 역할을 질문하고, 불타가 본생담을 들어 지장보살의 위신력을
확인해 준다. 따라서 이 작품의 등장인물은 불타를 중심으로 보살
·귀신·천룡·마야부인 등으로 이들 모두 신성한 문학세계를 구축하
는 데 일조하고 있다. 어쨌든 이러한 공간은 서사문학의 형성·전개

에 있어서 허구·가공담을 연설하는 좋은 자양이 될 수 있었다.

'우전왕 이야기'에서는 불타가 도리천 환희원에서 3개월 간 안거하니 염부제의 우전왕 등이 그가 강림하기를 간청하고 불타가 그 소원을 들어주는 내용이다. 따라서 작품 초반에서는 신성공간인 도리천이 제시되지만, 강림 후에는 지상공간이 중시된다. 그렇지만 불타의 강림과 관련해서는 도리천, 즉 천상이 핵심 공간이다. 불타는 천상악과 꽃비가 내리고 각종 광채가 발하는 가운데 범천왕과 사천왕의 도움을 받으며 보계(補階)를 통해 강림한다. 그리하여 천상인 도리천과 강림공간은 특수공간으로서의 의미를 갖게 되었다.

둘째, 영원불멸의 시간이 회귀되면서 작품을 형상화하고 있다. 불교에서의 시간은 사멸이 아니라 연쇄적인 반복이라고 할 수 있는데, 갑사장판에 이입된 작품에서도 그러한 실상을 확인할 수 있다. '지장보살 이야기'에서는 지장보살의 위신력으로 제 중생이 구제되어 성불하고 나아가 극락왕생으로 이어져, 지상의 시간에서 천상의 시간으로 전변된다. '인욕태자 이야기'는 불타의 전생담을 문학적으로 형상화한 것으로, 마지막에 이르러 태자가 불타 자신임을 밝혀 순환적인 시간관념을 읽을 수 있다. 이러한 실태를 구제석으로 살펴보면 다음과 같다.

'지장보살 이야기'이다. 이 작품은 긴밀한 서사구조를 갖추지 못했지만, 시간배경에 있어서는 무시무종의 관념이 지배적이다. 여기에서 주로 다룬 내용은 지장보살과 관련된 것이기에 그 시간이 순환성을 가질 수밖에 없다. 실제로 지장보살의 본생담인 '장자아들 이야기', '광목녀 이야기' 등은 과거에서 현재로 연계되는 연속적인 시간개념을 확보하고 있거니와 지장보살이 수고하는 중생을 구제·

천도하는 것도 영속적인 시간과 관련된다. 그렇기 때문에 '지장보
살 이야기'에서는 불교의 윤회관에 입각하여 순환적인 시간개념이
서사구성의 핵심을 이루고 있다.

'인욕태자 이야기'이다. 이 작품은 불타의 본생담이다. 그렇기 때
문에 그 시간은 영속적으로 나타날 수밖에 없다. 잘 아는 것처럼 본
생담은 과거세의 이야기를 설파한 다음, 그 이야기의 인물들이 현
세와 관련됨을 확인하는 담론이다. 말하자면 본생담은 지금의 영웅
이 있게 된 본풀이 구조를 갖추고 있다. 그렇기 때문에 본생담은 과
거와 현재가 긴밀하게 연관될 수밖에 없다. 이런 점에서 '인욕태자
이야기'에서 인욕태자가 부왕의 치병을 위하여 자신의 골수와 눈으
로 약을 짓고 마침내 죽음을 맞이하는 것은 사멸이 아니라 영속되
는 생에 있어서의 한 사건으로 볼 수 있다. 그래서 마지막 유통분에
이르러 당시의 인욕태자가 불타 자신이라고 논급할 수 있었던 것이
다. 이처럼 '인욕태자 이야기'는 그 시간개념이 끝없이 확장되어 있
음을 알 수 있다. 이러한 시간관념은 이 작품의 형상화에 있어서 무
엇보다 중시되는 인자이기도 하다.

셋째, 절대적인 위신력을 갖는 인물을 통하여 작품을 형상화하고
있다. 이것은 불교계 서사체가 신화성을 담보하여 야기된 결과이기
도 하다. '지장보살 이야기'에서는 천상에서까지 절대적인 권능을
갖는 불타와, 성불을 유보한 채 중생제도에 여념이 없는 지장보살
에게서 그 위신력을 찾을 수 있다. '우전왕 이야기' 역시 열반에 들
기 전 천상에서 강림하는 불타의 찬연한 모습에서 절대적인 권능을
읽을 수 있다. 이를 좀 더 구체적으로 보면 다음과 같다.

'지장보살 이야기'이다. 이 작품에서는 불타의 성웅적인 면모가

천상인 도리천을 배경으로 웅장하게 그려진다. 불타는 절대적인 권위를 가지고 대광명운과 미묘음을 발하면서 운집대중에게 설법을 행하고, 제보살, 천룡팔부인, 비인에게 지장보살의 위신력을 확인해 준다. 그리하여 절대적인 권좌에서 삼라만상의 질서를 관장하는 역할을 불타가 맡고 있는 셈이다. 말하자면 대위신력으로 천상은 물론, 지상의 질서까지 자유자재로 관장·운영하는 성웅적인 인물로 형상화되어 있다. 또한 지장보살도 끝없는 공덕으로 위신력을 자연스럽게 드러내고 있다. 더욱이 본생담에서 희생과 효행을 근간으로 한 이타행이 주목되거니와 그가 보인 염부제 중생의 구제행위 또한 숭엄한 지위를 확보하기에 충분하다. 잘 아는 것처럼 지장보살은 염부제의 중생이 악도에 들지 않도록 끝없는 구제행위를 펼치지만 정작 자신의 성불은 유보하고 있다. 자신을 희생하면서까지 이타행을 보인다는 점에서 영웅적 면모를 짐작할 수 있다. 그의 위신력 때문에 이름을 부르거나 존상을 그리거나 소상을 만들거나 『지장경』을 염송하거나 하면 모든 중생이 이익을 얻을 수 있다고 했다. 뿐만 아니라 '지장보살 이야기'에 등장하는 문수보살·보현보살·보광보살·관세음보실·사천왕 등도 모두 그 나름의 위신력을 담보한 신적인 존재이다. 따라서 이 작품은 대부분의 인물이 위신력을 담보하여 다분히 성지향적인 담론이 될 수밖에 없었다.

'우전왕 이야기'이다. 이 작품에서는 강림하는 불타의 위신력을 한껏 드러내고 있다. 불타는 도리천 환희원에 안거하면서 설법한 후 열반에 들기 위하여 제 보살과 귀신의 도움으로 강림한다. 이때 불타는 오색광을 발하고, 이에 상응하여 풍류가 장엄한 가운데 꽃비가 내린다. 이는 불타의 위신력을 효율적으로 보이기 위한 수단이라 하겠다. 실제로 불타는 절대적인 권능으로 연화색비구니나 육사들을 귀의시키고, 운집한 대중을 향해 불상이 곧 자신과 같아 이에 공양하면 염불청정삼매경(念佛淸淨三昧)를 얻을 수 있다고 설한다. 이렇게 이 작품은 천상에서 지상으로 강림하는 과정에서 불타의 위신력을 강조하고 있다.

넷째, 주인공의 희생을 통해 서사내용을 구축하고 있다. 본생담의 주인공들은 상구보리 후 하화중생을 이루기 위하여 끝없는 노력을 기울인다. 그 과정에서 자신의 모든 것을 희생·보시하면서 소원한 바를 성취한다. 갑사장판에서는 '지장보살 이야기'와 '인욕태자 이야기'가 대표적이다. '지장보살 이야기'에서는 자신의 성불을 유보한 채 중생제도에 전념하는 이타적인 희생이, '인욕태자 이야기'에서는 부왕의 병을 치유키 위하여 자신의 골수와 눈동자로 약을 지어 바치는 초극적인 희생이 핵심이기 때문이다. 자세한 내용을 보면 다음과 같다.

'지장보살 이야기'이다. 이 작품에는 짧은 본생담이 인용·이입되어 있다. '큰 장자의 아들', '두 소국왕 이야기', '광목녀 이야기' 등이 그것이다. 그런데 이들 이야기 모두는 지장보살의 전생담으로 그가 모든 중생의 해탈을 이룬 다음에 성불하겠다는 내용이다. 말하자면 자신은 이미 성불할 조건을 구비했지만, 이타행을 위하여 자신의 성불을 미룬 채 중생제도에 전념한다는 내용이다. 실제로 '광목녀 이야기'를 보면, 죽어서 지옥에 떨어진 어머님을 위하여 끝없는 공덕을 쌓아 마침내 그 어머니가 자신의 집 종으로 환생된다. 하지만 불타가 어머니는 13년 후에 죽어 다시 악도에 떨어질 것이라고 밝힌다. 이에 광목녀가 긴 겁에 자신의 어머니가 수고를 면케 되면, 자신은 지옥중생·축생·아귀를 모두 구제한 다음 정각을 이루리라고 서원한다. 이러한 서원의 보답으로 어머니는 무우국토(無憂國土)에 가서 태어날 수 있었다. 이처럼 지장보살은 어머니를 위한 절대적인 효행 때문에 자신의 성불을 포기하였다. 그래서 지장보살의 행위는 이타적일 수밖에 없었고, 이것을 불타와 제 보살이 칭송·찬양한 것이다.

'인욕태자 이야기'이다. 이 작품은 제목에서도 알 수 있는 바와 같이 인욕·희생이 본령이다. 즉 불타의 본생담으로 숭엄한 자기희생을 통해 부왕을 구완하는 효행이 핵심을 이루고 있다. 인욕태자는 선심을 가지고 보시를 즐겨하던 중에 부왕이 중병을 앓자 가슴을 졸인다. 그런데 여섯 대신이 화를 내지 않은 사람의 골수와 눈동자가 명약이라고 말하자, 태자가 자신이 적임자라고 밝히면서 약이 될 것을 자청한다. 이에 태자의 골수와 눈동자를 뽑아 약제로 만들어 쓰니 부왕의 병세가 호전된다. 한편 태자는 모진 고통 끝에 숨을 거두고 만다. 이처럼 인욕태자는 절대적인 효행을 위해 자신의 목숨을 기꺼이 바쳤다. 따라서 이 이야기는 철저하게 희생을 바탕으로 형상화된 전형적인 담론이리 할 수 있다.

지금까지 갑사장판 『월인석보』 권제21의 문학적 성격을 파악해 보았다. 주요 작품인 '지장보살 이야기', '우전왕 이야기', '인욕태자 이야기' 등은 모두 불교의 다양한 세계관을 문학적으로 형상화하였다. 대체로 이 이야기들은 그 경중의 차이는 있을지언정 고전소설에서 중요하게 다루는 요소를 반영하고 있다. 이를테면 천상공간의 문학적 형상화나 불멸의 영속적인 시간배경은 물론, 등장인물의 영웅적인 위신력이나 작품형상화에서 중요한 희생주지가 그것이다.

따라서 갑사장판의 내용은 고전소설의 형상화기법에 직간접으로 영향을 끼쳤을 것으로 본다. 적어도『월인석보』의 담론이 대부분 이러한 경향을 보이기 때문에『월인석보』의 유통과 함께 하면서 갑사장판의 이야기들도 한국서사문학의 형성·전개에 영향을 끼쳤으리라 본다.

4. 갑사장판『월인석보』권제21의 어문학사적 의미

갑사장판 권제21은 임진왜란 이전의 유일한 판목으로 국어사나 국문학사적인 측면에서 주목할 만하다. 실제로 이 판각은 사각이라서 당시의 언어현실을 상당수 반영했으며, 그로 인해 그 내용도 구비유통하기에 좋은 조건을 갖추었다. '지장보살 이야기'는 대화체의 담론으로 연행의 호조건을 구비하고 있으며, '우전왕 이야기'는 열반재(涅槃齋) 등에서 활용하기에 좋은 법화라 하겠다. 뿐만 아니라 '인욕태자 이야기'는 각종 설법에서 회주승이 권불·권선텍스트로 유용하게 활용할 수 있다. 따라서 갑사장판은 어문학사적인 측면에서 다양한 의미가 함장되어 있음을 알 수 있다. 여기에서는 국어사와 국문학사적인 측면에서 그 의미를 확인해 보고자 한다.

1) 국어사적 의의

갑사장판 권제21은 광흥사판 및 무량굴판과 마찬가지로 중간본(重刊本)으로 전하고 있다. 이렇게 중간본으로 전하는 것은 초간본이 유실되어서일 수도 있지만, 한편으로는 이 판본이 대중적인 인기와 수요가 있어서일 수도 있다. 그런데 중간본인 갑사장판은 초간본에서와는 달리 국어학적인 측면에서 변별성을 보이고 있다. 동국정운식 한자음을 대부분 배제하거나 방점이 거의 소실된 것이 그것이다. 그렇기 때문에 갑사장판에 대한 국어사적인 의미를 조망할 필요가 있다.

먼저 동국정운식 한자음을 따르지 않았다는 것은 의고적인 글쓰기에서 벗어나 당시의 현실음을 추수(追隨)한 결과라 할 수 있다. 잘 아는 것처럼 『월인석보』는 국문본이라는 점에서 말과 글에서 생기는 괴리감을 상당수 극복할 수 있었다. 하지만 인위적인 동국정운식 한자음은 우리의 언어현실을 충실히 따른 것은 아니다. 그렇다고 동국정운식 한자음이 중국식 한자음을 제대로 구현한 것도 아니다. 그리하여 동국정운식 한자음은 중국의 현실음을 제대로 따라잡지도 못했을 뿐만 아니라, 우리의 현실언어도 충분히 살리지 못한 결과가 되었다. 이렇게 볼 때 동국정운식 한자음은 인위적인 언어 사용의 한 사례에 불과하다 하겠다. 그러다 보니 갑사장판에서는 초간본에서 준수했던 동국정운식 한자음을 더 이상 고집할 필요가 없게 되었다. 인출 당시의 현실음을 반영하나 보니 동국정운식 한자음이 굳이 필요 없었던 것이다. 이는 중간본인 갑사장판이 초간본의 모순점을 극복하고 말과 글의 일체감을 어느 정도 구현했음을 의미하는 것이다. 따라서 갑사장판은 훈민정음의 현실적인 정착과 실용화라는 점에서, 그리고 통시적으로 국어의 변화를 읽어낼 수 있다는 점에서 국어사적인 의미가 돋보인다.

또한 방점의 용례도 초간본과는 달리 대부분 소실되었다. 방점은 성조를 밝힌 것으로, 갑사장판에서 그것이 제대로 구현되지 않았음

은 당시의 현실음이 그러했을 개연성이 크다.[22] 의도적인 성조는
평성·상성·거성·입성이지만 그것을 따르기보다는 당시의 언어현
실을 반영하여 방점체계가 정확하지 않게 된 것이다. 실제로 사성
이 있기는 하지만, 그 분석적인 용례에서는 평성과 거성만이 실현
되어[23] 의고적인 방점 체계를 고집할 필요가 없었다. 이처럼 방점
이 혼동된 것은 그 효용이 없어졌음을 말하는 한편, 갑사장판이 당
시의 현실언어를 상당수 반영했음을 의미하는 것이다. 이는 1459년
초간본에서 1569년 중간본에 이르기까지의 언어변화 양상을 갑사장
판이 확인해 준다는 점에서 주목할 만하다.

이처럼 갑사장판은 국어사적인 관점에서 볼 때 독창성을 어느 정
도 확보하고 있다. 실제로 갑사장판은 판각된 시기인 1569년의 언
어현실을 적절히 반영하고 있다. 그렇기 때문에 갑사장판은 1459년
에 초간본이 간행된 이래 100여 년 동안의 국어변화를 확인할 수 있
다는 점에서 그 의의가 크다 하겠다.

2) 국문학사적 의의

앞에서 갑사장판에 이입된 작품의 성격에 대하여 대략을 고찰해
보았다. 이제 앞의 내용을 바탕으로 그들이 갖는 의미를 국문학사
적인 관점에서 조망해 보고자 한다. 다만 여기에서는 핵심적인 화
소들이 고전소설의 서사구성과 어떠한 친연성을 갖는지 사적인 관

---

22) 실제로 갑사장판은 사각본이라서 일반 민중의 언어현실을 충실히 반영한 것으
　　로 보인다. 불전의 내용을 쉽게 전달·수용하면 그만이기에 굳이 의고적인 언어
　　체계에 얽매일 필요가 없었기 때문이다.
23) 각주 12) 참조.

점에서 살펴보고자 한다.

첫째, 천상공간의 문학적 형상화와 관련하여 그 의미를 조망할 수 있다. 갑사장판은 신성성이 강한 천상세계를 문학공간으로 활용하면서 주요 인물들의 위신력을 효과적으로 제고하고 있다. 그런데 이러한 공간을 고전소설에서 타계공간으로 비중 있게 다루어 주목된다.[24] 잘 아는 것처럼 「안락국태자전」·「목련전」·「구운몽」 등의 불교소설에서는 그 지향점으로 천상공간을 내세워 비중 있게 그리는 한편, 「숙향전」·「조웅전」·「유충렬전」·「백학선전」·「강릉추월옥소전」 등 적강소설에서는 주인공의 영웅적 면모나 위신력을 담보하는 차원에서 작품의 도입부나 종결부에서 천상공간을 의미 있게 다룬다. 이는 모두 전대 서사문학의 전통을 계승한 것으로 볼 수 있기에 소설보다 선행한 갑사장판 이야기들이 후행의 고전소설에 영향을 끼친 것으로 볼 수 있다. 다만 갑사장판 이야기들이 이들에 직접적으로 영향을 끼쳤다고 단언할 수는 없다. 『월인석보』 전반에서 천상공간을 문학적으로 형상화했기 때문에 이러한 것들과 함께 영향을 끼친 것으로 보아야 하겠다.

둘째, 영원불멸의 시간을 문학적으로 형상화한 것과 관련하여 문학사적인 의미를 찾을 수 있다. 갑사장판에 이입된 '지장보살 이야기'나 '인욕태자 이야기' 등은 그 시간관념이 무한히 확장되어 있다. 여기에서의 시간은 주요 인물들의 영속적인 삶을 담보함과 동시에 허구·가공의 이야기를 창출하는 원동력이기도 했다. 그런데 이러한 담론이 구사되는 대표적인 장르가 바로 고전소설이라는 점이다. 고전소설은 때로 지식층의 비판과 배척을 받기도 했는데, 바로 이러한

---

24) 김진영, 『한국서사문학의 연행양상』, 이회문화사, 1999, 171~203쪽.

허구·가공적인 시간관념 때문이기도 했다.[25] 이는 역으로 고전소설의 서사기법에서 허구적인 시간관념이 비중 있게 다루어졌음을 말하는 것이기도 하다. 실제로 고전소설의 상당수가 이러한 시간관념을 바탕으로 작품을 형상화하고 있다. 대표적인 것을 들어 보면, 불교소설인 「안락국전」·「나복전」·「구운몽」·「심청전」 등은 물론, 적강소설류인 「숙향전」·「조웅전」·「유충렬전」·「백학선전」·「강릉추월옥소전」 등도 적강→지상생활→천상복귀라는 점에서 갑사장판의 서사와 유사한 면을 보이고 있다. 따라서 갑사장판을 위시한 『월인석보』의 무한한 시간확장이 고전소설의 구성에도 상당한 영향을 끼친 것으로 볼 수 있다. 다만 갑사장판 서사체들이 직접 영향을 끼쳤다고 보는 단선적인 관점보다는 『월인석보』 소재 다양한 서사체들이 영향을 끼치는 가운데 갑사장판도 일정한 역할을 담당한 것으로 보는 것이 합리적이다. 적어도 『월인석보』가 본격 소설보다 선험적인 이야기 형상화방식을 구축했기에 갑사장판의 시간개념도 『월인석보』 전반과 더불어 조선후기 소설의 구성에 직간접의 영향을 끼친 것으로 볼 수 있기 때문이다. 이는 갑사장판은 물론 『월인석보』가 갖는 소설사적 의미를 말하는 것이기도 하다.

셋째, 인물의 위신력을 통해서도 문학사적인 의미를 찾을 수 있다. 갑사장판 소재 '지장보살 이야기'나 '우전왕 이야기'는 모두 성지향적인 속성 때문에 등장인물 대부분이 끝없는 권능을 보이고 그 위신력도 특출하다. 그런데 고전소설 중 상당수는 등장인물의 위신력을 바탕으로 서사를 구축하여 주목된다. 이는 불교의 서사기법이 고전소설의 서사구성에 일정하게 작용했음을 의미하는 바라 하겠

---

25) 이헌홍, 『고전소설강론』, 세종문화사, 1999, 180~183쪽.

다. 실제로 불교소설에서는 절대권능을 갖는 인물이 사건전개의 주관은 물론 정점으로 작용한다. 「왕랑반혼전」에서의 염왕, 「안락국전」에서의 광유성인, 「구운몽」에서의 육관대사, 「심청전」에서의 화주승, 「옹고집전」에서의 도승 등이 그들로, 이들은 사건전개에서 절대적인 영향을 미친다. 뿐만 아니라 상당수의 영웅소설에서 기자치성의 대상이 불타와 관련된 불상·불탑이거니와 불승 또한 주인공의 조력자로 왕왕 등장한다. 이를 감안하면 갑사장판 이야기의 등장인물들이 고전소설의 절대적 존재의 인물형상화에 직간접으로 영향을 끼쳤으리라 본다. 적어도 불타나 각 보살의 권능 및 위신력이 전형성을 보이기에 이들이 고전소설의 인물형상화에 영향을 끼치는 것은 자연스러운 일이다. 다만 『월인석보』 전반이 그러한 위신력을 함장하고 있기에 그것들과 함께 갑사장판이 고전소설의 인물형상화에 영향을 끼친 것으로 보아야 하겠다.

넷째, 효행과 이타행의 측면에서도 문학사적인 의미를 찾을 수 있다. 갑사장판 '지장보살 이야기'와 '인욕태자 이야기'는 희생을 전제로 작품이 형상화되었다. 이는 불교의 윤회전생을 바탕으로 한 가운데 희생주지를 작품 형상화의 핵심요소로 활용했기 때문이다. 이러한 전통은 한국의 서사문학·고전소설에도 적잖은 영향을 끼쳤다. 실제로 변문·강창문학으로 유통되던 「섬효자전」이나 「수천제태자전」 등은 '인욕태자 이야기'와 동궤의 작품이다. 이러한 전통 때문에 불교소설에서도 자기희생을 핵심적인 인자로 활용할 수 있었다. 「심청전」에서 심청의 죽음에 따른 인신공희가 대표적이라 하겠다. 뿐만 아니라 가정소설이나 영웅소설에서도 그 정도의 차이는 있을지언정 희생을 서사전개의 중요 모티프로 삼는다. 이런 점에서 갑사장판을 비롯한 『월인석보』의 희생주지가 고전소설의 주제형상화에 영향을 끼친 것으로 볼 수 있다.

갑사장판의 세 이야기는 그 핵심적인 화소가 고전소설의 그것과 친연성을 보이고 있다. 즉 천문학적인 시공간이나 절대적인 권위를 갖는 인물의 형상화 방식 그리고 희생주지를 통한 구성기법 등이 모두 고전소설의 그것과 유사하다. 이를 감안하면 고전소설보다 선험적으로 작화방식을 구축했던 갑사장판이 『월인석보』의 전체 내용과 더불어 고전소설의 구성기법에 영향을 끼친 것으로 볼 수 있다. 이는 갑사장판이 갖는 국문학사적인 의미를 대변하는 것으로 보아도 좋다.

5. 결론

지금까지 갑사장판 『월인석보』 권제21의 어문학적인 성격과 그 의미에 대하여 살펴보았다. 먼저 갑사장판의 체재와 내용을 간략히 확인한 다음, 그 성격을 국어학과 국문학적인 관점에서 검토하고, 의미 역시 국어학사와 국문학사적인 관점에서 조망해 보았다. 이제껏 논의한 것을 요약하면 다음과 같다.

첫째, 갑사장판 『월인석보』 권제21의 체재와 내용을 살펴보았다. 갑사장판은 『월인석보』의 일반적인 체재를 따라서 월인부가 먼저 제시되고, 이어서 상절부의 산문이 해설격으로 자리하고 있다. 월인부는 기412곡에서부터 기429곡까지 모두 18곡이 실리고, 이에 해당하는 산문부는 『석보상절』 권제21이 실렸다. 그 내용은 도리천을

배경으로 한 '지장보살 이야기'와 '우전왕 이야기' 그리고 희생적인
효행을 다룬 '인욕태자 이야기'로 나누어진다. 물론 이 이야기들은
각기 운문과 산문으로 병치되어 있다. '지장보살 이야기'에서는 간
간이 지장보살의 본생담이 개입되기도 하면서 불보살의 거대 담론
이 문답형식으로 펼쳐진다. '우전왕 이야기'에서는 우전왕을 매개로
불타의 강림·열반담을 그리면서 불타의 대위신력을 드러내고 있으
며, '인욕태자 이야기'에서는 불타의 본생담으로 부왕의 치병을 위
하여 자신의 목숨을 기꺼이 바치는 불타 전신의 효행담을 설파하고
있다.

둘째, 갑사장판『월인석보』권제21의 어문학적 성격을 확인해 보
았다. 국어학적인 성격으로는 조선 중기의 현실음을 충실히 살리고
있다는 점이다. 그것은 갑사장판이 관각이 아니라 사각이라는 점에
서 예견되는 바이지만, 무엇보다도 포교문학이라는 점에서 달의적
인 면을 중시했기 때문이다. 따라서 초간본에서 준수되었던 방점이
나 동국정운식 한자음을 고집하지 않았다.

국문학적인 성격으로는 불교천문학이나 불교신화를 다룬 생래적
인 특성상 허구·가공직인 문학을 구현하였다. 우선 불교천문학적인
공간을 문학적으로 형상화하고 있다. 주로 도리천을 중심으로 다양
한 천상공간이 작품형상화의 핵심으로 작용하고 있다. 또한 본생담
등을 중심으로 사멸하지 않는 영속적인 시간을 작품 속에 반영하기
도 하였다. 이 시공간은 고전소설의 좋은 구성인자임은 물론이다.
또한 절대적인 위신력을 갖는 인물이 등장하여 활약하고 있다. 이
들은 초인적 능력을 지닌 이른바 종교적 성웅들로 모든 사건의 주
관자 역할을 맡는다. 그리고 본생담에서 보편적인 것으로, 자기희

생을 감내하면서 이타행을 실천하기도 한다. 지장보살의 본생담이나 불타의 본생담이 그러하다. 그런데 위에서 확인한 초인적인 영웅과 초극적인 희생주지는 고전소설에서 중시하는 서사기재이기도 하다.

셋째, 갑사장판 『월인석보』 권제21의 의미를 어문학사적인 관점에서 조망해 보았다. 먼저 국어사의 관점에서 보면 중간본인 갑사장판은 초간본 이래 국어의 변천양상을 파악할 수 있어 주목된다. 갑사장판은 포교를 전제한 판각이라서 달의적인 면에 주안점을 둘 수밖에 없었다. 그렇기 때문에 현실음을 충실히 따라야 했고, 그것이 초간본과는 변별되는 국어학적인 특성을 낳게 되었다. 따라서 15세기에서 16세기로 넘어오는 시기의 국어변화 양상을 갑사장판을 통해 확인할 수 있기에 국어사적인 측면에서 그 의의를 찾을 수 있다.

국문학사적인 관점에서도 그 의의를 확인할 수 있다. 대표적인 것이 이야기문학인 소설과의 관련성이다. 앞에서 갑사장판에 이입된 세 편의 이야기를 확인하면서 문학적인 성격을 천상계의 문학적 형상화, 영속적인 시간의 문학적 원용, 위신력을 갖는 인물의 영웅적 행위, 초인적인 희생을 통한 사건구성으로 나누어 검토해 보았다. 그런데 이러한 문학적인 성격을 잘 드러내는 장르가 바로 고전소설이다. 실제로 위에서 밝힌 서사적 특성들이 불교소설은 물론 적강소설이나 영웅소설에 다층적으로 내재되어 있다. 이를 감안할 때 선험적인 서사체로 작용했던 위의 세 가지 이야기는 『월인석보』 전반의 이야기와 함께 고전소설의 형상화기법에 영향을 끼친 것으로 볼 수 있다. 이러한 점에서 갑사장판은 국문학사, 특히 소설사적인 측면에서 그 의의를 찾아볼 수 있다.

2

불교담론과 전승

제1장 불교담론의 신화적 전승

프롤로그

이 글은 금우태자전승을 중심으로 불교서사가 우리의 전통신화를 수렴하면서 한국문학으로 전승된 사정을 추적한 것이다. 금우태자전승은 대만과 몽골, 그리고 우리나라에서 유통되고 있다. 이 전승은 각국의 문화적인 사정에 맞게 탄력적으로 적응하면서 다양한 이화를 낳았다. 우리의 경우 고려 후기의 금우태자전승이 건국신화를 수용하면서 사대부들이 견지했던 것처럼 민족정신을 고취하고자 했다. 이는 불교서사가 우리의 사정에 맞게 변용된 결과이면서 동시에 선승들이 사대부들과 동일한 문제의식을 견지하여 가능했던 것이라 하겠다.

1. 서론

금우태자전승은 다양한 관점에서 고찰할 필요가 있다. 이 전승이 동아시아 여러 곳에서 발견될 뿐만 아니라,[1] 우리의 경우 이 전승

---

1) 지금까지 이 전승이 발견된 곳은 우리나라를 비롯하여 대만·몽골 등을 들 수 있다.

이 소설사의 계통을 비교적 분명히 드러내기 때문이다. 또한 이 전
승의 구조가 영웅의 일생과 관련되기에 변신화소 및 기아화소의 측
면에서도 주목할 만하다. 그런가 하면 신화에서 일반적인 입사의식
과도 일정하게 관련되어 이니시에이션 소설의 특성까지 확인된다.
다만 이 글에서는 이러한 제반 특성 중에서 이 전승의 유형을 설정
하고, 신화소를 중심으로 그 의미를 고찰하고자 한다. 우리의 경우
다른 나라의 전승과는 달리 북방의 건국신화와 유사하게 형상화되
어 그 의미를 통공시적인 측면에서 조망할 필요가 있기 때문이다.

  그간 금우태자전승에 대해서는 다양하게 논의해 온 것이 사실이
다. 여말선초의 불서에 수록된 작품을 중심으로 강창소설·국문소설
적인 관점에서 조망했는가 하면,[2] 위경계 본생담의 측면에서도 논
의가 진행되었다.[3] 또한 이 전승의 구조를 분석하여 조선후기 소설
로 전개된 양상을 문학사적인 관점에서 살폈음은 물론,[4] 미시적인
측면에서 핵심화소인 변신모티프에 착안한 논의도 확인된다.[5] 근자

---

2) 사재동, 『불교계 서사문학의 연구』, 중앙문화사, 1996, 102~115쪽.
3) 김한춘, 「한국 불전문학 연구」, 『어문연구』 22집, 어문연구학회, 1991, 199~
    272쪽.
    김진영, 「본생담에 나타난 고난과 구원의 소설적 변용과 그 의미」, 『인문학연
    구』 33권 2호, 충남대학교 인문과학연구소, 2006, 85~124쪽.
4) 이강옥, 「불경계 설화의 소설화 과정에 대한 고찰」, 『고전문학연구』 제4집, 고
    전문학회, 1988, 137~167쪽.
    최호석, 「『석가여래십지수행기』의 소설사적 전개」, 고려대 대학원 석사논문,
    1993, 1~100쪽.
    박병동, 『『석가여래십지수행기』 연구」, 충남대 대학원 박사논문, 1998.
    사재동, 「「금송아지전」의 유통 양상」, 『낙은 강전섭 선생 화갑기념 논총』, 창학
    사, 1992, 365~386쪽.
    신동진, 「「금우태자전」 연구」, 『어문연구』 16집, 어문연구학회, 1987, 101~132쪽.
    최진봉, 「「금송아지전」의 구조와 의미」, 『숭실어문』 10집, 숭실어문학회, 1993,
    291~316쪽.

에 이르러서는 비교문학적인 관점에서 몽골 및 대만의 전승과 비교·고찰하기에 이르렀다.[6] 이와 같은 논의로 이 전승의 문학적 실상과 전승양상, 그리고 문학사적 위상이 어느 정도 밝혀지게 되었다.

금우태자전승의 한국적 형상화가 우리의 건국신화와 관련되었음에도 불구하고 이에 대한 논의가 전무한 실정이다. 그런 점에서 이 전승의 지역별 유형과 서사적 특징을 거시적인 관점에서 조망해볼 필요가 있다. 그렇게 할 때 이 전승의 토착화 양상을 합리적으로 추적할 수 있거니와, 이 전승이 신화소를 중시하게 된 동인도 밝혀질 수 있기 때문이다. 이를 감안하여 이 글에서는 이 전승을 동아시아적인 관점에서 일별하고, 이어서 한국전승의 특성을 분석해 보도록 한다. 그런 다음 한국전승이 갖는 문학사적 의미를 조망해 보도록 하겠다.

2. 금우태자전승의 계통과 텍스트의 유형

지금까지 금우태자전승은 우리나라에서 자생한 위경변문으로 인식되어 왔다. 그러면서 이 전승이 조선후기의 소설로 계승된 문제를 중시해 온 것이 사실이다. 하지만 이 전승이 동아시아 곳곳에서 발견되어 한국 고유의 창작품이라고 단언할 수 없게 되었다. 이제

---

5) 정상진, 「「금우태자전」과 변신모티프」, 『두메 박지홍선생 화갑기념논문집』, 박지홍교수환갑기념출판물간행회, 1984, 419쪽.

6) 최운식, 「금송아지설화 연구」, 『한국민속학』 36집, 한국민속학회, 2002, 175~207쪽.
  김태광, 「금우태자 이야기의 한국 대만 비교 연구」, 『어문연구』 54집, 어문연구학회, 2007, 143~163쪽.

기왕의 보편서사를 우리의 사정에 맞게 변용한 것으로 보는 것이 더 합리적이다. 그래서 이 전승의 형성배경을 짚어보고, 현전 텍스트의 문학적 실태를 살펴볼 필요가 있다. 그렇게 할 때 다음 절에서 한국전승의 특성과 의미를 효과적으로 밝힐 수 있기 때문이다.

1) 금우태자전승의 계통

이 전승은 그 조형이 명확하지 않아 특정 국가에서 형성된 것으로 단정 지을 수 없다. 이 전승의 형성배경이 그만큼 복잡할 수 있다는 말이다. 이 전승은 우리를 비롯하여 몽골·대만 등에서 공통의 화소가 발견된다. 중국에서도 금우(金牛)를 다룬 유사 작품이 확인되고 있다. 하지만 각국 전승의 형성에 관한 공통분모를 찾기가 쉽지만은 않다. 따라서 이 전승의 형성은 아무래도 불교의 동진과 유통 추이를 감안하여 추적해 볼 수밖에 없다.

첫째, 인도 기원을 상정할 수 있다. 이 전승이 불교와 관련된다는 점에서 인도기원설은 가능성이 아주 높다. 우선 불조인 불타를 고타마 싯다르타라고 한 것에 대해 주목할 필요가 있다. 이 고타마의 '고'는 '소'를 뜻하고, '타마'는 '위대한, 가장 훌륭한' 등을 의미한다. 같은 뿌리에서 발생한 힌두교에서도 시바 신이 타고 다녔다 하여 소를 신성한 동물로 인식하고 있다. 따라서 인도에서 소와 관련된 설화가 생겨날 개연성은 충분하다. 실제로 소에 대한 경배의식이 강하여 불타를 소에 견준 본생담이 없지 않다.[7] 이 본생담의 내용은 소가 악한을 물리치고 인간을 구제하는 성인으로 형상화되어 금우태자전승

---

7) 김태광, 앞의 논문, 155-157쪽.

의 그것과는 다소간의 차이가 있다. 그럴지라도 소에 비유한 본생담이 전승되는 것을 감안하면 금우태자전승이 인도에서 형성되었을 가능성이 없지 않다. 이를테면 인도의 소이야기가 금우태자전승의 형성에 어떠한 형태로든 영향을 주었을 것으로 짐작된다.

둘째, 중국 기원에 대해 생각해 볼 수 있다. 중국에서는 금우태자전승과 직접적으로 관련되는 작품이 전승되지 않는다. 그래도 방계의 이야기가 『석가보』의 '아육왕조팔만사천탑기(阿育王造八萬四千塔記)'에 전함은 물론, '청양산 설화'에서 금우(金牛) 화소가 활용되기도 하였다.[8] 이러한 점을 감안하면 금우태자전승과 관련된 작품이 중국에서 생겨날 수도 있다. 더욱이 한국의 금우태자전승에 나오는 '청양산'이나 『석가여래십지수행기』의 편자가 소실산인(少室山人)인 점도 관심의 대상이다. '청양산'은 하남성에, '소실산'은 산시성에 각각 위치해 있다. 그런데 이 두 성은 서로 이웃해 있어 두 산명(山名)이 자연스럽게 이 전승에 영향을 끼친 것으로 볼 수 있다. 이를 생각하면 이 전승이 중국에서 형성되고, 그것이 우리의 금우태자전승에 영향을 준 것으로 볼 수 있다. 문제는 금우태자전승과 동계 작품이 아직까지 중국에서 발견되지 않았다는 점이다.

이와 같은 점을 고려할 때 금우태자전승에 대해 특정 국가에서 생성되었다고 단정하기보다는 불교의 유구한 전승과정에서 여러 지역의 이야기가 모여 지금의 형태로 정착된 것으로 보는 것이 합리적일 수 있다. 예컨대 인도에서 소를 숭상하여 이야기문학으로 형상화된 것이 중국에 들어와 청양산 설화와 같은 지역전설이 가세하여 지금과 같은 이야기로 변모된 것으로 볼 수 있다. 이러한 이야기가 여러

8) 김태광, 앞의 논문, 158-159쪽.

나라로 퍼지면서 토착지역의 문화가 가미되어 자국문학화한 것으로 보아야 하겠다.[9] 사실 금우 화소를 가지고 있는 『석가보』가 비록 중국에서 간행되었을지라도 콘텐츠의 원형은 대부분은 인도에서 기원했다. 그래서 금우태자전승의 원초형은 인도에서 포교를 위해 만들어지고,[10] 이 원형 콘텐츠에 중국적인 요소를 더한 텍스트가 동아시아 각국으로 전파된 것으로 이해해야 합리적일 수 있다.[11] 따라서 우리의 경우 인도의 원화(原話)를 수용한 중국의 한역본이 들어와 적극적으로 자국문학화한 것으로 보는 것이 타당할 수 있다.

셋째, 이 전승은 우리나라에 유입되어 다양한 이화를 낳으면서 통시적인 계통을 확립하였다. 즉 원래의 이야기가 한국에 유입·전승되면서 우리의 사정에 맞게 적극적으로 변이된 것이라 하겠다. 특히 한국전승은 앞에서도 말한 바와 같이 우리 신화와 유사한 점이 다수 확인된다. 이는 다른 나라의 전승에서 볼 수 없는 것으로 한국적인 특성으로 이해해도 좋다. 신화에서 일반적인 입사담·영웅담에 우리 건국신화의 특징인 이주형 창업담을 가미시켜 한국적인 독창성을 확보한 것이다.[12] 이렇게 형성된 한국전승은 조선후기에 들어와 본격적인 소설로 확산된다. 불교사상 위주인 여말선초의 텍

---

9) 다만 편자나 편찬시기를 알 수 없는 대만의 전승은 중국에서 건너간 기록물로 보는 것이 더 자연스럽다. 대만의 『사십이품인과록(四十二品因果錄)』에는 「금우태자권부왕귀의(金牛太子勸父王皈依)」는 물론, 달마·소동파·맹강녀와 같은 중국인물전설이 다수 수록되어 있기 때문이다.

10) 우리의 전승이나 대만의 전승에서 공통점을 찾을 수 있는 것도 그 때문이라 할 수 있다.

11) 이와 같은 사정은 중국에서 위경으로 편찬된 「부모은중경」을 통해서도 짐작할 수 있다.

12) 후술할 3절 2항을 참조하기 바란다.

스트가 조선후기의 상황에 맞게 유불도를 아우르면서 서사의 편폭
이 확장된 것이다.

이를 감안할 때 이 전승은 형성의 유구함과 전승의 광범위함 때
문에 동아시아문학사에서 중시할 만하다. 특히 우리의 경우 불전적
텍스트를 넘어 대중소설로 확대·유통되었다는 점에서 가장 적극적
으로 자국문학화를 지향했다고 볼 수 있다.

2) 텍스트의 유형

금우태자전승의 텍스트는 앞에서도 말한 것처럼 몽골·대만·한국
에서 확인된다.[13] 이를 감안하여 구비전승인 몽골의 「세 왕비의 왕」
과 문헌전승인 대만의 「금우태자권부왕귀의(金牛太子勸父王皈依)」, 그
리고 한국의 원형 텍스트인 「금우태자전」을 차례대로 살펴보도록 한
다. 이는 한국전승의 독자성을 살피기 위한 작업이기도 하다. 먼저
세 텍스트에서 공히 나타나는 요소를 공통화소로 설정하고, 이 공통
화소와 변별되는 요소를 각 텍스트에서 찾아 살피도록 하겠다. 이
변별요소 즉, 첨가화소가 자국문학화나 민족문학화 양상을 보이는
것이라 할 수 있다.

전승작품 화소번호	공통화소	「세 왕비의 왕」 첨가화소	「금우태자권부왕귀의」 첨가화소	「금우태자전」 첨가화소
①	국왕이 세 왕비를 거느림.	①-1. 왕이 여행을 떠나며 회궁(回宮)할 때 선물을 요구함. ①-2. 첫째와 둘째왕비		①-1. 파리국왕에게 세 왕비가 있는데, 셋째왕비가 태자를 잉태함. ①-2. 국왕이 흉몽을

---

13) 연구가 진척되면 이와 유사한 텍스트가 아시아 각국에서 발견될 가능성이 높다.

	가 옷과 구두를, 셋째왕 비가 헌자(獻子)하겠다 고 약속함.			풀이한 후 청양산으로 피서를 결정함. ①-3. 국왕이 세 왕비 에게 회궁할 때의 선물 을 묻자 첫째와 둘째는 과일과 의복을, 셋째는 헌자를 약속함.
②	셋째왕비가 태 자를 낳고, 두 왕비가 태자를 빼냄.			
③	태자를 다양한 방법으로 죽이 려 하다가 소에 게 먹임.	③-1. 아이를 죽여 문지 방 아래에 묻었다가 호 수에 버림.		
④	셋째왕비에게 형 벌이 주어짐.			
⑤	얼마 후 암소가 금송아지를 낳음.		⑤-1. 궁중을 자유롭게 다니던 금송아지가 냉 궁(冷宮)에서 어머니를 만남.	⑤-1. 궁중을 다니던 금송아지가 말방앗간 에서 어머니를 만나 도 와줌.
⑥	두 왕비가 칭병 하며 금송아지 의 간을 요구함.			
⑦	시자에게 금송아 지가 살려달라고 간청하여 방면됨.		⑦-1. 두 왕비가 금송 아지의 가죽을 요구하 자 태백금성이 도와줌. ⑦-2. 떠돌던 금송아 지가 금륜국 공주의 배 우자로 발탁되지만, 부왕이 둘을 내쫓음.	⑦-1. 백정이 금송아지 에게 동쪽으로 갈 것을 당부함.
⑧	금송아지가 도인 의 도움으로 변 신함.		⑧-1. 쫓겨난 금송아지 에게 태백금성이 선단 을 먹여 변신시킴. ⑧-2. 태자부부가 철 륜산에 들어가 수행정 진함.	⑧-1. 길 가던 금송아 지를 한 노인이 고려국 으로 인도함. ⑧-2. 금송아지가 한 누각을 지날 때 고려공 주에게 부마로 간택되 지만 고려왕의 반대로 두 사람 모두 쫓겨남.

				8-3. 떠돌던 두 사람에게 선인이 나타나 선과를 주어 변신시킴. 8-4. 태자부부가 전단림에 들어가 수행정진함.
9	변신한 태자가 그간의 내력을 부왕에게 알려 모든 문제를 해결함.	9-1. 두 왕비를 벌하고, 셋째왕비와 행복하게 삶.	9-1. 후사를 찾던 금륜국왕이 그들을 찾아와 딸과 사위임을 확인함. 9-2. 태자가 본국으로 돌아가 어머니를 냉궁에서 구함. 9-3. 친부인 파리국왕과 장인인 금륜국왕을 불도에 귀의시킴 9-4. 두 나라 왕과 태자부부가 입산수도하여 정과를 얻음.	9-1. 금륜국왕의 꿈에 태자를 후사로 들이라 하기에 예를 다해 모셔와 왕으로 옹립함. 9-2. 태자가 어머니를 구하여 개안시키고, 두 왕비를 용서함. 9-3. 태자가 부왕에게 파리국의 선정을 당부하고 어머니를 모시고 금륜국으로 돌아옴. 9-4. 귀국 후 어머니를 국모로 삼아 선정하다가 용상에 앉아 열반함.

이상으로 몽골·대만·한국전승의 내용과 중심사건을 정리해 보았다. 각 텍스트의 특성을 확인하기 위하여 먼저 공통화소를 설정하고, 그들에 어떠한 화소가 가미되며 독창성을 지향했는지 살펴보았다. 이제 공통화소의 문학적 실태를 개괄한 다음, 세 텍스트의 특성을 차례대로 고찰하도록 한다.

(1) 원형텍스트와 공통화소

공통화소는 모든 전승에서 확인되는 내용을 정리한 것이다. 이들은 특정 전승의 변이태를 배제한 집합체이기에 원형 텍스트에 근접한다고 볼 수 있다. 위에서 제시했던 공통화소를 개조식으로 다시

한 번 정리하면 다음과 같다.

> ① 국왕이 세 왕비를 거느린다.
> ② 셋째왕비가 태자를 낳고, 두 왕비가 태자를 빼낸다.
> ③ 태자를 다양한 방법으로 죽이려 하다가 소에게 먹인다.
> ④ 셋째왕비에게 형벌이 주어진다.
> ⑤ 얼마 후 암소가 금송아지를 낳는다.
> ⑥ 두 왕비가 칭병하며 금송아지의 간을 요구한다.
> ⑦ 시자(侍者)에게 금송아지가 살려달라고 간청하여 방면된다.
> ⑧ 금송아지가 도인(道人)의 도움으로 변신한다.
> ⑨ 변신한 태자는 그간의 사정을 부왕에게 알려 문제를 해결한다.

정리된 내용을 통해 알 수 있듯이 공통화소는 모든 텍스트의 공통분모이다. 이러한 공통요소에 각 지역의 사정에 맞게 첨가소를 더해 민족문학화 내지 자국문학화를 지향했다. 이 공통화소의 핵심은 악인형 인물의 모함으로 선인형 인물이 고통 받다가 극단적인 방법으로 상황을 역전하여 권선징악·해피엔딩을 이루는 것이다.

실제로 공통화소에서는 왕과 세 왕비가 등장하는데, 셋째왕비가 아들을 낳자 자신들의 입지가 걱정된 첫째와 둘째왕비가 태자를 제거하기 위해 지속적으로 음해한다. 먼저 갓난아기를 빼내 죽이려고 하다가 그것이 쉽지 않자 소에게 먹임으로써 다시 환생할 개연성을 마련한 다음, 셋째왕비가 괴이한 것을 낳았다고 하면서 형벌을 받게 만든다. 태자가 금송아지로 환생하여 부왕의 사랑을 받으며 자라자, 두 왕비가 태자의 후생임을 알고 죽이려 한다. 그 방책으로 칭병하면서 금송아지의 간을 요구한다. 이는 왕을 속여 금송아지를 제거하기 위한 것이다. 그 뜻을 이루려 할 때 왕의 시자가 금송아지를 살려주고, 다른 동물의 간을 바쳐 반전의 기틀이 마련된다. 방면된 금송아지가 도인의 도움으로 변신한 다음 부왕에게 찾아와 두 왕비의 행위와 자신과 어머니의 고통을 알려 악에 대한 징치는 물론, 선인형 인물의 행복을 보장한다. 그래서 공통화소는 선악대립으로 사건을 전개하다가 마침내 선의 승리로 귀결되도록 하였다. 공통화소의 주요 단계를 제시하면 다음과 같다.

위의 표에서 보듯이 공통화소는 정상적으로 출생한 태자가 두 왕비의 모해로 사망하고, 사망한 태자가 암소에게 먹혀 금우태자로 환생한 후[14) 도인의 조력으로 태자 본연의 모습으로 탈바꿈한다. 본연의 태자가 되고는 부왕을 찾아가 모든 문제를 해결하도록 아뢴다. 스스로 문제를 해결하기보다는 부왕의 권위를 이용하고 있다.

이 공통요소에서는 선의 승리를 죽음과 환생을 통해 보이기 때문에 불교서사의 특성이 농후하게 되었다. 이와 같은 작화가 초월계를 주요하게 다루는 불교담론에서는 일반적인 일이기 때문이다. 따라서 현상계와 초월계를 교차하여 보이는 선악대립담의 근저에는 불교적 세계관이 깔려 있음을 알 수 있다.

---

14) 이러한 죽음과 재탄생은 윤회전생을 기축으로 해야만 가능하다. 내세를 중시하는 불교서사 중에서도 『목련경』이나 『삼국유사』 소재 「선율환생」·「대성효이세부모」 등이 대표적이다.

(2) 설원형 텍스트와 「세 왕비의 왕」

「세 왕비의 왕」은 몽골에서 전승되는 이야기이다. 이 작품은 기본적인 구조가 공통화소와 유사하다. 다만 목축과 관련된 화소가 개입되고, 작화의 궁극적인 지향점이 개인적인 설원으로 한정되었을 따름이다. 이와 유사한 작품으로 「세 왕비」가 더 있다. 하지만 두 작품은 내용이나 구성에서 큰 차이가 없다. 따라서 「세 왕비의 왕」을 정리하면서 차이점이 있으면 「세 왕비」에서 찾아 각주로 밝히도록 한다. 앞의 표에서 제시한 것을 토대로 전체 내용을 개조식으로 연결하면 다음과 같다.

① 왕이 장기간 여행을 떠난다.
② 왕이 돌아올 때 첫째부인은 옷을, 둘째부인은 구두를, 셋째부인은 아들을 바치겠다고 약속한다.
③ 왕이 떠나자 모두 자신이 약속한 것을 준비하는데, 셋째부인은 말한 대로 금가슴에 은엉덩이를 가진 아들을 낳는다.[15]
④ 두 왕비가 아이를 죽여 문지방에 밑에 묻었는데, 문지방에서 넘어진 왕이 그곳을 파보라고 하자 두 왕비가 시신을 꺼내 호수에 버린다.[16]
⑤ 호수의 물이 모두 말라 시신을 개에게 주지만 먹지 않아 암소에게 주어 삼키도록 한다.
⑥ 왕은 셋째왕비에게 가축의 분뇨 줍는 노역을 시킨다.[17]
⑦ 시간이 지나 암소가 금가슴에 은엉덩이를 가진 송아지를 낳으니 왕이 가까이 두고 귀여워한다.[18]

---

15) 「세 왕비」에서는 '은으로 된 척추'라 하였다.
16) 「세 왕비」에서는 문지방과 호수에 대한 화소가 없다.
17) 「세 왕비」에서는 아이를 삼킨 소와 함께 축출된다.
18) 「세 왕비」에서는 쫓겨난 소가 금가슴에 은척추의 사람을 낳는다.

⑧ 둘째왕비가[19] 거짓으로 칭병하며 금송아지의 간을 먹어야 나을 수
  있다고 하자 왕이 금송아지를 잡아 간을 꺼내오라고 명한다.[20]
⑨ 시종이 송아지를 잡으려 할 때 금송아지가 살려달라고 간청하여 놓
  아주고, 죽은 송아지의 간을 바쳐 둘째왕비를 완쾌시킨다.[21]
⑩ 금송아지는 길에서 도인을 만나 생활하다가 금가슴, 은엉덩이, 동
  그란 눈, 하얀 이를 가진 사람으로 탈바꿈한다.[22]
⑪ 금송아지 아들이 왕을 찾아가 그간의 내력을 말하니, 왕은 두 왕비
  를 벌하고 셋째왕비와 함께 행복하게 산다.

몽고의 「세 왕비의 왕」은 공통화소와 큰 차이가 없다. 전반적으로
단조로운 구성에다 지향점 또한 개인적인 염원에 지나지 않기 때문
이다. 즉 주연인물들이 모함으로 고난을 겪다가 마침내 행복을 보
장받는 이른바 권선징악이 핵심이다. 이제 공통화소와 변별되는 요
소를 살펴보도록 한다.

첫째, 서두부에서 사건의 개연성을 강화하였다. 공통화소의 이야
기는 모함으로 인한 고통, 반전을 통한 권선과 징치라고 할 수 있
다. 그런데 이러한 이야기를 거대담론화하지 않고 개인적인 차원에
서 다루었다. 문제는 그렇게 모함해야 할 서사적 당위성이 없었다
는 점이다. 즉 셋째왕비가 태자를 낳자마자 첫째와 둘째왕비가 태
자를 바꿔치기하여 죽일 이유가 없었다. 그래서 「세 왕비의 왕」에서
는 서두부를 비교적 치밀하게 마련했다. 즉 서두부에서 왕이 장기

---

19) 「세 왕비」에서는 첫째왕비가 아픈 척한다.
20) 「세 왕비」에서는 아이의 간을 꺼내오라고 한다.
21) 「세 왕비」에서는 아이를 죽이려 할 때 천둥번개가 치자 시자들이 두려움에 도
   망하여 죽은 개의 심장을 바쳐 첫째 왕비가 완쾌된다.
22) 「세 왕비」에서는 사람으로 태어났기 때문에 변신화소가 없다.

간 여행을 떠날 때 셋째왕비가 아들을 낳아 바치겠다고 하자 왕이
전폭적으로 지지하며 만족해 했다. 그래서 첫째와 둘째왕비는 셋째
왕비가 아들을 낳으면 자신들의 입지가 흔들릴 것을 직감한다. 셋
째왕비가 아들을 낳자마자 그를 죽이기 위하여 갖은 방법을 동원하
는 이유도 여기에 있다.

실제로 서두부를 이렇게 짜야만 작품의 전체구도에서 선악대립을
통한 권선징악이 자연스러울 수 있다. 두 왕비가 갓 태어난 태자를
죽이려 하거나 금송아지로 환생한 태자를 칭병하며 제거하려 하는
행동으로 악을 일관되게 보이고, 여기에 셋째왕비의 피해와 고통,
축생에서 오는 금송아지의 고난을 배치하여 대비시킨 다음, 극적 반
전을 통해 악인형에게는 징치를, 선인형에게는 행복을 보장해 줄 수
있기 때문이다.

둘째, 태자를 살해하는 방법이나 셋째왕비에 대한 징벌에 변화를
주었다. 태자를 살해하는 방법은 각 전승마다 다소간의 차이가 있
지만 큰 틀에서는 유사하다. 대부분 날카로운 것으로 찌르거나 높
은 곳에서 던지거나 깊은 산 속에 버리기 때문이다. 그래도 소용이
없게 되자 궁중의 사나운 암소에게 먹여 태자를 제거한다. 그런데
「세 왕비의 왕」에서는 특이하게 태자를 죽여 문지방 밑에 묻는
다.23) 이어서 태자를 파내 호수에 던지자 호수물이 말라 그 시신을
소에게 먹인다. 이는 사막·초원에서 호수의 중요성을 말하는 것이
면서 동시에 물의 재생력이 반영된 것이라 할 수 있다. 이러한 죽음
과 재생은 아무래도 초원문화가 반영된 결과로 보아야 하겠다. 게

---

23) 이는 우리의 지신밟기와 같이 영혼의 재생이나 부활을 방지하기 위한 것이라
할 수 있다.

다가 셋째왕비가 위약한 혐의로 가축의 분뇨를 줍는 것도 초원문화
와 상통한다. 다른 전승에서는 밀방아를 찧거나 냉궁(冷宮)에 가두
는데, 이 전승에서는 지역적 특성에 맞추어 유목과 결부시켰다.[24)]

셋째, 두 왕비를 처벌하여 권선징악을 표방하였다. 이 작품은 마
지막 부분에서 금송아지가 태자로 변신한 다음 부왕을 찾아가 그간
의 문제를 모두 알린다. 그 결과 왕은 두 부인을 징벌하고, 고생하
던 셋째왕비와 함께 행복한 삶을 누린다. 그래서 모든 문제의 해결
자로 왕이 전면에 나서고, 축생으로 고통받던 태자는 변신하여 그
간의 문제를 알리는 역할만 맡고 있다. 이는 다른 전승에서 태자가
주동이 되어 모든 문제를 능동적으로 해결하는 것과 큰 차이를 보
인다. 그래서 이 작품은 민담에서처럼 고통을 가한 사람에게는 징
치를, 피해를 입은 사람에게는 보상이 주어지도록 의도했음을 알
수 있다. 한국이나 대만전승과는 달리 마지막 부분에서 두 왕비를
징벌하는 것도 이 작품이 개인적인 설원에 역점을 두었기 때문이다.

(3) 구제형 텍스트와 「금우태자권부왕귀의」

대만에서는 『사십이품인과록』에 「금우태자권부왕귀의(金牛太子勸
父王皈依)」가 전한다. 『사십이품인과록』에는 모두 42화가 수록되어
있는데, 그곳에는 불타의 팔상, 목련구모, 아육왕 등 불경과 밀접하
게 관련된 작품이 있는가 하면, 달마·소동파·맹강녀와 같이 중국의
인물을 인과에 따라 기술한 고사도 있다. 따라서 이 전적은 상당히
이른 시기부터 포교 및 설법자료로 활용된 듯하다. 이 작품들이 지

---

24) 작품의 시작 부분에서 왕이 장기간 여행을 떠나는 것은 여름유목과 관련시켜
   이해할 수 있다.

금도 포교자료로 활용되는 것이 그를 반증하고 있다. 「금우태자권
부왕귀의」는 34번째 수록되어 있다. 전반적으로 공통화소와 유사하
지만 지향점에서는 다소의 차이가 있다. 전체내용을 개조식으로 정
리하면 다음과 같다.

① 옛날 파리국왕이 세 왕비를 거느리고 있다.

② 셋째왕비 보만이 태자를 낳으니 두 왕비가 매파를 매수해 아이를
껍질 벗긴 고양이와 바꾸고, 보만이 요괴를 낳았다고 왕에게 주달하여
얼음궁전에 갇히도록 만든다.

③ 몰래 빼온 태자를 죽이기 위해 높은 누각에서 던지거나 깊은 산에
버리지만 소용이 없자 궁내의 사나운 소가 삼키도록 한다.

④ 그 암소가 금송아지를 낳으니 왕이 아끼는 가운데, 금송아지는 냉
궁(冷宮)의 어머니를 만나 슬피 운다.

⑤ 금우태자 때문에 걱정하던 두 왕비가 거짓으로 칭병하면서 금송
아지의 간이 특효약이라고 주달하니 왕이 어쩔 수 없이 진도재(陳屠宰)
에게 금송아지의 간을 꺼내 바치라고 명한다.

⑥ 진도재가 명을 받들어 금우태자를 잡으려 하니 그가 울면서 살려
달라고 하여 자신의 집에서 키우던 소의 간을 꺼내 바친다.

⑦ 두 왕비가 다시 금우태자의 가죽을 요구하니 태백금성(太白金星)
이 가죽으로 변하여 바치니 두 왕비가 의심을 푼다.

⑧ 떠돌던 금우태자가 금륜국을 지날 때 공주가 비단공으로 금우태자
를 맞추고 그를 배필로 정하지만 금륜국왕이 반대하며 둘을 내쫓는다.

⑨ 쫓겨난 태자와 공주가 갈 곳을 모르고 통곡하니 태백금성이 도사
로 변신하여 금우태자에게 선단(仙丹)을 먹여 32상을 구득한 사람으로
변신시킨다.

⑩ 태자부부가 철륜산에서 수도할 때 후사가 없던 금륜국왕이 그들
을 찾아와 자신의 딸과 사위임을 확인한다.

⑪ 태자는 파리국을 찾아 냉방에서 고생하는 어머니를 구하고, 파리
국왕은 그 어머니를 정궁으로 삼되 태자의 청대로 첫째와 둘째왕비는
용서한다.

⑫ 태자는 부왕에게 세속의 허망함을 말하면서 생사윤회를 벗어나기
위해 불도에 귀의해야 한다고 말하니, 부왕이 진도재에게 왕위를 물려
주고 태자부부를 따라 나서고, 금륜국왕 또한 왕위를 물리고 불교에 귀
의한다.

⑬ 두 나라 왕이 모두 귀의하여 태자부부와 함께 산에 들어가 수행정
진하여 정과를 얻는다.

이 작품은 불교적인 색채가 강하여 포교법화로 활용하기에 적절
하다. 이 작품은 다른 전승과는 달리 왕의 출행, 세 왕비의 선물화
소가 빠져 있다. 그러면서 두 왕비가 금송아지의 가죽을 요구하거
나 태백금성이 가죽으로 변하여 대납하는 것이 첨가되었다. 종결부
에서는 태자부부가 두 나라의 왕을 불교에 귀의시켜 몽골이나 한국
전승과 큰 차이가 생겼다. 이러한 점을 감안할 때 이 작품은 포교담
의 특성을 온전히 간직한 것으로 볼 수 있다. 이제 공통화소에 새롭
게 첨가한 중요 화소가 무엇인지 들어보면 다음과 같다.

첫째, 금송아지의 궁중행위와 강화된 축출상황이 주목된다. 공통
화소에서는 금송아지가 궁중에서 어떻게 행동하는지 알 수가 없다.
그런데 이 전승에서는 금송아지가 국왕의 윤허에 따라 궁중을 자유
롭게 돌아다닌다. 그래서 냉궁에서 고통받는 친모를 만나 슬픔에
눈물을 흘리기도 한다. 이 사실을 알게 된 두 왕비는 후환을 없애기
위하여 병을 핑계로 금송아지의 간을 요구한다. 하지만 시자의 지
혜로 두 왕비는 다른 송아지의 간을 먹고 병이 완쾌되었다고 한다.

이제 두 왕비는 금송아지의 죽음을 확인하기 위하여 가죽을 요구한다. 이러한 절체절명의 순간에 태백금성의 도움으로 금송아지가 위기를 모면한다. 이렇게 이 전승은 공통화소에다 부가적인 화소를 가미하여 긴장감을 높였다.

둘째, 공주와의 결연을 비중 있게 다루었다. 이 전승에서는 금송아지와 금륜국 공주가 결연한다.[25] 마치 야래자설화에서처럼 한 나라의 공주와 축생인 금송아지가 결연하는 것이다. 하지만 금륜국왕의 반대로 두 사람 모두 궁중에서 쫓겨난다. 그런데 이 금송아지와 공주의 결혼이 서사확장의 측면에서 주목되는 바가 있다. 공통화소에서는 금송아지와 공주의 결혼화소가 없다. 그래서 서사전개가 단조로울 뿐만 아니라, 문제의 해결도 부왕이 직접 나서야 했다. 반면에 이 전승에서는 금송아지가 결혼하면서 혼사장애와 격리화소가 나타난다. 이는 긴장감을 고조하고, 사건전개의 다변화를 가능케 하는 요소라 하겠다. 무엇보다 태자부부가 철륜산에 들어가 수행하면서 파리국왕과 금륜국왕을 불교에 귀의시키는 것이 서사확장의 핵심이라 할 수 있다. 공통화소에서는 부왕에게 의지하여 모든 문제를 해결하지만, 이 전승에서는 태자가 독립된 주체가 되어 모든 문제를 스스로 해결한다. 이처럼 태자와 공주의 결연이 작품 후반부를 다양하게 만드는 핵심이라 할 수 있다.

셋째, 변신한 태자가 수행인으로서 타인을 적극적으로 구제하고 있다. 이 전승에서 태자가 수행인이 된 것은 다양한 의미가 있다. 태자는 변신과 함께 32상을 구득한다. 이는 이미 전생에서부터 꾸

---

25) 이는 불교의 초월관이 개입된 담론이라 할 수 있다. 불교의 윤회관과 변신관이 전제되어야만 이러한 현상을 합리적으로 설명할 수 있기 때문이다.

준히 닦아온 선업의 결과라 할 수 있다. 변신한 태자는 공주와 함께 속세에 대한 미련을 버리고 곧바로 절경을 자랑하는 철륜산으로 들어가 수도한다. 그들이 철륜산에서 수행정진하여 원만한 상이 나라에 알려지고, 후사가 없던 금륜국왕이 그들을 찾아와 자신의 딸과 사위임을 알고 기뻐한다. 태자는 먼저 파리국으로 가서 어머니를 구하고, 엄벌을 받아 마땅한 두 왕비를 용서한다. 그런 다음 부왕을 불교에 귀의하도록 설득한다. 그러자 부왕이 진도재에게 나라를 맡기고 출가한다. 아울러 장인인 금륜국왕도 설득하여 왕위를 대신에게 물리게 하고 태자부부와 함께 입산수도하여 정과를 얻도록 한다.

따라서 이 작품은 마지막 부분에 와서 종교서사의 특성을 분명히 드러냈다. 이 전승의 표면적인 주제는 권선징악이지만, 이면적 주제는 불교적 귀의라 하겠다. 그것은 태자가 후사를 잇지 않고, 속세의 국왕을 출가시켜 불제자가 되도록 한 것에서 알 수 있다. 그래서 태자가 축생으로 태어나거나 그 어머니가 냉궁에서 고통받는 것은 불교적 깨달음을 위한 수행과정이라 하겠다. 특히 속세의 모든 갈등을 용서한 것은 종교적인 관용이라 할 수 있다.

(4) 등극형 텍스트와 「금우태자전」

한국전승 중 가장 오래된 작품이 『석가여래십지수행기』 제7지에 수록된 「금우태자전」이다. 『석가여래십지수행기』의 조술본(祖述本)은 1328년이지만, 현전하는 것은 충주 덕주사판본으로 1660년에 간행되었다. 기왕의 판본을 복각하는 전통을 감안하면, 제7지에 수록된 「금우태자전」은 고려대부터 유전된 작품이 아닌가 한다. 이 작품은 공통화소를 근간으로 첨가화소를 가장 적극적으로 활용하였다.

그만큼 자국문학화·민족문학화가 많이 진척되었음을 의미한다. 실제로 이 전승은 서사논리를 생각하여 새로운 화소가 개입되었는가 하면, 영웅의 일대기를 바탕으로 한 신화구조가 돋보인다. 먼저 전체 내용을 개조식으로 정리하면 다음과 같다.

① 파리국왕에게는 수승·정덕·보만 세 왕비가 있는데, 태자가 보만 왕비의 뱃속에 잉태되어 있다.

② 하루는 국왕이 이상한 꿈을 꾸니 해몽자가 청양산으로 피서하라고 말한다.

③ 왕이 떠나며 세 왕비에게 회궁할 때 무엇을 바칠 것인지 묻자, 첫째는 과일을, 둘째는 의복을, 셋째는 아들을 바치겠다고 하니 왕은 셋째왕비의 말에 동조하며 헌자(獻子)하면 정실왕후로 삼겠다고 약조한다.

④ 보만이 태자를 낳자 수승과 정덕이 사전에 의논한 대로 매수한 산파를 통해 아이를 가죽 벗긴 고양이와 바꿔 빼내온다.

⑤ 두 왕비의 처소로 빼온 태자를 갖가지 방법으로 죽이려 하지만 실패하자 궁중의 어미 소에게 주어 삼키도록 한다.

⑥ 두 왕비는 보만이 기형아를 낳았다고 주달하여 그녀가 밤낮으로 방아 찧는 노역에 시달리도록 만든다.

⑦ 피신을 끝내고 돌아온 왕이 궁중의 소가 금송아지를 낳자 기뻐하며 금송아지가 궁중에서 자유롭게 노닐도록 한다.

⑧ 금송아지가 궁중을 다니던 중 신인의 도움으로 어머니가 있는 방앗간을 찾아가 모자상봉한 후 매일같이 노역을 돕는다.

⑨ 사실을 알게 된 두 왕비가 어의와 짜고 거짓으로 칭병하며 금송아지의 간이 특효약이라고 주달하니 국왕이 어쩔 수 없이 백정을 시켜 금송아지의 간을 꺼내오라고 명한다.

⑩ 백정이 간을 꺼내려 하자 금송아지가 살려달라고 간청하기에 개의 간을 꺼내 바치고, 금송아지에게는 동쪽을 향해 가라고 말한다.

⑪ 금송아지가 길을 떠나자 한 노인이 그를 고려국으로 인도하는데, 마침 고려국에서는 부마를 고르고 있었다.

⑫ 금송아지가 한 누각 아래를 지날 때 위에서 공주가 던진 비단공이 금송아지를 맞추자 부왕에게 그와 결혼하겠다고 주장하다가 둘 다 궁에서 쫓겨난다.

⑬ 출궁 후 유리하던 두 사람에게 한 선인이 나타나 선과를 주어 금송아지를 태자의 몸으로 변하게 한다.

⑭ 태자부부는 금륜국의 전단림으로 들어가 수행정진하고, 후사가 없던 금륜국왕은 태자부부를 궁으로 불러들여 태자에게 왕위를 물려준다.

⑮ 태자는 어머니 생각에 군마를 거느리고 고려국을 지나 파리국에 도착하여 지난 일을 부왕에게 말하고 어머니를 만난다.

⑯ 어머니가 초췌할 뿐만 아니라 아들 생각에 눈물을 흘려 실명했는데, 태자가 단을 세워 치성하면서 어머니의 눈을 핥아 개안시킨다.

⑰ 부왕이 두 왕비와 그 수하를 엄벌하려 하자 태자가 용서하기를 청해 방면하는 한편 백정에게는 정승벼슬을 내린다.

⑱ 태자가 부왕에게 선정하기를 당부하고 어머니를 모시고 고려국에 들른 후 금륜국으로 돌아와 어머니를 국모로 봉하여 선정하다가 용상에 앉아 열반에 드니 그 어머니도 따라서 열반에 든다.

이 전승은 공통화소에 다양한 요소를 개입시켜 민족문학적 특성이 강화되었다. 물론 상당수의 서사는 몽골이나 대만의 전승과 같지만, 서사의 지향점만은 불교성과 함께 유가적 이념이 개입되어 주목된다. 또한 이 전승은 꿈화소나 고려국이 서사에 편입되어 독창성이 돋보인다. 더욱이 종결부에서 신화적 요소를 수용하거나 유가적인 치민·덕화정치를 비중 있게 다루어 변별성이 강화되었다. 대만전승이 불교에 귀의할 것을 강조했다면, 한국전승은 유교적 치

민을 앞세우고 있다. 공통화소를 전제하면서 이 전승에서 비중있게
첨가한 것을 보면 다음과 같다.

첫째, 도입부에서 인과를 중시하였다. 이는 몽골전승에서도 확인
할 수 있었다. 하지만 한국전승에서는 사건전개의 개연성이나 인과
를 더 세심하게 고려하였다. 먼저 세 왕비 중에서 셋째인 보만부인
복중에 태자가 잉태하고 있을 때 왕의 꿈에 용기(龍旗)가 거꾸로 매
달리고, 궁문(宮門)이 무너지는 등의 흉사가 생긴다. 해몽자인 범찰
에게 물으니 청양산으로의 피신을 권한다. 따라서 피신해야 할 당
위성을 꿈을 통해 마련했음을 알 수 있다. 이유없이 장기간 여행을
떠나는 몽골전승이나 출타모티프가 없는 대만전승에 비해 앞뒤 논
리를 강화한 것이다. 왕은 피신에 앞서 세 왕비를 불러 회궁할 때
어떤 선물로 맞을 것인지 묻는다. 이때 보만왕비가 태중의 아들을
낳아 바치겠다고 하여 전폭적인 지지를 받고, 약속을 지키면 정궁
왕후로 정하겠다는 다짐을 받는다. 같은 화소가 나타나는 몽골전승
과 유사하지만, 몽사를 비롯하여 범찰의 해몽, 왕비들과의 문답 등
은 한국전승이 더 구체적이다. 물론 이는 구술물과 기술물의 차이
점일 수도 있다.

도입부에서 사건전개의 토대를 명확하게 밝혔기 때문에 뒤에 이
어지는 두 왕비의 모해가 설득력을 갖게 되었다. 대만전승에서는
도입부의 화소가 생략된 채 보만왕비가 태자를 낳자마자 그녀를 음
해하여 서사적인 긴밀성이 떨어진다. 하지만 한국전승에서는 보만
왕비가 태자를 낳으면 두 왕비의 입지가 흔들리게 되어 태자를 죽
여야 하는 당위성이 생겼다. 그래서 끊임없이 태자의 존재를 위협
하고, 그 후신인 금우태자까지 없애기 위해 노력한다. 발단부분에

서 사건전개의 타당성을 마련하고, 이후의 사건이 모두 인과를 가지며 전개되도록 하여 서사성이 공고해졌다. 이렇게 서사성을 공고히 한 것은 결국 자국문학화의 진척을 의미한다.

둘째, 고려국을 통해 자국문학화를 지향하였다. 한국전승은 다른 나라의 전승과는 달리 세 나라가 병치된다. 태자가 태어난 파리국, 공주와 결연을 맺는 고려국(우전국), 후에 왕위에 오르는 금륜국(인국)이 그것이다.[26] 파리국은 태자로 태어났지만 두 왕비의 모함으로 금송아지로 환생했다가 축출되는 공간이고, 고려국은 공주와 결연하지만 국왕의 반대로 쫓겨난 곳이다. 금륜국은 태자와 공주가 수행정진한 후 왕과 왕비로 등극하는 곳이다. 이 중에서 특히 주목되는 곳이 고려국이다. 제3의 공간인 고려국을 설정한 것은 다른 전승에서는 확인할 수 없다. 몽골전승에서는 아예 제2나 제3의 공간이 마련되지 않았으며, 대만의 전승에서는 파리국 이외에 금륜국이 제2의 공간으로 설정되어 있다. 그런데 유일하게 한국전승에서만 세 공간이 배치되어 서사성을 고양하고 있다. 실제로 대만의 전승은 금륜국의 공주가 금우태자와 결연하고 금륜국에서 수행정진한다. 이어서 금륜국왕이 후사가 없어 걱정할 때 대신들이 태자부부를 천거하고, 국왕은 그들을 찾아가 맞아들인다. 따라서 내쫓은 당사자가 얼마지 않아 다시 모셔오는 형국이라서 선뜻 이해되지 않을 수 있다. 그런데 한국전승에서는 제2의 공간에서 공주와 결연하고, 제3의 공간에 이르러 국왕으로 등극한다. 특히 제3국에 해당하는 금륜국왕이 후사가 없어 걱정하다가 태자부부를 모셔가도록 하여 논리성을 강화하였다.

---

26) 우전국과 인국은 조선후기의 「금송아지전」에 나오는 국명인데, 각각 고려국과 금륜국에 해당된다.

제2의 공간을 고려국으로 설정한 것은 동아시아 보편문학으로 유통되던 이 작품을 한국적인 특수문학, 민족문학으로 만든 것이라고 할 수 있다. 그렇기 때문에 조선후기 소설시대를 맞았을 때 어렵지 않게 대중적으로 유통될 수 있었던 것이다.

셋째, 등극을 통해 유가적 이념을 중시했다. 한국전승의 궁극적 지향점은 유불을 아우르되, 현세에서만큼은 유가적인 통치이념을 중시한다. 물론 불교를 표방하며 내세를 다짐하지만, 치자의 입장에 섰을 때만큼은 유가적인 이념을 강조하였다. 따라서 한국전승은 불교적인 담론에서 유교적인 담론으로 확산되어가는 과도기적 작품이라 할 수 있다. 특히 주목되는 것은 금우태자가 갖은 어려움을 극복하고, 금륜국 왕으로 옹립되는 것이라 하겠다. 금우태자는 두 왕비가 모해하여 축생으로 태어나 고생하고, 그나마 두 왕비는 금송아지가 태자의 후생임을 알고 그를 죽이려 계교를 부린다. 다행히 원조자의 도움으로 위기를 극복하고 고려국의 공주와 결혼하여 제3의 나라로 가서 국왕으로 등극한다. 등극하고는 파리국을 찾아와 어머니를 구제하되, 하늘에 제사를 지내고 실명한 어머니의 눈을 핥아 개안시킨다. 마치 심청이처럼 극진한 효행으로 어머니를 광명의 세계로 인도한다. 그런 다음 파리국왕인 아버지에게 선정할 것을 당부하며 어머니를 모시고 장인의 나라인 고려국을 들렀다가 귀국한다. 귀국해서는 어머니를 국모로 봉하고, 항시 선정하다가 용상에 앉아 열반에 든다.

한국전승은 이처럼 현실적인 문제를 중시하였다. 현세의 왕이 되어 올바로 치국하는 것을 목표로 삼았기 때문이다. 이러한 화소는 다른 나라 전승에서는 확인되지 않는다. 몽골전승은 태자로 변신하자마자 부왕에게 알려 부왕이 문제를 해결하도록 했고, 대만전승에서는 태자가 스스로 구도자가 되어 두 나라의 왕을 불교에 귀의시켜 성등정각을 이루도록 했다. 그래서 대만전승은 불교의 포교담이 될 수밖에 없었다. 그런데 한국전승에서는 출가수행보다는 한 나라의 치자로서 덕화정치 구현에 더 큰 관심을 보인다. 따라서 한국전승의 경우 후반부의 사건은 불교보다는 유교적인 치세와 관련이 더 깊다. 이렇게 유교적인 변이는 이 전승이 후대소설로 유통되는 데 도움이 될 수 있었다.

3. 금우태자전승에 나타난 신화소의 특징

한국전승의 경우 건국신화의 요소가 다수 반영되어 주목된다. 이는 고려 말에 민족문화에 대한 인식을 새롭게 하면서『동명왕편』·『해동고승전』·『삼국유사』 등을 간행한 것과 관련이 깊다. 이를테면 고려후기에 들어와 민족문학적인 요소와 융화되면서 신화구조적 특성을 갖게 된 것이라 할 수 있다. 여기에서는 공통화소의 신화소를 점검하고, 이어서 한국전승의 신화소를 살펴보도록 하다.

1) 공통화소에 나타난 신화소

금우태자전승은 불교신화적 요소를 다수 함유하고 있다. 잘 아는 것처럼 불전을 중심으로 불교서사 대부분에서 초월성을 중시하는데, 이는 불교의 신화성에서 기인한 것이라 하겠다. 그래서 불교 포교담으로 유통되던 금우태자전승도 크든 작든 간에 신화소가 들어있게 마련이다. 그 중의 대표적인 것이 신이한 출생과 격리모티프,

유랑과 변신모티프라 하겠다.

(1) 출생과 격리모티프

금우태자전승의 공통화소에서는 기이한 출생과 격리화소가 중시된다. 격리모티프는 셋째왕비에게서 태어난 왕자가 첫째와 둘째왕비의 시기와 질투로 내침을 당했다가 마침내 금송아지가 되어 오랫동안 버림받는 것을 들 수 있다. 이는 영웅의 일생에서 고귀한 신분을 타고났지만, 비정상적으로 출생하여 몇 차례 죽을 고비를 넘기는 것과 유사하다.

먼저 태자의 신비한 출생이 주목된다. 모든 신화가 그러하듯이 신화의 주인공은 특이한 출생을 보인다. 특출함을 강조하기 위해 범인과 변별되는 방법과 절차로 출생담을 마련했기 때문이다. 그래서 공통화소에서도 태자의 출생을 관념적으로 처리한 것이다. 이를테면 태자가 태어나자 사나운 암소가 삼키도록 하고, 시간이 지나자 이 암소가 화려한 외양의 금송아지를 낳도록 한 것이다. 이 금송아지는 태자의 환생임은 두말할 것도 없다. 여기에서 더 나아가 이 금송아지는 원조자의 도움으로 본래의 태자로 화려하게 변신한다. 본연의 태자로 변신했기 때문에 이제 영웅적 권능을 가지고 활약할 수 있다. 이처럼 금우태자는 특이한 출생으로 고난을 겪고, 그 고난을 무사히 통과하여 뛰어난 권능을 가진 존재로 부각된다. 이러한 것은 우리의 신화에서도 확인된다. 남방계 신화의 난생이 금우태자가 금송아지로 지내다가 변신하는 것과 근본적으로 같거니와 북방계 신화에서도 곰이 웅녀로 변하여 단군을 낳거나 유화가 낳은 알이 주몽으로 변신하는 것도 금우태자의 신이출생과 맥을 같이 한다.

따라서 공통화소에 나타난 신이출생은 신화에서 보편적인 현상이라
할 만하다.

다음으로 격리화소가 주목된다. 태자는 셋째왕비에게서 정당하
게 태어났다. 하지만 첫째와 둘째왕비가 자신들의 입지가 약화될
것을 염려하여 태자를 낳자마자 죽이기로 한다. 그래서 가죽 벗긴
동물과 태자를 바꿔서 빼내온 다음, 온갖 방법을 동원해서 죽이려
고 한다. 하지만 여러 방법을 동원해도 태자가 죽지 않자 궁중의 암
소가 태자를 삼키도록 만든다. 그래서 태자는 태어나자마자 친모와
격리되는 상황을 맞는다. 물론 부왕도 피서를 떠나 격리된 상태이
기는 매 한가지이다.

구체적으로 보면 태자는 친모를 떠나와서 숲속에 버려지는 신세
가 된다. 숲속에 버려진 태자를 짐승들이 돌보자 하는 수 없이 궁중
으로 데려와 궁내의 소에게 먹인다. 이렇게 함으로써 태자는 생사
를 가르는 격리상태에 빠지게 된다. 불교의 윤회관에 입각한 관념
적·초월적인 격리 상태가 지속되는 것이다. 세계를 달리한 격리가
지속되다가 궁중의 암소가 금송아지를 낳음으로써 관념적 격리는
어느 정도 해소되지만, 친모와 금송아지는 여전히 원만한 화합단계
로 나아가지 못한다. 더욱이 금송아지가 태자의 후생임을 안 두 왕
비가 거짓으로 칭병하며 금송아지의 간을 요구해 금송아지는 궁중
에서 더 이상 머물 수 없는 처지가 된다. 그래서 다시 긴 격리의 상
태에 빠진다. 이렇게 격리의 상태를 거치면서 금우태자는 절대적인
능력을 소유하게 된다. 이와 같은 격리화소는 우리의 신화에서도
일반적이다. 「동명신화」에서 주몽과 유리의 관계가 그러하고, 「석
탈해신화」에서 배에 실려 떠내려 온 탈해가 그러하다. 그리고 제주

도의 「김녕괴내깃당본풀이」나 「송당본향당본풀이」 등의 무속신화
에서도 이러한 화소를 확인할 수 있다.[27] 따라서 공통화소에 나타
난 격리화소는 일반신화에서처럼 인물의 영웅성·신성성을 고양하
는 장치라 할 수 있다.

(2) 유랑과 변신모티프

공통화소에서는 유랑과 변신모티프가 주요하게 활용된다. 우리
의 경우 후대의 영웅소설에서 주인공이 가족과 이산한 다음에 정처
없이 떠돌다가 특수한 공간에서 조력자를 만나 반전을 위한 동력을
얻는 것처럼 이 전승도 유랑하다가 다수의 조력자를 만나 본래의
모습대로 탈바꿈한다.

실제로 이 전승의 태자는 계속되는 핍박으로 유랑 길에 오른다.
두 왕비가 금송아지의 간을 요구할 때 시자가 그 처지를 헤아려 금
송아지를 방면함으로써 유랑 길에 오를 수 있었다. 태자가 정처없
이 떠돌 때 한 신인이 조력자로 등장하여 태자를 본연의 모습으로
변모시킨다. 변신한 태자는 모든 문제가 해결될 수 있도록 부왕에
게 알린다. 이 유랑은 위기를 모면하기 위한 방편이면서 동시에 새
로운 운명을 개척하는 길이기도 하다. 신화적 영웅은 유랑에서 오
는 고통을 감내해야 하고, 그 역경을 통과했을 때 원하는 바를 조력
자가 해결해 준다. 이렇게 공통화소에서 태자가 방출되어 유랑으로
고생하다가 어렵게 본연의 모습으로 돌아온다. 이는 우리의 무속신
화에서 주인공이 성물을 구득하기 위하여 모진 고통을 감내하며 탐

---

27) 조동일, 『한국문학통사』 1, 지식산업사, 2007, 91~94쪽.

제2부 불교담론과 전승 **201**

색하는 것과 상통한다. 물론 「단군신화」의 단군이나 「동명신화」의
주몽과 유리, 그리고 「탈해신화」의 탈해 등도 이렇게 유랑하면서 크
든 작든 간에 고통을 겪다가 권능을 키워 소구한 바를 달성한다.

유랑은 태자에게 획기적인 변환을 촉발하는데, 그것이 바로 변신
으로 나타났다. 금송아지가 죽을 위기에서 벗어나 정처없이 떠돌아
다닐 때 조력자가 등장하여 태자를 본연의 모습으로 변모시킨다.
이는 신화적 인물의 특이출생을 형상화한 것이라 하겠다. 그런데
이러한 변신화소는 다수의 신화에서 확인할 수 있다. 우리의 경우
만 하더라도 난생과 관련된 김수로·김알지·석탈해·주몽 등이 알에
서 깨어나 사람으로 변하는 것이 금송아지가 사람으로 변하는 것과
상통한다. 더욱이 「단군신화」에서는 곰이 사람으로, 「동명신화」에
서는 우발수에서 기괴하게 살던 유화가 본연의 모습으로 변신하는
데, 이 또한 금송아지의 변신과 궤를 같이한다.

2) 한국전승에 나타난 신화소

금우태자전승의 공통화소에서 이미 고대의 신화와 유사한 화소를
확인할 수 있었다. 이러한 화소에 우리의 신화소를 가미하면 독창
적인 작품으로 재창출될 수 있다. 이 작품에 나타난 우리의 신화소
는 이주와 등극, 국모와 지모신을 대표적으로 들 수 있다.

(1) 이주와 등극모티프

금우태자전승에서는 태자가 다른 나라로 이주하는 특성이 있다.
그러한 것이 몽골전승에는 없지만, 대만전승에서는 파리국에서 금

륜국으로 이주하여 부왕을 불교에 귀의시킨다. 이에 반해 한국전승
에서는 파리국에서 축출된 금송아지가 고려국에 이르러 공주와 결
연하고, 이어서 금륜국에 들어가 수행하다가 국왕의 지위에 오른
다. 이주모티프는 대만이나 한국전승에서 모두 확인되지만 등극모
티프는 우리의 전승에서만 확인된다.

이주와 등극모티프는 우리의 많은 신화에서 확인된다. 「단군신화」
에서는 환웅이 신시(神市)를 열어 백성을 다스리고, 웅녀와의 사이에
서 태어난 단군이 아사달로 이주하여 고조선을 세운다. 따라서 기왕
의 나라에서 다른 나라로 이주·등극하는 모티프를 확인할 수 있다.
마찬가지로 「부여신화」에서도 탁리국의 궁녀(시비)가 알을 낳고, 그
알에서 태어난 아이가 이주하여 나라를 세운 것이 부여국이다. 「동명
신화」도 주몽이 부여에서 졸본으로 이주하여 건국한 나라가 고구려
이다. 마찬가지로 고구려에서 한강 유역으로 이주하여 세운 나라가
백제이다. 이렇게 북방의 모든 신화가 이주와 건국을 공통분모로 삼
고 있다. 남방신화에서도 난생신화 대부분이 이주·정착한 특성이 있
는데, 특히 석탈해의 경우 부왕의 내침으로 장시간 떠돌다가 신라에
안착하여 이주·등극 모티프를 확인할 수 있다. 따라서 신화 전반이
특정 지역에서 제3의 지역으로 이주하고, 그곳에서 자신의 능력을
발휘하여 국왕의 자리에 올랐음을 알 수 있다.

이와 같은 내용은 이미 살펴보았듯이 한국의 금우태자전승에서도
나타난다. 금우태자도 파리국을 떠나 고려국에서 혼인하고, 금륜국에
서 수행하다가 국왕으로 추대되기 때문이다. 문제는 이와 같이 이주하
여 등극하는 화소가 다른 나라의 전승에서는 확인되지 않는다는 점이
다. 그래서 이 이주와 등극화소는 한국적인 요소로 볼 수 있다. 요컨대

우리의 경우 공통화소에 고대부터 전승되던 신화소, 특히 이주와 등극
화소를 첨입하여 작품을 새롭게 형상화한 것이라 할 수 있다.

(2) 국모와 지모신모티프

한국전승은 몽골전승이나 대만전승과는 달리 금우태자의 모후에
대한 서사가 비교적 자세한 편이다. 몽골의 경우 괴물을 낳았다는
모함으로 금송아지의 친모는 평생 가축의 분뇨를 줍는 노예가 된다.
이에 반해 대만전승에서는 금우태자의 친모를 냉궁에 가두어 처벌
한다. 문제는 금우태자가 본래의 태자로 화려하게 변신한 다음에도
이들의 지위가 획기적으로 변화되지 않는다는 점이다. 몽골전승에
서는 국왕과 함께 행복하게 산 것으로 처리했고, 대만전승에서는
그나마도 친모의 행방이 서사에서 부지소종(不知所從)이다. 그만큼
친모에 대한 사항을 소략하게 다루었다.

반면에 한국전승에서는 친모에 대한 사항이 비교적 구체적이다.
태자는 금륜국왕으로 등극한 다음 어머니 생각에 군마를 거느리고
고려국을 지나 파리국에 도착한다. 먼저 부왕을 만나 그간의 문제
를 아뢰고 어머니를 상봉한다. 그런데 친모는 자식을 잃은 슬픔에
눈물로 세월을 보내다가 실명하여, 이제 아들을 보고자 해도 소용
이 없다. 이에 태자가 하늘에 제사를 지내고, 어머니의 눈을 핥아
광명세계로 인도한다. 그러면서 두 왕비를 용서하고, 부왕에게 파
리국의 선정을 당부한 후 어머니와 함께 금륜국으로 돌아온다. 돌
아와서는 어머니를 국모로 봉하고 정심으로 선정에 힘쓴다.

보만왕비에 대한 이와 같은 기술은 우리의 신화, 특히 「동명신화」
의 그것과 상당부분 일치한다. 「동명신화」에서 유화는 알을 낳고,

그 알이 버림받는 고통을 겪지만 마침내 자신의 품에서 태자로 변신시킨다. 그런 다음 아들 주몽을 위해 자신을 철저히 희생한다. 그녀의 수많은 희생이 있었기에 부여에서 주몽이 남다른 능력을 키우고, 그것이 고구려를 건국하는 자양이 되었다. 뿐만 아니라 그녀는 지모신으로서 남쪽으로 떠난 아들에게 보리씨를 보내고, 고구려를 건국한 후에는 수혈신으로 숭배되기도 하였다. 이렇게 유화는 건국어머니의 지위에 올랐음을 알 수 있다.

마찬가지로 한국의 금우태자전승도 보만부인을 국모로 봉하여 건국신화의 그것과 유사하다. 보만부인은 어렵게 아들을 낳았지만, 두 왕비의 모해로 방아 찧는 노역으로 나날을 보낸다. 자신의 자식이 금송아지인 줄 알면서도 두 왕비의 패악이 두려워 어머니를 자청하지도 못한다. 그저 밤에 만나 모자지정을 몰래 나눌 따름이다. 금송아지 자식을 위해 자신을 철저하게 희생한 것이다. 이와 같은 희생은 유화가 주몽에게 했던 것과 큰 차이가 없다. 또한 그녀에게 주어진 노역이 몽골이나 대만전승과는 달리 곡식을 찧는 일이라는 점도 주목된다. 이는 유화처럼 농업과 관련된 지모신의 지위를 갖는 것으로 볼 수 있기 때문이다. 더욱이 그녀의 희생은 두 눈의 실명으로 확대되는데, 이러한 희생 때문에 그녀를 국모로 봉할 개연성이 마련되었다. 그녀가 국모로 봉해지는 것은 유화를 국가적인 신위로 모셨던 것과 같은 것이다. 따라서 한국전승은 공통화소에 우리의 전통적인 신화소가 가미되면서 한국문학적인 특성이 강화될 수 있었다.

4. 금우태자전승의 문학사적 의미

금우태자전승은 유통의 광범위함이나 전승의 유구함을 생각할 때
마땅히 주목해야 한다. 특히 우리의 경우 한국문학적인 특성이 강
화되어 관심을 가질 필요가 더 있다. 이를 감안하면 금우태자전승
을 기준으로 한국서사문학사의 궤적을 통공시적으로 살펴보는 것도
의미있는 일이 될 수 있다. 다만 여기에서는 한국전승의 찬성시기
와 의도를 추정한 후 그것이 문학사에서 어떤 의미가 있는지 살펴
보도록 하겠다.

첫째, 금우태자전승의 한국적 찬성시기에 대한 문제이다. 초기의
한국전승이 수록된 전적은 『석가여래십지수행기』이다. 따라서 이
책이 언제 편찬되었는지 살피면 한국전승의 찬성시기를 가늠할 수
있다. 『석가여래십지수행기』의 현전본은 1660년에 간행한 충주 덕
주사판본이다. 그런데 이 판본 이전에 1448년 이부(伊府)에서 간행
한 바 있고, 그 조술본의 인출은 고려 충숙왕 15년인 1328년에 있었
다. 따라서 한국전승은 적어도 1328년에 찬성되었을 것으로 짐작된
다. 그런데 이 시기에는 다양한 전적이 간행·유포되어 주목된다.
묘청의 난을 진압한 김부식은 1145년에 『삼국사기』를 편찬하였다.
김부식은 유교적인 통치이념을 기준으로 중세문화를 발전시켜야 한
다고 보았다. 그래서 전래하던 불교문화나 민족문화를 상당수 부정
하면서 중세질서를 구축하고자 하였다. 하지만 1170년에 무신난이
일어나 그의 꿈은 무산되고 만다. 무신정권은 1231년부터 수십 년
간 대몽항쟁을 벌였지만 국토는 유린되고 백성은 도탄에 빠진다.
자국문화나 자아정체성을 생각하는 부류가 등장한 것도 바로 이 때

문이다. 새로운 가치관을 가진 세력들이 중앙정계에 진출하면서 민
족문화에 대한 인식을 새롭게 하였고, 선승들 또한 개혁의 기치를
내세우곤 하였다. 그러는 과정에서 민족문화나 불교문화에 대한 관
심이 고조되고, 그러한 의식이 반영된 저술이 양산되기에 이른다.
그 선봉에 이규보의『동명왕편』(1193)이 있고, 이어서 각훈의『해동
고승전』(1215)이 등장한다. 그리고 일연이『삼국유사』(1270~1279)를
편찬하고, 무기가『석가여래행적송』(1328)을, 소실산인이『석가여래
십지수행기』(1328)를 편찬한다. 민족문화나 불교문화에 대한 인식이
고양되면서 1세기 남짓한 기간에 다양한 저술이 쏟아진다. 모두 토
착문화나 불교문화를 가감 없이 수록하면서 민족정체성을 고양한
저술이다.『석가여래십지수행기』는 바로 그러한 시대정신을 반영한
찬저이다. 즉 고려후기에 민족수난을 겪으면서 우리의 것, 전통적
인 것에 대해 새롭게 인식하던 때에 편찬된 것이다. 한국의 금우태
자전승에서 건국신화와 관련된 화소가 비중있게 다루어진 것도 바
로 이 때문이다.

둘째, 찬성의도에 대한 문제이다. 고려후기에 지어진 상당수의
전적은 민족정체성을 확인하고 민족문화를 고취하고자 하였다. 초
기의 한국전승이 수록된『석가여래십지수행기』도 사정은 다르지 않
다. 이 찬저가 찬성되던 시기는 불교나 유교 모두 개혁을 주창하며
새 역사의 주역이 되고자 하였다. 그러다가 신진사대부가 선승과의
경쟁에서 승리하여 조선조에 들어와 척불을 기치로 내세운다. 그러
한 상황에서 선승들은 불교의 세계관이나 지향점도 유교와 다르지
않음을 역설할 필요가 생겼다. 금우태자전승은 그러한 시대상황이
반영된 한국적 작품이라 할 수 있다.

한국전승은 몽골이나 대만전승과는 달리 변신한 태자가 유교적인 관점에서의 치민과 효행을 중시하였다. 사실 금우태자전승은 변신한 태자의 행위에 따라 작품 유형을 분류할 수 있다. 즉 사람으로 변하기 이전은 각 텍스트가 대부분 유사하기 때문에 그 이후의 행적에 따라 유형을 나누는 것이 유용할 수 있다. 실제로 몽골전승은 부왕에게 고하여 처분만을 기다리고, 대만전승은 구법수행하여 부왕이 불교에 귀의하도록 한다. 반면에 한국전승은 부왕에게 선정을 당부함은 물론 자신도 다른 나라의 국왕이 되어 정심으로 치민한다. 그래서 한국전승은 몽골이나 대만전승과는 차별성을 갖게 되었다. 차별의 핵심은 바로 유교적인 덕화정치, 백성들의 안위, 고생한 친모에 대한 효행 등이다. 이는 불교적 가치관보다는 유교이념을 중시한 결과라 할 수 있다. 그렇게 재창작하는 것이 경쟁관계에 있었던 신진사대부들에게 호응받는 길이기도 했다.

셋째, 문학사적인 문제이다. 한국전승은 고려는 물론 조선조에도 주목받으며 다양한 이본이 유통되었다. 「금송아지전」·「금독전」·「금우전」·「오색우전」 등이 그것이다. 그런데 조선후기의 다양한 이본을 보면 기본 내용이 여말선초의 전승과 큰 차이가 없다는 섬이다. 이는 이미 여말선초에 유교적인 관점에서 작품을 일신했음을 의미하는 것이다. 불교소설은 조선후기로 오면서 전반적으로 유교나 도교·무속사상을 수렴하여 장편을 지향한다. 「안락국전」이나 「적성의전」이 이를 실증하고 있다. 마찬가지로 금우태자전승도 조선후기에 오면 유불도를 아우르면서 대중소설로 활성화된다.

『석가여래십지수행기』에는 모두 10여 편의 작품이 전한다. 그 중에서 조선후기에 대중소설로 유통된 것은 부록에 있는 「안락국태자전」과 제8지의 「선우태자전」, 그리고 제7지의 「금우태자전」이다. 그런데 이들의 공통된 특징이 유교적인 질서를 기본으로 하면서, 군신 간의 관계나 가족 간의 문제를 주요하게 서사했다는 점이다. 그래서 어렵지 않게 조선후기의 상황에 맞게 탄력적으로 적응할 수 있었던 것이다. 금우태자전승의 경우 초기 전승부터 유교의 개입이 많았는데, 이것이 몽골이나 대만전승과 변별되는 핵심요소일 뿐만 아니라, 조선후기에 들어와 대중소설로 유통되는 초석이기도 했다. 그런 점에서 금우태자전승은 이른 시기에 소설성을 확보하고, 그것이 조선후기까지 지속되어 소설사에서 주목되는 바가 크다 하겠다.

5. 결론

지금까지 금우태자전승의 계통을 추적해 보고, 텍스트의 유형을 셋으로 나누어 분석하였다. 이어서 이 전승에서 중시되는 신화소를 고찰하되, 모든 전승에 내재된 원초적인 신화소와 한국전승에서만 확인되는 첨가적인 신화소로 나누어 살폈다. 마지막으로 한국전승이 갖는 문학사적 위상을 찬성시기나 동인을 중심으로 살펴보았다. 지금까지 논의한 것을 결론 삼아 요약·정리하면 다음과 같다.

첫째, 금우태자전승의 형성계통을 추정하고 텍스트의 유형을 검토하였다. 금우태자전승은 몽골이나 대만 그리고 한국에서 토착화된 이본이 전한다. 그런데 세 이본이 상당한 거리를 두고 전승되었음에도 불구하고 서사적인 친연성을 확보하여 공통의 원형콘텐츠에서 분화·발전했음을 알 수 있다. 그래서 그 형성계통을 불교문학의 동진 및 토착화를 감안하여 추정한 결과 인도에서 소를 경배했던 전통이 본생담처럼 원형텍스트로 형성되고, 이것이 중국에 들어와 중국적 요소가 일부 가미되면서 한역텍스트로 유통되다가 몽골이나 대만, 그리고 한국으로 유입된 것으로 보았다. 이 한역텍스트가 지역의 문화적 특성에 맞게 변화·정착된 것이 각국의 현전텍스트라 할 수 있다.

금우태자전승은 지역별로 유형을 나눌 수 있다. 몽골텍스트는 개인적인 설원을 실현하는 것으로 민담텍스트적 특징을 드러낸다. 대만전승은 종교적인 구제를 실현한 것으로, 포교텍스트적 성격이 강하다. 한국전승은 금우태자를 국왕으로 옹립하는 것으로 등극텍스트라 할 수 있다. 이렇게 각 전승은 모두 지역문화의 특성을 반영하면서 보편문학에서 특수문학을 지향하였다.

둘째, 금우태자전승에 나타난 신화소의 특징을 보편성과 특수성의 차원에서 검토하였다. 금우태자전승은 불교신화적 요소가 다수 내재되어 있다. 그래서 원초적인 형태의 신화소가 서사구성에서 중요한 인자로 작용하고 있다. 먼저 각국의 텍스트에서 출생과 격리모티프, 유랑과 변신모티프를 확인할 수 있다. 출생에서는 신화의 인물처럼 신이출생을 통해 변별력을 확보했거니와 격리모티프에는 일반신화에서 보편적인 기아화소가 담겨있다. 그리고 유랑모티프에서는 주인공이 제도권에서 방출되어 시련과 고통을 겪으며 강성해지도록 했고, 변신모티프를 통해서는 주인공에게 무한의 권능을 부여하였다. 이로 볼 때 금송아지는 신화적인 원형인물이라 할 수 있다.

우리 전승은 공통화소에 나타난 신화소에 한국적 신화소를 더해 민족문학이 되도록 하였다. 위에서 제시한 신화소에 이주와 등극모티프, 국모와 지모신모티프가 첨가된 것이 그것이다. 우리의 건국신화에서는 제3의 공간으로 이동하여 건국한 후 선정을 베푸는데, 금우태자전승에서도 그러한 전통을 그대로 답습하고 있다. 그런가 하면 국모와 지모신모티프에서는 금우태자의 어머니가 「단군신화」나 「동명신화」에서 희생을 통해 지모신의 지위에 오른 웅녀나 유화와 흡사하다. 이는 동아시아 보편문학을 우리의 관점에 맞게 재편한 것이라 할 수 있다.

셋째, 금우태자전승의 문학사적 의의를 제작의도와 시기를 중심으로 고찰하였다. 한국의 금우태자전승은 다른 나라의 전승과는 달리 우리의 건국신화나 유교적인 치민을 중시하고 있다. 이는 우리 것에 대한 인식이 고양되고, 유교이념이 강화된 시기에 이 전승이 찬성되었음을 의미하는 것이다. 우리 역사상 그러한 특성이 나타난 시기가 바로 고려후기이다. 고려중후기에 무신란·몽고란으로 혼란을 겪으면서 신진사대부와 선승이 우리 것에 대한 인식을 새롭게 하며 개혁을 주창하였다. 특히 선승이 개혁을 내세우면서 문학 속에 신진사대부의 구미에 맞는 충효를 담곤 하였다. 그 대표적인 작품이 바로 금우태자전승이다. 그렇기 때문에 한국전승은 불교텍스트일지라도 그 이면에는 유교적 치민을 중요하게 담아 놓았다. 이렇게 유교이념이 반영되었기 때문에 이 전승이 유교입국이었던 조선후기에 와서 어렵지 않게 대중소설로 유통될 수 있었던 것이다.

제2장 불교담론의 전기적 전승

프롤로그

이 글은 불교서사의 작화나 글쓰기 방식이 전기의 형성과 밀접하게 관련되어 있음을 살핀 것이다. 불교서사는 초월적인 세계를 문학적으로 형상화거나 현실의 질곡을 불교적인 몽환으로 풀어내곤 한다. 물론 그러한 내용을 불경에서 일반적인 산운교직체를 통해 표출하고 있다. 문제는 이러한 제반 요소가 불교전기는 물론이거니와 일반전기에서도 보편적으로 나타난다는 점이다. 따라서 선행했던 불교서사의 작화가 전기의 형성·전개에 영향을 준 것으로 볼 수 있다. 불교서사와 전기의 문학적 양상이나 소설사적 위상을 같은 반열에 놓고 다루어야 할 필요성이 그래서 있다.

1. 서론

전기에서는 일부의 작품을 제외하고는 불교의 세계관을 다양하게 수렴해 놓았다. 이는 불교의 이야기 관습을 전기에서 두루 원용한 까닭이라 하겠다. 그래서 우리의 전기나 전기소설사를 이해하기 위해서는 불교서사를1) 중시할 수밖에 없다. 잘 아는 바와 같이 전기의 전반적인 형상화 방식을 보면 불교서사의 특성이 곳곳에 내재되어 있다. 이는 전기의 형상화에서 불교의 작화방식을 상당수 준용한 까닭이다. 실제로 우리의 전기는 어느 시대를 막론하고 불교의 세계관이나 작화방식에서 자유로운 작품이 드물다. 그만큼 불교의 작화방식이나 관념적인 세계가 우리의 전기문학사에서 중시된다 하겠다. 이를 감안하면 불교서사의 유통과 전기의 형성, 나아가 불교전기의 통시적 맥락을 짚어볼 필요가 있다. 그것이 우리 소설사를 체계적으로 인식하는 지표가 될 수 있기 때문이다.

그간 전기에 대해서는 다양한 관점에서 논의해 왔다. 특히 애정전기의 관점에서 초기소설사를 논의한 것이 큰 비중을 차지한다.2) 그런가 하면 전기의 장르적 특성이나 전기 속에 삽입된 문예양식에 관심을 기울인 논의도 다수이다.3) 나아가 중국의 전기와 우리의 전기를 비교·검토하면서 한국전기의 문학사적 위상을 짚어보기도 하였다.4) 그런가

---

1) 이 글에서는 불경과 관련된 보편문학적인 설화, 그에서 파생된 민족문학적인 설화를 모두 아울러 불교서사라고 지칭한다.

2) 박태상, 「『태평통재』 소재 「최치원전」 연구」, 『고소설연구』 제1집, 한국고소설학회, 1995, 177~214쪽.

3) 조수학, 「「최치원전」의 소설성」, 『영남어문학』 2, 영남어문학회, 1975, 92~107쪽.
   임형택, 「나말여초의 전기문학」, 『한국한문학연구』 5, 한국한문학회, 1980, 89~104쪽.
   이헌홍, 「「최치원전」의 전기소설적 구조」, 『수련어문논집』 9, 부산여대 국어교육과, 1982, 163~183쪽.
   박일용, 「소설의 발생과 수이전 일문의 장르적 성격」, 『조선시대의 애정소설』, 집문당, 1993 참조.
   유정일, 「『수이전』 일문 「최치원」의 장르적 성격과 소설사적 의미」, 『어문학』 87호, 한국어문학회, 2005, 433~453쪽.

4) 지준모, 「전기소설의 효시는 신라에 있다」-「조신전」을 해부함, 『어문학』 제32호, 한국어문학회, 1975, 117~134쪽.

하면 우리의 전기가 불교와 관련되어 있음을 살피면서 소설사적 맥락을 고려한 논의도 있었다.[5] 이러한 논의를 통하여 전기 및 전기소설의 장르적 특성 및 문학사적 의미가 상당수 밝혀지게 되었다.

전기에 대한 연구가 상당히 진척되었음에도 불구하고 우리의 경우 전기의 개념이나 유형 등 기초적인 논의를 소홀하게 다루어온 것이 사실이다. 이는 중당(中唐)의 전기를 기준으로 우리의 전기를 대입하면서 소설사적 맥락을 찾는 데 경도된 까닭이다. 또한 작품의 주제에 집중하여 애정소설의 통시성 고찰에 관심을 집중한 결과이기도 하다. 따라서 여전히 전기가 형성될 수 있었던 배경이나 전기의 유형 및 통시적 맥락에 대한 논의가 미흡한 실정이다.

이에 이 글에서는 위와 같은 기초적인 문제를 염두에 두면서 한국전기의 형성과 작품의 실태 및 전승사를 불교전기를 중심으로 고찰하고자 한다. 불교전기를 염두에 둔 것은 이들이 초기 전기의 상당수를 차지할 뿐만 아니라, 그 나름의 역사성까지 담보되어 있기 때문이다. 먼저 불교서사의 작화방식이나 이야기 전통이 전기의 형성에 끼친 영향관계를 살피고, 이어서 초기 전기를 개괄한 다음 불교전기의 요건을 검토하도록 하겠다. 다음으로 불교전기의 문학적 실태와 소설사적 위상을 살펴보도록 한다.

김광순, 「고소설사의 시대구분과 전개양상」, 『한국고소설사와 론』, 새문사, 1990 참조.

5) 김승호, 「불교전기소설의 유형 설정과 그 전개 양상」, 『고소설연구』 17, 한국고소설학회, 2004, 107~131쪽.
　　오대혁, 「나말여초 전기소설의 형성 문제 - 불교계 전기소설을 중심으로」, 『동악어문학연구』 제46집, 동악어문학회, 2006, 97~125쪽.
　　김진영, 「불교서사의 작화방식과 전기소설의 상관성(Ⅰ) - 초기 불교서사의 작화방식를 중심으로」, 『어문연구』 53집, 어문연구학회, 2007, 93~124쪽.

2. 불교서사의 작화방식과 전기의 형성

불교서사의 작화방식이 전기, 특히 불교전기에 영향을 끼쳤다고
보았을 때 그것을 실증하는 방편으로 주요 작품을 들어 그 친연성
을 확인할 필요가 있다. 실제로 불교서사인 「충담」·「이차돈」·「맹아
득안」·「양지」·「혜공」·「의상」·「사복」·「욱면」·「광덕엄장」 등은 불
교의 세계관을 충실히 담으면서 동시에 개인적인 성불·득도의 문제
를 심각하게 다루고 있다. 그러다 보니 시간적인 배경이 불교의 윤
회관에 입각하여 무시무종의 특성을 보일 뿐만 아니라, 공간도 이
계가 다양하게 개입될 수밖에 없었다. 즉 신비성을 한껏 강조하려
는 의도에서 천상·지하·수중·명계 등이 다수 개입된 것이다. 게다
가 사건도 신비적·초월적으로 전개·해결되는 일면, 주제도 성불
·득도와 관련된 이상세계를 구현하는 것이 일반적이다.[6]

이 모든 내용은 전기의 그것과 큰 차이를 보이지 않는다. 전기도
이계의 공간에서 시간을 초월하여 남녀 주인공의 애정문제나 사회
문제를 신비롭게 다루기 때문이다. 따라서 양자 간에는 친연적 상
보관계가 성립될 개연성이 충분하다. 이는 불교의 세계관을 거세한
『삼국사기』 서사체와 비교해 보면 쉽게 실증된다.[7] 그런 점에서 불
교서사와 전기의 관계를 밀도 있게 파악한 후 그 동이점을 확인할
필요가 있다. 이는 전기의 형성에 끼친 불교서사의 영향을 밝히는

---

6) 김진영, 「불교서사의 작화방식과 전기소설의 상관성(Ⅰ)」-초기 불교서사의 작
   화방식를 중심으로」, 『어문연구』 53집, 어문연구학회, 2007, 93~124쪽.

7) 물론 역사계의 건국신화도 특수한 시간과 공간을 토대로 기이한 사건을 다루었
   다. 그런데 대다수의 불교서사가 개인의 곡진한 심정을 다루는 반면, 이들은 집
   단이나 민족의식을 중시한 차이가 있다.

것이기도 하다.

1) 불교서사의 작화방식

불교서사는 신비성·환상성·순환성을 기저로 하면서 충격적인 내용을 다루고 있다. 이는 삶과 죽음을 초월한 내용을 통해 신불을 유발해야 할 필요성 때문이다. 특히 불교서사는 불교의 다양한 시공간이 활용되어 초월적인 작화방식이 큰 특성이라 하겠다.[8] 그것은 『삼국유사』보다 먼저 찬집된 『삼국사기』 소재 서사의 작화방식이 초월계를 배제한 점에서도 확인된다. 그렇다면 역으로 『삼국유사』 이하 다양한 전적에서 기이한 내용을 다룬 것은 불교적인 세계관의 영향으로 볼 수도 있다.[9]

불교서사는 허구·가공적인 토대 위에 종교나 인생사의 문제를 심각하게 다루었다. 특히 내세를 갈구하는 불교의 관념이 작용하여 생사를 초탈한 서사가 대종을 이룬다. 그런데 위와 같은 서사적 특징이 전기에서도 요구된다는 점이다. 전기에서도 재환생을 통해 애정을 성취하거나 임사체험을 통해 사랑을 핍진하게 그리기 때문이다. 더욱이 전기는 불교적인 명부와 현실계가 적절히 조응되면서 사건을 신비롭게 구성할 뿐만 아니라, 불교서사에서와 마찬가지로 삽입시가가 큰 비중을 차지한다. 따라서 선험적인 서사체가 후행의 서사체에 영향을 끼친다고 전제할 때 불교서사가 전기의 발양에 일

---

8) 김진영 「본생담에 나타난 고난과 구원의 소설적 변용과 그 의미」, 『인문학연구』 33-2, 충남대학교 인문과학연구소, 2006, 85~124쪽.
9) 물론 일부에서는 도교적 선풍이 개입되었지만, 큰 틀에서는 불교의 세계관을 형상화한 서사가 대부분이다.

조한 것으로 볼 수 있다.

불교서사와 전기는 그 생래적 속성상 유사성을 가질 수밖에 없다. 다만 여기에서는 동질성을 확인하기 위한 방편으로 불교서사의 작화방식을 핵심 사항별로 검토해 보도록 한다. 먼저 불교서사는 그 시간배경이 독특함을 보인다. 불교서사는 불교의 윤회관에 입각하여 사멸의 시간보다는 영속의 시간관념을 보인다. 유교계 서사가 현세의 삶에 주안점을 두었다면 불교서사는 현세보다는 내세의 삶에 더 큰 비중을 두기 때문이다. 공간배경 또한 이계(異界)를 왕래하여 가공적인 세계, 즉 명부나 극락·천상 등으로 설정되어 환상성이 돋보인다. 그러다 보니 인물들도 신이함이 한껏 드러난다. 그러한 시공간을 자유롭게 왕래하면서 위신력이 고양됨은 물론, 권능 또한 무한한 것으로 형상화되기 때문이다. 즉 불교의 구도자로 제시되다가 궁극적으로는 종교적 영웅으로 부각되는 것이다. 사건도 신비성을 드러내면서 허구·가공적인 성향을 보인다. 주인공이 성불득도하고 보이는 위신력 때문에 신비로운 성격이 농후해질 수밖에 없었다. 주제에 있어서는 선인선과 악인악과의 기본 원리에 따라 선근을 닦으면 극락왕생한다는 내용을 여러 버전으로 보이고 있다. 위와 같은 내용을 효율적으로 표출하기 위하여 불교서사에서는 다양한 표현법을 모색했다. 기본적으로 산운교직구조를 바탕으로 대화기법이 발달되었음은 물론 문학적인 수사도 뛰어나다.[10]

불교서사의 구조형태나 주제의식 나아가 표현문체가 일반서사와 변별됨을 알 수 있는데, 바로 이러한 작화방식이 전기에서도 동일

---

10) 김진영, 「불전과 고소설의 상관성」, 『어문연구』 33, 어문연구학회, 2000, 203 ~234쪽.

하게 나타난다. 이는 불교서사가 일반화되면서 문언문 위주의 기록
문학으로 대두된 것이 전기이기 때문이다.[11] 실제로 전기의 작화방
식은 불교서사의 그것과 큰 차이가 없다. 다만 차이가 있다면 소재
적 변이와 구술물과 기록물의 차이 정도일 따름이다.

2) 전기의 형성

한국전기가 형성되는 데는 다양한 요소가 개입될 수밖에 없었다. 전
기가 상당한 문식이 가미되면서도 비교적 곡진한 이야기 전말을 확보
해야 했기 때문이다. 따라서 문화적인 안목이 확대된 사회에서 전기가
형성될 수밖에 없다. 특히 이야기문학이 대중적으로 활성화되고, 그러
한 이야기에 문식을 가미할 문사층이 확보되어 있어야 한다. 그런데
나말여초는 현실에 대한 불만으로 당나라에 유학한 육두품 출신 문인
이 많았을 뿐만 아니라, 승려층에서도 구법을 위해 당나라에 빈번히
왕래하였다. 따라서 이들이 당시 사회의 문제점을 전기로 형상화하는
것은 얼마든지 가능할 수 있었다. 육두품 출신은 개인의 인생사나 사
회적인 문제를, 승려층은 구도의 지난함이나 득도·해탈의 문제를 전
기로 형상화할 수 있었기 때문이다.

문제는 문사층이 확립되었을지라도 전기로 형상화할 이야기 기반
이나 저변이 확보되어 있어야 한다는 점이다. 그것이 전기를 창작
하거나 정착시키는 자양이 될 수 있기 때문이다. 그런 점에서 주목
할 것이 바로 불교서사의 연행전통이다. 이미 중국에서 이야기, 즉
변문의 구연이 전기의 창작에 좋은 조건을 제공했던 것처럼[12] 우리

---

11) 김진영, 『고전소설의 전통과 변이』, 태학사, 2006, 16~24쪽.
12) 김학주, 『중국문학개론』, 신아사, 1999, 420쪽.

도 이야기의 연행전통이 전기 생성의 원천으로 작용했을 것으로 본다. 특히 전기에서처럼 초월적 담론을 잘 구비한 불교서사의 연행전통이 일반화되고, 그러한 것에 식자층이 문식을 가미하여 전기로 재창출한 것으로 볼 수 있다.

실제로 전기의 형성배경을 불교서사의 연행전통에서 확인할 수 있다. 중국의 경우 당대에 고문운동이 일어났음은 물론, 안록산의 난으로 생각을 달리하는 사대부계층이 대두되었고, 여기에 상공업의 발달이나 시가의 성행 등이 전기의 생성을 촉발한 것으로 보고 있다. 하지만 이러한 것은 전기가 생성·발양하는 외부적인 조건일 따름이다. 무엇보다도 중요한 것은 이야기의 난숙함이 확보되어 있어야 한다. 그런데 이 시기에 한대의 지괴와는 다른 이야기 형태가 완정성을 확보하고 있었다. 즉 변문이 수미일관의 빼어난 구조로 대중에게 인기를 끌고 있었다. 이 변문이 문식층의 구미에 맞게 문언문 위주로 정착된 것이 바로 당대의 전기이다.

우리의 사정도 중국의 경우와 크게 다를 것이 없다. 물론 대당 유학생이나 구법승이 많았음을 감안하면 당의 전기가 영향을 끼쳤을 개연성이 충분하다. 하지만 당의 전기에서 영향을 받아 형성된 것으로 보는 「조신」의 경우 꿈을 소재로 한 것 이외에는 작화방식이 사뭇 다르다.13) 오히려 『잡보장경』의 「사라나비구」와 동일한 점이 더 많다.14) 이를 감안하면 불교서사가 연행되는 과정에서 대중적인 기반을 확보하여 우리의 전기가 생성된 것으로 보아야 하겠다. 초

---

13) 당대의 「침중기」·「남가태수전」 등을 종종 거론하곤 하는데, 이들 작품의 작화 방식은 조선조의 「구운몽」과 더 흡사하다.
14) 『잡보장경』 제2권.

기 전기의 대부분이 불교 전기적 속성을 띠는 점도 그를 실증하고
있다.

불교서사는 대중교화를 목적으로 형성되는 경우가 많다.15) 이때
의 불교서사는 대중에게 쉽게 다가가기 위하여 그에 상응한 재미를
확보해야 한다. 단지 교육성만 강조하면 교화서처럼 되어 비효율적
이기 때문에 대중의 문예욕구를 자극하면서 소기의 목적을 달성할
필요가 있다. 그래서 불교의 다양한 세계관을 기저로 충격적이면서
도 감동적인 이야기를 구축하여 신불을 유발한 것이다. 그러는 과
정에서 유교계 서사와는 다른 허구·가공의 작화방식이 나타날 수밖
에 없었다. 실제로 과거·현재·미래를 넘나드는 불교서사의 작화방
식은 그 나름대로 독특성을 가질 뿐만 아니라, 다른 서사장르에 영
향을 끼쳐 가공담을 만드는 원천이 되기도 하였다. 그 좋은 본보기
가 바로 초월적 작화방식을 선호하는 전기라 하겠다.

불교서사는 불교의 가공세계가 서사의 중추를 이루어 일반 서사
문학의 발양에 좋은 자양이 될 수 있었다. 중국의 경우 불교서사인
변문·강창문학이 당대에 성행하면서 일반고사에도 영향을 주어 중
국의 속문학·연행문학의 발전에 크게 기여하였다.16) 바로 이러한
이야기가 중국 전기가 생성되는 데 충족된 조건을 제공해 주었다.
외부적으로 전기가 생성될 여건이 마련되었을지라도 이야기 자체의
변화를 촉발한 것은 바로 변문·강창문학이라 하겠다. 그래서 변문
·강창문학이 대중적으로 연행되는 구어체 소설형이라고 한다면, 전

---

15)『삼국유사』 소재 대부분의 이야기가 그러하다.
16) 周紹良·白化文 編,『敦煌變文論文錄』, 明文書局, 1985, 249~254쪽.
　　傅藝子,「敦煌俗文學之發見及其展開」,『敦煌變文論文錄』上, 明文書局, 1985,
　　129~146쪽.

기는 이들에 문식을 가미한 문어체 소설이라 할 수 있다. 이와 마찬
가지로 한국에서도 불교서사가 변문·강창문학처럼 유통되면서 대
중적인 담론으로 성행하였다. 이는『수이전』이나『삼국유사』등 초
기 서사문학을 통해 쉽게 알 수 있다.[17] 이렇게 불교서사가 대중성
을 확보하자, 식자층에서 이들의 작화방식을 염두에 둔 전기를 기
록 및 창작한 것으로 볼 수 있다.[18] 이는 불교서사나 전기의 구조와
주제 그리고 표현 등의 동질성에서 실증된다. 결국은 불교서사의
이야기 전통이나 작화방식의 영향으로 전기소설이 배태된 것으로
볼 수 있다.

3. 전기의 개황과 불교전기의 요건

한국의 전기는 나말여초에 다양하게 전개되었을 것으로 본다. 다
만 여기에서는 초기 전기를 개황적으로 살피면서 불교전기의 요건
을 짚어보도록 한다. 불교전기를 중심으로 살피는 것은 현전하는
대부분의 전기에 크든 작든 간에 불교의 세계관이 내재되어 있기
때문이다. 실제로 불교전기는 나말여초는 물론, 고려와 조선조에도
문학내외적인 면에서 중시할 만하다. 먼저 전기의 개황을 정리한

---

17) 임기중,『한국고전문학과 세계인식』, 도서출판 역락, 2003, 71~80쪽.
　　사재동,『한국고전소설의 실상과 전개』, 중앙인문사, 2006, 30~58쪽.
18) 이는 설화를 정착시킨『수이전』과『삼국유사』의 작품을 통해 짐작할 수 있다.
　　그 중『삼국유사』의「김현감호」에는 김현이 "깊이 느낀 바가 있어 붓을 들어 전을
　　지었다"고 했으며,「조신전」에서는 "옛날 신라가 서울이었던 시절에"라고 한 다음
　　일연의 문투와는 다른 격조 높은 글이 실렸다. 이외에 노힐부득과 달달박박의 성
　　도(成道)를 다룬「남백월이성」도 빼어난 글재주를 보이고 있다. 이를 통해 설화,
　　특히 불교서사를 새롭게 창작하는 과정에서 전기가 생긴 것으로 볼 수 있다.

다음, 불교전기의 요건을 개관해 보도록 하겠다.

1) 전기의 개황

잘 아는 것처럼 한국전기는 나말여초에 형성된 것으로 보고 있
다. 이때 문제적 작가층이 대두되었고, 이들이 사회나 개인, 나아가
종교적인 문제를 핍진하게 형상화해 놓았기 때문이다. 이러한 전기
는 이미 당나라 중기에 다양하게 전개되고 있었다.[19] 따라서 당과
빈번한 교류를 가졌던 신라 말에 전기가 문사층을 중심으로 창작·
향유된 것으로 보아야 자연스럽다. 실제로 『삼국유사』 소재 「김현
감호」 말미에 "깊이 느낀 바가 있어 붓을 들어 전을 지었다"고 했거
니와 「조신」에서는 "옛날 신라가 서울이었던 시절에"라고 한 다음,
일연의 문투와는 다른 격조 높은 글이 실려 있다. 그래서 나말여초
에 와서 기존의 불교서사에다 개인적인 문제의식을 가미하여 전기
를 창작한 것으로 볼 수 있다.

우리의 전기는 중국의 전기가 다양하게 전하는 것과는 달리, 애
정·종교·신기·기인을 다룬 것이 주종을 이룬다. 각각에 해당하는
것을 『수이전』 일문과 『삼국사기』·『삼국유사』를 중심으로 살펴보

---

19) 중국의 전기는 그 유형과 작품에서 다양성을 확보하고 있다. 주요한 것을 들어
보면 다음과 같다. 첫째 애정류이다. 이에 해당하는 것으로는 「會眞記」·「李章武
傳」·「柳氏傳」·「霍小玉傳」·「李娃傳」·「楊娼傳」 등을 대표적으로 들 수 있다. 둘
째 의협류이다. 해당 작품으로 「紅線傳」·「劉無雙傳」·「聶隱娘傳」·「崑崙奴」·「謝
少兒傳」·「憑燕傳」 등을 들 수 있다. 셋째 신기류이다. 이에 해당하는 주요 작품
으로 「離魂記」·「任氏傳」·「柳毅傳」·「枕中記」·「南柯太守傳」·「東城老父傳」 등을
들 수 있다. 물론 세부적인 화소를 감안하면 이들을 획일적으로 나눌 수 없겠지
만, 주요 모티프를 중심으로 이렇게 나누어도 무방하리라 본다. 여기에 더해 逸
士傳, 商人傳 등 인물전이 다수 전한다.

도록 한다.[20] 먼저『수이전』일문은『필원잡기』·『해동고승전』·『삼
국유사』·『삼국사절요』·『태평통재』·『대동운부군옥』·『해동잡록』
등에 재수록됨으로써 현전할 수 있었다.[21]『수이전』은 글자 그대로
특수하면서도 기이한 것을 수록하였다. 작자가 최치원·박인량·김
척명 어느 누구든 간에 식자층이 이야기문학을 새롭게 기술·정착시
켰다는 점에서 이 전적에 수록된 작품은 전기성이 다수 반영될 수
밖에 없었다.

『삼국사기』는 기본적으로 정사이기에 이야기문학과는 일정한 거
리가 있다. 하지만 사마천의『사기』열전과 같이 주요 인물 86인을
열전에 담아 놓았다. 첫 번째는 뛰어난 명장, 두 번째는 명신·학자
·충의지사, 세 번째는 행실이 아름다운 자나 반신 및 역신을 실었
다. 이 중에서 일부의 작품이 전기적 특성을 구유하고 있다.

『삼국유사』소재 이야기는 불교서사가 중심을 이룬다.『삼국사기』
가 유교적·중국적 관점에서 기술되다 보니 불교나 민족에 대한 이야
기가 소홀할 수밖에 없었다. 이에『삼국유사』에서는 불교적·민족적
관점에서 이야기문학을 수집·정리하였다. 이『삼국유사』의 이야기
는 불교서사가 중심을 이루는 가운데 일부 작품이 전기적 특성을 확
보하고 있다. 이렇게 위의 세 전적에서 우리나라 초기 전기의 양상을
파악할 수 있다. 이제 해당 유형별로 작품을 제시하면 다음과 같다.

첫째, 애정과 관련된 전기이다. 애정전기는 중국에서도 다양한 작
품이 창작되어 후대의 문학에 영향을 끼쳤다. 우리의 경우도 애정전

---

20) 이들을 중심으로 검토하는 것은 이들이 초기의 서사문학을 다양하게 수렴하여
   이야기문학의 추이를 추적하는 데 도움이 되기 때문이다.
21) 김현양 외,『역주 수이전 일문』, 박이정, 1996, 9~11쪽.

기는 고전소설의 통시적 양상을 파악할 때 줄곧 논의되어 왔다. 이 애정전기는 남녀 간의 사랑을 초월적인 관점에서 그린 것이 대부분이다. 즉 이계나 꿈을 설정하고 현실적인 애정문제를 형상화하곤 하였다. 이에 해당하는 작품은 「최치원」(태평통재)을 비롯하여 「조신」(삼국유사) · 「수삽석남」(대동운부군옥) · 「심화요탑」(대동운부군옥) 등을 들 수 있다. 「최치원」은 쌍녀분의 두 연인과 최치원 사이의 하룻밤의 사랑을 그린 것으로, 죽은 여인들이 현실적인 울분과 소망을 드러냈으며, 「조신」은 애정문제가 꿈속에서 실현됐지만, 비극적으로 귀결되고 말았다. 그리고 「수삽석남」은 신분적 차이 때문에 첩으로 들일 수 없었던 여인을 임사체험의 독특한 기법으로 재회하여 여생을 함께 했으며, 「심화요탑」은 신분 때문에 사랑할 수 없는 여왕에 대한 애정으로 화신(火身)이 되는 내용을 극적으로 다루었다. 이렇게 애정전기의 주요한 특성은 현실적 담론보다는 초월적 세계관을 중심에 두고 남녀 간의 사랑 문제를 충격적으로 그리고 있다.

둘째, 종교와 관련된 전기이다. 나말여초는 불교입국이었기 때문에 불교전기가 다수 생성될 수 있었다. 불교전기는 불교적 깨달음이나 불교의 영험을 문학적으로 형상화한 것을 말한다. 이늘 전기는 신라 말은 물론 고려대에도 다양하게 전개되었다. 고려대에 찬집·간행된 『석가여래십지수행기』에도 불교전기가 다수 실려 있기 때문이다. 불교전기에 해당하는 작품은 「원광서학」(삼국유사) · 「남백월이성」(삼국유사) · 「보개」(태평통재) 등을 들 수 있다. 「원광서학」은 원광이 중국에 들어가 수학하게 된 내력을 토착 신인 호귀(狐鬼)와의 관계를 통해 보여주었으며, 「남백월이성」은 노힐부득과 달달박박의 성불 문제를 관음화신인 여인을 통해 다루었다. 「보개」는 아들을 잃은 여인이 민장사의 관음에게 기원하여 극적으로 재회하는 내용을 문학적으로 형상화한 것이다. 이들은 모두 불교의 깨달음이나 신이성을 서사의 핵심으로 삼고 있다.

셋째, 신기(神奇)를 형상화한 전기이다. 이는 중국 전기의 신기류와도 상통할 수 있다. 신기는 어느 시대를 막론하고 주목할 만한 소재이다. 다만 그 이야기가 소재적 설명에 그치지 않고, 작자의 문제의식이 가미되어 이야기의 시말이 확보되었을 때 전기적 관점에서 주목할 만하다. 이에 해당하는 작품으로 「김현감호」(삼국유사)·「죽통미녀」(대동운부군옥)·「노옹화구」(대동운부) 등을 들 수 있다.22) 「김현감호」는 김현과 호녀의 초월적 사랑을 다루었으며, 「죽통미녀」는 나그네가 죽통에서 미녀를 불러내는 이적을 김유신을 관찰자로 하여 서술했다. 그리고 「노옹화구」에서도 노인이 김유신 집을 찾아와 변신하면서 스스로의 위상을 드러냈다. 이들은 모두 기이한 현상을 바탕에 깔고 작화했다는 점에서 초월성이 돋보인다.

넷째, 기인과 관련된 전기이다. 기인을 다루는 것은 일찍부터 있어왔다. 『삼국유사』의 상당수 이야기가 불교적 기인인 승려를 입전했거니와 『삼국사기』 열전의 일부 작품도 그러한 경향이 없지 않다. 다만 문식을 가미하여 서사기법이 돋보이는 작품으로 「온달」·「도미」(삼국사기)와 「원효불기」(삼국유사) 등을 들 수 있다. 「온달」은 바보온달을 평강공주가 명장으로 거듭나게 해서 국가의 간성을 만드는 내

---

22) 다만 「죽통미녀」나 「노옹화구」는 단형이기에 「김현감호」처럼 전기로 다룰 성질의 것인지 의문이다. 현전하는 대로라면 아주 단형이라서 전기와는 일정한 거리가 있기 때문이다. 그럼에도 그 형상화 방법이나 기이성은 신기류의 전기와 유사하다. 현전하는 두 작품이 단형인 것은 출전인 「대동운부군옥」의 특성 때문일 수도 있다. 어쨌든 『수이전』에 수록된 작품이라는 점에서 이 작품을 전기의 관점에서 다룰 필요는 있어 보인다.

용이며, 「도미」는 강압적인 상황에서도 지아비를 향한 남다른 정절
을 형상화해 놓았다. 「원효불기」는 원효가 기이한 행동으로 요석공
주와의 사이에서 설총을 낳고 불교포교에 전념한 내용을 다루었다.
이들은 모두 특이한 행적을 보인 인물로 유가나 불가에서 기념할 목
적으로 입전한 것이라 할 수 있다.

2) 불교전기의 요건

불교가 토착화되면서 다양한 이야기문학이 발양되고, 그러한 이
야기에 식자층의 문제의식이 가미되면서 전기가 나타날 수 있었다.
불교 전래 초기에는 『삼국유사』 소재 「보양이목」이나 「아도」, 「의상
전교」, 「이차돈」 등과 같이 불교의 전파 및 포교와 관련된 이야기가
구비문학으로 성행할 수 있었다. 이러한 이야기는 대중적으로 연행
되면서 서사논리를 확보해 나갔다. 이는 이미 중국의 변문에서 확
인되는 것이기도 하다. 따라서 『삼국유사』 소재 다양한 이야기도 그
러한 전통을 밟으면서 전기로 산출된 것으로 볼 수 있다. 즉 다양한
불교 관련 이야기가 대중적으로 연행되면서 일관된 서사문맥을 확
보하게 되고, 이러한 이야기가 불교전기를 낳는 자양이 된 것으로
볼 수 있다. 특히 불교서사는 기왕의 논의에서도 살핀 바와 같이 허
구·가공적으로 형상화되어 이야기 구성을 다변화하는 촉매재가 될
수 있었다.[23] 그렇기 때문에 우리의 초기 전기로 논의되는 대부분
의 작품이 불교서사의 작화방식이나 세계관과 연계되는 것이다.

실제로 초기의 전기로 운위되는 주요한 작품은 문학 내외적인 관

---

23) 김진영, 「불교서사의 작화방식과 전기소설의 상관성(Ⅰ)」-초기 불교서사의 작
   화방식를 중심으로」, 『어문연구』 53집, 어문연구학회, 2007, 93~124쪽.

점에서 불교와 관련이 깊다. 앞에서 거론한 작품 중 「최치원」·「조신」·「수삽석남」·「심화요탑」·「원광서학」·「남백월이성」·「보개」·「김현감호」·「원효불기」 등이 불교를 근간으로 작화되었기 때문이다. 이에 여기에서는 불교전기의 대상과 자질을 검토해 보도록 하겠다.

첫째, 불교의 세계관을 반영한 작품이다. 불교서사는 무시무종의 시공간은 물론, 이계나 초월계가 큰 비중을 차지한다. 유교서사의 대부분이 현실적인 관점에서 작화를 모색한 데 반해 불교서사는 초월계가 작화에서 큰 비중을 차지한 때문이다. 이에 해당하는 작품은 「최치원」·「수삽석남」·「김현감호」 등을 들 수 있다.

「최치원」의 경우 불교서사에서 중시하는 이계를 바탕으로 남녀 간의 애정문제를 다루었다. 그런데 이 이계가 바로 불교의 세계관과 접맥된다는 점이다. 적어도 불교의 윤회관·영원관이 작용하여 작화가 가능할 수 있었기 때문이다. 이는 유교서사라고 할 수 있는『삼국사기』열전의 작화방식과 비교하면 쉽게 알 수 있다. 최치원 자신 또한 만년에 불법을 강설하였는가 하면, 가야산에 들어가 승려가 되기도 하였다. 이러한 점을 감안하면 「최치원」의 구조화에 불교의 세계관이나 불교서사의 작화방식이 작용할 수밖에 없었다. 「수삽석남」 또한 생사초탈의 작화방식을 보인다. 죽은 최항이 첩을 찾아와 사랑을 확인하고, 그 흔적을 현실에서 드러냈기 때문이다. 따라서 이 작품은 초월계를 통한 애정의 성취담이라 할 수 있다. 이러한 작화는 불교서사의 관음 현신과 유사하기에 작화방식의 원천은 불교서사라 할 수 있다. 「김현감호」는『잡보장경』의 우화담·비유담과 같이 호녀와 김현의 사랑 문제를 충격적으로 다루었다. 이 둘은 탑돌이를 통해 만나 사랑하다가 호녀가 죽으면서 발원한 대로 호원사를

창건한다. 그래서 이 작품은 불교의 성물이나 사찰과 관련된 담론이
될 수 있다. 이야기의 형상화에서는 김현과 호녀와의 사랑, 천상인
의 징계 등 초월계가 중시된다. 이는 불교의 윤회관이나 천계관과
연계되었기 때문이다.

  둘째, 승려나 신불자를 문학적으로 형상화한 작품이다. 나말여초
의 상당수 작품은 불교의 관점에서 기승이나 기인을 주요하게 다루
었다. 승려를 입전한 경우에는 득도·성불의 문제를, 신불자를 입전
한 경우에는 불교신앙의 당위성을 역설해 놓았다. 이에 해당하는
작품은 「조신」·「원광서학」·「남백월이성」·「원효불기」 등을 들 수
있다.

  「조신」은 주인공이 승려이거니와 공간 또한 세규사의 장원이다.
뿐만 아니라 낙산의 관음이 개입되어 불교적 성향이 더 농후해졌다.
더욱이 결미에서는 이 이야기를 사찰연기와 연결시켜 불교의 세계
관이나 불교서사의 작화방식을 그대로 따랐다. 다만 실질적인 고충
을 빼어난 문체의 몽사(夢事)로 처리하면서 이상과 현실의 문제를 총
체적으로 거론하였을 따름이다. 「원광서학」은 토착신이라고 할 수
있는 호귀와 원광의 수학에 대한 문제를 극적으로 형상화한 작품이
다. 이 작품은 불교의 세계관이나 불교서사의 작화방식을 원용하면
서 승전과 일반고사를 적절히 교용한 특징이 있다. 「남백월이성」은
부득사와 박박사의 성불문제를 신비하게 다루어 불교서사의 전통을
그대로 수용하고 있다. 다만 부득과 박박이 깨달음을 얻기 위해 번
민하는 장면이나 삽입게송이 전기적 특성을 강화했을 따름이다. 「원
효불기」는 성사 원효의 애정 및 교화문제를 작화한 것으로 승전의
성격을 갖는다. 그래서 불교적인 깨달음의 문제를 대승적인 차원에

서 다룬 작품이라 할 수 있다.

셋째, 사찰을 배경으로 하거나 불교성물을 소재로 활용한 작품이다. 사찰은 신성공간으로 이곳을 배경으로 다양한 이야기가 전개된다. 또한 성물연기담과 같은 것은 불탑이나 불상을 통해 작품이 형상화되기도 한다. 이에 해당하는 작품은 「심화요탑」·「보개」 등을 들수 있다.

「심화요탑」은 사찰과 불탑을 배경 및 제재로 실현 불가능한 사랑문제를 형상화하였다. 고귀한 신분인 여왕을 사랑하던 지귀가 불기둥이 되어 탑과 도성을 불바다로 만드는 것은 신체적·정신적인 다변화를 보이는 불교서사와 흡사하다.[24] 「보개」는 불교의 영험담이 기록문학화된 것으로 볼 수 있다. 이산한 아들을 위해 민장사의 부처에게 발원하여 순식간에 아들을 상봉하는 것은 불교적인 초월담이면서 동시에 관음의 영험성을 부각한 담론이다. 어쨌든 이들은 사찰 성물을 바탕으로 이야기가 형상화되었다.

이상에서 보는 바와 같이 나말여초의 전기 작품은 일부를 제외하고는 불교의 세계관이나 불교인물과 관련되어 있다. 그래서 나말여초 전기의 문학적 특성을 제대로 파악하기 위해서는 불교전기의 관점에서 논의해야 효과를 거둘 수 있다. 이는 어느 작품을 막론하고 작화방식에서 불교서사의 전통이 내재되어 있음을 의미하는 것이기도 하다.

---

24) 불교서사의 특징 중의 하나가 도술을 부리는 것처럼 신분이나 형체를 다변화하는 것이다. '낙산이대성관음정취조신'에서 관음이 여인이나 파랑새 등으로 변화하는 것도 바로 그 때문이다.

4. 불교전기의 문학적 실태

여기에서는 초기 전기의 작화방식을 검토하되, 불교적인 관점에서 살펴보도록 한다. 즉 「조신」·「남백월이성」·「원광서학」의 형상화 방식을 불교전기의 관점에서 검토해 보도록 하겠다. 그렇게 할 때 불교서사가 불교전기의 형성에 끼친 영향관계를 객관적으로 검증할 수 있기 때문이다. 실제로 이들 작품은 내외적으로 불교전기적 특성이 강화되어 있다. 「조신」의 경우 남녀 간의 애정을 통해 불교적 깨달음을, 「남백월이성」의 경우 여성을 대입시켜 득도와 해탈의 문제를, 「원광서학」의 경우 호귀(狐鬼)를 개입시켜 불교적 깨달음과 구제를 다루었기 때문이다. 이제 각각을 불교전기적 관점에서 살피되, 서사의 기축인 구조와 주제 및 표현을 중심으로 고찰하도록 한다.

1) 조신

「조신」은 승려 신분인 조신이 강릉태수 김흔공의 딸을 흠모하여 그녀와 결연하기를 갈망하고, 마침내 꿈속에서 그것이 성사되지만 갖은 고통을 겪다가 각몽 이후에 불교에 귀의하여 불사를 성취한다는 내용이다. 「조신」은 작품 내외적인 상황이 불교전기의 특성을 잘 구유하고 있다. 주인공이 승려일 뿐만 아니라, 몽사의 내용도 불교적인 깨달음을 유도한 것이고 꿈을 깬 다음에 조신이 보이는 행위 또한 신불과 관련되기 때문이다. 그래서 불교전기의 관점에서 이 작품의 구조와 주제 및 표현을 간략하게 검토해 보도록 한다. 먼저 전체 구조를 표로 보인 다음, 전기적 성격을 검토해 보겠다.

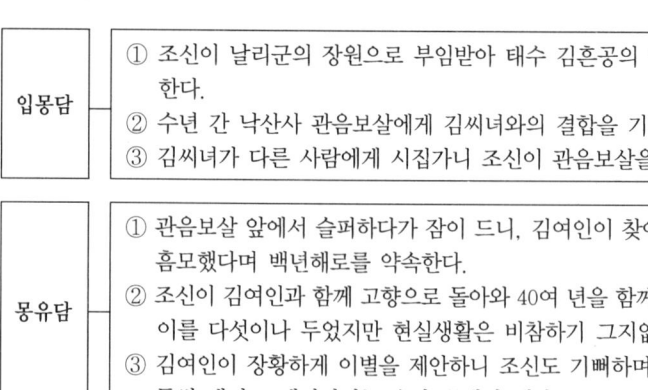

입몽담	① 조신이 날리군의 장원으로 부임받아 태수 김흔공의 딸을 흠모한다. ② 수년 간 낙산사 관음보살에게 김씨녀와의 결합을 기원한다. ③ 김씨녀가 다른 사람에게 시집가니 조신이 관음보살을 원망한다.
몽유담	① 관음보살 앞에서 슬퍼하다가 잠이 드니, 김여인이 찾아와 조신을 흠모했다며 백년해로를 약속한다. ② 조신이 김여인과 함께 고향으로 돌아와 40여 년을 함께 살면서 아이를 다섯이나 두었지만 현실생활은 비참하기 그지없다. ③ 김여인이 장황하게 이별을 제안하니 조신도 기뻐하며 각각 아이 둘씩 데리고 헤어지려는 순간 꿈에서 깬다.
각몽담	① 조신이 꿈에서 깨어나 인간 세상에 대한 탐욕을 버린다. ② 사재를 기울여 정토사를 세우고 불도에 정진한다.

첫째, 서사구조에 대해서이다. 「조신」은 불경의 삼단구성과 흡사하다. 꿈꾸기 전의 상황과 꿈속에서의 활동, 그리고 꿈꾼 후의 내용이 불경의 서분·정종분·유통분과 유사하기 때문이다. 이 삼단구조를 중심으로 이 작품에서는 조신의 신불 문제를 핵심에 두고 있다. 먼저 조신이 김씨녀를 흠모하게 만든 다음, 그 꿈이 좌절되도록 한다. 그러자 조신이 항상 김씨녀와 결연을 염원하던 낙산의 관음을 찾아 원망하게 된다. 원망하던 중 저녁이 되자 조신이 꿈을 꾸고 그 꿈에 김씨녀가 찾아와 그간 자신이 흠모한 것은 조신이라며 백년해로를 다짐한다. 순식간에 결연한 두 사람은 조신의 고향에 돌아가 잠시 동안 행복을 맛보지만, 이어지는 나날은 고통의 연속이다. 자식을 다섯이나 두어 경제적으로 궁핍하게 되고, 말년에는 10여 년간 사방을 유리걸식하기에 이른다. 자식 하나는 굶어죽고, 하나는 개에게 물려 고통을 호소하는 데도 조신 부부는 별다른 방책이 없

다. 이때 김씨녀가 그간의 고통과 젊었을 때의 행복을 대조적으로 말하며 헤어지기를 요구한다.[25) 조신도 제안을 흔쾌히 받아들여 자식을 둘씩 데리고 헤어지려는 순간 꿈에서 깬다. 꿈에서 깬 후 조신은 세속적 욕망을 모두 버리고, 사재를 기울여 정토사를 창건한 후 불도에 전념한다.

이 작품은 조신이 세속적 욕망에 깃든 문제점을 시정하고 불교에 귀의해야 할 당위성을 염두에 둔 구조라 할 수 있다. 다만 불교에 귀의해야 할 당위성을 극적으로 마련하기 위하여 몽사기법을 적절히 활용하였을 따름이다. 즉 꿈에서 세속적인 쾌락이 부질없음을 극단적으로 보여준 후 궁극적으로는 신불을 유도한 것이라 하겠다. 그들이 젊었을 때의 행복한 삶을 굳이 장황하게 설파하지 않은 것도 바로 그 때문이라 하겠다.[26) 핵심적인 사항이 속세에서의 궁핍한 삶과 고통을 드러내는 것이기에 꿈속에서 고향으로 돌아간 조신 부부의 삶에 대해 서술하지 않고 다만 수십 년 후의 고통만 비중있게 다룬 것이다. 그 고통은 헐벗고 굶주림은 물론, 거처조차 정하지 못한 채 떠돌아다니다가 자식이 죽거나 다치는 것으로 나타난다. 사랑하는 사람과의 사이에서 혈육을 얻는 것이 얼마나 큰 고통인지를 여실히 보여줌으로써 무상도의 중요성을 역설적으로 강조한 것이다.

---

25) 김씨녀는 관음과 같이 조신의 신불을 유발하는 인물이라 할 수 있다. 김씨녀는 조신에게 속세의 욕망을 달성시키는 일면, 세속적 고통을 다양하게 체험시킨다. 궁극적으로 조신의 심경변화를 야기하여 신불을 유도하기 때문에 관음의 응신과 유사하게 되었다.

26) 종종 조신과 김씨녀가 만나 아이 다섯을 두기까지의 내용이 생략되어 서사적 맥락이 불충분한 것으로 보기도 한다. 하지만 신불유발이라는 점을 중심에 두면 이러한 내용은 사족이 될 수도 있다. 오히려 필요한 정보만을 제시하여 극적 효과를 노린 것으로 볼 수도 있다.

즉 세속적 쾌락에 대한 환멸을 부각해 놓고, 꿈에서 깨어나 개오·각성하도록 유도한 것이다. 따라서 전체적인 구조는 '세속에 대한 욕망→세속적 삶의 고통→불교에의 귀의'로 짜여 있음을 알 수 있다. 이런 점에서 이 작품은 신불을 유도하기 위해 의도적으로 작화한 전형적인 불교전기라 할 수 있다.

둘째, 주제 형상화의 문제이다. 「조신」은 불교전기인 관계로 숭불이 중심주제로 부각될 수밖에 없었다. 그러한 주제를 효과적으로 부각하기 위하여 여성인물을 등장시킨 것이다. 여성인물인 김씨녀는 관음보살의 화신과 매우 흡사하다. 김씨녀는 빼어난 미인이지만 세속을 떠난 조신이 쉽게 범접할 대상은 아니다. 실제로 그녀가 다른 사람에게 시집을 가서 현실담론만으로는 조신의 소원이 성취될 수 없다. 그러기에 꿈을 통해 모든 문제가 해결되도록 한 것이다. 꿈속에서나마 조신과 김여인이 사랑하며 자식을 두도록 했기 때문이다. 문제는 세속의 삶이 결코 행복하지 않다는 데 있다. 세속적인 욕망을 이루었지만 그 결과는 처참하기 이를 데 없다. 그래서 수십 년이 지난 후에 아주 기쁜 마음으로 헤어지게 된다. 그렇게 함으로써 조신이 승려 본연의 자세로 돌아와 신불로 여생을 마치도록 유도한 것이다. 위와 같은 점을 생각하면 표면적으로 부각된 주제가 불교에의 귀의 및 수도정진이라 할 수 있다. 그러한 의식을 강화하기 위하여 여성인물을 대입시켜 현실의 질곡을 극적으로 부각한 후 불교적 깨달음을 내세운 것이라 하겠다. 속보다는 성의 세계가, 현실적 세계보다는 초월적 세계가 더 중요함을 역설한 것으로, 이는 승려나 신불문사가 궁극적으로 지향하는 핵심이기도 하다. 그렇기 때문에 이 작품은 주제의 측면에서도 자연스럽게 불교전기의 속성을 가질 수밖에 없다.

셋째, 표현문체이다. 「조신」은 불교전기인 만큼 그 표현이 문언문체로 빼어난 면이 있다. 구어체의 설화와는 달리 식자층이 이야기에 관심을 기울인 결과라 하겠다. 이는 중국에서 고문이나 시가의 극성이 전기를 낳은 것과 다를 바가 없다. 실제로 「조신」은 구어체와는 변별되는 세련된 문장구조와 수사법을 동원하고 있다. 해당 부분을 들어보면 다음과 같다.

> 부인은 눈물을 씻으며 창졸히 말했다. "내가 처음 당신을 만났을 때는 얼굴도 아름답고 나이도 젊었으며 입은 옷도 깨끗했습니다. 한 가지 음식이라도 당신과 나누어 먹었으며, 작은 의복이나마 당신과 나누어 입으면서 함께 살아온 것이 어언 50년입니다. 그동안 정은 깊어졌고, 사랑도 굳게 얽혔으니 참으로 두터운 인연이라 하겠습니다. 그러나 근년에 이르러 쇠약해져 생기는 병이 날로 더해지고, 굶주림과 추위가 날로 심해지니 남의 집 곁방살이나 보잘 것 없는 음식조차도 빌어 얻을 수가 없게 되었으며, 천문만호에 걸식하는 부끄러움은 산더미보다 더 무겁습니다. 아이들이 추위에 떨고 굶주려도 이것도 미처 돌보지 못하였는데, 어느 틈에 부부의 정을 즐길 수 있겠습니까? 젊은 얼굴과 어여쁜 웃음도 풀잎에 이슬이요, 굳고 향기롭던 약속도 바람에 나부끼는 버들가지입니다. 이제 당신은 내가 있어 누가 되고, 나는 당신이 있어 더욱 근심이 됩니다. 지난날의 기쁨을 곰곰이 생각해 보니 그것이 바로 우환에 이르는 계단이었습니다. 당신과 내가 어찌하여 이런 지경에까지 왔을까요? 뭇 새가 다 함께 굶어 죽는 것보다는 짝 잃은 난새가 거울을 향하여 짝을 부르는 것이 나을 것입니다. 추우면 버리고 더우면 친한 것은 인정에 차마 할 수 없는 일이지만, 가고 머무는 것은 사람의 뜻대로만 되는 것이 아니고, 헤어지고 만나는 것도 운명이 있습니다. 청컨대 여기서 서로 헤어지기로 합시다."[27]

이 내용은 김씨녀가 조신에게 헤어지기를 청하는 부분이다. 전체적으로 **빼어난** 문장구성과 다양한 수사를 동원하여 구비서사물과는 변별력을 갖게 되었다. 전기가 지식층의 향유물임을 감안할 때, 위와 같은 문체는 전기적 표현으로 합당하다 하겠다. 특히 김씨녀가 헤어져야 할 당위성을 간절하면서도 설득력 있게 피력함으로써, 이 작품의 불교전기적 특성이 한층 더 강화되었다. 세속적인 욕망의 차단과 불교에의 귀의를 이 표현이 밀도 있게 드러냈기 때문이다. 그래서 불교선양을 목표로 했던 불교전기의 자질을 표현문체에서도 확인할 수 있다.

2) 남백월이성

「남백월이성」은 노힐부득과 달달박박의 성불경쟁담을 점층적인 기법으로 형상화한 것이다. 즉 훌륭한 집안의 두 인물이 출가하여 식솔과 함께 나날을 보내던 중 더 큰 깨달음을 얻고자 속세와 절연한다. 그러다가 관음보살의 도움으로 각각 미륵불과 미타불로 화하여 목적한 바를 달성한다. 특히 두 인물이 더 큰 깨달음을 얻기 위해 서원하는 부분은 불교전기적 특성을 잘 드러낸다 하겠다. 내용을 요약하고 서사구조와 주제 그리고 표현문체를 차례대로 살펴보도록 한다.

---

27) 婦乃[皺]澁拭涕 倉卒而語曰 子之始遇君也 色美年芳 衣袴稱鮮 一味之甘 得與子分之 數尺之煖 得與子共之 出處五十年 情鐘莫逆 恩愛稱繆 可謂厚緣 自比年來 衰病歲益深 飢寒日益迫 傍舍壺漿 人不容乞 千門之恥 重似丘山 兒寒兒飢 未遑計補 何暇有愛悅夫婦之心哉 紅顔巧笑 草上之露 約束芝蘭 柳絮飄風 君有我而爲累 我爲君爲足憂 細思昔日之歡 適爲憂患所階 君乎子乎 奚至此極 與其衆鳥之同餒 焉知隻鸞之有鏡 寒弃炎附 情所不堪 然而行止非人 離合有數 請從此辭.(『삼국유사』 권제3 탑상 제4).

출가담	① 백월산의 동쪽 선천촌(仙川村)에 풍체와 골격이 범상치 않은 노힐부득과 달달박박이 산다. ② 이들은 20세가 되자 마을 동북쪽 법적방(法積房)에 가서 승려가 되었으나 부인과 자식을 거느리며 생업을 겸한다. ③ 세속의 공간에서 행복을 맛보지만, 부처가 되어 연지화장(蓮池花藏)에서 노니는 것만 못하다고 생각할 때 하늘에서 금빛 팔이 내려와 어루만져 백월산 무등곡(無等谷)으로 인도한다.
수행담	① 박박사는 북쪽 판방(板房)에서 미타불을, 부득사는 동쪽 뇌방(磊房)에서 미륵불을 간구하며 지낸다. ② 3년이 못되어 20여 살의 미인이 찾아와 유숙하기를 원할 때 박박은 박대하여 내쫓고, 부득은 출산과 목욕을 도와 성불한다. ③ 박박이 부득을 찾아 부처가 된 내력을 알고, 자신도 남은 물에 목욕하여 미타불이 된다.
성불담	① 산 아래 사람들이 이 말을 듣고 우러러 감탄하니, 그들은 불법의 요지를 말하고 구름과 함께 사라진다. ② 백월산에 남사를 창건하고 미륵과 미타불을 각각 안치한다.

첫째, 서사구조이다. 「남백월이성」의 구조는 '출가→수행→성불'의 단계를 보인다. 특히 출가의 단계를 둘로 나누어 수행의 정도를 점진적으로 드러냈다. 그런 다음 관음화신을 통해 두 인물 모두 성불·득도하는 것으로 결말을 맺었다. 먼저 출가수행의 문제를 심층적으로 다루기 위해 단계화하였다. 첫 단계에서는 노힐부득과 달달박박의 가계나 두 인물의 특출함을 말하고, 그들이 법적방으로 출가하여 수행하는 것을 들었다. 이 단계는 신불을 실천하되 여전히 속세의 공간에 머물게 했다. 그래서 깨달음의 경지에 이르기 위한 초기 단계를 마련한 것이라 하겠다. 여기에서는 부인과 가족을 거느리고 생업을 겸하면서 수행할 따름이다. 하지만 이 수행은 속

세와 완전히 절연하지 못해 궁극적인 깨달음에 이르기가 쉽지 않다. 그래서 둘은 더 큰 서원으로 고민하게 되고, 이에 화답하여 하늘에서 금빛 팔이 내려와 머리를 쓰다듬는다. 비록 꿈에서의 일이지만 두 사람이 똑같이 경험한 이적이라서 이들은 속세의 모든 것과 절연하고, 깊은 산중으로 두 번째 출가를 단행한다.

백월산 무등곡으로 들어선 이들은 각기 판방과 뇌방을 마련하고 3년 가까이 수행·정진한다. 이 두 번째 단계의 출가를 통해 성불할 개연성이 마련된다. 두 번째 단계에서 수행의지가 점강되어 속세의 행복을 포기하고, 불도에 깊이 침잠하기 때문이다. 이때 그들의 수행 정도를 알아보기 위해 관음화신인 여인이 두 거처를 찾아온다. 먼저 박박사를 찾으니, 그는 성소에 여인을 들일 수 없다며 돌려보낸다. 할 수 없이 여인이 부득을 찾아가니 부득은 중생의 고난을 생각하며 그녀를 맞이한다. 여기서 더 나아가 그녀의 해산을 돕고 목욕까지 돕는다. 그러한 대승적인 마음 때문에 그는 미륵불이 될 수 있었다. 박박은 이튿날 부득의 파계를 보겠다며 찾아와 그 성불을 알고, 스스로의 편협된 마음을 다잡아 역시 미타성불한다. 두 인물이 성불하자 인근의 사람이 몰려와 찬탄하고, 국가적인 사업으로 백월산에 남사를 창건하여 미륵과 미타불을 안치한다.

이 작품의 사건구조는 출가와 관련된 제반 사항을 마련한 다음, 수행 정도를 여성인물을 통해 확인하고 있다. 「조신」에서는 여성인물이 조신의 신불의지를 강화했다면, 이 작품에서는 관음화신인 여인이 두 인물의 정진 정도를 확인하고 있다. 이렇게 성불하기까지의 이야기가 마무리되자 성불 후의 사정을 후일담처럼 덧붙였다. 그래서 이 작품의 전체구조는 성등정각의 문제를 화두로 설정하고,

그것을 향해 정진하는 과정을 단계적으로 밟아나간 것이라 할 수 있다. 이처럼 이 작품은 불교적 깨달음의 문제를 단계적·복합적으로 형상화하여 불교전기의 특성이 강화될 수 있었다.

둘째, 주제구현의 문제이다. 이 작품은 관음신앙을 근저에 두고 성불에 대한 문제를 다루었다. 물론 표면적인 주제는 불도에 정진하여 성등정각하는 것이라 하겠다. 그런데 그러한 목표에 도달하기 위해서는 대중을 먼저 생각하고 이타행을 꾸준히 실천해야 가능할 수 있다. 즉 대승적인 심성으로 수행정진할 때 비로소 소기의 목적을 거두게 되는 것이다. 이 작품에서는 그러한 문제를 여인의 방문을 통해서 확인하고 있다.

먼저 여인이 박박을 찾았을 때, 박박은 그녀의 유숙을 거부한다. 신성한 공간에 여성을 들일 수 없다는 편협한 생각 때문이다. 어두운 밤에 그것도 20여 세의 젊은 여인을 자신의 성불을 위해 배척한 것이다. 반면에 부득은 중생의 고통을 먼저 헤아려 여인을 받아들임은 물론, 어려운 여건 속에서도 출산과 목욕이 가능하도록 도왔다. 그러한 결과 부득은 여인의 목욕물에 힘입어 성불하게 된다. 대승적인 이타행의 실천으로 그의 원반한 수노행이 확인되고, 이것이 그가 성불할 수 있는 원천이 되었다. 이튿날 찾아온 박박도 자신의 편협된 마음의 문제점을 반성하여 늦게나마 성불하게 된다. 그래서 이 작품의 주제는 대중적인 이타행의 실천으로 성등적각을 이루는 것이라 할 수 있다. 이는 이미 신라 말에 만연했던 대중불교적 특성이 반영된 결과라 할 수 있다. 그러기에 이 작품은 관음신앙을 근저로 미륵·미타성불의 문제를 심도있게 그린 불교전기라 할 만하다.

셋째, 표현문체이다. 「남백월이성」의 표현문체도 깨달음의 문제를 곡진하게 그려 전기적 특성이 다수 반영되었다. 이는 이미 신불문사나 승려층에서 불교적인 깨달음의 문제를 문언문 위주로 제작유통시켰음을 의미하는 것이다. 특히 이 작품은 몇 편의 삽입시가 반영되어 전기적 특성이 강화되어 있다. 잘 아는 것처럼 삽입시가는 불경에서 연원하여 다양한 서사장르에 영향을 끼쳤다. 대표적인 것이 전기인데, 이 작품도 삽입시가로 인해 전기의 산운교직체를 구비하고 있다. 여기에서는 깨달음의 문제를 깊이 고민하는 부분만 인용해 보도록 한다.

> 이들은 모두 처자와 함께 살면서 산업을 경영하고 서로 왕래하며 정신을 수양하고 편안히 마을을 기르며 속세를 떠날 마음을 잠시도 폐하지 않았다. 그들은 몸과 세상의 무상함을 느껴 서로 말했다. "기름진 밭과 풍년 든 해는 참으로 좋은 것이지만, 의식이 마음대로 생기고 자연히 배부르고 따뜻함을 얻는 것만 못하다. 또 부녀와 집이 참으로 좋으나, 연지화장에서 여러 부처가 앵무새나 공작새와 함께 놀면서 서로 즐기는 것만 못하다. 더구나 불도를 배우면 응당 부처가 되고, 참된 것을 닦으면 반드시 참된 것을 얻는 데에 있어서랴. 지금 우리들은 이미 머리를 깎고 중이 되었으니 마땅히 몸에 얽매어 있는 것을 벗어 버리고 무상의 도를 이루어야 할 것인데, 어찌 이 풍진 속에 파묻혀 세속 무리들과 같이 지내서야 되겠는가."[28]

---

28) 皆挈妻子而居 經營産業 交相來往 棲神安養 方外之志 未常暫廢 觀身世無常 因相謂曰 腴田美歲良利也 不如衣食之應念而至 自然得飽煖也 婦女屋宅情好也 不如蓮池華藏千聖 共遊鸚鵡孔雀 以相娛也 況學佛當成佛 修眞必得眞 今我等旣落彩爲僧 當脫略纏結 成無上道 豈宜汨沒風塵 與俗輩無異也 遂唾謝人間世 將隱於深谷 夜夢白毫光自西而至 光中垂金色臂 摩二人頂 及覺說夢 與之符同 皆感嘆久之 遂入白月山無等谷(三國遺事 권3, 탑상 제4).

위의 표현은 노힐부득과 달달박박이 자신들이 처한 현실을 말하는 부분이다. 전반적으로 구어적 특성보다는 문어적 성격이 강하며, 직접화법보다는 작가가 내용을 정리·기술한 듯한 인상이 짙다. 이를테면 기록자이든 창작자이든 간에 노힐부득과 달달박박이 다짐하는 내용을 서술한 것으로 보인다. 이러한 표현은 단순한 설화문체보다는 의도된 문언문체, 즉 전기의 문체로 보아야 하겠다. 내용 또한 세속과 극락에서 누리는 행복을 주밀하게 비교해 놓았다. 즉 즉흥적인 언술이 아니라 전체적으로 의도된 문장 구성이라 할 수 있다. 게다가 인물 간의 대화 역시 전기에서 보편적인 문체이다. 따라서 이 작품은 내용 및 표현에서 불교전기의 자질이 확보되어 있음을 알 수 있다.

3) 원광서학

「원광서학」은 호귀의 도움으로 원광이 불법을 익히고, 중생을 구제하는 문제를 형상화한 작품이다. 앞의 작품에서는 여성인물이 신불이나 성불과 관련되었는데, 이 작품은 호귀를 대상으로 원광의 수학과 깨달음의 문제를 다루었다. 이때의 호귀는 앞에서처럼 관음일 수도 있고, 불교 전래 이전부터 있었던 토착신일 수도 있다. 어쨌든 이러한 인물을 개입시켜 서사기법이 다변화될 수 있었다. 이 작품의 불교전기적 특성을 구조와 주제 및 문체로 나누어 살펴보도록 한다.

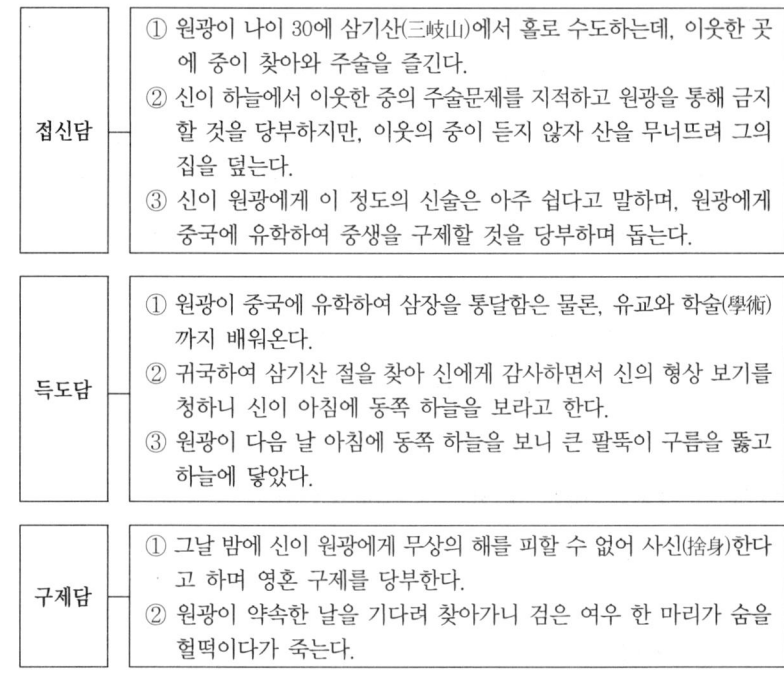

접신담	① 원광이 나이 30에 삼기산(三岐山)에서 홀로 수도하는데, 이웃한 곳에 중이 찾아와 주술을 즐긴다. ② 신이 하늘에서 이웃한 중의 주술문제를 지적하고 원광을 통해 금지할 것을 당부하지만, 이웃의 중이 듣지 않자 산을 무너뜨려 그의 집을 덮는다. ③ 신이 원광에게 이 정도의 신술은 아주 쉽다고 말하며, 원광에게 중국에 유학하여 중생을 구제할 것을 당부하며 돕는다.
득도담	① 원광이 중국에 유학하여 삼장을 통달함은 물론, 유교와 학술(學術)까지 배워온다. ② 귀국하여 삼기산 절을 찾아 신에게 감사하면서 신의 형상 보기를 청하니 신이 아침에 동쪽 하늘을 보라고 한다. ③ 원광이 다음 날 아침에 동쪽 하늘을 보니 큰 팔뚝이 구름을 뚫고 하늘에 닿았다.
구제담	① 그날 밤에 신이 원광에게 무상의 해를 피할 수 없어 사신(捨身)한다고 하며 영혼 구제를 당부한다. ② 원광이 약속한 날을 기다려 찾아가니 검은 여우 한 마리가 숨을 헐떡이다가 죽는다.

첫째, 서사구조이다. 이 작품의 서사구조 또한 크게 세 단계로 나눌 수 있다. 먼저 '원광의 수학과 호귀의 조력→대당 유학과 불교 수학→권능의 확보와 구제활동'으로 나눌 수 있다. 따라서 전체구조가 상구보리 하화중생임을 알 수 있다. 실제로 도입부에서는 원광이 삼기산에서 수행정진할 때, 호귀가 하늘에서 소리를 내어 원광의 수행을 긍정적으로 평가한다. 반면에 이웃한 중에 대해서는 정도로 신불하지 않음을 경계하다가 징벌한다.[29] 이후 호귀의 조력으로 원광은 자신이 소원했던 당나라 유학을 단행할 수 있었다.

---

29) 따라서 이때의 호귀는 귀족불교를 옹호하는 것으로 볼 수도 있다. 원광은 귀족불교를 지향했고, 원효·대안·혜공 등은 하화중생의 대중불교를 지향했다. 이웃한 중의 주술은 아무래도 염불 위주의 수행이 아니었을까 한다.

당나라에 유학해서는 불법은 물론 유학이나 학술까지 통달하게 된다. 그래서 무한한 권능을 가진 인물로 재탄생하여 귀국한다. 돌아온 원광은 호귀에게 고마워하면서 그의 진면목을 보자고 청한다. 호귀가 이에 부응해 자신의 권위와 능력이 하늘에 닿은 것처럼 보인다. 그럼에도 불구하고 호귀는 윤회를 벗어나지 못해 영혼의 구제를 원광에게 부탁한다. 이는 호귀보다 원광의 권능이 상위에 있음을 드러낸 것이다.

따라서 이 작품의 전체구조에서 중시되는 인물은 호귀이다. 호귀를 불교전래 이전부터 있었던 토착신이라고 할 때, 원광이 이 호귀를 능가하는 것은 불교가 그만큼 확고한 위치에 올랐음을 의미하는 것이다. 이는 원광의 능력을 확대해서 보인 것이기도 하다. 따라서 이 작품은 원광의 신불수행 및 중생구제를 구조화한 일면, 그 기저에는 토착신앙과 불교의 대립 및 호응관계를 다룬 것이기도 하다. 원광을 내세워 불교가 굳건한 위치에 올라 있음을 의도적으로 작화했다는 점에서 전기적 자질을 생각할 수 있다.

둘째, 주제의식이다. 이 작품의 가시적인 주제는 원광의 득도 및 구제라 힐 수 있다. 그래시 다분히 불교의 신앙을 목직으로 입진했음을 알 수 있다. 하지만 그 이면에는 「보양이목」·「묵호자」에서처럼 불교의 안착과 신불의 필요성을 강조한 것이기도 하다. 그러한 사정을 호귀와 원광의 상호 조력을 통해서 알 수 있다. 첫 단계에서는 호귀가 무한한 능력으로 원광을 돕는다. 원광보다 우위에서 원광의 수행정진을 칭찬하는가 하면, 절대적인 힘으로 이단적인 신앙행위를 척결하기도 한다. 또한 원광이 당나라에서 불법을 익히고 돌아오도록 돕기도 한다. 모두 토착신앙과 관련된 호귀가 우월성을 드러내는 것이라 할 수 있다. 그런데 자신의 능력이 아무리 커도 불교의 윤회전생에서 자유로울 수는 없었다. 그래서 원광에게 자신의 영혼을 구제해줄 것을 당부한다. 이는 불교가 토착신앙보다 우위에 있음을 말하는 것이면서 동시에 원광의 권능이 호귀를 능가하게 되었음을 밝힌 것이기도 하다. 불교전래 이래 지속적인 경쟁관계에서 불교가 우월한 지위에 서게 되었음을 드러낸 것이라 하겠다.

이 작품의 표면적 주제는 상구보리 하화중생이다. 하지만 기저에는 토착신앙과 불교의 융화 내지 경쟁관계를 중시했음을 알 수 있다. 물론 그 경쟁의 승자는 불교가 될 수밖에 없었고, 그러한 관계를 의도적으로 작화하여 신불의 당위성을 마련한 것이라 하겠다. 따라서 이 작품은 불교가 대중적인 기반을 다지면서 토착신앙을 아우르는 양상을 호귀와 원광을 통해 보인 것이라 할 수 있다. 즉 외래종교가 토착종교를 아우르면서 궁극적으로는 외래종교인 불교의 우월성을 강조한 것이라 하겠다. 그래서 이 작품은 신불문사나 승려층이 불교를 신앙해야 할 당위성을 염두에 두고 작화한 것이라 할 수 있다.

셋째, 표현문체이다. 이 작품의 표현은 「원광법사」 조목의 다른 문체와 변별된다. 마치 「낙산이대성관음정취조신」에서 「조신」만이 빼어난 문체를 자랑하는 것처럼 이 작품도 같은 조목의 다른 문체와는 변별된다. 전반적으로 서사문체로 대화가 큰 비중을 차지하면서 사건전개에 힘을 더한다. 의도된 대화기법을 통해 박진감 넘치는 문체가 되도록 한 것이다. 해당부분을 들어보면 다음과 같다.

원광법사가 밤에 홀로 앉아서 불경을 외우고 있는데 느닷없이 신이

그의 이름을 부르며 말하였다. "그대의 수행이야말로 참으로 훌륭하고
훌륭합니다. 대개 수행하는 사람이 아무리 많아도 제대로 하는 사람은
드물지요. 그런데 지금 이웃에 사는 중을 보니 주술이야 제법 닦은 듯
보이지만, 얻은 것은 없을 것입니다. 수행한답시고 시끄러운 소리만 내
니 남의 정념을 방해하기만 할 뿐이지요. 더구나 그가 엉덩이를 붙이고
사는 곳은 내가 항상 다니는 길인지라 방해가 적지 않습니다. 지나다닐
때마다 미운 생각이 부쩍 커지는구려. 그러니 법사께서 나를 위해 그
사람에게 말하여 다른 곳으로 옮기도록 해주시오. 만일 계속 거기 눌러
붙어 있으면 내가 무슨 죄를 저지를지 모르겠습니다." 이튿날 법사가
가서 말하였다. "내가 어젯밤 신의 말을 들었는데, 아무래도 스님께서
다른 곳으로 옮기는 것이 좋겠습니다. 그렇지 않다가는 큰 곤욕을 치를
겁니다." 그러자 그 승려가 말하였다. "수행이 지극한 사람도 마귀 따
위의 말에 홀리는가 보지요? 법사는 어찌 그런 호귀의 말 때문에 근심
하십니까?" 그날 밤 신이 다시 오더니 물었다. "내가 한 말을 듣더니
뭐라고 대답하던가요?" 법사는 신이 노여워할까 두려워 정직하게 대답
하지 못하였다. "아직 말은 전하지 못했습니다. 하지만 말을 한다면 어
찌 따르지 않겠습니까." 신은 표정을 바꾸더니 말하였다. "내가 벌써
다 들었는데 법사는 어찌 말을 보태서 하십니까. 그냥 잠자코 내가 하
는 것만 지켜보시지요." 말을 마치자 가버렸는데, 한밤중에 벼락 치는
듯한 굉음이 울려 퍼졌다. 다음날 날이 밝아 달려가 보니, 산은 무너졌
고 승려가 살던 절은 흔적도 없이 묻혀버렸다. 신이 다시 오더니 말하
였다. "법사가 보시기에 어떻습니까?" 법사가 대답하였다. "몹시 놀라
고 두려웠습니다."[30]

---

30) 法師夜獨坐誦經 忽有神聲呼其名 善哉善哉 汝之修行 凡修者雖衆 如法者稀有 今見
隣有比丘 徑修呪術而無所得 喧聲惱他靜念 住處礙我行路 每有去來 幾發惡心 法師
爲我語告 而使移遷 若久住者 恐我忽作罪業 明日法師往而告曰 吾於昨夜有聽神言 比
丘可移別處 不然應有餘殃 比丘對曰 至行者爲魔所眩 法師何憂狐鬼之言乎 其夜神又
來曰 向我告事 比丘有何答乎 法師恐神瞋怒而對曰 終未了說 若强語者 何敢不聽 神
曰 吾已具聞 法師何須補說 但可黙然見我所爲 遂辭而去 夜中有聲如雷震 明日視之

인용한 내용은 호귀가 원광의 정진을 훌륭하다고 칭찬하면서 이
웃한 중의 주술을 못마땅하게 여겨 징계하는 곳이다. 그런데 그 표
현이 남다른 데가 있다. 호귀가 원광을 칭찬하는 말이 구어적 특성
보다는 문어적 성격이 강한 일면, 문장 또한 비교적 수려한 편이다.
더욱이 다른 조목의 문체가 경직된 데 반해 이곳의 문체는 자연스
럽게 전개된다. 이는 이미 확보된 문언문체를 전사하여 나타난 특
징이라고 할 수 있다. 그리고 이어지는 대화의 내용도 간명하되 의
도한 바를 명확하게 적시하고 있다. 그래서 전반적으로 사건전개에
탄력이 붙는다. 이 역시 기왕에 확보되었던 문언문체를 그대로 준
용한 때문이라 할 수 있다. 이로 인해 이 작품은 표현에서도 전기적
자질이 확보되어 있음을 알 수 있다.

5. 불교전기의 통시성과 소설사적 의의

중국의 경우 전기가 발생할 여건이 다층적으로 충족되어 있었지
만 우리의 경우 육두품 출신의 문사층이나 중국전기의 영향 정도가
전기의 자양이 될 수 있었다. 다행히 여기에 문학적인 토대로 불교
서사가 다양하게 구비되어 있었다. 그런 점에서 우리의 전기를 확
인하기 위해서는 당시에 성행했던 불교서사를 검토하지 않을 수 없
다. 이들이 대중포교의 목적에서 또는 문예적 욕구의 충족에서 완
정성을 추구하였고, 이 완정된 이야기 구조가 전기에 영향을 끼친

山頹塡比丘所在蘭若 神亦來曰 師見如何 法師對曰 見甚驚懼(『三國遺事』 意解 제5,
'圓光西學'.

것으로 볼 수 있기 때문이다. 이는 우리의 소설사를 체계화하는 데 불교전기를 도외시할 수 없음을 의미하는 것이기도 하다. 실제로 불교전기는 초기소설사에서 중추적인 기능을 담당하였다. 그러한 사정은 현전하는 전기를 일별해 보면 쉽게 알 수 있다.

중국 전기의 다양성과는 달리 우리는 불교전기가 중심을 이루면서 초기 소설사의 계통을 확보하고 있다. 이는 중국전기와 우리의 전기가 변별되는 점이라 하겠다. 바로 이 점 때문에 불교전기가 우리의 소설사상에서 중요한 위치를 점유하게 된 것이다. 실제로 나려대의 주요 전기 작품을 보면 그 구조는 물론 표현방식이나 주제의식까지 불교적인 세계관이 반영되어 있다.

잘 알듯이 중국에 불교가 들어옴으로써 허구·가공의 이야기문학이 크게 발전한 것처럼 우리도 불교가 유입되고부터 이야기문학에 변화를 가져와 허구·가공적인 세계가 문학적으로 다양하게 형상화되었다.[31] 그래서 불교서사의 이러한 모습이 전기, 특히 불교전기에 크게 영향을 끼친 것으로 볼 수 있다. 전기의 문학사적 위상을 운위할 때 불교서사나 불교전기를 비중있게 다루어야 하는 이유도 여기에 있다. 이는 불교서사나 불교전기를 기축으로 초기 소설사를 파악해야 그 실상에 부합함을 의미하는 것이기도 하다.

이제 불교서사에서 파생된 전기, 특히 불교전기의 소설사적 위상을 조망해 보도록 하겠다. 먼저 『수이전』 일문과 『삼국유사』·『삼국사기』 소재 작품을 토대로 전기의 추이와 사적 위상을 살펴야 하겠다. 『수이전』은 해당 일문이 『필원잡기』·『해동고승전』·『삼국유사』

---

31) 「원광서학」·「보양이목」과 같은 것이 전래의 이야기에 불교의 세계관이 가미되면서 독특한 이야기로 형상화된 것이라 할 수 있다.

·『삼국사절요』·『태평통재』·『대동운부군옥』·『해동잡록』 등에 실려 있거니와, 『삼국유사』는 불교설화가 다수인 가운데 불교전기가 몇 몇 실려 있다. 『삼국사기』 열전에도 유교와 관련된 전기 작품이 몇 편 실려 있다. 이들이 초기 전기의 실상을 보이는 대표적인 전적이라 할 수 있다. 따라서 초기 소설사를 운위하기 위해서는 이들 전적에 수록된 작품의 변폭을 헤아리는 것이 무엇보다 중요하다.

『수이전』 일문이나 『삼국유사』에는 초월적 세계를 다룬 전기가 다수이다. 이에 해당하는 작품으로, 「최치원」·「조신」·「수삽석남」·「심화요탑」·「원광서학」·「남백월이성」·「김현감호」 등을 들 수 있다. 『삼국사기』 소재 작품으로는 「온달」·「도미」 등을 들 수 있다. 그런데 위의 작품 중에서 불교전기로 논의할 수 있는 것이 「최치원」·「조신」·「수삽석남」·「심화요탑」·「원광서학」·「남백월이성」·「김현감호」 등이다. 이를 감안하면 우리 전기의 상당수는 불교와 관련되어 있음을 알 수 있다. 이는 불교전기가 우리의 초기소설사에서 차지하는 위상을 말하는 것이기도 하다. 실제로 위에서 제시한 불교전기는 공시적인 유통에 그치지 않고, 통시적으로도 확산·유통되었다. 즉 이들이 나말여초에 형성되었을지라도 고려나 조선조의 문헌에 재수록되면서 식자층의 관심을 지속적으로 모았다. 그래서 이러한 작품은 후대의 전기가 다변화될 수 있는 초석으로 기능했다.

나말여초의 전기는 그 작화방식이나 내용상의 특성이 다변화되면서 고려대의 전기로 재창조되기에 이른다. 즉 고려대의 전기가 생성·유통되는 밑바탕으로 나말여초의 전기가 작용한 것이다. 고려대에 승려층이나 신불문사가 불경을 가장하여 다양한 전기를 창작할 수 있었던 것도 바로 이러한 전통 때문이다. 고려대에는 승전이나 위경계 전기를 다수 확인할 수 있다. 대표적인 것으로 「균여전」이나 『석가여래십지수행기』를 들 수 있다. 「균여전」은 전기적 특성이 다수 반영되어 소설로 이행하는 과도기적 특성을 보인다. 이에 반해 『석가여래십지수행기』 소재 「금우태자전」·「선우태자전」은 소설적 구성이 돋보이는 불교전기라 할 수 있다. 이들은 곧바로 조선 초에 들어와 국문으로 변용되면서 국문전기의 태두로 자리하게 된다. 즉 『월인석보』 소재의 이야기문학이 국문불교전기의 실상을 다양하게 보이고 있다. 대표적인 것으로 「선우태자전」·「금우태자전」·「안락국태자전」 등을 들 수 있다. 그런가 하면 『금오신화』 소재 「용궁부연록」·「이생규장전」·「만복사저포기」와 『기재기이』의 「안빙몽유록」·「하생기우전」·「최생우진기」 등에서 불교의 세계관을 확인할 수 있다. 이렇게 찬집형태로 꾸준히 유통되는 가운데 「왕랑반혼전」과 「부설전」 등이 개별적으로 전승되기도 했다. 따라서 불교전기를 통해 우리 소설사의 체계화도 가능할 수 있다. 이는 불교전기의 문학사적 위상이 남다름을 의미하는 것이기도 하다.

6. 결론

이상으로 불교서사의 작화방식을 토대로 전기의 형성 문제를 검토한 다음, 전기의 개황과 불교전기의 문학적 실태를 고찰하였다. 이를 토대로 불교전기의 문학사적 위상을 살펴보았다. 지금까지 논의한 내용을 결론 삼아 요약·정리하면 다음과 같다.

첫째, 불교서사의 작화방식을 토대로 전기가 생성될 수 있었다.

불교서사는 시공을 초월함은 물론, 기이한 사건을 생사를 초탈해 다루는 특징이 있다. 이는 모두 불교의 윤회전생이나 세계관에서 기인한 것이다. 이러한 불교서사가 대중적으로 확산·유통되면서 이 야기문학이 정제될 수 있었다. 그래서 전기도 이러한 불교서사의 작화방식을 원용해서 생성된 것으로 볼 수 있다. 실제로 전기의 작화방식도 불교서사의 그것과 큰 차이를 보이지 않는다. 초월적인 시공간을 바탕으로 생사를 넘나들면서 사랑과 성불의 문제를 곡진하게 다루었기 때문이다. 따라서 전기는 완정된 불교서사의 작화방식을 준용하면서 형성된 것으로 볼 수 있다.

둘째, 전기를 개괄한 결과 불교전기가 큰 비중을 차지한다. 한국의 전기는 『수이전』 일문이나 『삼국사기』·『삼국유사』 등에서 찾을 수 있다. 대체로 이들에 실린 전기는 애정·종교·신기·기인을 다루었다. 그 중에서도 불교와 관련된 전기가 다수를 차지한다. 애정이나 종교는 물론, 신기나 기인과 관련된 전기의 다수도 불교전기의 범주에 들기 때문이다. 불교전기를 다시 하위유형으로 나누면, 불교의 세계관을 형상화한 것, 승려나 신불자를 입전한 것, 불교의 성물을 소재로 한 것으로 나눌 수 있다. 이렇게 불교와 관련된 작품은 초기 전기의 대부분이 해당되기 때문에 불교전기가 초기 전기의 주종이라 해도 과언이 아니다.

셋째, 불교전기는 문학적으로 다양한 의미를 함장하고 있다. 불교전기의 문학적 실태를 「조신」·「남백월이성」·「원광서학」을 들어 고찰해 보았다. 그러한 결과 각 작품에서는 공히 깨달음이나 성불의 문제를 주요하게 다루었다. 먼저 전체구조를 도입·전개·종결부로 나누되, 종결부에서 신불·득도가 이루어지도록 구조화하였다.

그런가 하면 주제도 속보다는 성을, 속세보다는 신성계를 비중있게 다루면서 성불문제를 심각하게 형상화해 놓았다. 특히 각각의 작품이 구어체와는 변별되는 문어체 위주의 표현을 지향하여 전기적 성격이 강화되어 있다.

넷째, 불교전기는 초기소설사에서 비중있는 위치를 점유하고 있다. 앞에서도 말한 바와 같이 한국의 초기 전기는 불교전기가 지배적인 위치를 차지한다. 그래서 초기의 불교전기가 한국소설사의 태두를 장식한다고 해도 과언이 아니다. 그런데 이 불교전기는 나말여초의 소설사를 장식함은 물론, 그들이 통시적으로 확산되면서 후대의 이야기문학에 상당한 영향을 끼쳤다. 그래서 고려대의 불교전기가 다변화될 수 있었고, 그러한 전통이 조선 초의 국문전기는 물론, 『금오신화』 등의 한문전기에도 많은 영향을 끼쳤다. 이로 볼 때 불교전기는 초기 소설사의 체계를 확립하여 통공시적으로 중요한 의의를 갖는다 하겠다.

제3장 불교담론의 소설적 전승

프롤로그

이 글은 불교서사에서 일반적인 적강화소가 고전소설의 적강화소에 영향을 끼친 사정을 통시적으로 추적한 것이다. 그간 고전소설에서 주요하게 활용되는 적강화소를 건국신화나 무속신화에서 기원한 것으로 이해해 왔다. 하지만 시기적인 문제나 작품에 나타나는 적강화소의 동질성 등을 감안할 때 불교서사의 적강화소가 고전소설에 영향을 준 것으로 보아야 타당하다. 실제로 다른 장르의 적강화소보다 불교서사의 적강화소가 고전소설의 그것과 잘 부합된다. 이는 불교서사의 오랜 전통이 고전소설로 계승·확대되었음을 뜻하는 것이기도 하다.

1. 서론

고전소설은 영웅소설뿐만 아니라 다양한 유형의 작품에서 주인공을 적강인물로 형상화하고 있다. 특출한 인물에 대한 비범성을 고양하는 방편으로 적강화소를 적극적으로 활용한 까닭이다. 이와 같은 전통은 건국신화나 서사무가는 물론 불교서사에서도 확인된다. 건국신화에서는 군사귀족이 자신들의 지위를 높이고 치자(治者)로서의 당위성을 마련하기 위하여 천손(天孫)임을 강조했거니와 서사무가에서도 천상을 설정하고 주인공의 왕래를 그려 신성성을 부각하였다. 불교에서는 다양한 세계를 윤회전생하는 이야기가 일반화되어 천상에서 지상으로의 강림이 다수 확인된다.[1]

문제는 위와 같이 천계(天界)를 다루는 이야기 중에서 어떠한 것이 고전소설의 적강화소에[2] 영향을 끼쳤는가 하는 점이다. 적강화소의 전통이 확인되어야 고전소설에서 자주 활용되는 관념적·초월적 세계관을 이해하는 데 도움이 되거니와[3] 고전소설의 통시성을 파악하는 데도 유용하기 때문이다. 이는 고전소설이 기왕의 서사방식을 받아들여 조선후기의 상황에 맞게 전형화한 사정을 검토하는 일환이기도 하다.

그간 고전소설에 나타나는 적강모티프를 건국신화와 견주어 살피는 것이 일반적이었다. 고전소설이 건국신화처럼 적강화소에다 삼대담의 구비는 물론, 영웅인물이 투쟁을 통해 목적한 바를 달성하기 때문이다.[4] 하지만 미시적인 관점에서 보면 건국신화와 고전소

---

1) 도교계의 서사에서도 일사전을 통해 승천·시해와 관련된 담론이 생겼다.(박희병, 「이인설화와 신선전(1)」, 일지사, 1988, 25~53쪽과 최삼룡, 「조선 전기소설의 도교사상」, 사재동 편, 『한국서사문학사의 연구』, 중앙문화사, 1995, 1203~1210쪽 참조).

2) 적강화소는 특정한 인물이 천상에서 지상으로 내려오는 이야기를 의미한다. 기왕의 논의에서도 이 명칭으로 쓴 바 있어 제시해 둔다.(성현경, 『한국소설의 구조와 실상』, 영남대학교출판부, 1986와 성현경, 「우리 문학 속의 적강화소와 외국 문학 속의 적강화소 대비연구」-「구운몽」과 「실락원」을 중심으로, 『모산학보』 제1집, 동아인문학회, 1990, 177~216쪽).

3) 조동일, 『한국문학통사』 4판 2권, 지식산업사, 2007.

설의 적강화소는 동질성 못지않게 이질성 또한 분명하다.[5] 마찬가
지로 서사무가에 나타나는 적강화소도 건국신화와 궤를 같이하여
고전소설의 그것과 일정한 거리가 있다. 이에 반해 불교의 다양한
세계를 그린 불전서사의 적강화소는 고전소설의 적강화소와 아주
긴밀하게 연결된다.[6] 이러한 점을 감안할 때 적강화소의 기원에 대
하여 좀 더 구체적으로 살펴볼 필요가 있다.

그간의 연구에서는 이와 같은 문제를 거론하여 어느 정도 성과를
거둔 것이 사실이다. 하지만 원론적인 측면에서 신화·전설·민담 등
과 연계·논의했기 때문에 고전소설에 나타난 적강화소의 연원을 실
증적으로 다루지 못한 아쉬움이 있다.[7] 따라서 적강화소를 다룬 기왕
의 서사물을 고전소설의 그것과 종합적으로 비교·검토하면서 고전소
설의 적강화소가 어느 것에서 연원했는지 파악할 필요가 있다.

---

4) 김재용, 「영웅소설의 두 주류와 원천」, 『한국언어문학』 제22집, 한국언어문학
   회, 1983, 167~186쪽.
   오출세, 「영웅소설과 민간신앙의 구조」, 『한국어문학연구』, 전, 제19집, 한국어
   문학연구학회, 1983, 33~58쪽.
   고재석, 「영웅소설의 신화적 사유와 그 서사기능의 변이양상-꿈과 변신 모티프
   를 중심으로」, 『한국문학연구』 제9권, 동국대학교 한국문학연구소, 1986,
   67~119쪽.
   윤경수, 「고소설에 나타난 단군신화의 수용양상」, 『단군학연구』 1, 단군학회,
   1999, 189~224쪽.
   윤경수, 「단군신화와 한국문학과의 관계 양상-고소설과 현대문학의 수용을 중
   심으로」, 『비교민속학』 19집, 비교민속학회, 2000, 331~359쪽.
   김용재, 「고소설 인물 출생담의 기능과 의미 고찰-영웅소설, 애정소설을 중심
   으로」, 『어문론집』, 중앙어문학회, 36집, 2007, 111~136쪽.
5) 이는 적강인물과 적강상황에 대한 묘사에서 차이를 보인다. 이에 대해서는 뒤
   에서 상술하도록 한다.
6) 김진영, 『고전소설의 전통과 변이』, 태학사, 2006, 169~175쪽.
7) 성현경, 『한국소설의 구조와 실상』, 영남대학교출판부, 1986.

이에 이 글에서는 먼저 고전소설에 나타나는 적강화소를 주요 작품을 들어 검토하고, 이어서 고전소설보다 선행하여 적강화소를 다룬 서사물을 살펴보도록 한다. 이를 토대로 고전소설과 친연성을 갖는 적강화소를 찾아 그 의미를 통시적인 측면에서 검토하도록 하겠다. 이는 결국 고전소설에 나타난 적강화소의 기원을 탐색하고, 그 의미를 역사성을 감안하여 찾는 작업이 되겠다.

2. 고전소설에 나타난 적강화소의 실태

1) 적강요소와 유형

고전소설에 나타난 적강화소의 세부내용을 기자발원·적강태몽·신이출산·출산원조로 나눌 수 있다. 이 네 가지가 순차적으로 배치되는가 하면, 이 중 일부를 활용하여 적강화소를 마련하기도 한다. 각각의 내용을 살펴보면 다음과 같다.

첫째, 기자발원이다. 여기에서는 경제적인 여유와 사회적인 지위를 확보한 명문거족의 한 부부가 남부러울 것 없이 지내다가 일점혈육이 없어 한스러워한다. 특히 자신들이 무자하여 조상들에게 봉제사할 수 없음을 큰 죄로 인식하고[8] 득자를 위하여 다양한 방편으로 발원한다. 명산대천에 치성을 드리기도 하고, 제단을 마련하여 정성을 드리기도 한다. 또한 사찰에 시주하며 부처에게 빌기도 한다.

둘째, 적강태몽이다. 여기에서는 부인의 꿈에 천상적 존재가 내

---

8) 이는 유교적인 관념이 강화되면서 나타난 것으로 보인다. 기자발원과 관련된 담론을 그 이전의 서사에서는 쉽게 확인할 수 없기 때문이다.

려와 자신의 신분과 적강하게 된 내력을 밝힌다. 그들의 존재는 여성의 경우 선녀가, 남성의 경우 선관이 가장 많지만, 용·봉황·범 등의 신성한 동물로 내려오기도 한다. 또한 유성이나 문곡성·태을 성과 같은 별이나 특별한 꽃으로 내려오기도 한다. 물론 이들이 내려올 때는 오색구름이 드리우고, 무지개가 뜨는 등 상서로운 징후가 농후하다.

셋째, 신이출산이다. 여기에서는 적강인물이 출생할 때 다양한 이적이 일어난다. 출생한 인물은 대부분 기골이 장대하거나 기질이 비상하다. 주인공들은 기자발원을 통해 태어나기 때문에 일부를 제외하고는 무남독녀·무녀독남이다. 이들이 태어나는 날은 비범함을 강조하기 위해 사월초파일인 경우가 많다.[9] 또한 출산에 임박하면 산모의 집에 오색구름이 덮이거나 서기가 비치고, 산실에는 향내가 진동한다.

넷째, 출산원조이다. 여기에서는 출산 후에 특별한 인물이 내려와 산모와 아이를 돕는다. 출산과정에서 적강한 조력자는 대부분 천상의 선녀로서,[10] 이들은 향수로 아이를 직접 씻기는가 하면, 주변 사람들에게 씻길 것을 당부하기도 한다. 또한 과일을 가지고 내려와 향탕수로 씻어 산모에게 먹이기도 한다.[11] 그런가 하면 아이의 천상내력이나 지상에서의 운명과 배필을 알려주기도 한다. 이러한 임무가 마무리 되면 천상으로 복귀한다. 이를 도식화하면 [표1]과 같다.

---

9) 이는 부처의 출생과 관련된 것으로 보아야 하겠다. 때로는 7월 15일인 경우도 있는데, 이는 부처가 강림한 날로 마야부인의 태몽일이다.

10) 불교의 적강담에서는 옥녀(玉女)가 그 역할을 맡기도 한다.

11) 불전에서 호명보살이 투태한 후에 마야부인도 천상의 음식을 먹는다.

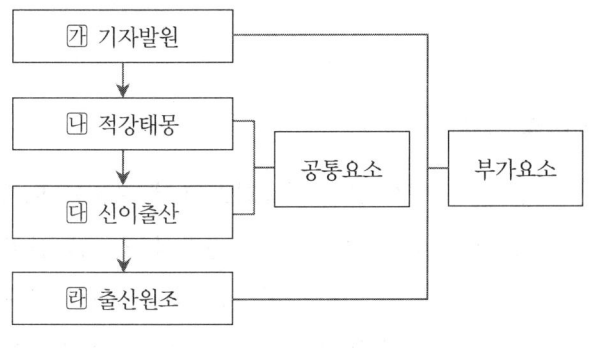

[표1] 고전소설의 적강화소

고전소설의 적강화소에는 이 네 요소가 선별적으로 활용되어 유형을 이룬다. 이들의 활용 정도에 따라 적강화소의 유형을 크게 셋으로 나눌 수 있다. 네 요소 모두를 구비한 '기자발원-적강태몽-신이출산-출산원조형', 앞의 것에서 출산원조가 삭제된 '기자발원-적강태몽-신이출산형', 그리고 적강화소의 핵심만을 다룬 '적강태몽-신이출산형'이 그것이다.12) 이렇게 나눈 것은 신성성의 강약에 따른 것으로, 네 요소를 모두 갖춘 것이 신성성의 자질이, 일부 요소만 갖춘 것이 현실적인 상황이 강조된 것이라 하겠다.13) 시기적으로는 부가요소를 아우른 것이, 공통요소만 갖춘 것보다 앞설 확률

---

12) 물론 적강화소를 이렇게 셋으로 단정할 수는 없다. 「김원전」(경판 30장본)의 경우 특이하게 적강태몽―출산―출산원조를 구비하였기 때문이다. 문제는 이러한 구조가 이 작품에서만 확인되어 별도 유형으로 묶기가 어렵다는 점이다. 다만 위의 셋은 방각본 60여 종을 살핀 결과 다수에서 확인되어 유형으로 설정할 만했다.

13) 신성성과 일상성을 기준으로 적강화소의 우선순위를 따진다면 신성성을 가진 것이 고형에 해당될 수 있다. 그렇다고 그것이 창작 연대와 일치되는 것은 아니다. 고전소설이 짧은 기간에 공시적으로 확장되었기 때문에 적강화소만을 가지고 창작의 선후를 구분할 수 없기 때문이다. 아무래도 작자의 창작의식이나 창작기법의 경향에 따라 적강화소도 달리 구현된 것으로 보아야 하겠다.

이 더 높다.

2) 유형별 실태

여기에서는 앞 항에서 살핀 적강화소의 네 요소를 토대로 유형을
설정한 다음, 각 유형에 해당하는 고전소설 작품을 살펴보도록 하
겠다. 즉 기자발원·적강태몽·신이출산·출산원조를 토대로 유형을
셋으로 나눈 다음, 각 유형에 해당하는 작품을 선정하여 적강화소
의 실태를 살펴보도록 하겠다.

(1) 기자발원―적강태몽―신이출산―출산원조형

이 유형은 자식이 없음을 걱정하던 부부가 기자치성을 드리자,
득죄한 천상의 인물이 내침을 당했다며 찾아와 복 중에 드는 꿈을
꾼다. 마침내는 열 달이 되어 서기가 비치고, 향내가 진동하는 가운
데 아이를 출산한다. 출산할 때 천상의 선녀가 하강하여 출생한 아
이의 천상내력이나 지상의 배필을 확인해준다. 이어서 조력자가 아
이를 향수로 씻기거나 산모를 돕고 표연히 사라진다. 그래서 이 유
형은 신성성과 함께 초월성을 다수 갖게 되었다. 이 유형에 해당하
는 작품으로 「숙향전」·「백학선전」·「유충렬전」 등을 들 수 있다.

　　「숙향전」 : 김생 부부가 자식이 없어 명산대천에 치성을 드린다. 하
　루는 부인이 달이 떨어지면서 금 두꺼비가 품으로 들어오는 꿈을 꾼다.
　이때부터 태기가 있어 열 달 후인 사월 초파일에 오색구름이 집을 두르
　고 향내가 진동하는 가운데 아이를 낳는다. 아이를 낳자 선녀 둘이 촉
　을 들고 부인의 방으로 들어가니 방 안에 상서로운 기운이 가득하다.

선녀가 유리병의 향수를 기울여 아이를 씻겨 누이며, 아이의 적강내력을 말하고 이름을 숙향으로 지으라고 당부한 후 표연히 떠난다.[14]

「백학선전」: 유상서 부부가 아이가 없어 걱정하며 후원에 단을 쌓아 밤마다 기자치성을 드린다. 하루는 부인이 잠깐 조는 동안에 서쪽으로부터 오색구름이 일어나며 옥동자가 백학을 타고 내려온다. 동자는 천상(天上)에서 죄를 얻어 헤매다 북두칠성의 인도로 찾아왔다고 말한다. 그 달부터 태기가 있어 열 달 후 아이를 낳는다. 이때 한 쌍 선녀가 하늘에서 내려와 부인에게 아이의 배필을 알려주고 작은 병의 향수로 아이를 씻겨 누인 후 사라진다. 유상서가 아이의 이름을 백로라 짓는다.[15]

「유충렬전」: 유주부 내외가 자식이 없어 제물을 갖추어 남악산에서 치성을 드린다. 하루는 부인의 꿈에 오운이 영롱한 가운데 천상으로부터 한 선관이 청룡을 타고 내려온다. 그 선관은 득죄로 상제께서 내쳐 갈 바를 몰라 하다 남악산 신령이 부인 댁으로 지시하기로 왔다고 말한다. 이 달부터 태기가 있어 십 삭 후에 방안에 향내가 나고 문 밖에 서기가 비치는 가운데 아이를 낳는다. 이때 한 선녀가 내려와 향탕수의 효능을 말한 다음, 향탕수로 씻은 과일을 부인에게 먹이고 아이를 채금 속에 누인 후 구름을 타고 사라진다.[16]

이 유형은 적강화소에서 요구되는 '기자발원'·'적강태몽'·'신이출산'·'출산원조' 모두를 아울러 신성성이 뚜렷하다. 먼저 적강화소에서 핵심이 되는 '적강태몽'과 '신이출산' 이외에도 부가요소로 볼 수

---

14) 「숙향전」 64장본, 巴里東洋語學校本 戊午十月治洞新刊本.
15) 「백학선전」 경판 24장본.
16) 「유충렬전」 완판 86장본.

있는 '기자발원'과 '출산원조'가 첨입되었다. 이들 중 '기자발원'은 고전소설에 와서 일반화된 것으로 볼 수 있다. 전대의 서사에서는 고전소설에서처럼 기자발원과 관련하여 주목할 만한 내용이 없기 때문이다. 따라서 기자발원은 조선조의 사회제도나 종교사상과 유관한 것으로 볼 수 있다.17) 이 유형에는 '출산원조'도 구비되어 있는데, 이는 적강화소와 관련된 고형의 자질이라 할 수 있다. 천상의 선녀가 하강하여 산모를 돕는 것 자체가 아무래도 초월성·신성성이 강하기 때문이다.

(2) 기자발원－적강태몽－신이출산형

이 유형은 앞에서와는 달리 천상선녀의 산파역이 사라졌다. 그래서 앞에서 본 유형보다는 현실적인 담론이 될 수 있었다. 그럴지라도 출산과정에서 나타나는 신비한 기운은 여전하다. 전반적으로 기자치성을 드리거나 보시를 통하여 득자의 당위성을 마련한 다음, 꿈을 통해 천상적 존재가 적강·입태하고, 이어서 오색구름이 뜨거나 서기가 비치는 가운데 아이를 출산한다. 이 유형은 첫 번째 유형에서 산모를 돕는 산파가 빠져 현실적으로 있을 법한 내용으로 적강화소를 마련했지만, 적강인물을 신비하게 다루는 것은 변함이 없다. 이 유형은 기자발원, 꿈을 통한 감응과 신비한 출산이 핵심이라 하겠다. 해당 작품으로 「소대성전」·「심청전」·「춘향전」·「용문전」·「이대봉전」·「장경전」·「장백전」 등을 들 수 있다.

---

17) 잘 아는 것처럼 조선조는 유교사회라서 조상이 살아계실 때는 효행을, 사후에는 봉제사를 중시했다. 특히 봉제사 때문에 자식이 없으면 조상에게 큰 죄를 짓는 것으로 인식했다. 그러한 전통이 소설의 세계에 영향을 주어 서사기법으로 정착된 것이라 하겠다.

「소대성전」 : 소상서 부부가 아이가 없어 걱정하던 차에 한 승려가 찾아와 시주를 권한다. 소상서가 기꺼운 마음으로 시주하며 아이 갖기를 발원한다. 며칠 후 부인의 꿈에 천지가 아득하고 벼락이 진동하는 가운데 청룡이 토한 기운이 동자로 변하여 찾아온다. 동자는 자신이 동해 용자(龍子)인데 득죄로 상제가 내쳐 갈 바를 모르다가 부처님의 지시대로 왔다고 말한다. 그 달부터 태기가 있어 열 달 후 옥동자를 낳으니 얼굴이 장대하다. 소상서가 아이 이름을 대성이라 짓는다.[18]

「심청전」 : 심학규와 곽씨부인이 자식이 없어 걱정하다가 온갖 영험한 곳에 기자치성을 드린다. 갑자년 사월 초파일 꿈에 상서로운 기운이 어리고 무지개가 영롱한 가운데 한 선녀가 학을 타고 내려온다. 그 선녀는 서황묘의 딸로 득죄하여 갈 바를 모르다가 태행노군과 후토부인·제불보살·석가여래님의 지시로 찾아왔다고 말한다. 이로부터 열 달이 되어 난데없는 향내가 방에 가득하고, 오색 무지개가 둘러 정신이 가물가물한 가운데 심청을 낳는다.[19]

「춘향전」 : 성참판과 월매가 자식이 없자 지리산 상봉에 단을 모아 치성을 드린다. 이후 한 꿈에서 서기가 반공(半空)하고 오채 영롱하더니 일위 선녀 청학을 타고 내려온다. 그녀는 천상에서 득죄하여 상제가 진토에 내치매 갈 바를 모르다가 두류산 신령의 지시로 찾아왔다고 말한다. 이후 태기가 있어 열 달이 되어 향기 만실(滿室)하고 채운이 영롱한 가운데 춘향을 낳는다.[20]

「용문전」 : 용훈 부부가 슬하에 자녀가 없어 한탄하다가 태항산 천축사의 불전에 축원한다. 일일은 부인 관씨가 일몽을 얻으니 동해 동자가

18) 「소대성전」 완판 43장본.
19) 「심청전」 완판 71장본.
20) 「춘향전」 완판 84장본.

찾아온다. 그는 옥황에게 득죄하고 세상에 내쳐 갈 바를 모르다가 천축
사 세존의 지시로 찾아왔다고 말한다. 그때부터 태기가 있어 십칠 삭
만에 생남하니 명인(名人)의 풍도를 닮았다. 이에 용훈이 이름을 문이
라고 짓는다.[21]

「이대봉전」: 이익 부부가 명망이 자자하나 슬하에 혈육이 없어 고민
할 때 한 승려에게 시주하며 자식을 발원한다. 그 달부터 태기 있어 열
달이 되자 일일은 몸이 곤하여 침석에 졸더니 비몽사몽간에 천상으로
부터 봉황이 내려와 부인의 품에 든다. 집안에 향취와 오운이 영롱한
가운데 활달한 기남자를 낳는다. 몽사를 생각하여 이름을 대봉이라 짓
는다.[22]

「장경전」: 장생부부가 자식이 없음을 한탄하다가 천축사에 가서 일
주야를 극진히 공양하고 돌아온다. 이 날 부인의 꿈에 천축사 부처가
와서 귀자를 점지하며 잘 기르라고 말한다. 그 달부터 태기 있어 열 달
만에 일개 옥동을 낳으니 얼굴이 관옥 같은 기남자이다. 장생은 이름을
경이라고 짓는다.[23]

「장백전」: 장공부부가 무자함을 서러워하다가 두루 정성을 드린다.
일일은 일위 노승이 육환장을 짚고 찾아와 권선을 청한다. 장공이 기꺼
이 보시하고 득자를 발원한다. 부인의 꿈에 한 노승이 나타나 천상 유
성으로 상제께 득죄하여 인간에 내치니 금강사 부처의 지시로 찾아왔
다고 말한다. 그 달부터 잉태하여 십 삭이 되자 향내 진동하는 가운데
옥동을 낳아 이름을 백이라 한다.[24]

---

21) 「용문전」 완판 38장본.
22) 「이대봉전」 완판 85장본.
23) 「장경전」 경판 25장본.
24) 「장백전」 경판 28장본.

이 유형은 '기자발원'·'적강태몽'·'신이출산'을 구비하였다. 모든 유형에 공통적으로 나타나는 '적강태몽'과 '신이출산' 이외에도 '기자발원'이 첨부된 것이다. 앞에서도 말한 것처럼 '기자발원'을 첨부한 것은 자식의 중요성을 말하는 일면, 주인공 가문의 출중함을 드러내기 위한 방편이기도 하다. 즉 사회적·경제적·문화적인 측면에서 부족함이 없는 명문거족이 자식 문제로 걱정하다가 기자발원을 통해 자식을 얻도록 한 것이다. 따라서 이 유형은 공통적인 요소에 부가적인 요소 일부가 갖추어져, 첫째 유형과 마지막 유형의 중간적인 성격을 갖게 되었다. 이 유형은 '출산원조'의 신성성을 거세하고 인식 가능한 범주에서 기자화소를 마련한 것으로 볼 수 있다.

(3) 적강태몽―신이출산형

이 유형은 적강화소 중에서 가장 축약된 것으로 태몽을 통해 특출한 아이를 얻는 것이 핵심이다. 이와 같은 화소는 현재에도 얼마든지 가능하다. 다만 그 꿈을 통해 적강하는 인물의 신분이나 적강상황이 어느 정도 신비성을 드러낼 따름이다. 그래서 이 유형은 신성성이 상당수 거세되고 현실성이 더 강화되었음을 알 수 있다. 하지만 주인공을 부각하기 위해 출산과정을 신비하게 마련했음은 물론, 몽사에서도 관념적인 특성이 다수 내재되어 있다. 이에 해당하는 작품으로 「쌍주기연」·「장풍운전」·「장화홍련전」·「홍길동전」·「설인귀전」·「장한절효기」 등을 들 수 있다.

「쌍주기연」: 상서부부가 꽃구경을 한 후 돌아온다. 피곤한 부인이 꿈을 꾸니 한 동자가 하늘에서 내려와 절한다. 그 동자는 태을성으로 득죄하여 인간세상에 내려오니 망월사 부처가 지시하여 왔다고 말한다. 그 달부터 태기가 있어 열 달 후에 한 줄기 무지개가 공중으로부터 부인의 침실에 드는 가운데 뛰어난 사내아이가 태어난다. 상서가 아이의 이름을 천흥이라고 짓는다.[25]

「장풍운전」: 장희와 부인 양씨가 부요하게 지냈지만 자식이 없어 슬퍼한다. 하루는 양씨의 꿈에 하늘에서 선관이 내려온다. 선관은 자식이 없어 슬퍼함을 옥제(玉帝)께서 어여삐 여겨 귀한 아들을 점지했다고 말한다. 그 달부터 태기가 있어 열 달 만에 옥동자를 낳으니 시랑이 아이의 이름을 풍운이라 짓는다.[26]

「장화홍련전」: 배무용이 일점혈육이 없음을 매양 슬퍼한다. 하루는 부인 강씨가 병풍에 의지하여 잠드니 한 선관이 하늘로부터 내려와 꽃송이를 주는데, 그 꽃이 광풍에 의하여 물속에 빠진다. 그 달부터 잉태하여 열 달이 지나 방안에 향취가 진동하는 가운데 예쁜 여아를 낳는다. 좌수가 이름을 장화라 짓는다.[27]

「홍길동전」: 승상이 난간에서 잠깐 졸더니 문득 청룡이 물결을 헤치고 머리를 들어 고함치며 승상의 입으로 들어오는 꿈을 꾼다. 이에 승상이 시비 춘섬과 원앙지락을 이룬다. 그 달부터 태기가 있어 열 달이 차자 거처하는 방에 오색 운무가 영롱하며 향내 기이하더니 혼미 중에 기남자를 낳는다. 승상이 이름을 길동이라 짓는다.[28]

「설인귀전」: 원외의 부인 장씨가 잉태하여 해산날이 가까울 때 하루

25) 「쌍주기연」 경판 32장본.
26) 「장풍운전」 경판 27장본.
27) 「장화홍련전」 경판 28장본.
28) 「홍길동전」 완판 36장본.

는 원외가 일몽을 꾼다. 꿈에 이마 흰 범이 집으로 달려들어 깬다. 이후 원외의 집에 오운이 덮였을 때 부인이 순산 생남한다. 원외가 아이의 명을 인귀라 짓는다.[29]

「장한절효기」 : 장필한의 부인 한씨가 일몽을 얻으니 천문이 열리며 선관이 내려온다. 선관은 한나라 어사 태부 범방의 아들로 원통히 죽어 옥제가 하계에 점지하되, 청주산령이 지시대로 왔다고 말한다. 과연 잉 태 십 삭에 일개 옥동을 생하니 기질이 비상하다. 학사 부부가 대희하 며 이름을 영이라 짓는다.[30]

이 유형은 '적강태몽'과 '신이출산'을 활용한 것이다. 현실적으로 가능한 범주에서 적강화소를 마련했음을 알 수 있다. 앞의 두 유형 에서는 기자발원이 있었는데, 이 유형에서는 그마저도 빠졌다. 그러 한 동인은 소설의 작자가 합리성을 깊이 생각한 때문이다. 실제로 앞의 두 유형에서 여성이 기자발원을 요구하면 남성이 무용론을 들 고 나온다. 그러다가 마지못해 부인의 뜻에 따라 기자발원을 실행한 다. 이렇게 이미 부정적인 인식이 있었기에 소설의 창작 및 전승 주 체가 그것을 배제한 것으로 볼 수 있다. 기자발원까지도 회의적인 시각으로 보았기 때문에 천상의 선녀가 하강하여 산파가 되는 것은 더더욱 인정할 수 없었다. 다만 주인공의 위신력 제고는 가상적·가 공적인 꿈에 의탁하여 처리했을 따름이다. 이러한 사정으로 이 유형 은 적강화소의 공통요소인 꿈과 출산만을 비중 있게 다루었다.

---

29) 「설인귀전」 경판 30장본.
30) 「장한절효기」 경판 29장본.

3. 문학장르별 적강화소의 전통

1) 건국신화류

건국신화는 개국조의 본풀이에 해당된다. 개국조에 대해 남다르게 형상화할 필요성 때문에 그들을 천상적 존재로 그렸다.[31] 천상적 존재임을 적극적으로 드러내기 위해 북방계 건국신화에서는 적강화소를 비교적 다채롭게 활용하지만, 남방계 신화에서는 상징적으로 처리하여 개국조가 천상인물임을 짐작할 따름이다.

첫째, 「단군신화」의 적강화소이다. 「단군신화」에서는 환웅의 적강화소가 실려 있다. 환웅이 지상에 뜻을 두자 아버지 환인이 천부인을 주어 적강하도록 한다. 고전소설에서는 지상의 인물이 발원하여 적강하지만, 「단군신화」에서는 천상인물의 의지에 따라 내려온다. 이는 불전의 도솔래의상과 흡사한 것으로, 적강인물의 우월성을 부각한 것이기도 하다. 적강과 관련된 내용을 보면 다음과 같다.

> 환인의 서자인 환웅이 인간 세상에 뜻을 둔다. 환인은 삼위태백(三危太白)이 이롭게 할 만하다고 보아 환웅에게 천부인(天符印)을 주어 내려 보낸다. 환웅이 무리 3천 명을 거느리고 내려와 태백산의 신단수 아래에다 신시를 연다. 환웅은 풍백·우사·운사를 거느리고 곡식·수명·질병·형벌·선악 등을 주관하며 교화한다. 이때 혼인할 상대가 없는 웅녀가 신단수 아래에서 아이 배기를 축원한다. 환웅이 임시로 변하여 그녀와 결혼해서 단군왕검을 낳는다.[32]

---

31) 건국신화나 불교서사에서 신적 존재의 강림은 엄밀히 말해 적강이라 할 수 없다. 인간의 교화 및 구제라는 원대한 꿈을 가지고 자발적으로 내려오기 때문이다. 그래서 천상에서 득죄하여 지상으로 내침을 당하는 고전소설의 적강(謫降)과는 다소의 차이가 있다.

이상의 내용이 적강과 관련된 부분이다. 특히 고전소설의 적강과 밀접한 부분은 환웅이 무리 3천을 거느리고 삼위태백으로 내려오는 장면이다. 그런데 이 적강에서는 오색구름이 덮이거나, 서기가 비치거나, 무지개가 뜨거나, 꽃비가 내리는 등의 신비한 현상이 나타나지는 않는다. 이는 고전소설의 적강과 변별되는 요소라 하겠다. 뿐만 아니라 천상에서 결정한 후 자의적으로 적강하기 때문에 지상 인물의 몽사도 개입될 여지가 없다. 다만 고전소설에서 종종 애용되던 기자모티프가 웅녀를 통해 확인될 따름이다. 그리고 단군이[33] 고전소설의 주인공처럼 적강해야 하는데, 그러한 내용을 환웅의 이야기에서 다루고 있다. 이와 같은 점 때문에 「단군신화」는 고전소설의 적강과 거리가 있다.

둘째, 「동명신화」의 적강화소이다. 「동명신화」는 「단군신화」보다 서사적 긴장감이 더하고, 내용 또한 영웅의 투쟁을 다루어 주목되는 바가 크다. 특히 천제의 아들인 해모수가 지상으로 내려와 정사를 돌보기 때문에 적강화소가 비교적 다채롭다. 그렇지만 고전소설과는 달리 주인공인 주몽에 대한 적강화소는 이렇다 할 것이 없다. 적강화소와 관련된 부분을 요약하면 다음과 같다.

천제는 아들 해모수를 부여왕의 옛 도읍터에 내려 보내 놀게 한다. 해모수가 오룡거(五龍車)를, 종자 백여 인이 백곡(白鵠)을 타고 하늘에서 내려온다. 이때 채색 구름이 뜨고 구름 속에서 음악이 들린다. 해모수가 아침에 정사(政事)를 듣고 저녁이면 하늘로 올라가 세상에서 그를

---

32) 이병도 역주, 『삼국유사』 '고조선', 명문당, 1987, 27~28쪽.
33) 단군은 1천 5백 년 동안 나라를 다스리고, 1천 9백 8세에 아사달에서 산신이 된다. 이는 고전소설의 주인공이 천상회귀를 하는 것과는 다르다.

천왕랑(天王郞)이라 했다.[34] 해모수가 유화를 붙잡은 후에 하백을 찾아가 도술로 천제의 아들임을 확인받는다. 하백은 해모수와 유화를 결혼시켜 함께 승천시키려 하지만, 해모수가 유화를 남기고 혼자 떠난다. 하백이 유화를 쫓아내자 금와왕이 그녀가 천제자(天帝子)의 비임을 알고 별궁에서 거처하도록 한다. 유화가 햇빛을 받고 임신하여 신작(神雀) 계해 하사월에[35] 주몽을 낳는다.[36]

이상에서 보듯이 「동명신화」는 고전소설의 주인공격인 주몽보다는 그 아버지인 해모수의 적강화소를 비중 있게 다루었다. 그래도 해모수가 수시로 지상을 왕래하면서 보인 적강모티프는 고전소설의 그것과 유사한 점이 없지 않다. 다수인이 적강하며, 적강할 때 채색 구름이 뜨고, 음악이 구름 속에서 들리는 것이 고전소설 주인공의 적강 또는 출생상황과 유사하기 때문이다. 반면에 고전소설의 주인공격에 해당하는 주몽과 관련된 적강화소는 상징성이 강해 상황묘사가 미미하다. 다만 유화가 햇빛을 받아 잉태하여 주몽을 낳았다는 데서 적강모티프를 짐작할 따름이다. 이를테면 결혼한 유화를 두고 홀로 승천한 해모수가 천상에서 햇빛을 통해 유화가 잉태하도록 한 것이라고 생각할 뿐이다. 따라서 「동명신화」의 적강화소는 적강인물의 측면에서 볼 때 고전소설의 적강화소와 이질성을 보인다.

셋째, 「박혁거세」·「김알지」·「김수로왕신화」이다. 「박혁거세」의 경우 하늘로 올라간 흰 말을 통해서, 「김알지」의 경우 흰 닭을 통해서, 「김수로」의 경우 하늘에서 내려온 자색 줄을 통해서 적강모티프

---

34) 일찍이 「동명신화」를 기록한 「광개토대왕릉비」나 『위서』에는 해모수와 천제가 등장하지 않는다.
35) 불전의 비람강생상에서 불타의 출생도 4월이라고 하였다.
36) 이병도 역주, 위의 책, '고구려', 32~33쪽.

를 짐작할 수 있다. 모두 하늘과 관련되는 것을 들어 천상강림을 상 징했기 때문이다.

　진한의 여섯 부족장이 군왕을 맞고자 높은 곳에 올라 남쪽을 바라본 다. 그때 양산 기슭의 나정(蘿井) 가에 이상한 기운이 비치고 흰 말이 절을 한다. 찾아가서 보니 자줏빛 알이 있었다. 사람을 본 흰 말은 길게 울며 하늘로 올라간다. 알에서 사내아이가 나오니 새와 짐승이 더불어 춤추고 하늘과 땅이 흔들리고 해와 달이 청명하다. 아이의 이름을 박혁 거세라 하였다.[37]

　호공(瓠公)이 월성 서쪽 시림에서 큰 빛이 나는 것을 본다. 자줏빛 구 름이 하늘로부터 땅까지 뻗쳐 있고, 구름 속에 황금 궤가 나뭇가지에 걸려 있다. 그 궤에서 빛이 나고 흰 닭이 나무 밑에서 울고 있었다. 호 공의 안내로 왕이 친히 가서 궤를 열어보니 남자아이가 나왔다. 이름을 알지라 하였다.[38]

　후한의 세조 광무제 건무 18년 임인에 북쪽 구지에서 수상한 소리가 났다. 구간과 마을 사람들 2-3백 명이 모였다. 그들에게 하늘에서 막 대로 땅을 파며 군왕을 맞으라고 한다. 구간들이 지시에 따르자 얼마 후 하늘에서 자주색 줄이 드리워 땅에 닿았다. 줄 끝에 보지기로 싼 금 합이 있었고, 그 속에 알이 여섯 있었다. 그것을 아도간의 집에 두었다 가 13일 후에 여니 어린아이가 나왔다. 세상에 처음 나타났다고 하여 이름을 수로(首露) 또는 수릉(首陵)이라 하였다.[39]

　세 신화는 공통적으로 적강화소를 우회적·상징적으로 나타냈다.

37) 이병도 역주, 위의 책, '신라시조 혁거세', 35~36쪽.

38) 이병도 역주, 위의 책, '김알지 탈해왕대', 38~39쪽.

39) 이병도 역주, 위의 책, '가락국기', 81~87쪽.

「박혁거세」에서는 흰 말이 승천하는 것으로, 「김알지」에서는 하늘에서 내린 자줏빛 구름과 흰 닭이, 「김수로」에서는 하늘에서 내린 자색 줄이 모두 천상강림을 상징적으로 보이고 있다. 이들은 부계가 중시되는 사회가 되자 모계사회의 지모신 이야기에다 천상강림을 덧보탠 것으로 볼 수 있다. 그래서인지 이들에서는 적강화소와 관련된 구체적인 장면이 나타나지 않는다. 다만 적강 및 출생과 관련된 이적을 통해 적강화소를 유추할 따름이다. 이는 고전소설의 적강 요소인 기자발원-적강태몽-신이출산-출산원조와는 상당한 차이를 보인다. 건국신화에 나타난 적강화소를 도식화하면 [표2]와 같다.

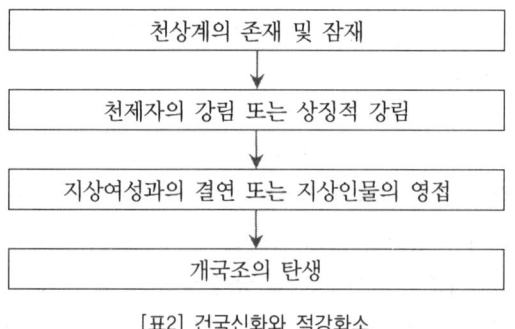

[표2] 건국신화와 적강화소

[표2]에서 보는 것처럼 건국신화에서는 천상세계가 존재한다. 그래서 「단군신화」에서는 환인이 서자를 보내 신시를 열도록 했고, 「동명신화」에서는 천제가 해모수를 지상에서 놀게 했다. 이 천제자들이 지상에 내려올 때는 고전소설의 적강화소와 흡사한 면이 없지 않다. 하지만 고전소설에서는 적강이 모두 꿈으로 형상화되는 반면에, 건

국신화에서는 그러한 요소가 현실상황으로 인식된다. 또한 고전소설에서는 주인공이 적강하는 데 반해, 건국신화에서는 주인공의 아버지가 적강하여 지상 여성과의 사이에서 주인공을 낳는다. 그래서 고전소설의 적강화소가 한 인물과 관련된 순차적 구조인 데 반해, 건국신화는 두 인물에 걸쳐 적강화소가 병치되어 나타난다. 이는 신화와 고전소설이 같은 적강화소를 활용하면서도 구조나 표현, 그리고 적강인물 면에서 차이를 보이는 것이라 하겠다.

2) 서사무가류

서사무가는 문학적인 형상화가 돋보이고, 우리의 다양한 이야기문학과 관계된다는 점에서 주목할 만하다. 특히 원형적인 이야기라는 점에서 관심을 끌지만 반드시 그러한지에 대해서는 더 고민할 필요가 있다. 불전서사나 고전소설에서 차용한 것으로 보이는 작품이 더러 있기 때문이다. 그럴지라도 다양한 서사무가가 우리의 이야기문학의 형성·발전에 일조한 사실을 부인할 수는 없다.

실제로 서사무가 중 「송당본향당본풀이」의 문곡성은 어렸을 때 아버지의 미움을 사서 철궤에 갇혀 버려지지만 전공을 세우고 돌아와 통치권을 장악한다. 그래서 궤에 갇혀 떠돌다 신라에 표착한 탈해나 타국에서 고난을 겪은 주몽과 유사한 면이 없지 않다. 「제석본풀이」에서는 당금애기가 중의 자식을 잉태·출산하여 고통받는 것이 「동명신화」의 유화와 관련되거니와 「삼공본풀이」의 가믄장아기가 마퉁이와 결혼하여 발재한 후 맹인이 된 부모를 광명의 세계로 인도한 것은 서동설화 및 「심청전」과 흡사하다. 「칠성본풀이」의 첩이 전실 자식 일곱을 죽이려 하는 것은 고전소설 「장화홍련전」과 유사한 면이 없지 않다. 특히 이 글에서 다룰 서사무가는 고전소설의 적 강담과도 일정 부분 관련될 수 있다. 문제는 서사무가가 구비전승 된 관계로 그 역사를 일별하는 데 한계가 있고, 그로 인해 고전소설 에 나타난 적강담과의 선후관계를 확증할 수 없다는 점이다. 그럴 지라도 여기에서는 서사무가 중 천상인물의 적강을 다룬 「천지왕본 풀이」와 「세경본풀이」를 들어 그 양상을 검토해 보도록 한다.40)

첫째, 「천지왕본풀이」의 적강화소이다. 이 무가는 건국신화와 유 사한 구조이다. 건국신화와 마찬가지로 지상의 주인공이 적강하지 않고, 그 아버지가 적강하기 때문이다. 따라서 지상의 영웅이 될 주 인공이 적강하는 고전소설의 그것과는 변별성을 갖는다. 해당 내용 을 정리하면 다음과 같다.

암흑기를 지나자 하늘과 땅이 벌어지고 만물이 생긴다. 아직 혼돈의 시기에 하늘의 천지왕이 지상에 내려와 총맹부인과 결합한 후 증표만 남기고 올라간다. 총맹부인이 대별왕과 소별왕을 낳아 기를 때 그들이 아버지를 찾는다. 어머니에게 천지왕이 남겨둔 박씨를 받아 심고, 그 박씨가 하늘에 닿아 그것을 타고 승천하여 아버지를 만난다. 아버지를 만난 후 대별왕은 저승을, 소별왕은 이승을 차지하게 된다. 그런데 소 별왕이 편법을 써서 대별왕이 차지할 이승을 빼앗았다. 소별왕과 대별 왕은 해와 달이 둘씩인 것을 하나가 되게 하였고, 인간과 귀신의 경계 를 엄격히 했으며, 초목과 금수가 말하는 것도 금지시켜 자연의 질서를 잡았다. 다만 소별왕이 속임수로 이승을 차지했기 때문에 인간세상에 서는 역적과 살인, 도둑과 간음이 판치고, 대별왕이 차지한 저승세계는

---

40) 「제석본풀이」에서 당금애기에게 임신시키고 떠난 중은 「단군신화」의 환웅, 「동 명신화」의 해모수와 비견되는 인물이다. 따라서 불교전래 이전의 원초적인 이야 기에서는 천상적 인물일 가능성도 배제할 수 없다.

맑고 공정한 법만이 적용된다.

이상에서 보는 바와 같이 천지왕이 적강하여 총맹부인을 만난 후 승천한다. 시간이 지나 총맹부인이 대별왕과 소별왕을 낳아 그들이 저승과 이승을 관장하게 된다. 그래서 이 작품의 적강담은 건국신화와 유사한 면이 없지 않다. 먼저 천지왕의 적강은 「단군신화」의 환웅, 「동명신화」의 해모수와 흡사하고, 총맹부인은 「단군신화」의 웅녀, 「동명신화」의 유화와 같기 때문이다. 그리고 대별왕은 단군 및 주몽과 비견되는 바가 없지 않다. 이러한 서사무가를 고대의 군사귀족이 자신들의 우월성을 강조하는 수단으로 적극 활용했을 것으로 보인다.

둘째, 「세경본풀이」의 적강화소이다. 이 작품은 농경신인 자청비와 천상인인 문도령의 관계를 다루었다. 지상인물인 자청비와 천상인물인 문도령이 결연하기 때문에 적강담이 나타날 수밖에 없었다. 실제로 문도령은 자청비와 인연을 맺은 후 지상으로 내려와 상세경이 된다. 이는 고전소설에서 주인공이 적강하는 것과 동일하지만, 문도령에게는 영웅적 행위가 없다는 점에서 고진소설의 영웅담과는 거리가 있다. 내용을 요약하면 다음과 같다.

김정국 대감 부부가 자청비를 낳는다. 15세가 된 자청비가 천상계의 문도령에게 매료되어 남장하고 함께 공부한다. 문도령은 자청비가 여자인 줄 모르고 3년 동안 한 방에서 보낸다. 서당을 마치면서 자청비가 자신의 신분을 밝혀 문도령과 남녀의 정을 나눈다. 훗일을 기약하고 헤어졌지만, 약속한 기한까지 문도령에게 소식이 없다. 모든 사정을 알고 있는 종 정수남이 자청비를 유혹하여 겁탈하려고 하지만 오히려 자청비에게 죽임을 당한다. 건장한 종을 죽였다는 부모의 질책에 서천꽃밭에서 꽃을 구해와 정수남을 살린다. 부모는 사람의 생사를 마음대로 한다며 그녀를 내쫓는다. 길을 가다 주모 할머니의 수양딸이 되어 베 짜는 일을 돕는다. 그들이 만드는 비단옷이 천상 문도령의 폐백에 쓰이는 것임을 알고 할머니에게 문도령의 강림을 부탁한다. 문도령이 인간세계에 오는 날 자청비가 손가락이 다쳐 피가 나는 바람에 그가 떠난다. 자청비는 이 일로 주모 할머니 집에서 쫓겨난다. 유리걸식하다가 옥황궁녀를 만나 그들과 함께 승천하여 문도령을 만난다. 자청비는 문도령의 부모가 내건 '칼 선 다리 건너기'를 통과하여 문도령과의 혼인을 인정받는다. 자청비는 옥황의 나쁜 무리에 의해 죽은 문도령을 도환생꽃으로 살리고, 옥황의 큰 변란을 멸망꽃으로 수습한다. 천자께 오곡씨앗을 받아서 문도령과 함께 인간세상에 내려와 문도령은 상세경, 자청비는 중세경, 정수남은 축산 신인 하세경으로 좌정한다.

이상에서 보는 바와 같이 이 작품도 적강담의 특성이 있다. 먼저 문도령이 내려와 글공부를 하다가 지상의 자청비와 인연을 맺고 승천한다. 이는 마치 해모수가 지상에 내려와 정사를 보다가 유화와 결연한 것과 유사하다. 결연을 맺은 후 자청비가 승천하여 오곡씨앗을 얻은 후 문도령과 함께 하강한다. 하강한 후 문도령은 상세경, 자청비는 중세경이 된다. 문제는 이 작품에서의 적강이 특정한 인물이 적강·출생하여 영웅으로 성장한 후 입공하는 고전소설의 적강과 차이가 있다는 점이다. 문도령의 적강이 지상을 다스리기보다는 자신의 수학을 위한 것이었고, 자청비와 함께 지상에 내려왔을 때는 어렵지 않게 상세경이 되어 천상인의 영웅적 면모를 보이지 않는다. 반면에 자청비는 갖은 고생 끝에 천상에 올라가 능력을 인정받음은 물론, 오곡씨앗을 가지고 하강하여 중세경으로 좌정하기 때

문에 조선후기 여성영웅소설의 주인공과 유사하다. 그래서 이 작품
은 천상인물의 조명보다는 지상인물의 능력을 확인하는 것이라서
고전소설의 적강구조와는 거리가 있다.

서사무가에서는 적강화소가 다양하지 못하다. 위에서 살핀 두 작
품 중에서도 첫 번째 작품인 「천지왕본풀이」만이 고전소설의 적강
과 비견될 따름이다. 두 번째 작품의 적강담은 적강방식이나 적강
인물, 그리고 적강 후의 행위에서 고전소설의 그것과 변별된다. 이
를 감안하여 「천지왕본풀이」를 중심으로 서사무가의 적강구조를 도
식화하면 [표3]과 같다.

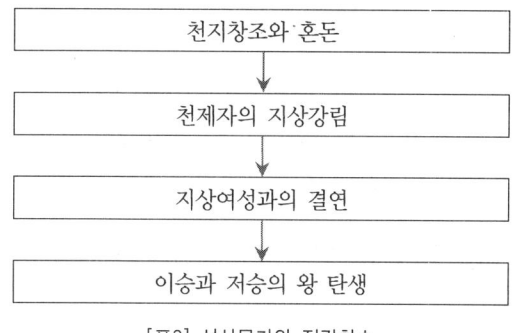

[표3] 서사무가와 직킹화소

[표3]에서 보는 바와 같이 서사무가에서도 적강구조를 확인할 수
있다. 천지창조 후 혼돈이 지속되다가 천제자의 아들이 적강하여
그 혼돈의 세계를 바로잡기 때문이다. 즉 천제자가 지상으로 내려
와 지상의 여인과 결연하고, 그 여인이 아들을 낳아 지상세계를 관
장하도록 하였다. 따라서 건국신화의 구조 및 표현과 흡사한 면이
없지 않다. 다만 카오스적인 천지창조신화와 연계되어 그 시원성을

더 강조한 차이가 있을 따름이다. 이러한 서사무가가 건국신화의 작화에 영향을 끼쳤을 가능성은 얼마든지 있다. 어쨌든 고전소설에서는 주인공이 직접 적강하는 데 반해, 서사무가에서는 건국신화에서처럼 주인공의 아버지가 적강하여 양자 간에는 동질성 못지않게 이질성 또한 분명하다.

3) 불전서사류

불교에서는 천상계가 무수하고 각각의 천상에 부처가 상주하여 지상강림과 관련된 법화가 일반화되었다. 이와 같은 내용은 『과거현재인과경』·『서응경』·『불본행집경』·『태자서응본기경』 등에서 확인된다. 따라서 이들 경전의 유통과 함께 적강화소가 대중적인 담론으로 확산될 수 있었다. 실제로 『석가여래행적송』·『석가여래십지수행기』·『석보상절』·『월인석보』 등이 이들 경전의 내용을 인용·첨기한 대표적인 불교전적이라 하겠다. 이들 전적은 모두 고전소설보다 선행하기 때문에 이들의 서사방식이 고전소설의 작화에 영향을 끼치는 것이 자연스럽다.

첫째, 『석가여래행적송』에 나타난 적강화소이다. 이 불적(佛籍)은 고려 충숙왕 15년인 1328년에 운묵선사가 찬한 것이다. 전체적으로 운문으로 내용을 요약하고, 이 운문에 경전의 산문을 인용하여 부연해 놓았다. 이 전적은 상하 두 책으로 되어 있는데, 상책의 「명본사행적급소설권실법장(明本師行蹟及所說權實法藏)」에서 적강부분을 요약·정리하면 다음과 같다.

염부제에 평등왕의 후손인 정반왕과 마야부인이 있다. 점술가는 마

야부인이 전륜성왕을 낳을 것이라고 예언한다. 이때 석가여래가 선혜
보살로 도솔천에 태어나 모든 하늘의 주인이 된다. 60억의 하늘이 선
혜보살에게 지상의 어느 곳에 내려가려고 하는지 묻는다. 보살이 가비
라국의 샤카족의 정반왕이 성왕(聖王)의 후예로 성품과 행실이 뛰어나
고 현명하며, 그 부인 마야도 정숙하고 뛰어나 선녀와 같다며 그들에게
내려가겠다고 말한다. 그런 다음 흰 코끼리를 타고 일정관을 쓰고 도솔
궁을 나선다. 모든 하늘이 좌우로 벌여 허공 가득히 따르면서 음악을
연주하고, 꽃을 뿌리니 큰 서기가 비치는 가운데 보살이 마야부인의 태
안으로 들어간다. 도솔천의 무리들이 지상에 내려와 보살께 설법을 듣
겠다며 왕·바라문·장자·거사에게 의탁한다. 이때 마야부인이 한 보살
이 코끼리를 타고 품에 들어오는 꿈을 꾸고 잉태한다. 보살이 태 안에
들어 열 달이 되니 4월 8일이었다. 마야부인이 궁녀를 거느리고 룸비
니 동산에서 노닐던 중 무우수를 잡고 꽃을 따려 할 때 우협으로 태자
를 낳는다. 보살은 나자마자 사방으로 일곱 걸음을 걷고는 천상천하에
홀로 존귀하다고 말한다. 제석천·범천 등이 향기 가득한 꽃을 내리며
음악을 연주한다. 아홉용이 내려와 한 번은 차고, 한 번은 더운 물을
뿜어 태자를 씻긴다. 이때 큰 빛이 비치는 상서로움이 일어난다.[41]

이상에서 보는 것처럼 『석가여래행적송』의 적강화소는 고전소설
의 그것과 아주 흡사하다. 먼저 천상인 도솔천에서 제천과 의논한
다음, 선혜보살이 지상의 정반왕과 마야부인에게 내려온다. 이는
마야부인의 꿈이기도 하다. 잉태한 지 열 달 만인 4월 8일에 마야부
인이 무우수가지를 잡고 태자를 낳으니 향기로운 꽃비가 내리고,
음악이 들리며, 서기가 비친다. 태어난 태자를 아홉 마리의 용이 내
려와 더운물과 찬물로 번갈아가며 씻긴다. 태자는 나자마자 일곱

---

41) 고익진, 『한국불교전서』 제6책, 『석가여래행적송』, 동국대학교 출판부, 1984.

걸음을 걷고는 천지간에 자신만이 존귀하다고 말한다. 이러한 적강
화소는 고전소설의 그것과 같음을 알 수 있다.

둘째, 『석가여래십지수행기』에 나타난 적강화소이다. 이 전적은
현전하는 것이 1660년 충주 덕주사 판본이지만, 이미 세종대인
1448년에 왕실 특별기관인 이부에서 간행한 바 있으며, 그보다 앞
선 조술본이 고려 충숙왕 15년인 1328년에 있었다.[42] 따라서 현전
하는 『석가여래십지수행기』도 고전소설의 적강화소보다는 시기적
으로 상당히 상회함을 알 수 있다. 이 찬저는 1지부터 9지까지는 불
타의 본생담을, 마지막인 제10지에서는 현생불타의 일대기를 다루
었다. 제10지의 「실달태자전」에서 적강화소와 관련된 내용을 요약·
정리하면 다음과 같다.

> 불타가 도솔천에 있으면서 지상강림을 제천과 의논하여 중인도 가피
> 라국의 정반왕과 마야부인에게 잉태하기로 결정한다. 호명보살이 육아
> 백상을 타고 서기가 비치는 가운데 마야부인의 몸속으로 들어간다. 마
> 야부인이 침전에서 꿈을 꾸니 하늘에서 어느 보살이 큰 코끼리를 타고
> 입으로 들어오는 꿈을 꾼다. 제천이 지상에서 펼쳐질 보살의 전법륜을
> 듣기 위해 각기 사정에 맞게 지상으로 내려와 의탁한다. 보살이 적강한
> 지 10달 만인 4월 초파일에 마야부인이 동산의 무우수가지를 잡고 우협
> 으로 태자를 낳으니, 태자는 낳자마자 일곱 걸음을 사방으로 걷고 천상
> 천하에 자신만이 존귀하다고 한다. 태자가 출생하자 사천왕·제석천왕
> ·범천왕 등이 태자를 하늘비단으로 감싸 모시고, 일산을 바치기도 한
> 다. 구룡은 물을 뿜어 태자를 씻기고, 허공에는 묘한 음악이 울려 퍼지
> 고 향기가 진동한다. 이때 지상에 강림·의탁했던 제천중도 일시에 태어
> 나고, 지상의 모든 것이 흡족하게 된다.[43]

42) 박병동, 『불경 전래설화의 소설적 변용 양상』 역락, 2003, 40~43쪽.

이상에서처럼 『석가여래십지수행기』의 「실달태자전」에 나오는
적강담도 고전소설의 그것과 큰 차이를 보이지 않는다. 먼저 호명
보살이 천상인과 의논하여 마야부인에게 입태하되, 그것을 고전소
설에서처럼 마야부인의 태몽으로 처리했다. 그런 다음 열 달이 지
나 태자를 낳으니 각종 상서로운 징후가 나타난다. 또한 천상인이
내려와 태자를 보좌하고, 아홉용이 태자를 씻기기도 한다. 이는 고
전소설에서 선관·선녀가 적강인물을 원조하는 것과 흡사하다.

셋째, 『월인석보』에 나타난 적강화소이다. 『월인석보』는 세조 5
년인 1459년에 『월인천강지곡』과 『석보상절』을 합편한 것으로, 전
반적인 특성이 고려대의 『석가여래행적송』과 유사하다. 운문에 산
문해설을 덧붙이되, 경전의 내용으로 설명하는 방식을 양자 모두가
택했기 때문이다. 불타의 하강과 관련된 부분은 『월인석보』 권2이
다. 여기에는 월인곡 기12곡에서 기26곡에 해당하는 운문에 상절부
의 산문이 『불본행집경』을 중심으로 부기되었다. 해당 부분을 요약
·제시하면 다음과 같다.

　석가여래가 도솔천에서 호명보살로 있으면서 지상에 뜻을 두고 66억
제천과 상의한다. 한 하늘이 보살에게 어느 나라로 내려갈 것인지 묻
자, 보살은 가비라국 석가씨의 정반왕과 마야부인에게 내려가겠다고
한다. 칠월 열닷새에 육아(六牙)를 가진 흰 코끼리를 타고 도솔궁으로
부터 내려오니 세계 가득 빛이 차고 제천이 허공을 따르며 음악을 연주
하고 꽃을 뿌린다. 이는 다름 아닌 마야부인의 태몽이다. 이때에 도솔
타의 구십구억 제천이 보살께 법(法)을 배우겠다며 내려온다. 부인이
열 달이 되어 룸비니 동산을 구경하는데, 제석과 화자재천이 천궁에 가

43) 『釋迦如來十地修行記』, 충주 덕주사판, 1660.

서 화향과 풍류, 그리고 음식을 가져와 부인께 공양한다. 태자가 태어
날 즈음 세상의 모든 것이 순조롭고 이익 되는 것만이 가득하고, 천상
의 신령·백상·옥녀·별이 보좌한다. 마침내 4월 8일 부인이 오른 손으
로 무우수가지를 잡고 꽃을 꺾으려 할 때 우협으로 태자를 낳는다. 태
자는 태어나자마자 사방으로 일곱 걸음을 걸으며 오른 손으로는 하늘
을, 왼손으로는 땅을 가리키며 홀로 존경받는다고 한다. 이에 갑자기
천지가 진동하고 삼천대천의 나라가 크게 밝아진다. 사천왕이 하늘의
비단으로 감싸서 태자를 금괴에 넣고, 제석은 개(盖)를 받치고 범왕은
백불(白拂)을 잡고, 석범왕이 여러 가지 향을 바르며, 구룡이 향수를 가
져와 태자를 씻기니 왼쪽의 물은 따뜻하고 오른쪽의 물은 차가웠다. 채
녀가 하늘의 비단으로 태자를 끌어안고 부인께 모셔 오니 대신들이 사
방에서 옹위하였다. 청의가 돌아와 왕에게 소식을 알리니 왕이 석성(釋
姓)들을 모시고 동산으로 들어간다. 그 날 강림한 천상인들도 함께 태
어난다.[44]

　이상에서 보는 바와 같이 『월인석보』에 나타난 적강화소도 고전
소설의 그것과 큰 차이를 보이지 않는다. 도솔천의 호명보살이 지
상에 뜻을 두고 66억 제천과 협의하여 가피라국 정반왕과 마야부인
에게 내려오기 때문이다. 이는 곧 마야부인의 태몽이기도 하다. 열
달이 되자 서기가 비치고 길상이 가득한 가운데 태자를 낳으니 제
천이 태자를 옹위하고, 구룡이 태자를 씻긴다. 태자가 태어나자마
자 이적을 보이니 부왕 등 석씨 가문이 기뻐한다. 이는 고전소설의
적강화소인 적강태몽-신이출산-출산원조와 유사하다. 이제 불전서
사에 나타난 적강화소를 도식화하면 [표4]와 같다.

---

44) 『월인석보』 제2권.

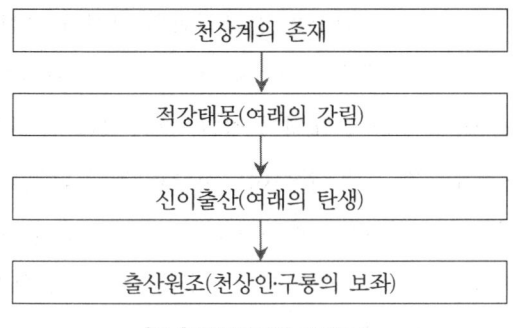

[표4] 불전서사와 적강화소

    [표4]에서 보는 바와 같이 불전서사는 고전소설보다 선행하면서 적강화소를 다양하게 구비하였다. 그것도 천상의 보살이 지상의 인물에게 입태하되 몽사를 통해 형상화하였다. 출생 후에는 다양한 천상인물이 아이와 산모를 원조하여 고전소설의 그것과 흡사하다. 더욱이 이러한 불전서사가 고려 말에서 조선 초에 집중적으로 유포되어 주목된다. 그것은 바로 이어서 공시적으로 확장되는 고전소설의 적강화소에 좋은 지침이 될 수 있었기 때문이다.

4. 고전소설에 나타난 적강화소의 기원

    앞에서는 고전소설보다 선험적으로 적강화소를 담고 있는 서사장르를 확인해 보았다. 그 결과 건국신화나 서사무가는 고전소설의 적강화소와 이질적인 면이 다수 확인되었다. 반면에 불전서사는 고전소설의 적강화소와 큰 차이를 보이지 않았다. 이를 염두에 두면 고전소설에 나타난 적강화소의 기원을 짐작해 볼 수 있다. 이제 그 기원에 대하여 몇 가지로 나누어 상론해 본다.

첫째, 고전소설의 적강화소는 건국신화의 그것과 차이가 있다. 건
국신화는 치자 또는 우세족이 스스로 천손임을 표방하여 직접적이든
간접적이든 간에 하늘과 연계되어 있다. 「단군신화」나 「동명신화」에
서는 천제자(天帝子)가 강림·활동하면서 개국조를 낳는다. 그래서 얼
핏 보면 고전소설의 적강화소와 상통하는 것처럼 보일 수 있다. 또한
「박혁거세」·「김수로」·「김알지」도 적강인물임을 우회적·상징적으
로 드러내고 있다. 문제는 이들의 적강이 중세적인 합리성보다는 고
대적인 신성성이 더 강하다는 점이다. 고전소설에서 태몽으로 처리
한 적강화소가 건국신화에서는 현실상황으로 인식되는 것도 바로 그
때문이다. 뿐만 아니라 고전소설에서는 주인공이 천상에서 내려와
특정인에게 잉태한 다음, 신비하게 출생·성장하는 데 반해, 건국신
화에서는 고전소설의 주인공에 해당하는 인물이 아니라 그 아버지가
적강한다. 따라서 고전소설이 한 인물의 적강을 순차적으로 다룬다
면, 건국신화는 적강과 출생이 두 세대에 걸쳐 나타남을 알 수 있다.
그런가 하면 고전소설에서는 적강인물이 출생할 때 천상적 존재가
내려와 원조하는데 반해, 건국신화에서는 그러한 요소가 모두 빠져
있다. 이 또한 고전소설과 건국신화의 변별요소라 할 수 있다. 이렇
게 건국신화의 적강화소는 고전소설의 그것과 상당 부분 차이를 드
러내고 있다. 따라서 고전소설에 나타난 적강화소의 기원을 건국신
화로 단정하는 데는 주저되는 면이 없지 않다.

둘째, 고전소설의 적강화소는 서사무가의 그것과 큰 차이를 보인
다. 서사무가는 무신(巫神)의 내력을 밝히는 담론이다. 그런데 이 무
신이 하늘보다는 서역과 같이 수평적인 세계와 연계되어 있다. 그
래서 일부의 서사무가에서만 적강화소를 확인할 수 있다. 문제는

서사무가의 적강화소가 건국신화의 그것과 아주 유사하다는 점이다. 그래서 건국신화의 적강화소가 고전소설의 그것과 변별되듯이, 서사무가의 적강화소도 고전소설과 차이를 보인다. 먼저 적강인물이 고전소설과 다르다. 고전소설에서는 주인공이 적강하는 반면, 서사무가에서는 주인공의 아버지가 적강한다. 그리고 고전소설에서처럼 적강태몽이나 출산과정, 출산 후의 원조가 나타나지 않는다. 단지 천제자가 적강하여 지상의 여인과 결연하고, 얼마 후 지상의 여인이 아들을 낳는 것으로 그렸을 따름이다. 그리하여 서사무가의 적강화소는 어느 모로 보나 고전소설의 그것과 거리가 있다.

셋째, 고전소설의 적강화소는 불전서사의 그것과 상당 부분 합치된다. 고전소설의 적강화소는 17세기부터 지속된다. 그런데 고전소설보다 선행하면서도 적강화소를 다양하게 구비한 것이 바로 불전서사이다. 이 불전서사는 불경 속에 이입되어 있다가 고려후기부터여러 전적으로 재편되었다. 그러던 것이 조선 초에 와서 국문시가와 산문으로 번역·인출되기에 이른다. 따라서 불전서사에서 확립되었던 적강화소가 고전소설에 영향을 끼치는 것은 아주 자연스러운 일이다. 이는 여말신초의 불교서사에 나타난 관념적 세계가 후내의 소설에 그대로 투영된 것과 같은 이치이다.[45] 실제로 불전서사의 적강화소는 한 인물에 집중되었을 뿐만 아니라, 적강할 때의 상황 묘사, 적강 후의 보좌 등이 고전소설의 그것과 닮아 있다. 이를 감안할 때 고전소설의 적강화소는 불전에 기원을 둔 것으로 보아야 설득력을 가질 수 있다. 그러기에 고전소설 주인공의 적강일이나 태몽일이 불전의 그것을 준용하게 된 것이다. 실제로 고전소설 주

---

45) 조동일, 『한국문학통사』 4판 3권, 지식산업사, 2007.

인공의 태몽일이나 출생일은 불타의 태몽일인 7월 15일, 또는 출생
일인 4월 8일이 대부분이다.[46) 이는 불교서사의 적강화소가 오랫동
안 신중에게 관습적으로 고착화되었다가 고전소설의 적강모티프에
영향을 준 것으로 이해할 수 있다.

　요컨대 고전소설에 나타난 적강화소는 기왕의 적강서사 중에서
건국신화나 서사무가보다는 불교서사에서 더 많은 영향을 받은 것
으로 볼 수 있다. 건국신화나 서사무가의 적강화소는 여러모로 고
전소설과 상치되는 반면, 불전서사는 적강장면이나 적강태몽, 신이
출산이나 출산 후의 원조 등이 고전소설의 그것과 동일하기 때문이
다. 더욱이 불교서사는 고전소설의 적강화소가 일반화되기 바로 직
전에 국한문으로 다양하게 편역·유통되어 어렵지 않게 고전소설의
작화에 영향을 끼칠 수 있었다. 이를 감안할 때 고전소설에 나타나
는 적강화소의 기원을 불전서사에서 찾아야 어느 모로 보나 설득력
을 가질 수 있다.

5. 결론

　지금까지 고전소설에 나타난 적강화소의 기원을 탐색해 보았다.
먼저 고전소설에 나타난 적강화소를 몇 가지 유형으로 나누어 정리
·제시한 다음, 고전소설보다 선행했던 문학장르의 적강화소를 살펴

---

46) 대표적인 사례가 「숙향전」·「춘향전」·「심청전」 등이다. 「숙향전」과 「춘향전」
은 주인공의 출생이 공히 4월 8일이며, 「심청전」은 태몽일이 4월 8일이다. 그외
의 작품에서도 마야부인의 태몽일인 7월 15일을 태몽일이나 출생일로 표기하고
있다. 「심청전」의 경우 곽씨부인이 딸을 낳고 일찍 죽는데, 이 또한 마야부인이
태자를 낳고 일찍 죽는 것과 상통한다.

보았다. 이어서 고전소설에 나타난 적강화소가 어느 장르에서 연원했는지, 그리고 그 의미는 무엇인지 살펴보았다. 이상의 논의를 요약·정리하면 다음과 같다.

첫째, 고전소설에 나타난 적강화소의 실태를 확인해 보았다. 먼저 적강화소를 활용한 작품을 대상으로 그 실태를 점검한 후 유형을 설정하였다. 그 결과 '기자발원-적강태몽-신이출산-출산원조형'을 첫 번째 유형으로 설정할 수 있었다. 이 유형은 신성성·초월성이 강한 것으로 고형의 자질을 띠고 있다. 다음으로 '기자발원-적강태몽-신이출산형'으로, 이 유형에서는 천상인이 적강인물을 보좌하는 역이 삭제되어 처음의 유형보다는 합리성이 제고되었다. 마지막으로 '적강태몽-신이출산형'으로, 이 유형은 적강화소의 핵심만을 집중적으로 다루었다. 이는 비현실적인 요소를 배제함으로써, 리얼리티를 강조한 것으로 볼 수 있다.

둘째, 문학장르별로 적강화소의 전통을 확인해 보았다. 여기에서는 고전소설보다 선행했던 문학장르 중에서 건국신화, 서사무가, 불교서사를 대상으로 적강화소를 검토하였다. 그 결과 건국신화나 서사무가에 나타나는 적강화소는 고전소설의 그것과 많은 차이가 있음을 확인하였다. 실제로 건국신화나 서사무가는 적강하는 인물이나 상황·의도 등이 고전소설의 그것과 차이가 있다. 반면에 불전서사는 고전소설과 동일한 적강화소를, 그것도 바로 앞선 시기에 다양하게 형상화하여 주목된다. 실제로 불전서사의 적강화소는 적강태몽이나 적강상황, 출산시의 이적이나 출산 후의 원조 등이 고전소설의 그것과 흡사하다.

셋째, 고전소설에 나타난 적강화소의 기원을 탐색해 보았다. 앞의 논의를 정리하면서 고전소설에 나타난 적강화소의 기원을 찾아보았다. 고전소설의 적강화소는 건국신화나 서사무가와는 차이를 보이지만, 여말선초에 집중적으로 간행·유포된 불전서사와는 상당한 친연성을 보인다. 이를 토대로 고전소설에 나타난 적강화소의 기원을 불교의 세계관을 다양하게 그린 불전서사에서 찾아보았다. 불전서사의 적강화소에 나타난 전반적인 구조나 표현 등이 고전소설의 그것과 동일하기 때문이다. 실제로 고전소설에 나타난 적강화소의 기원을 불전서사에서 찾을 때 설득력을 가질 수 있다.

제4장 불교담론의 예술적 전승

프롤로그

이 글은 우리나라의 대표 변상도인 「안락국태자경변상도」를 중심으로
그림과 문학의 상호텍스트성을 살피면서, 불교서사가 시각예술로 전개
된 사정을 고찰한 것이다. 이 변상도는 내용이나 구도가 포교를 염두에
둔 것으로 볼 수 있다. 구름 모양으로 구획된 여러 공간에 그림과 글이
마치 만화처럼 곁들여 있는 것도 그러한 이유 때문이다. 어느 종교든 포
교를 위해 문학과 미술을 종종 병치시켜 왔는데, 특히 이 변상도는 설법
을 위한 연행예술과도 깊이 관련되어 있다. 그래서 이 변상도에 대해 다
양한 측면에서 그 의미를 살펴볼 필요가 있다.

1. 서론

예나 지금이나 언어예술인 문학을 시각예술로 변용하는 것은 여
러 가지 의미를 가지고 있다. 문학이 읽거나 들으면서 복합적인 추
적적 사고를 요한다면, 그림은 즉물성으로 인하여 쉽게 이해할 수

있는 강점이 있기 때문이다. 이러한 이유로 각 시대 상황에 맞게 문학을 시각화하는 일이 지속되어 왔다.[1]

「안락국태자경변상도」는[2] 그러한 필요성에 의해 언어예술을 시각예술로 형상화한 대표적인 사례라 하겠다. 이 그림은 안락국태자전승의 다양한 언어예술을 화소별로 시각화하되, 한 폭의 그림 속에 이 전승의 서사내용을 일목요연하게 배치하여 다른 그림과 변별되는 특성이 있다. 그렇게 제작했을 때에는 그에 상응하는 목적과 의도가 있었음은 물론이다. 따라서 이 글에서는 이 그림의 특성을 점검하여 그 용도를 추적하고, 나아가 그 의미를 통공시적인 측면에서 살펴보고자 한다.

그간 이 그림에 대해서는 안락국태자전승의 이야기문학을 살피는 과정에서 부수적으로 다루어 왔다.[3] 즉 변문적 성격을 갖는 안락국

---

1) 특히 종교계에서 포교의 목적으로 그림을 적극적으로 활용하였다. 그러던 것이 문예적으로 활용되면서 문학의 세계를 시각화하기에 이르렀다. 고전소설의 시각화는 물론이거니와 현대소설의 영상화도 궁극적으로는 시각예술인 그림을 토대로 한 것이다.

2) 이 변상도(1576)는 원본이 日本 高知縣 高岡郡 佐川町 奧ノ土居甲 1453-1의 '佐川町立靑山文庫'에 소장되어 있다.

3) 그간 산문전승에 대한 논의는 다양하게 진행되었다. 대표적인 경우를 들어 보면 다음과 같다.

사재동, 「안락국태자전」 연구」, 『어문연구』 제5집, 어문연구학회, 1967, 99~127쪽.

ᅳᅳᅳᅳ, 「안락국태자경」의 연구」, 『불교계 서사문학의 연구』, 중앙문화사, 1996, 299~390쪽.

서대석, 「서사무가 연구」, 『국문학연구』 제8집, 국문학연구회, 1968.

이현수, 「불교설화의 소설문학적 수용-「안락국전」을 중심으로」, 『한국문화연구』 6·7집, 동국대학교 한국문화연구소, 1984.

이강옥, 「불경계 설화의 소설화 과정에 대한 고찰」, 『고전문학연구』 4집, 고전문학연구회, 1988.

최진봉, 「「안락국전」의 형성 연구」, 숭실대학교 대학원 석사학위 논문, 1991.

태자전승의 유통과 이 변상도의 관련성을 간명하게 논급했을 따름
이다.[4] 나아가 이 변상도만을 대상으로 제작 실태를 점검하기도 하
였다. 여기에서는 이 변상도의 개황을 점검하거나,[5] 미술사적 위상
을 검토하기도 하였다.[6] 그럼에도 불구하고 이 그림이 갖는 의미를
심층적으로 살피지 못했을 뿐만 아니라, 그것이 어떤 용도로 제작
되었는지조차 명확하게 밝혀지지 않았다. 따라서 이 그림을 미시적
으로 파악하면서 그 용도를 귀납적으로 살펴볼 필요가 있다. 그것
이 이 그림의 실상을 제대로 부각하는 방편일 수 있기 때문이다.

이에 이 글에서는 이 변상도에 대하여 연행텍스트적인 관점에서
조망해 보도록 하겠다. 먼저 이 그림의 제작경위를 개관한 다음, 그
림의 내용과 구도를 살펴보고자 한다. 이어서 이 그림의 특성을 살
펴 연행텍스트적인 성격을 파악해 보도록 하겠다. 마지막으로 이러
한 논의를 토대로 이 그림이 갖는 문예사적 의미를 조망해 보고자
한다. 이러한 논의를 거쳐야 그간 단조롭게 논의되어 왔던 이 그림
의 문예적 의의가 제자리를 찾을 수 있을 것으로 본다.

김경미, 「화소분석을 통한 「이공본풀이」연구-「안락국태자경」, 「안락국전」 비
교를 중심으로」, 경남대학교 교육대학원 석사학위 논문, 1991.
　이수자, 「지림사 연기설화의 설화적 성격과 의의」, 『한국서사문학사의 연구Ⅲ』,
중앙문화사, 1995, 773~815쪽.
　김진영, 「안락국전승의 무가적 전개와 연행」, 『한국 서사문학의 연행양상』, 이
회문화사, 1999, 291~314쪽.
　최재웅, 「안락국전승의 계통적 연구」, 충남대학교 대학원 석사학위 논문, 1999.
4) 사재동, 위의 책, 320~321쪽.
5) 熊谷宣夫, 「靑山文庫藏 안락국태자경변상」, 『김재원 박사 회갑기념논총』, 을유
문화사, 1969, 1061~1086.
6) 김정교, 「조선초기 변문식 불화-안락국태자경변상도」, 『공간』 208, 1984.

2. 「안락국태자경변상도」의 제작 경위

이 변상도는 여러 가지 이야기를 한 폭의 그림에 담다 보니 비교적 넓은 화폭을 활용하고 있다. 이 변상도는 전체적인 크기가 가로 57.2cm, 세로 106.5cm로 걸개그림과 흡사하다.[7] 이 한 폭의 그림에 총 27개 화소(畫素)를 구름모양으로 분리·배치하였으며, 각 그림마다 배경이나 인물 및 사건에 대하여 한글로 설명을 덧붙였다. 또한 찬성에 관한 명문을 윗부분에 기록하여 제작 경위의 대강을 짐작할 수 있도록 했다. 여기에서는 이 변상도의 제작 경위를 살피기 위해서 먼저 명문의 내용을 확인한 후 구탱이나 산문전승의 계통을 감안하여 그 이면에 놓인 제작의도를 파악하는 것으로 만족하고자 한다. 우선 명문을 모두 옮기면 다음과 같다.

> 萬曆四年丙子六月日 ①比丘尼慧國慧月等見 ②沙羅樹舊幀 多歷炎冷塵 昏靄食丹 縹漫滅形象隱隱 ③不可識矣 觀者病焉 ④於是善勸 禁中得若干財 ⑤卽倩良畫改成新圖卦 諸金璧之上 形容森嚴光 彩百倍於前 ⑥使人人一見 便之而能發菩提之心 ⑦普與含生同樹善根 其願力之知深誠意之懇至 鳴呼至哉 憑此良因 ⑧主上殿下聖壽萬歲 王妃殿下聖壽 齊年速誕天縱 恭懿王大妃殿下聖壽山高 慈心海濶濟世如願度生如心 德嬪邸下壽命無量福德無量 惠嬪鄭氏寶體無災無障壽命無窮 ⑨金氏業加氏保體災如春雪 福似夏雲 權氏墨石氏保體壽基益固 福海增淸 各各隨喜因緣等 俱索福慧共享 安穩無疑矣 吁其盛歟 ⑩是歲 秋七月上浣對松居士謹誌

위 기록을 통해 여러 가지 측면에서 이 작품의 제작 경위를 확인할

---

7) 熊谷宣夫, 앞의 논문, 1080쪽.

수 있다. 먼저 제작자들의 신분이다. 제작의 핵심적 주체는 혜월·혜국이지만(①) 그것을 그리거나 명문을 쓴 사람을 생각하면(⑩) 다수의 인물이 동참했음을 알 수 있다. 실제로 이와 같은 변상도를 제작하기 위해서는 당시의 불교문화에 조예가 깊은 승려나 시주자가 필수되어야 하고(⑦·⑨) 그 실무자도 동참할 수밖에 없다. 그렇지만 명문에 나타난 사실은 '비구니 혜국 혜월 등(比丘尼 慧國 慧月 等)'으로 명기하여(①) 승려들이 핵심 주체로 부각되어 있을 따름이다.

이들이 변상도를 찬성한 이유는 기존에 있었던 사라수구탱이 너무 낡아 알아볼 수 없었음은 물론(②) 그것을 보는 사람마다 언짢아 할 때(③) 마침 재정적인 여건이 허락하여(④) 다시 찬성한다고 했다.(⑤) 따라서 우선적인 찬성 동인은 구탱을 대신할 새로운 변상도가 필요했기 때문이다. 나아가 새로운 변상도를 보고 사람마다 쉽게 보리심을 얻을 수 있도록 배려하기도 했다.(⑥) 이를테면 교화의 측면에서 심층적인 제작의 동인을 찾을 수 있다. 그러면서도 그 표층적인 동인을 시주와 관련된 인물의 안녕은 물론(⑨) 선조대왕과 의인왕후박씨 및 왕족의 만수무강을 기원하는 것으로 처리했다.(⑧) 특히 왕족의 만수무강을 기원한 것은, 척불의 시대에 우회적으로 그 권위를 빌어 자신들의 뜻을 실행한 것이라 하겠다.

변상도의 제작경위를 위와 같이 추정할지라도 여전히 문제는 남는다. 그것은 이 변상도를 산문전승 및 구탱과의 관련 속에서 살펴볼 필요가 있기 때문이다. 잘 아는 것처럼 이 변상도와 관련된 산문전승은 그 시원형이 고려대에 있었을 것으로 본다. 산문전승이 비록 부록이기는 하지만 덕주사판『석가여래십지수행기』에 실려 있기 때문이다.『석가여래십지수행기』의 조술본이 고려대에 있었음을 감안하면,8) 이 작품의 산문전승도 고려대에 이미 그 조본이 있었을 것으로 본다. 그것은 조선 초에 『석보상절』·『월인석보』 등 국문불서가 간행될 때 고려 말의 다른 작품과 마찬가지로 이 작품이 편역된 것에서도 쉽게 짐작된다.

국문화된 「안락국태자전」은 『월인석보』의 보급·유통과정에서 설법텍스트로 활용되었으리라 본다. 이 작품이 구어형태로 기록되었을 뿐만 아니라, 산운교직이 유기적이며, 대화체가 서사의 대부분을 차지하기 때문이다. 이는 연행현장에서 활용되던 형태로 기록하여 나타난 현상이라 하겠다. 말하자면 변문의 속성상 그러한 표기체계를 가질 수밖에 없었는데, 그것을 그대로 기록하면서 나타난 결과라 할 수 있다.9) 그렇기 때문에 이 작품의 연행에 따른 구비적인 변이태가 서사무가에서 다양하게 나타날 수 있었던 것이다.10) 한편으로는 『석가여래십지수행기』를 계승한 한문현토본이나 현대역본, 그리고 조선후기 소설인 「안락국전」 등이 문헌으로 전승되었다.

문제는 구탱이든 신작 변상도든 간에 이들과 직접적으로 관련된 해당 산문은 여말선초의 텍스트로 추정된다는 점이다. 특히 구탱의 경우 여말이나 선초의 산문전승에서 영향을 받아 연행텍스트로 제작되었을 개연성이 크다.11) 그리고 신작 변상도인 「안락국태자경변

---

8) 박병동, 『불경 전래설화의 소설적 변모양상』, 도서출판 역락, 2003, 40~43쪽.
9) 이 점은 중국의 돈황 출토 변문에서도 확인할 수 있다. 중국 변문의 연행에 대한 분석으로는 정광훈, 「돈황 변문의 구술담화 분석」, 『동서문화교류 연구』 제3집, 한국돈황학회, 2001, 69~93쪽이 참조할 만하다.
10) 김진영, 「안락국태자전승의 연행문학적 성격과 무가적 변용」, 『한국 서사문학의 연행양상』, 이회문화사, 1999, 259~289쪽.
11) 「안락국태자경변상도」는 이른 시기에 제작된 것으로 볼 수 있는데, 그러한 실상을 이 변상도의 명문에서 확인할 수 있다.(萬曆四年丙子六月日 比丘尼國慧月

상도」도 그들의 영향에서 크게 벗어나지 않을 것으로 본다. 더욱이 이 변상도의 국문기록을 볼 때, 이 변상도는 『월인석보』의 「안락국 태자전」에서 직접적인 영향을 받은 것으로 보인다.[12]

안락국태자전승의 현전본을 감안할 때 이 변상도(1576)와 관련된 산문은 『석보상절』(1446)·『월인석보』(1459)와 한문본인 『석가여래십 지수행기』(초간본 1448) 등을 들 수 있다. 실제로 이 변상도보다 제작 시기가 늦거나 내용에서 이질적인 활자본 계통, 그리고 후대서사인 「안락국전」 및 서사무가는 이 변상도와 직접적인 관련이 없다. 이를 고려하면 이 변상도의 구탱은 고려나 조선 초의 한문본 및 국문본 과 관련될 수밖에 없다. 반면에 신작 변상도는 조선 초의 국문불서, 그 중에서도 『월인석보』의 영향을 받아 제작된 것으로 보인다. 그것 은 신작 변상도의 내용이 『월인석보』의 「안락국태자전」과 큰 차이 가 없기 때문이다.

사라수구탱의 제작 시기도 위에서 말한 산문전승을 감안할 때 자 연스럽게 고려대나 조선 초가 될 확률이 높다. 구탱이 낡고 바래서

等見 沙羅樹舊幀 多歷炎冷塵昏蠹食丹 幰漫滅形象隱隱 不可識矣 觀者病炳焉)
12) 그러한 실상은 작품의 전체내용이 우선 같을 뿐만 아니라, 산문기록의 방식에 서도 유사하기 때문이다. 더욱이 선초 국문불서에 이입되었던 가요류가 이 변상 도에서도 별다른 차이 없이 활용되고 있다. 그 중에서 한 작품을 들어보면 다음 과 같다.

아라녀리 그츤 이런 이본길헤 눌 보리라 ᄒᆞ야 우러곰 온다
아가 대자비 우니ᄂᆞᆫ 원앙조와 공덕수행ᄒᆞᄂᆞᆫ 이내 몸과
성등정각 나래ᅀᅡ 반ᄃᆞ기 마조 보리여다(월인석보, 안락국태자전)

아래녀리 그츤 이런 이븐길헤 누롤 보리라 우러곰 온다
대ᄌᆞ대비 원앙됴와 공덕 닷ᄂᆞᆫ 내 몸이
정각 길헤 마조보리어다(안락국태자경변상도)

보기조차 힘들었다면, 그만큼 오래되었음을 반증할 뿐만 아니라, 산문전승의 왕성한 출판·유통과 관련되었을 것이기 때문이다. 특히 변문인 산문전승의 특성을 감안할 때 그 연행의 필요에 따라 구탱이 제작되었을 가능성이 크다. 그러던 것이 시간이 지나 알아볼 수 없는 지경에 이르러 신작 변상도를 제작한 것이 아닌가 싶다. 이렇게 보면 구탱이든 신작 변상도든 간에 모두 불교의 포교라는 큰 서원에서 제작되었을 가능성이 크다. 그러기에 그 주체 세력도 당시 문화에 조예가 깊었던 승려계층은 물론, 불교계 지식층까지 가담한 것으로 보아야 하겠다.

3. 「안락국태자경변상도」의 내용과 구도

「안락국태자경변상도」는 한 화폭에 서사문학의 요체를 구름모양으로 분리하여 도해해 놓았다. 그러면서 해당 장면의 내용이나 제목을 국문으로 적시해 놓기도 하였다. 그림과 서사내용을 병치시켜 명료한 이해를 도모한 것이라 하겠다. 그러한 결과 이 그림은 안락국태자전승의 경개를 한글로 정리한 일면, 그림으로 해당 서사문맥을 적절히 도해한 특성을 갖게 되었다. 이처럼 문학의 세계를 시각화한 것은 그 나름의 목적과 의도가 있었음은 물론이다. 다만 여기에서는 이 그림의 전반적인 내용을 산문전승과 견주어 확인한 다음, 그림의 구도를 서사내용별로 살펴보도록 하겠다.

1) 산문전승과 변상도의 내용

이 변상도는 안락국태자전승의 내용을 그림으로 형상화하되, 서
사문맥의 주요 화소를 빠짐없이 다루었다. 먼저 이 변상도가 안락
국태자전승의 내용과 얼마나 잘 부합하는지 확인하기 위하여 『월인
석보』 소재 「안락국태자전」에서 그 경개를 정리하고, 이를 변상도
와 대비해 보도록 하겠다. 「안락국태자전」의 내용을 주요 화소별로
제시하면 다음과 같다.

① 옛날 임정사에서 광유성인이 오백제자를 거느리고 교화에 전념한다.
② 한편 서천국 사라수대왕이 사백팔 부인과 함께 사백소국을 선정
하며 항시 무상도를 구한다.
③ 광유성인이 사라수대왕의 선심을 알고 승렬바라문비구를 서천궁
에 보내 찻물 기를 채녀를 구하니 사라수대왕이 공모하며 여덟 부인을
선발하여 흔쾌히 보낸다.
④ 팔채녀는 임정사에서 선업을 쌓아 장차 무상도를 이루려 한다.
⑤ 이제 광유성인이 사라수대왕으로 유나를 삼기 위하여 출가를 요
구하니, 그는 즐거운 마음으로 원앙부인과 사자(使者)인 승렬바라문비
구와 함께 임정사로 떠난다.
⑥ 원앙부인이 죽림국에서 임부의 몸으로 더 이상 출행할 수 없게 되
자, 자현장자에게 종으로 팔고 그 돈을 광유성인에게 보시한다.
⑦ 마침내 이별에 임하여 사라수대왕은 뱃속의 아이 이름을 안락국
이라 작명하고, 원앙부인은 사라수대왕에게 왕생게를 알려 주며 항시
외울 것을 당부한다.
⑧ 사라수대왕은 범마라국 임정사에서 왕생게를 외우며 수행정진한다.
⑨ 한편 원앙부인은 안락국을 낳았지만, 자현장자는 그가 장차 떠날
상이라고 밝힌다.

⑩ 안락국은 7세가 되자 어머니와 상의한 후 친부인 사라수대왕을 찾아 범마라국으로 떠난다.

⑪ 안락국은 어렵게 강을 건너 범마라국에 도착하여 팔채녀의 도움으로 아버지를 극적으로 상봉하지만, 어머니는 안락국을 도주시킨 죄과로 자현장자에게 몸이 삼동되어 살해된다.

⑫ 안락국이 귀환하던 중 목동의 노래를 통하여 어머니의 죽음을 알고 시신을 찾아 비통해 한다.

⑬ 이때 용선이 떠와 부모님의 왕생을 알리고, 안락국도 용선에 태워 극락으로 인도한다.

⑭ 광유성인은 석가모니불, 사라수대왕은 아미타불, 원앙부인은 관세음보살, 승렬바라문비구는 문수보살, 안락국은 대세지보살, 팔채녀는 팔대보살, 오백제자는 오백나한 등으로 정좌하지만, 자현장자는 지옥에 떨어진다.

「안락국태자전」은 사라수대왕·원앙부인·안락국의 구도담을 형상화한 것으로, 속세인 서천국에서 출행하여 마침내 용선을 타고 서방정토에 왕생극락하는 내용이다. 이러한 기본 구조는 『석가여래십지수행기』의 부록 작품과도 차이가 없다. 다만 조선후기의 「안락국전」이나 제주도의 「이공본풀이」 등에서는 장형화 및 세속화를 지향하면서 도교·유교적인 요소가 개입되어 다소의 차이가 있다.[13] 그래서 「안락국태자경변상도」는 이러한 전승 중에서 『월인석보』나 『석가여래십지수행기』의 부록 작품과 관련되어 있음을 알 수 있다. 그 중에서도 『월인석보』 소재 「안락국태자전」과의 유사성이 돋보인다. 이제 「안락국태자경변상도」의 국문기록을 위의 산문전승과 대비하기 위하여 확인해 보도록 하겠다.

---

13) 김진영, 『한국 서사문학의 연행양상』, 이회문화사, 1999, 283~284쪽.

이 변상도의 전체 내용은 총 27개 화소(畵素)로 나눌 수 있다. 이 화소들은 산문전승을 전제하면서 치밀하게 배치한 것으로 보인다. 서사전개에 맞추어 국문기록을 인물이나 화소별로 들어보면 다음과 같다.

① 광유셩신.

② 셔텬국 사라슈왕궁.

③ 이는 승열바라무니 처엄 팔치녀 비ᄋ오라 셔 겨시니라.

④ 이는 원상부인이 처엄 ᄌ미 받ᄌ오라 나와 겨시니라.

⑤ 이는 처엄 팔치녀 비슈와 가시ᄂ니라.

⑥ 이는 비귀 팔치녀 ᄃ리ᅌᅵᆸ고 와 뵈ᅌᅳᆸᄂ니라.

⑦ 이는 승열바라무니 두 번재 셔텬구긔 가시ᄂ니라.

⑧ 이는 승열바라무니 두 번재 와 겨시거늘 원앙부인이 ᄌ미 받ᄌ오라 나와 겨시니라.

⑨ 이는 대왕과 부인과 승열바라문과 세 부니 가시ᄂ니라.

⑩ 세 부니 길 녜샤 듁림국 디나실졔 부인니 몯 뮈ᄃ시니 냥분ᄭᅴ 술오샤더 사ᄅᆞ미 지블 어더 내 몸을 ᄑ라자이다. 빋바ᄃ샤 내 일훔조쳐 셩인ᄭᅴ 받ᄌ오쇼셔. ᄑ롬도 셜우시며 뎌 말도 슬프실시 냥부니 ᄀᆞ장 우르시니라.

⑪ 이는 비귀 댱쟈집 ᄀᆞᄅ치시ᄂ니라.

⑫ 이는 세 부니 초망가니셔 자시ᄂ니라.

⑬ 이는 초망가니 자시고 댱쟈의 지브로 가시ᄂ니라.

⑭ 이는 ᄌ현댱쟈지븨 세 부니 나아가샤 겨집죵을 ᄑ라지이다 ᄒ시ᄂ니라.

⑮ 이는 ᄌ현댱재 듣고 세부놀 뫼셔드려 겨집죵의 비디 언메잇까. 부인이 니ᄅᆞ샤더 내 모매 비디 일 쳔근 금이니이다. ᄯᅩ 니ᄅᆞ샤더 비욘 아긔 비디 ᄯᅩ 일 쳔근 금이니이다. 이 쳔근 금을 비드로 내야 냥분 ᄭᅴ

받줍ᄂ니라.

⑯ ᄒ롯밤 자시고 문밧끠 나샤 세 부니 슬프시니 부인이 술오샤ᄃ 움 곧 아니면 어느 길헤 다시 보ᄉ오리. 사ᄅ미 션을 닷ᄭ면 리익글 슈ᄒᄂ니 왕생게를 ᄀᄅ치습시고 아긔 일호몰 엇찌 ᄒ리잇까 아비 어 미 이셔 일뎡ᄒ사이다. 왕이 눈물 홀리시고 부인 ᄯ들 어엿쎄 녀기샤 아둘옷 나거든 안락쑥이라 ᄒ고 ᄯᆞ라커든 효양이라 ᄒ라. 문밧끠 셔 겨샤 양 부니 여회실제 술하디여 우ᄅ시ᄂ니라.

⑰ 이ᄂ 비귀 금 바다가지고 가시ᄂ니라.

⑱ 이ᄂ 부인ᄂ란 ᄑᄅ시고 대왕이 비구와 둘히 가시ᄂ니라.

⑲ 이ᄂ 아기 도망ᄒ샤 가거시놀 댱쟈집 종이 보고 자바가습ᄂ니라.

⑳ 이ᄂ 아기 도망ᄒ샤 아바님 보ᄉ오라 딥동 ᄐ고 가시ᄂ니라.

㉑ 이ᄂ 아기 나아가시다가 치녀 보시니 대왕이 오시ᄂ다 ᄒ시ᄂ니라.

㉒ 이ᄂ 아기 아바님 맏나시니 허튀롤 안아 우ᄅ시니 왕이 무ᄅ샤ᄃ 네 엇던 아히완ᄃ 허튀롤 아나 우는다. 아기 말 아니ᄒ고 왕싱게롤 외 오신대 아바니미 안으시니라.

㉓ 이ᄂ 아기 아나 우ᄅ시ᄂ니라.

㉔ 대왕이 아기ᄃ려 니ᄅ샤ᄃ 아래 네 어미 나롤 여회여 시름으로 사니거늘 오늘 네 어미 너롤 여회여 눈물로 사ᄂ니라. 아기 하딕ᄒ야 여회실제 눈므을 홀리시니 아바니미 슬ᄒ샤 아기 보내실제 놀애롤 브 ᄅ시니 '아래녀리 그츤 이런 이븐 길헤 누롤 보리라 우러곰 온다 대ᄌ 대비 원앙됴와 공덕 닷ᄂ 내 몸이 졍각길헤 마조보리어다.'

㉕ 이ᄂ 아기 도라오시ᄂ니라.

㉖ 아기 도라올제 길헤 쇼칠 아히롤 보시니 놀애롤 브ᄅᄃ니 '안락 국기ᄂ 아비ᄂ 보와니와 어미 몯 보와 시르미 깁거다.' 댱재 노ᄒ야 부 인놀 주기습ᄃ니 놀애롤 브ᄅ시니이다. '고븐님 몯보ᄉ와 술하 우니다 니 오늘랄애 넉시라 마로롓짜 ᄒ야 니ᄅᄂ니라.'

㉗ 부인니 업스샤 삼동이 도외샤 즘게 아래 더뎟시니 아기 우르샤 삼동을 뫼ᄒ시고 셔방애 합쟝ᄒ시니 극락세계옛 ᄉ십팔 룡셔니 공듕

에 ᄂᆞ라 오시니 졉인 즁싱ᄒᆞ시ᄂᆞᆫ 졔대보살둘히 ᄉᆞᄌᆞ좌로 마자 가시ᄂᆞ
니라.

　이처럼 「안락국태자경변상도」는 산문전승의 대부분을 국문으로
기록해 놓았다. 따라서 이 변상도는 그림과 문학의 절묘한 조화가
돋보인다. 실제로 이 변상도는 산문전승의 전반을 집약하여 서사화
(敍事畵)의 성격이 강하다. 이를 사건전개의 순서에 따라 확인해 보
면 다음과 같다.

　발단부분은 범마라국의 광
유성인이 교화업무를 펴고, 서
천국의 사라수대왕이 선정에
힘쓰면서 팔채녀를 시주하는
부분까지라 하겠다. 여기에서
는 그 배경으로 범마라국의 임
정사와 서천국의 왕궁이 도입
공간으로 배치되어 있거니와
팔채녀의 보시는 장차 이어질

[그림1] 임정사와 광유성인

구도출행을 예견케 한다. 이에 해당하는 화소는 ①, ②, ③, ④, ⑤,
⑥인데 공간적인 배경과 주요인물의 소개 및 사건전개의 실마리를
감지할 수 있도록 했다.(그림1 참조)

　전개부분에 해당하는 것은 사라수대왕·원앙부인이 구도출행을
감행하는 부분이다. 이에 해당하는 화소는 ⑦, ⑧, ⑨이다. 여기에서
는 팔채녀를 관장할 책임자가 필요하자 광유성인이 사라수대왕의
출가를 요구한다. 이에 승렬바라문비구가 광유성인의 뜻에 따라 사

라수대왕에게 알리니, 대왕은
기꺼이 나라를 버리고 그의 제
일부인인 원앙과 함께 출행한
다. 따라서 그들의 운명이 뒤바
뀔 개연성을 마련하며 사건의
실마리를 구체화하고 있다.(그림
2 참조)

[그림2] 부왕과 원앙부인의 출행

위기부분은 사라수대왕과 원
앙부인·승렬바라문비구가 출행
하다가 원앙부인이 임부의 몸으
로 더 이상 길을 가지 못하고 죽
림국의 자현장자에게 종으로 팔
리는 대목이다. 이에 해당하는
화소는 ⑩, ⑪, ⑫, ⑬, ⑭, ⑮,
⑯, ⑰, ⑱을 들 수 있다. 여기에
서는 원앙부인이 임부로서 범마
라국까지 갈 수 없자, 자신과 뱃

[그림3] 원앙부인의 매신(賣身)

속 아이를 팔아 그 돈을 광유성인께 보시하고자 한다. 그리하여 극
악무도한 자현장자에게 팔린 원앙부인의 위태로운 운명과, 생이별
을 겪어야 하는 비극적 상황, 그리고 안락국의 출생과 성장이 사건
의 대변혁을 예고한다.(그림3 참조)

절정부분은 자현장자집에서 종으로 생장(生長)하던 안락국이 유나
의 직분을 충실히 수행하는 아버지를 찾아 나서면서 비극과 희극의
양 정점을 조성하는 곳이다. 이에 해당하는 화소는 ⑲, ⑳, ㉑, ㉒,

㉓을 들 수 있다. 이곳에서는 원앙부인이 안락국의 도주를 방조한 혐의로 자현장자에게 살해되어 극한의 비극적 상황을 조성하는 일면, 안락국이 범마라국에 당도하여 사라수대왕을 극적으로 상봉하면서 대환희를 맛보도록 했다. 희비극을 대비적으로 배치하면서 사건의 정점을 마련한 것이라 하겠다.(그림4 참조)

[그림4] 원앙부인의 죽음과 부자상봉

하강부분은 사건이 종결을 지향하는 곳으로, 안락국이 어머니가 걱정되어 죽림국으로 되돌아오는 부분이다. 이에 해당하는 화소는 ㉔, ㉕, ㉖이다. 안락국은 아버지를 극적으로 만나 그간의 회포를 풀고는 이미님이 긱정되어 곧바로 죽림국으로 돌아온다. 그런데 도중에 목동들에게서 어머니의 죽음을 암시하는 노래를 듣고, 수풀 속에 버려진 어머님

[그림5] 안락국의 귀환

시신을 찾아 통곡한다. 종결을 향하면서 안락국의 구도심이나 효행을 강조한 부분이라 하겠다.(그림5 참조)

대단원은 사건진행이 급전직하되는 곳으로 ㉗화소가 해당된다. 여

기에서는 안락국이 삼동되어 죽은 어
머니 시신을 차례로 이어 놓고 극락왕
생을 비원하자, 서천에서 용선이 내려
와 안락국에게 부모는 이미 왕생했다
고 말하며, 용선에 오를 것을 권한다.
따라서 모든 사건이 해결되며 포교상
에서 염두에 두었던 서방정토로의 왕
생극락이 달성된다.(그림6 참조)

[그림6] 안락국의 비원과 극락왕생

이 변상도는 이처럼 앞에서 확인했
던 산문전승의 대부분을 그림으로 형
상화하였다. 그렇기 때문에 이 변상도의 내용은 산문전승, 특히 『월
인석보』 소재 「안락국태자전」과 큰 차이를 보이지 않는다. 이렇게
이 그림은 문학과 그림의 상호텍스트성이 아주 긴밀하게 조직되어
있다.

2) 국문기록과 변상도의 구도

이 변상도는 누언한 대로 산문전승을 시각화하여 보는 문학으로
재창출하였다. 한 폭의 그림에다 서사내용을 효과적으로 조직하면
서 희비극을 연출해 놓았기 때문이다. 물론 그 의도에 맞게 그림의
내용도 치밀하게 안배해 놓았다. 실제로 이 변상도는 다양한 구도
를 보이고 있는데, 우하향 대각선을 중심으로 인물들의 활동 내역
을 구획하였는가 하면, 주요공간을 대조적인 방법으로 적시하기도
하였다. 먼저 전도(全圖)를 보면 [그림7]과 같다.

[그림7] 안락국태자경변상도의 구도

우하향 대각선을 중심으로 좌하향에는 원앙부인과 사라수대왕의
활동내역을, 우상향에는 안락국의 활동내역을 배치해 놓았다. 먼저
좌하향을 보면 원앙부인과 사라수대왕이 구도출행하여 겪는 고통과
그에서 파생된 원앙부인의 매신(賣身), 그리고 마침내는 기약없이
이별하는 장면이 배치되어 있다. 반면에 대각선을 중심으로 우상향
부분은 안락국이 활동하는 공간이 주를 이룬다. 이를테면 안락국이

강을 어렵게 건너 팔채녀를 통하여 아버지를 상봉하거나, 죽림국으로 돌아와 어머님의 시신을 이어놓고 극락왕생을 비원하거나, 그 답으로 용선이 와서 부모님의 왕생을 알리며 안락국을 인도하는 내용이 그것이다. 이렇게 핵심 인물들의 활동 내역을 양분하여 일목요연하게 형상화하였다.

이 변상도에서는 대비적인 기법을 중시하기도 하였다. 우선 서방정토로 상징되는 임정사를 좌측 상단에 포진시키고 각자(覺者)인 광유성인을 상주토록 하는 일면, 세속의 대표 공간이면서 선의 표상인 서천국과 사라수대왕을 우측 하단에 배치하였다. 세속과 정토를 수직의 개념으로 설정한 후 속세에서 정토를 지향하는 구도로 짠 것이다. 다만 수행의 어려움을 상징하는 곳으로 죽림국을 세속과 정토의 중간에 배치해 놓았다. 이원적 세계관을 상하로 구분하여 큰 틀을 짠 다음, 세부적인 사건을 그 사이에 포진시킨 것이다. 실제로 죽림국과 광야를 세속과 정토 사이에 배치하고, 그곳에서 주인공들이 파란만장한 구도행위를 펼치도록 했다. 광야에서 원앙부인이 임부의 몸으로 더 이상 길을 걷지 못하자, 사라수대왕과 승렬바라문비구는 그녀의 간청대로 자현장자의 종으로 판다. 나아가 이 자현장자의 집을 원앙부인의 고난처로 설정하여 구도를 향한 그녀의 열망이 부각되도록 했다.

또한 악의 상징처인 자현장자의 저택과 대비되는 공간을 바로 위쪽과 오른쪽에 배치하여 극명한 대조 기법을 보이기도 한다. 하나는 안락국이 어머님의 시신을 이어놓고 비원하자 정토의 상징인 용선이 안락국을 인도하는 것이고, 다른 하나는 광유성인이 상주 설법하는 임정사를 바로 위에 포진시켜 선악을 대비·부각시켜 놓았다. 그리고 사건의 정점에 해당하는 부자 상봉 장면과 어머니의 죽음을 용선을 사이에 두고 상하로 배치하여, 한편에서는 극한의 환희가, 또 한편에서는 잔인한 비극이 전개되도록 하여 그 상반된 양상을 명확히 표출했다.

이 변상도는 이렇게 우하향의 대각선을 중심으로 주요 인물들의 활동 양상을 체계화했을 뿐만 아니라, 상하의 구도에서는 청정과 세속, 기쁨과 슬픔, 선과 악을 이원적으로 드러내기도 하였다. 이는 곧 한 폭의 그림에 파란만장한 서사내용을 집약시켜 극적 정화가 가능하도록 의도한 것이라 할 수 있다.

4. 「안락국태자경변상도」의 연행텍스트적 성격

「안락국태자경변상도」와 같은 그림연행은 불교전파지마다 확인할 수 있다.[14] 한 장의 그림을 놓고 연행하거나, 그림두루마리를 펼치며 연행하거나 그에서 발전하여 그림자극으로 연행하거나 간에 모두 그림연행과 관련되기 때문이다. 특히 인도는 물론, 서역이나 동남아시아, 중국 측에서 그림연행이 일반화되었는데, 대부분 불교의 변문과 변상도에서 파생된 것으로 볼 수 있다.[15] 이러한 사정을 감안하면 우리나라에서도 그림연행이 빈번했을 것으로 보이지만, 「안락국태

---

14) Victor H. Mair·정경훈 역, 「그림과 연행-중국의 그림이야기 구술과 인도 기원」(*Painting and Performance-Chinese Picture Recitation and Its Indian Genesis* (University of Hawaii Press, 1988), 'Introduction'(「동서문화교류연구」 제3집, 한국돈황학회, 2001, 243~272쪽)
15) 위의 주 16) 참조.

자경변상도」가 그 실체의 일부를 확인해 줄 따름이다. 그래서 여기에
서는 그 전통이 우리와 밀접한 중국의 경우에 한정해서 그림연행의
통시적 맥락을 확인하고, 이어서 우리나라의 사정과 「안락국태자경
변상도」의 연행텍스트적인 성격을 살펴보도록 하겠다.[16]

1) 그림연행의 전통과 양상

중국에서 그림연행이 시행된 것은 대체로 당대로 보고 있다. 그
것은 이 시기에 와서 불교의 속화·연행의 방편으로 변문과 변상이
성행했기 때문이다. 실제로 돈황의 벽화, 즉 변상도를 배경으로 다
양한 변문을 연행할 수 있었다. 하지만 벽화는 공간상의 제약 때문
에 연행효과가 반감될 수밖에 없다. 그래서 [그림8]처럼 비단이나
종이에 불교고사나 일반고사를 그려 연행텍스트로 활용하곤 하였
다. 이는 운집 청중만 있으면 어느 곳에서나 연행할 수 있는 장점이

[그림8] Pelliot 돈황사본(降魔變相) 4524(파리 국립도서관)

---

16) 중국 측의 그림연행에 대해서는 Victor H. Mair, 정광훈 역, 「그림과 연행」을
참조하였을 뿐만 아니라, 사진 또한 역자가 보내준 파일을 활용하였다.

[그림9] 백운당본(白雲堂本) 청명상하도(淸明上河圖) 속의 그림연행(원대)

확보되어 있다. 이러한 전통은 이미 불교 발생지인 인도에서 시작
되어[17] 불교전파와 함께 중국 측에 영향을 끼친 것으로 볼 수 있다.
  그림연행은 원대의 강창연희에서도 시행되었다. 실제로 원대는
잡극 등 연극의 성행으로 그림연행이 이루어질 충분조건이 확보되
어 있었다. 이때의 그림연행은 변문과 변상도에서 파생된 강창문학
에서 크게 성행한다. 실제로 중국의 강창문학은 원명청대를 지나며
보권이나 탄사·평화 등으로 분화되었다. 분화된 강창장르는 그 나
름대로 특성을 구비한 채 연행의 전통을 지속하고 있었다. 그런데
이들의 연행에서도 그림이 일정한 역할을 담당하곤 하였다. 이 그
림연행에서는 불교고사는 물론이고 일반고사도 연행의 좋은 대상이
될 수 있었다. 특히 원대에는 [그림9]와 같이 사원이나 가항에서도
그림연행이 시행되었으며, 그를 전문으로 하는 이야기꾼도 적지 않

---

17) 인도의 경우 회화적인 그림보다는 탑의 기단에 이야기를 부조하면서 변상도가
  나타났다고 한다.(한국정신문화연구원, 『한국민족문화대백과사전』 9권, 웅진출
  판주식회사, 1991, 665쪽)

앉다.18) [그림9]는 그림을 걸고 그 그림에 맞는 내용을 연행하는 상황이다. 또한 원대에는 [그림 10]과 같이 불교고사와 관련이 없는 경우에도 그림으로 연행하곤 하였다. 이는 도관(道館)의 벽화에 그려진 것으로, 그 속에서 그림연행의 일부를 확인할 수 있

[그림10] 영락궁(永樂宮) 칠진전(七眞殿 벽화 속의 그림연행(원대)

다. 여기에서는 상징적인 그림을 들고 이야기를 풀어가는 방식을 택하였다. 이렇게 볼 때 원대에는 불교고사가 아니더라도 그림연행이 보편적인 현상으로 자리 잡았음을 알 수 있다.

명청대에도 그림연행의 전통이 지속되었다.(그림 11참조) 특히 원대부터 지속되었던 평화(平話)는 그 원초적인 연행이 그림을 동반한 것이었다. 실제로 평화의 연행에서 그림은 절대적인 위치를 확보하

[그림11] 맹강녀고사(청대)

고 있었다. 그러다가 종국에는 그 해설 산문과 운문만 남게 된 것이 지금의 평화이다.19) 따라서 평화의 시원은 바로 그림연행에 있었음을 알 수 있다. 이와 같은 전통은 지금까지도 그 명맥을 유지하고 있다. 하서 보권에서 영가(靈駕) 천도와 관련된 고사의 연행에서 지옥변상도를 활용하는 전통이 있기 때문이다.(그림12 참조) 이처럼

---

18) Victor H. Mair, 정광훈 역, 252~256쪽.
19) Victor H. Mair, 정광훈 역, 250~251쪽.

중국에서는 그림연행이 통시성을 확보
하고 있다.

우리나라에서도 중국의 경우와 마찬
가지로 그림연행이 실행되었음은 당연
하다. 이미 신라대에 변상도가 있었거
니와[20] 고려대는 사경변상도나 판경
변상도, 그리고 회화인 채색변상도가
엄존했기 때문이다.[21] 사경변상도는
경전의 권두나 권말에 선을 위주로 그
린 것을 말한다. 대체로 해당 경전의
핵심을 집약하여 표출함으로써 경전의
내용을 입체적으로 수용할 수 있도록
했다. 판경변상도는 인쇄술의 발달로

[그림12] 하서보권 연행에 활용된
지옥변상(20세기)

이미 고려시대부터 시작하여 조선시대까지 성행하게 된다.(그림13
참조) 이 변상도는 삽도(揷圖) 형식으로 경전의 권두는 물론, 경전 내
용의 중간 중간에 배치되는 특성이 있다. 경전을 읽으면서 그때그
때 그림을 통하여 경전내용을 확인할 수 있도록 고려한 것이다.

반면에 채색변상도는 벽화나 탱화 형태로, 관경변상도·화엄경변
상도·미륵하생경변상도 등이 해당된다. 이들은 배불로 그려지는가

---

20) 문명대, 「신라화엄경사경과 그 변상도의 연구」, 『한국학보』 14, 한국학보사,
    1979.

21) 한국정신문화연구원, 『한국민족문화대백과사전』 제9권, 웅진출판주식회사,
    1991, 666~667쪽.

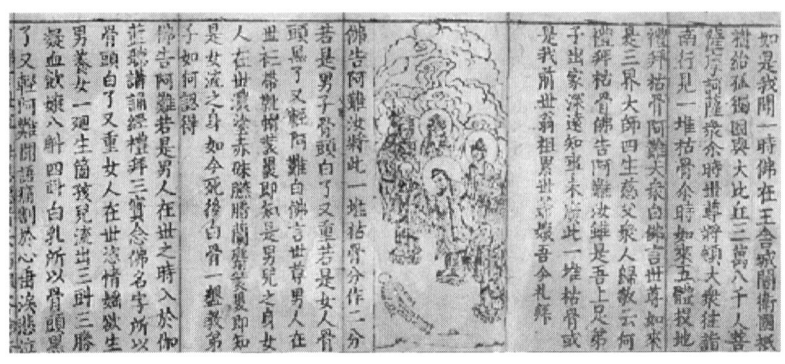

[그림13] 부모은중경 판경변상도(1378)

하면, 사찰의 벽면에 벽화로 그려지기도 하고, 비단이나 종이에 채색되어 괘불 등으로 활용되기도 하였다. 시각적인 효과를 강화한 이 변상도는 불교 교화용으로 유용할 수 있었다. 벽화나 배불은 그대로 장엄이 되어 숭불을 조성할 수 있었거니와 탱화 형태는 각종 의식의 배경도나 소도구로 활용될 수 있다.(그림14 참조)

그림연행은 단지 불교계에 국한되지 않고, 일반문화로 확산되기에 이른다. 대표적인 것이 바로 행실도류이다.22) 즉 『삼강행실도』·『오륜행실도』·『이륜행실도』가 그것이다. 이들은 간명한 서사체를 그림과 국문 및 한문으로 제작했는데, 핵심 사항을 그림으로 형상화하여 주목된다.(그림15 참조) 이는 글을 모르는 사람들에게 그림으로 강상

[그림14] 수월관음도(고려)

---

22) 김진영, 「행실도와 판화의 상관성」, 『고전소설과 예술』, 도서출판 박이정, 1999, 275~294쪽.

을 알리기 위함이었다. 실제로 이
러한 전적을 가지고 몇몇의 사람
을 앞에 놓고 연행할 때에는 그림
을 통한 연행이 될 수밖에 없다.
이미 확보된 그림과 이야기를 십
분 살려야 교화의 효과가 극대화
될 수 있기 때문이다.

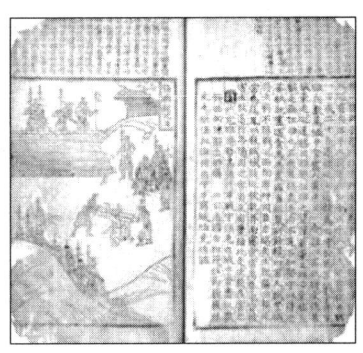

[그림15] 삼강행실도(1481)

그림연행의 전통은 포교나 교화
의 측면을 지나 소설의 감상 수단
으로 활용되기도 하였다.(그림 16
참조) 즉 구활자본에서 표지그림
으로 작품 내용을 그리는 것이나
작품의 곳곳에 삽도 형식으로 처
리하여 감상의 묘미를 배가한 경
우가 그것이다.23) 따라서 이러한
판본을 가지고 대중들에게 연행

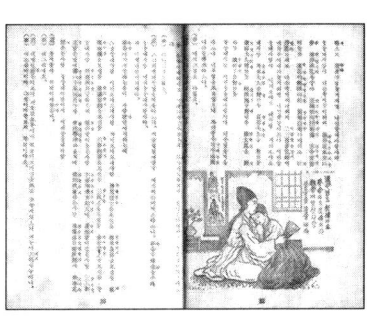

[그림16] 「춘향전」 딱지본 삽화

할 때에는 필연적으로 해당 그림을 활용하게 되어 그림연행의 효과
를 얻을 수 있다.

그렇지만 위에서 언급한 그림들이 연행텍스트로 얼마나 충족된 자
질을 확보하고 있는가에 대해서는 회의적인 면이 없지 않다. 이들은
한두 장면으로 해당 서사내용을 상징적으로 집약·표출했기 때문이
다. 따라서 이들이 어느 정도 시각적인 효과를 거두었을지라도 그
자체가 연행텍스트로서 충족되기에는 미흡한 면이 없지 않다.

---

23) 김진영, 「춘향전과 삽화의 상관성」, 위의 책, 345~360쪽.

2) 「안락국태자경변상도」의 연행텍스트적 면모

「안락국태자경변상도」는 그 자체로서 연행텍스트로서의 자질이 충족되어 있다. 그것은 이 그림이 해당 장면을 짚어가며 연행할 수 있는 모든 조건을 적절히 구비하였기 때문이다. 게다가 청관중은 물론 연행자도 참조할 수 있는 국문기록이 곳곳에 배치되어 연행효과를 배가할 수 있다. 따라서 여기에서는 이러한 점을 감안하여 이 변상도의 연행텍스트적 속성을 몇 가지로 나누어 확인해 보도록 하겠다.

첫째, 이 변상도의 산문전승이 변문의 설법대본으로 충족되어 있다는 점이다. 잘 아는 것처럼 변문은 경전의 내용을 쉽고 재미있게 풀어 쓴 설법용 텍스트이다. 그러다 보니 이들은 자연스럽게 연행본의 자질을 확보하게 되었다. 이는 불교 전파지마다 성격의 차이는 있을지언정 비슷한 상황으로 전개되었다. 우리나라의 경우 이러한 변문 작품이 고려·조선조에 연행텍스트로 활용된 양상을 확인할 수 있다. 그 대표적인 작품이 바로 안락국태자전승이다.

안락국태자전승은 그 조본이 고려대에 있었지만, 『석보상절』이나 『월인석보』에 편입되면서 국문변문으로 유통되었다. 국문화로 인해 이제 필요에 따라 언제든지 설법대본으로 활용할 수 있게 되었다. 즉 말과 글에서 오는 괴리감을 벗어나 쉽게 연행법화로 변용될 수 있었다. 『월인석보』 소재 작품이 대부분 구어의 대화체임은 물론, 삽입가요가 적재적소에 배치되어 그 실태를 짐작할 수 있다. 이러한 전통 때문에 이 텍스트가 경상도·함경도·제주도 등에서 서사무가로 활용된 것이다.

「안락국태자경변상도」가 바로 위와 같은 변문텍스트의 핵심 화소를 국문으로 병기하여 주목된다. 발단에서부터 종결에 이르는 사건 전개의 주요 과정을 국문으로 표출하였는가 하면, 『월인석보』 소재 「안락국태자전」에서 이입·활용된 삽입가요를 적시하기도 했다. 주요 골자만을 병기하기도 쉽지 않은 상황에서 삽입가요까지 제시한 것은 이 국문기록의 변문적 특성을 쉽게 짐작할 수 있게 한다. 게다가 이 국문기록을 연행이 용이하도록 적절하게 배치하여, 연행텍스트적 자질이 더 돋보인다.

둘째, 변상도가 이야기 전모를 치밀하게 구조화하였다는 점이다. 잘 아는 것처럼 변상도는 변문을 연행할 때 그 배경도나 연행도구로 활용하는 그림이다. 이 변상도는 삽도 형식도 있지만, 벽화나 탱화형태로 그려지기도 한다. 사실 연행에서는 시각적인 효과를 도모하기 위하여 이 변상도를 종종 애용해 왔다.

「안락국태자경변상도」는 변상도의 일반적인 특성을 고스란히 이어받으면서도 서사구조를 치밀하게 도상화하여 주목된다. 이 변상도는 산문전승의 전모를 총 27개 화소로 정리하여 기존의 변상도와는 변별되는 특성을 가지고 있다. 기존의 변상도가 서사내용의 핵심에 해당하는 일부분만을 그림으로 그린 반면에, 이 변상도는 서사내용 전반을 그림으로 도출(圖出)했기 때문이다. 그리하여 이 변상도는 이른바 서사화의 성격을 온전히 갖추게 되었다. 물론 이러한 그림이 중국의 경우 벽화나 두루마기로 그려지기도 했지만,[24] 한 폭의 그림에 이처럼 치밀하게 서사내용을 담은 경우는 쉽게 확인할 수 없다. 따라서 이 변상도는 그림만을 가지고도 이야기를 전

---

24) 예를 들면 돈황의 막고굴 제 2면 117굴의 불전도 중 '사문유관상도' 같은 변상도가 이에 해당될 수 있다.

개할 수 있는 독특한 강점을 갖게 되었다. 이를테면 그림 자체만으로도 연행텍스트적 조건이 상당 부분 충족된다.

셋째, 이 변상도는 특이하게 위의 변문과 변상이 한 폭의 그림에 병치되어 주목된다. 이야기와 그림이 병치되어 연행텍스트로서의 자질이 더욱 강화된 것이다. 실제로 이 그림에 기입된 이야기는 변문의 성격이, 그 그림은 변상의 자질이 확보되어 있다. 이렇게 변문과 변상이 합치된 것은 기존의 변상도에서 확인할 수 없는 것으로, 이 변상도만이 갖는 독특한 특성 중의 하나이다. 아무래도 이렇게 조직한 것은 효율적인 연행 때문이라 하겠다. 기존 변문의 경우 연행하기 위해서는 벽화나 탱화가 별도로 구비되어야 한다. 그렇지만 이 변상도처럼 제작하면 변문과 변상이 한 자리에 있기 때문에 연행의 수월성이 담보될 수 있다. 그런 점에서 이 변상도는 치밀한 의도하에 연행텍스트로 제작한 것임을 알 수 있다.

넷째, 이 변상도는 사건전개상의 기본구도를 충실히 준수했다는 점이다. 즉 수미일관된 텍스트라서 이들을 연행할 경우 불교포교의 목적을 달성하기에 충분하다. 그것은 이 서사내용이 감동을 유발하는 극적 구조물로 작용할 수 있었기 때문이다.

이 변상도는 범마라국 임정사와 서천국의 왕궁을 공간 배경으로 제시하고, 광유성인·사라수대왕·원앙부인 등 주요 인물을 소개하면서 사건의 예비적 단계를 마련하였으며, 이들의 구도출행에서 매신과 이별, 그리고 유복자가 될 아이의 운명 등이 복잡하게 뒤얽히면서 상승적 단계를 밟아 나간다. 이어서 안락국이 생장한 후 아버지를 만나기 위하여 도주하자, 그 어머니는 아들을 도주시킨 대가로 자현장자에게 타살되고, 안락국은 어렵게 도주하여 아버지를 상봉

함으로써 극한의 희비극이 사건의 절정에 이르도록 했다. 이제 안락
국이 죽림국에 도착하여 죽은 어머니 시신을 이어놓고 비원하는 부
분에서 사건의 종말을 향한 반전이 이루어지고, 마침내 아버지와 어
머니는 물론, 슬픔에 오열하며 비원을 마지않던 안락국이 용선에
올라 서방정토에 왕생하는 것으로 대단원을 맺는다. 그런데 이러한
면모를 이 작품의 국문기록이나 그림이 잘 표출하고 있다는 점이다.
그렇기 때문에 이 변상도는 그 자체로서 완결된 서사구조를 구비하
여, 연행텍스트로서의 자질이 충분하다 하겠다.

다섯째, 이 변상도를 연행현장에서 활용할 때에는 단순한 보조
자료를 넘어 적극적인 텍스트로 활용할 수 있었다. 앞에서 이미 이
작품이 갖는 텍스트로서의 성격이 여러 측면에서 확인되었다. 그렇
다면 이 작품을 연행할 때에는 그에 부합하는 방식이 동원될 수밖
에 없다. 기왕의 변상도라면 연행의 배경이나 소도구로 활용하면
그만이었을 것이다. 즉 판경변상도나 사경변상도는 읽는 중간에 보
충적인 설명자료로 기능했을 따름이다. 그런데 이 변상도는 그와
같은 변상도와 달리 서사구조를 그림과 국문으로 치밀하게 정리해
놓았기 때문에 연행에서 활용되는 양상도 사뭇 달라질 수밖에 없다.

실제로 이 변상도를 활용한 연행에서는 막대기나 손으로 짚어가
며 연행하는 것이 유용했을 것이다. 이 변상도에 대부분의 사건이
조직되어 그렇게 연행하는 데 전혀 지장이 없기 때문이다. 다만 행
간의 의미를 어떻게 처리하느냐 하는 문제는 연행자의 자질에 달려
있을 따름이다. 뿐만 아니라 이 변상도에는 국문기록 속에 삽입가
요들이 적소에 배치되어 그 부분을 연행할 때에는 자연스럽게 노래
로 부르게 마련이다. 이 변상도만을 가지고도 강창연행이 충분히

가능한 이유가 바로 여기에 있다. 따라서 이 변상도의 연행은 중국 측의 [그림10]과 같은 방식이 되었을 것이다. 즉 몇몇의 청관중을 대상으로 포교의 목적에서 혹은 순문예적 차원에서 그림을 걸어놓고 설명 또는 노래하는 방식으로 연행했을 것으로 본다.

5. 「안락국태자경변상도」의 문예사적 의미

앞에서 살핀 내용을 토대로 「안락국태자경변상도」의 문예사적 의미를 살펴보도록 하겠다. 이 변상도는 그림과 국문이 병기되었다는 점에서 문학사와 미술사, 그리고 연희사적인 측면에서 주목되는 바가 크다.

첫째, 문학사적인 측면에서 그 의미를 조감할 수 있다. 잘 아는 것처럼 안락국태자전승은 그 조본이 고려대에 있었을 것으로 추정된다. 하지만 그것의 실질적인 모습은 조선 초의 『석보상절』이나 『월인석보』에서 대할 수 있다. 나아가 한문본은 조선 중기 덕주사판 『석가여래십지수행기』(1660)의 부록에서 확인된다. 그런데 이 변상도는 제작시기가 1576년으로, 산문전승의 지속적인 유통양상을 가늠하는 척도가 될 수 있다. 실제로 『월인석보』의 「안락국태자전」이 제작된 이후 어떻게 유통되었는지 막연했는데, 이 변상도로 하여 그 유통실태를 짐작할 수 있다. 더욱이 이 변상도에 이입·활용된 국문은 『월인석보』의 그것을 상당수 원용하고 있다. 그러기에 산문의 기술방식이 유사하거니와 삽입가요 또한 『월인석보』의 그것과 큰 차이를 보이지 않는다. 이러한 점을 감안하면 이 변상도가 구탱을 개신하되

『월인석보』소재 「안락국태자전」을 크게 참조했음을 알 수 있다. 따라서 이 변상도는『월인석보』소재 「안락국태자전」이 조선 중기까지 문학적 역량을 발휘하며 교화용 연행텍스트로 작용해 왔음을 실증해 준다 하겠다.

둘째, 이 변상도는 미술사적인 측면에서도 주목된다. 우리나라의 변상도는 삼국시대부터 시작하여 근대에 이르기까지 지속되었지만, 이 변상도는 기왕의 변상도와는 변별되는 특성 때문에 미술사적인 측면에서 관심의 대상이다. 고려시대의 변상도는 사경변상도가 우세한 가운데 일부의 판경변상도, 그리고 채색변상도가 전하지만, 이야기 전체를 일목요연하게 그림으로 형상화한 사례는 없었다. 사경변상도는 권두나 권말에 몇 점의 그림이 세필로 그려졌을 뿐이고, 판경변상도도 삽도(揷圖)의 형태라서 경전 이해의 보조수단으로 활용되는 정도였다. 채색변상도도 상징성을 띤 경우가 많아 산문내용에 대한 도해의 의미는 크지 않다. 그러던 것이 이 변상도에 와서는 한 폭의 그림에 다양한 서사내용을 집약하여 그림서사의 특성이 강화되었다. 더욱이 기존의 변상도가 경전 중심인 데 반해, 이 변상도는 철저히 위경 변상으로 제작되어 한국적인 변상도의 면모를 잘 보이고 있다. 그렇기 때문에 이 변상도는 미술의 회화사에서도 의미있는 작품이라 하겠다.

셋째, 이 변상도는 문예사적인 측면에서도 주목된다. 잘 아는 것처럼 변문은 불경을 세속화한 것으로 대중을 위한 연행텍스트로 활용되어 왔다. 이러한 사정은 중국 돈황 출토의 변문이 잘 대변하고 있다.[25] 그런데 그 연행현장의 배경 및 소도구로 변상이 종종 활용

---

25) 楊 雄, 「敦煌變文與壁畫內容之比較」, 『동서문화교류연구』2, 한국돈황학회,

되었다는 점이다.

「안락국태자경변상도」는 위 변문과 변상이 한 폭의 그림에 병존한다는 점에서 기존의 변문 및 변상과는 큰 차이를 보인다. 이는 이 작품이 연행을 목적으로 제작되었음을 의미하는 것이라 하겠다. 실제로 이 변상도에 기입된 국문서사는 변문으로서의 자질이 충족되어 있다. 게다가 여기에 부응하는 그림이야말로 변상으로서의 자격이 충분하다. 이렇게 변문과 변상을 치밀하게 병치한 것은 아무래도 교화나 문예적 측면에서 그 효용성을 극대화하기 위한 것이라 하겠다. 말하자면 변문과 변상이 분리되어 있으면 연행이 다소 불편할 수 있는데, 양자를 병치시켜 연행의 수월성을 담보한 것이라 하겠다. 그렇다면 이 변상도는 그 자체로서 연행텍스트의 자질이 확보되어 당시의 연행문학의 실태를 짐작할 수도 있다.

「안락국태자경변상도」는 이처럼 한국의 서사문학사나 미술사는 물론, 불교의 연희사에서 주목되는 바가 크다. 이렇게 이 변상도가 당시의 문예적 실태를 복합적으로 보인다는 점에서 문예사적인 의미가 남다르다 하겠다.

6. 결론

지금까지 「안락국태자경변상도」의 연행텍스트적인 성격을 몇 가지 관점에서 확인해 보았다. 먼저 이 변상도의 제작 경위를 검토한 후 그 내용과 구도를 살펴보았다. 이어서 이 작품의 연행텍스트적

1999, 207~214쪽.

인 성격이나 문예사적 의미를 점검해 보았다. 이상의 논의를 요약
·정리하면 다음과 같다.

첫째, 이 변상도는 고려대의 변상 제작의 전통을 이어받아 조선
중기의 시대 상황에 맞게 개신한 것이다. 명문이나 산문전승 및 구
탱의 전반적인 속성을 감안할 때, 이 변상도는 당시 문화에 조예가
깊었던 불교인이 주축이 되었을 것이다. 제작의 명분은 불교중흥에
있었지만 표층 동인을 왕가의 안위에 두어 제작의 당위성을 마련하
고자 했다.

둘째, 이 변상도의 내용은 『석보상절』이나 『월인석보』의 그것과
유사하며, 그 구도는 인물들의 활동에 맞게 구획하되 대비적 방법
을 써서 극적 효과를 도모하였다. 내용을 보면 그림이나 국문기록
모두 『월인석보』 소재 「안락국태자전」과 큰 차이를 보이지 않는다.
더욱이 삽입가요는 큰 편차 없이 그대로 준용되었다. 따라서 이 작
품의 국문 기록은 『월인석보』에 기초하였음을 알 수 있다. 뿐만 아
니라 그림의 구도 또한 산문전승의 서사내용을 치밀하게 안배함으
로써 보는 것만으로도 극적 효과를 얻을 수 있도록 고려했다.

셋째, 이 변상도는 연행텍스트로서의 자질이 확보되어 있다. 이
변상도의 산문전승은 변문으로서의 자질이 충분하고, 그림은 변상
으로서의 특성이 농후하다. 따라서 변문이 연행의 텍스트로, 변상
이 그것의 시각적 텍스트로 활용되도록 했다. 그리하여 이 변상도
는 그 자체만으로도 효율적인 연행이 가능할 수 있다. 뿐만 아니라
감동적인 서사구조가 설법현장에서 활용하기에 적합하도록 안배되
어 있다. 그래서 연행자는 이 변상도를 가리키며 청관중에게 효율
적으로 연행할 수 있다.

넷째, 이 변상도는 문예사적인 측면에서 다양한 의미가 있다. 먼저 이 작품은 산문전승이 문학사적 위상을 파악할 수 있게 한다. 즉 『석보상절』이나 『월인석보』 소재 「안락국태자전」의 유통실태나 사적인 관계망을 짐작토록 한다. 게다가 미술사, 특히 회화의 변천이나 특성을 파악하는 데에도 일조할 수 있다. 실제로 이 변상도는 기존의 변상도 및 회화와 변별되어 미술사에서 그 의미가 남다르다 하겠다. 그렇지만 이 변상도의 문예사적 의미의 핵심은 무엇보다도 문학과 미술이 병치된 것에서 찾아야 한다. 즉 변문과 변상을 아우른 연행텍스트라는 점에 주목해야 한다. 변문과 변상이 불교의 연행과정에서 파생된 양식임을 감안할 때, 양자가 모두 충족되어 있음은 연행의 조건에 잘 부합됨을 말하는 것이고, 나아가 이를 통해 불교의 연희사나 희곡사를 짐작할 수도 있기 때문이다.

제5장 불교담론의 현장적 전승

프롤로그

이 글은 불교서사의 현장적 전승을 전라도의 주요 사찰인 백양사를 중심으로 살핀 것이다. 사찰은 신앙생활의 본거지라서 이 사찰을 중심으로 다양한 신불담이나 신승담, 그리고 불연담이나 영험담 등이 생겨난다. 이는 백양사뿐만 아니라 어느 사찰에서든 보편적인 현상이다. 따라서 한 사찰의 불교서사를 집중적으로 분석하면 다른 사찰의 불교서사도 미루어 짐작하는 효과를 거둘 수 있다. 실제로 현장론적인 측면에서 특정 사찰의 불교서사를 집중적으로 살피면, 전통사찰에서 불교서사를 어떻게 활용·선승했는지, 그리고 불교서사가 포교를 위해 어떻게 기능했는지 밝힐 수 있다.

1. 서론

사찰은 종교적인 성지로서 불연지에 창건되는 것이 보통이다. 이 사찰은 청정한 극락세계를 표방할 뿐만 아니라, 그곳에 삼보가 갖추어져 불심의 발원지로 작용하기도 한다. 그리하여 불심을 강조하고 불교의 영험성을 고양하기 위한 방편으로 사찰과 관련된 이야기가 다수 생겨나게 되었다. 창사의 유래담이나 사찰 내의 각종 성물에 대한 이적담은 물론, 중창의 공덕담과 신불행위와 관련된 영험담 등이 어느 사찰에서건 보편적으로 전승되기 때문이다.

백양사의 불교이야기도 위에서 거론한 여러 유형을 망라하고 있다. 백양사가 이미 승속 간에 신앙이나 문화의 본거지로 인식되어 왔기 때문이다.[1] 실제로 일반 사찰이 그러하듯이 백양사 또한 다양한 이야기가 전승되고 있다. 이미 사찰의 내력이 오래인 데다 주석 승려 또한 고승대덕이 많은 관계로, 사찰유래담이나 승전형태의 인물담이 다수 형성·전개된 것으로 보인다. 그렇지만 지금 전하는 것은 단편이 다수이고, 완정성을 가진 이야기는 유래담이나 인물담, 그리고 암자와 관련된 것에 지나지 않는다.

이 백양사에 대한 학술적 관심은 일찍부터 있어 왔다. 이미 백양사의 불교문화에 대해 종합적으로 검토하면서, 각 학문 분야별로 나름의 성과를 거두었기 때문이다.[2] 그렇다고 백양사 이야기나 문학에 대한 연구가 기왕의 논의만으로 충족되는 것은 아니다. 지속적인 관심을 가지고 전승양상이나 문학적 가치를 다양한 관점에서 구명해야 하기 때문이다. 특히 백양사 이야기는 일찍이 채록되었음에도 불구하고 문학적인 관점에서 깊이 있는 연구가 뒤따르지 못했다.

---

1) 이준곤, 「백양사의 설화자료」, 『불교문화연구』6, 남도불교문화연구회, 1996, 208쪽.
2) 성춘경, 「조선시대 소요대사부도에 대한 고찰」, 『문화사학』, 20, 2003, 209~234쪽.
 또한 남도불교문화연구회, 『불교문화연구』6의 「백양사의 역사」, 「백양사의 승전」, 「백양사의 유물」, 「백양사의 건축」, 「백양사의 부도」, 「백양사의 석비」, 「백양사의 민속자료」, 「백양사의 설화자료」 등을 참고할 만하다.

이제 백양사 이야기에 대하여 문학적으로 접근하여 그 특징과 가치를 고찰해야 하겠다. 그래야만 이들이 단편적인 일화에 그치지 않고, 의미 있는 구조물로 재평가될 수 있기 때문이다. 이에 이 글에서는 백양사 이야기의 형성 배경을 개관한 다음, 백양사 이야기의 양상을 유형별로 검토하고자 한다. 이어서 백양사 이야기의 기저사상과 의미를 검토하면서 문학적 가치를 가늠해 보도록 하겠다.

2. 백양사 이야기의 형성 배경

백양사는 노령산맥의 연봉(連峰) 중의 하나인 백암산(白巖山) 기슭, 약수천(藥水川)이 흐르는 천변에 자리하고 있다. 백암산은 바위가 기이하여 신성한 느낌을 자아낼 뿐만 아니라, 곳곳에 암자가 들어서서 이야기문학의 좋은 자양이 될 수 있었다. 그러기에 일찍이 백제 무왕 때 백암사가 창건되어 불연지로서의 위상을 드러냈을 뿐만 아니라, 정토사를 거쳐 백양사로 개명되면서 그에 걸맞은 이화를 낳게 된 것이다. 게다가 백양사에 주석했던 승려들의 신승·기승적 면모가 부각되면서 인물담으로 형상화되기도 하였다. 이를 전제하면서 백양사 이야기가 발양될 수 있었던 토대를 살펴보도록 하겠다.

첫째, 자연 조건이 백양사 이야기를 낳는 토대가 될 수 있었다. 백양사는 노령산맥을 낀 고지대에 위치하고 있다. 그 중에서도 노령산맥의 연봉인 백암산의 백학봉(白鶴峯)이 배산(背山)으로, 그리고 약수천이 임수(臨水)로 자리하여 승경을 자랑한다.(사진1 참조) 그런데 이 백암산의 승경이 다양한 불교 이야기·사찰 이야기를 낳는 토대였다는 점이다. 백암산은 백학봉과 상왕봉(象王峯)·사자봉(獅子峯) 등의 기암괴석이 곳곳에 널려 있어 불연지로서의 성격이 강하다. 불교에서는 수미산을 우주의 중심에 두면서 그 중턱에 사천왕궁이 있고, 그 아래 남염부주에서 중생이 세거하는 것으로 보고 있다. 따라서 수려한 산은 곧잘 불교의 수미산처럼 신령스런 산으로 형상화되곤 하였다. 예를 들어 금강산의 경우 이름 자체가 불교적 성격을 띠거니와 비로봉이나 구룡폭포 등의 명칭도 불교와 관련이 있다. 묘향산의 경우도 비로봉을 중심으로 주위의 향로봉·법왕봉·관음봉 등이 모두 불연지를 상징하거니와 설악산 또한 천불동계곡·염주폭포·천당폭포·문수담·비선대 등이 모두 불교적인 성향을 드러낸다. 그리고 속리산의 천왕봉·관음봉·비로봉이나 지리산의 천왕봉·반야봉·제석봉·촛대봉·칠선봉 등도 알고 보면 모두 불교적인 작명이라 하겠다. 이렇게 우리나라의 주요한 산은 대부분 불연지로서의 특성을 갖는다.

[사진1] 백암산

우리나라의 명산을 불연지로 생각하여 대부분 불교적 작명법을
취한 것처럼 백암산의 백학봉·사자봉·상왕봉도 불교적 성격이 농
후하다. 『아미타경』에서 말하길 백학은 극락에서 항상 화평하게 노
래하는 새로 형상화되었거니와 사자후가 상징하듯 사자 또한 불교
와 무관하지 않다. 코끼리도 불법을 수호한 동물로 곧잘 논의되어
왔다. 특히 사자와 코끼리는 본생담에 자주 등장하는데, 이들은 용
맹정진하여 마귀를 물리치는 존재로 표상되곤 하였다.3) 이처럼 백
암산을 둘러싼 지명은 불교적 성향을 드러내고 있다. 즉 불연지적
특성을 백암산 곳곳에서 확인할 수 있다.

[그림2] 백양사 전경

둘째, 사찰의 창건과 중건은 물론 각종 성물이 이야기를 낳는 자
양이 될 수 있었다. 사찰이 입지한 곳은 대체로 불연지이기에 창건
과 관련된 일화가 개입되기 마련이다. 『삼국유사』 각 편의 사찰연기

---

3) 『육도집경』 제6.

담이 이를 실증하고 있다. 사찰창건은 돈독한 신불과 서원에 따라, 또는 관음이나 미륵보살의 현현·계시로 이루어지는 경우가 많다. 그렇기 때문에 사찰창건과 관련된 연기담이 신불의 방편에서 곧잘 유통되곤 하였다. 하지만 백양사의 경우 백제 시대 창건 당시의 내력을 밝혀주는 이야기가 일실되었을 뿐만 아니라, 정토사로 개명하게 된 사정도 확인할 수 없다. 그런데 조선조에 들어와 환양선사(喚羊禪師)가 백양사로 개명하면서 그와 관련된 이야기가 전승되어 주목된다. 따라서 이 이야기는 창건담이기보다는 사명(寺名) 유래담으로 보아야 마땅하다. 또한 백양사에는 대웅전을 비롯하여 극락보전·사천왕문·부도탑·불탑 등의 문화재가 전하는데, 이들도 이야기 문학을 생성하는 원천이 될 수 있었다. 특히 극락보전은 이전과 관련된 일화가 현전하여 주목되는 바가 없지 않다.

셋째, 백양사에 주석한 고승의 행적이 이야기문학을 산출하는 토대가 될 수 있었다. 사찰은 불연지에 세워져 그 자체로서 종교적 성물이 될 수 있지만, 그곳에 주석한 승려에 의하여 더욱 빛을 발한다. 고승대덕이 창건하거나 주석하였을 때 사찰의 위신력이 자연스럽게 고양될 수 있기 때문이다. 그런데 백양사에는 전통적으로 다양한 승려가 주석하여 그에 상응한 신비담·이적담이 양산될 수 있었다.

백양사에 주석했던 승려는 사찰의 전통만큼이나 다수이다. 이미 7세기에 백암사를 창건한 여환(如幻)으로부터 중연(中延, 11세기), 일린(一麟)(13세기), 각엄복구(覺嚴復丘, 1270-1355), 청수조징(淸叟祖澄, 14세기), 무설유지(無說迆至, 14세기), 절간(絕磵, 14세기), 벽송지엄(碧松智嚴, 1464-1534), 정관일선(靜觀一禪, 1533-1608), 기허영규(騎虛靈圭,

?-1592), 진묵일옥(震黙一玉, 1562
-1633), 환양(喚羊, 미상), 소요태능
(逍遙太能, 1562-1649), 지백계우(知白
繼愚, 17세기), 백곡처능(白谷處能,
1617-1680), 모운진언(慕雲震言, 1622
-1703), 환성지안(喚惺志安, 1664-
1729), 무가현옥(無價玄玉, 미상), 연
담유일(蓮潭有一, 1720-1799), 양악계
선(羊嶽啓璇, 1757-1783), 침송성순(枕
松聖詢, 미상), 백파긍선(白坡亘璇,

[그림3] 진묵대사 진영

1767-1852), 도암인정(道巖印定, 1805-1883), 허주덕운(虛舟德雲, 1806
-1888), 한양용주(漢陽龍珠, 미상), 경담서관(鏡潭瑞寬, 1824-1904), 화담
법린(華曇法璘, 1848-1902), 덕송호의(德松皓衣, 미상), 보경우성(寶鏡友
性, 미상), 응운우능(應雲雨能, 1854-1896), 금해관영(錦海瓘英, 1856-
1937), 학산성운(鶴山性運, 미상), 환응탄영(幻應坦泳, 1847-1930), 인곡창
수(麟谷昌洙, 1895-1961), 성담수의(性潭守意, 1780-1847), 봉성종환(鳳聲
宗煥, 1862-1907), 천경순오(天鏡順旿, 1880-1907), 학명계종(鶴鳴啓宗,
1867-1929), 봉하장조(峰霞長照, 1887-1978), 석산상현(石山尙玄, ?-1985),
취운도진(翠雲道珍, 1858-1922), 혜은오성(慧恩悟性, 미상), 만암종헌(曼庵
宗憲, 1876-1956), 영호정호(映湖鼎鎬, 1870-1948), 운봉성수(雲峰性粹,
1889-1941), 동산혜일(東山慧日, 1890-1965), 묵담성우(黙潭聲祐, 1896-
1981), 해안봉수(海眼鳳秀, 1901-1974) 등 주지를 지낸 승려만도 수십에
달한다.4) 또한 주지와 관계없이 주석했던 승려까지 포함하면 그 수를

---

4) 정의행, 「백양사의 승전」, 『불교문화연구』 6, 남도불교문화연구회, 1996,

헤아리기 쉽지 않다.

백양사에는 이처럼 많은 승려가 주석했기 때문에 그에 관한 일화가 생길 수밖에 없었다. 그들의 신불담이나 신행담, 나아가 신비한 이적담이 이야기문학으로 형상화될 개연성이 충분하기 때문이다. 그렇지만 백양사와 관련하여 주목되는 인물담은 바로 진묵대사(眞墨大師)와 만암선사(曼庵禪師)이다. 이 두 승려에 대한 이야기가 인물담의 다수를 차지하기 때문이다. 진묵대사와 관련된 이야기는 여러 편이 존재하여 그가 당시에 명망 높은 승려였음을 알 수 있다.

3. 백양사 이야기의 양상

1) 백양사 이야기의 유형

백양사 이야기는 다양한 양식으로 존재했을 가능성이 크다. 그것은 이 사찰이 그만큼 오랜 역사를 가지고 있을 뿐만 아니라, 자연경관이 수려하고 주석 승려 또한 다수였기 때문이다. 따라서 백양사를 중심으로 불교 이야기의 각 유형이 유통되었을 개연성이 크다. 그렇지만 현재 채록된 것을 보면 크게 사명(寺名) 이야기, 인물 이야기, 사암 이야기가 큰 비중을 차지한다. 실제로 백양사와 관련된 이야기는 정도의 차이는 있을지언정 위에서 나눈 유형에 모두 포섭될 수 있다. 그간 채록된 백양사 이야기 중 주요한 것을 유형별로 들어보면 다음과 같다.5)

33~65쪽.

5) 여기에서 활용한 자료는 다음과 같다.

유 형	백양사 이야기 목록	출 처	내 용
백양사 명칭의 유래담	① 백양사의 유래	구비문학 대계(6-8)	백제 말에는 백암사, 고려대에는 정토사였으나 조선조에 백양사로 개명하였다. 백양사는 백양 일곱 마리가 환양선사의 경 읽는 소리를 듣고 인간으로 환생했다고 해서 붙여진 이름이다.
	② 백양사 유래	구비문학 대계(6-8)	조선 숙종 때 백양이 환성선사와 지양선사의 설법을 들었다고 해서 백양사라 한다.
	③ 백양이 법문을 듣다	불교문화 연구(6)	주지스님이 법문을 행할 때 뒷산의 백양이 내려와 듣는다. 하루는 주지스님의 꿈에 백양이 나타나 자신들은 이미 인간으로 태어났다고 말한다. 이에 사명을 백양사로 개칭했다.
	④ 백양사 창사 유래	불교문화 연구(6)	환양선사의 법문을 들은 세 마리의 백양이 꿈에 나타나 자신들은 탐심을 버리고 사람으로 태어났다고 밝힌다. 다음 날 세 마리의 백양을 찾아보니 모두 죽어 있었다. 이에 사명을 백양사라 하였다.
	⑤ 백양사의 절이름 유래	불교문화 연구(6)	백양사의 높은 스님이 설법을 하는데 백양이 찾아와 들었다고 하여 백양사라 한다.
	⑥ 백양사 전설	장성군사	숙종 때 환양선사가 영천굴에서 감동적으로 설법했다. 이때 백양이 나타나 듣고는 눈물을 흘리며 절한다. 지초지종을 물으니 자신은 신이었는데, 죄를 범하여 백양이 되었으며, 영천굴의 승려에게 법문을 들어 감동하면 인간으로 환생하게 된다고 말한다. 백양은 이 말을 남기고 어디론가 사라졌는데, 후에 백양이 나타났다 하여 사명을 백양사라 하였다.

장성군사편찬위원회, 『장성군사』, 광주일보출판국, 1982.
최래옥·김균태, 『구비문학대계』 6-8, 한국정신문화연구원, 1986.
이준곤, 「백양사의 설화자료」, 『불교문화연구』 6, 남도불교문화연구회, 1996.

백양사 승려의 이적담	① 부처인 진묵대사	구비문학 대계(6-8)	진묵대사가 일곱 살에 출가하여 운문암에서 차 공양의 소임을 맡았다. 진묵대사가 차를 끓여 신중단에 바치면 모든 신들이 합장하곤 하였다. 이를 안 주지가 이상하게 생각하던 차에 하루는 신중이 꿈에 나타난다. 신중은 주지에게 부처님께서 차를 올려서 받아 마실 수 없으니 다각을 바꾸어 달라고 청한다.
	② 운문암의 진묵 대사 이야기	불교문화 연구(6)	진묵대사가 사미승일 때 스님들의 꿈에 운문암의 신중이 부처님의 차를 받아 마실 수 없다고 말하는 꿈을 꾸었다.
	③ 조카를 도운 진묵대사	불자의 마음가짐과 수행법	진묵대사가 조카에게 음식을 잘 배설하라고 명한 다음, 칠성님을 모시고 찾아간다. 조카는 찾아온 칠성들의 초라한 모습에 실망하여 그들이 음식을 먹기도 전에 부엌에서 요란하게 해악을 부린다. 칠성이 하나 둘 자리를 뜨자 진묵대사가 마지막 칠성을 붙잡고 음식을 권한다. 그 칠성이 마지 못해 세 숟가락을 먹고 떠난다. 진묵대사가 조카를 불러 호통하며 칠성님께 저지른 무례를 나무란다. 그러면서 마지막 칠성이 세 숟가락을 드셨기 때문에 3년은 부유하게 살 수 있다고 말한다. 조카가 다음날 시장에서 돼지를 사왔는데, 그 돼지가 새끼를 많이 낳는다. 몇 달 후 그 새끼를 팔아 소를 사니 소 또한 쌍둥이를 낳는 등 3년간 아주 부유하게 산다. 그런데 만 3년이 되는 날 돼지우리와 외양간에서 불이 나고, 이것이 안채까지 붙어 예전과 같이 가난하게 되었다.
	④ 누님 돕던 진묵대사	구비문학 대계(6-8)	진묵대사가 누님의 밤길을 빛으로 밝혀주는가 하면, 칠성신을 모시고 누님에게 음식을 대접하도록 하기도 한다. 그런데 누님은 일곱 명 분의 쌀이 있음에도 불구하

④ 누님 돕던 진묵대사	구비문학 대계(6-8)	고 양식이 없다며 냉수로 칠성신을 대접한다. 이에 진묵대사가 누님의 박복함을 탓하면서 밥을 해서 공양했으면 평생 양식 걱정이 없었을 것이라고 말한다.
⑤ 중고기의 유래	구비문학 대계(6-8)	진묵대사가 운문암에서 내려올 때 농부들이 고기를 잡아 죽을 끓여 먹는다. 그들은 진묵대사가 합장배례를 하지 않는다며 잡아서 고깃국을 떠준다. 진묵대사가 그들이 떠준 고깃국을 먹으니 승려가 고기를 먹었다고 실랑이가 벌어진다. 이때 진묵대사가 자신이 먹은 것을 배설하겠다고 한다. 이에 진묵대사가 모두를 데리고 강변으로 가서 배설하니 그곳에서 고기가 생겨난다. 바로 이 고기가 중고기이다.
⑥ 송광사의 불을 상추로 끈 상좌	구비문학 대계(6-8)	한 대사가 상좌를 두었는데, 하루는 상좌에게 우물에 가서 상추를 씻어 오라고 한다. 상좌가 상추를 씻다 보니 송광사가 불에 타고 있었다. 상좌는 송광사를 향해 상추를 흩뿌려 불을 껐다. 불을 끄고 돌아오니 대사가 늦게 왔다고 꾸지람을 한다. 상좌가 자초지종을 말하니 대사가 믿지 않는다. 이튿날 대사가 사람을 시켜 확인해 본다. 송광사에 불이 났을 때 갑자기 소나기가 쏟아졌는데, 상춧잎도 함께 떨어졌다고 한다. 이에 대사가 자기보다 상좌가 먼저 도통했다고 말한다.
⑦ 목중에게 시험 당한 백양사 주지	구비문학 대계(6-8)	옛날 백양사에 백락산이라는 주지가 있었다. 하루는 허름한 사람이 찾아와 백양사에서 거주하길 원해 목중을 시켰다. 그런데 목중은 이미 도통한 듯하여 주지가 그를 찾아가 이야기를 했다. 이야기 중에 목중은 머지 않아 난리가 나니 자신이 시키는 대로 해야 살 수 있다고 한다. 목중은 주지를 데리고 높은 산 절벽 아래로 가서 이곳을 올라가야 산다고 한다. 올라갈 방

	⑦ 목중에게 시험 당한 백양사 주지	구비문학 대계(6-8)	법이 없는데 산 위에서 줄에 달린 바구니가 내려온다. 주지만을 태운 바구니가 올라가다가 중간에 멈추어 서고, 목중은 어디론가 사라진다. 주지가 불안하여 어쩔 줄 모르는데 다람쥐가 나타나 바구니의 밧줄을 갉아 한 가닥이 끊어진다. 주지가 깜짝 놀라 당황할 때 목중이 나타나 백양사의 주지가 담력이 약하다 하고 지금까지 자신은 헛수고를 했다며 가버린다.
	⑧ 만암선사가 6.25를 예견하시다	불교문화 연구(6)	만암선사가 6.25를 예견하고 운문암의 신중탱화를 때라고 했지만, 노장이 듣지 않아 결국은 신중탱화가 사라졌다.
	⑨ 만암선사가 대웅전을 세우다	불교문화 연구(6)	만암선사가 대웅전을 짓기 위하여 줄로 터를 재니, 노루가 뛰어와 절을 했다. 또한 줄로 잰 곳을 파보니 옛날의 석축이 나와 이곳을 대웅전으로 삼았다.
백양사 암자의 영험담	① 쌀 나왔던 영천굴(1)	구비문학 대계(6-8)	어떤 승려와 상좌가 영천굴에 살았다. 그들은 영천굴에서 나오는 두 명 분량의 쌀로 생활하였다. 그런데 하루는 객승이 찾아와 상좌가 먹을 쌀이 부족했다. 상좌가 굴을 작대기로 후볐는데, 이때부터 피가 나오다가 지금은 물이 나온다. 지금도 그 주변에는 검붉은 자국이 있다.
	② 쌀 나왔던 영천굴(2)	구비문학 대계(6-8)	약사암의 뒤쪽에 영천굴이 있는데, 그 굴에서 두 명이 먹을 만큼의 쌀이 나온다. 손님이 많이 와도 단지 두 명 분만 나오기 때문에 밥하던 승려가 막대기로 쑤시니 피가 나왔다. 지금도 피가 나온 흔적이 남아 있다.
	③ 영천굴과 약사암 전설	구비문학 대계(6-8)	백양사의 영천굴에서 항시 쌀이 2인 분이 나오는데, 하루는 손님이 찾아와 쌀이 부족했다. 이에 상좌가 부지깽이로 쑤시니 3일 동안 피가 나오다가 그 이후로는 물이 나왔다. 이 물은 약수로서 영험하여 많은

			사람이 찾아와 마신다.
④ 약사암 영천굴 쌀 나오는 바위	불교문화 연구(6)		약사암의 도사와 상좌가 영천굴에서 나오는 쌀로 생활하였다. 하루는 손님이 찾아와 먹을 쌀이 부족하자, 상좌가 쇠비땅으로 쑤셨더니 피가 나왔다. 이후로는 물이 나오는데, 그 물은 지금도 영험함이 있다.
⑤ 피난간 영천굴	구비문학 대계(6-8)		약사암의 옆에 있는 영천굴에 임진왜란과 6.25 때 많은 사람이 피난했다. 이 굴에서 불을 피우면 3일 후에 백양사 쪽에서 연기가 나온다. 그래서 영천굴을 3일굴이라고도 한다.
⑥ 영천굴의 불이 내장사로 나간다	불교문화 연구(6)		학바위 아래 영천굴이 있는데 여기에서 불을 때면 연기가 내장사로 나온다.
⑦ 홍련암(서양암) 의 조탑	불교문화 연구(6)		홍련암에 있는 조탑은 아주 오래되었는데, 승려가 입적하면 이곳에 와서 식을 올리고 다비하여 주변에 뿌렸다.
⑧ 청류암의 감로수	불교문화 연구(6)		청류암에 큰 바위가 있는데, 그 밑에서 물이 나온다. 이 물을 감로수라 하고, 승려들이 와서 공부를 하였다.

이제 위에서 인용한 이야기를 각 유형별로 정리해 보도록 하겠다. 물론 위에서 거론한 각 편들을 획일적으로 유형화하기에는 다소간의 어려움이 있다. 이야기문학은 그 속성상 다양한 화소를 끌어들여 한 작품에 여러 유형의 특징이 내재되기 때문이다. 백양사 이야기 중에도 인물 이야기와 암자 이야기의 구분이 명확하지 않거니와 인물 이야기와 동물의 유래담이 혼용된 것도 있다. 그럴지라도 백양사 이야기의 전반적인 추이와 작품에서 기능하는 화소의 정도를 감안하여 위에서처럼 크게 세 유형으로 나누는 것이 무난하다.

첫째, 백양사의 내력과 관련된 사명(寺名) 이야기이다. 백양사의 창건은 백제 말로 당시의 사명은 백암사였다. 이는 백양사의 배산으로 자리한 백암산을 염두에 둔 작명이다. 그러다가 고려대에 들어와서는 정토사로 개명되고, 조선조에 와서 백양사로 개칭되었다. 모든 사찰이 그러하듯이 창건이나 중건, 그리고 개명에 따른 이화가 생겨나기 마련이다. 그런데 백양사에는 창건담이 별도로 전하지는 않고, 만암선사의 중창과 관련한 이화가 간략하게 전할 따름이다. 반면에 백양사로 개칭한 유래담은 비교적 다양하게 전승되고 있다. 이는 백양사 사명의 유래담이 사찰의 창건담처럼 신불을 유발하며 유통되었기 때문이다. 위에서 들었던 '백양사 명칭 유래담'인 ①-⑤는 모두 백양사의 사명과 관련된 것이다. 이들이 백양사의 대표적인 이야기이기에 승속 간에 다양하게 유통되었음은 물론이다. 따라서 이들을 별도의 유형으로 묶어도 무방하리라 본다.

둘째, 백양사에 주석했던 승려들의 인물 이야기이다. 백양사와 관련된 인물담은 다수가 전하지만, 대부분 진묵대사와 만암선사, 그리고 민담화된 이야기 속의 인물을 들 수 있다. 위에서 들었던 '백양사 승려의 이적담'에서 ①-⑤까지는 진묵대사와 관련된 것이다. ①과 ②는 부처로 형상화된 진묵대사의 이야기이고, ③과 ④는 속세의 혈연이었던 누이와 조카를 돕는 내용이다. 그리고 ⑤는 진묵대사가 농부들과 희작하다가 배설한 것이 중고기가 되었다는 유래담이다.[6] 또한 ⑥과 ⑦은 목중이나 상좌가 대사와 주지를 기롱한 작품으로 민담적인 이화라 할 만하다. 즉 하층에 속하는 목중 및 상

---

6) 이 이야기는 사물유래담으로 보는 것이 일견 타당할 수도 있다. 하지만 백양사 이야기의 전반적인 추이가 진묵대사를 중심으로 형상화되었음을 감안하여 여기에서는 그의 이적담으로 처리하였다.

좌가 상층에 속하는 대사나 주지보다 우위에 서도록 하여 조선후기의 사회상을 반영한 것으로 볼 수 있다. 그리고 ⑧과 ⑨는 중창주인 만암선사의 예지력을 다룬 것이지만, 단편적인 언급에 머물렀다. 이는 이미 이야기문학을 구비적으로 가공할 만한 시기가 지났기 때문이라 하겠다.

셋째, 백양사와 관련된 사암 이야기이다. 백양사에는 모두 12암자가 있었다. 그래서 각 암자에 대한 이야기가 생길 수 있지만, 약사암과 영천굴에 관계된 것이 대부분이다. ①에서 ④까지의 이야기는 약사암의 영천굴에서 쌀이 나왔다는 미혈담이다. 그런데 미혈담이 유명할 수 있었던 것은 옆에 있는 약사암에 다수의 승려가 기거하여 가능할 수 있었다. 따라서 약사암을 제외하면 영천굴의 미혈담이 완결된 구조를 갖기 어렵다. 이를 감안할 때 미혈담을 약사암의 이야기로 간주해도 무방하리라 본다. 그리고 ⑤와 ⑥은 약사암의 영천굴에서 불을 때면 3일이 지나 내장사에서 연기가 난다는 이야기인데, 이 또한 약사암을 전제한 것이기에 사암 이야기로 간주할 수 있다. ⑦은 승려의 다비가 이루어지던 홍련암(서양암)에 관한 것으로 당연히 사암 이야기일 수밖에 없다. 그리고 불의 효험을 다룬 ⑧의 청류암의 천정설화(泉井說話)도 사암 이야기로 분류할 수 있다.

2) 유형별 문학적 양상

위에서 백양사의 다양한 이야기를 사명 이야기·인물 이야기·사암 이야기로 나누어 정리하였다. 물론 세분하여 각각의 의미를 조망할 수도 있지만, 세 유형이 문학적 형상화가 비교적 무난해 이렇게 분류하는 것이 합리적이다. 실제로 백양사의 이야기가 다양할지라도 대부분 위의 세 부류에 귀속된다. 따라서 백양사 이야기의 기본 줄기를 사명·인물·사암으로 나누어 조망해 보도록 하겠다.

(1) 사명 이야기의 양상

사명 이야기는 앞에서 들었던 ①-⑥이다. 이들에서는 공통적으로 백양이 등장한다. 축생인 백양이 환양선사의 법문을 듣고 감동하여 인간세로 태어나는 것이 핵심이다. 다만 각 버전에 따라 이야기의 화소가 소폭 변화할 따름이다. 그렇지만 전반적으로는 불교의 세계관 중 욕계(欲界)를 중심으로 하면서 윤회전생을 핵심적인 작화원리로 활용하고 있다. 이제 이 유형의 주요한 경개를 제시하고, 각 버전별로 출입된 화소를 살펴보도록 하겠다. 먼저 이 유형의 기본형을 보면 다음과 같다.

> ① 조선 숙종 때 환양선사가 법문을 행한다.
> ② 법문이 치러질 때 백양이 내려와 같이 듣는다.
> ③ 환양선사의 꿈에 백양이 나타나 자신은 인간으로 환생했다고 말한다.
> ④ 환양선사가 다른 사람들과 백양을 찾아보니 이미 죽어 있었다.
> ⑤ 이로 인하여 사찰의 이름을 정토사에서 백양사로 개명하였다.

기본형은 위에서처럼 사찰 이름을 백양사로 짓게 된 내력을 밝힌 것이다. 그렇지만 이야기에 따라서는 위의 기본적인 줄거리에서 일탈한 것도 있다. ① '백양사의 유래'에서는 백양사가 원래는 백암사에서 정토사로, 정토사에서 백양사로 개명되었음을 밝히면서, 그 내력을 조선조에 흰 양 일곱 마리가 환양선사의 법문을 듣고 인간으로 환생했다고 해서 백양사로 불렀다는 것이다. 그래서 이 작품은 큰 골격은 그대로이지만 백양이 일곱 마리로 구체화되었다. ②의 '백양사 유래'에서는 설법승이 두 명으로 확대된 것이 특징이다. 즉 환양선사 대신에 환성선사와 지양선사가 설법할 때 백양이 내려와 들었기 때문에 백양사로 개명했다는 것이다. ③의 '백양이 법문을 듣다'에서는 주지스님이 법문을 행할 때 뒷산의 백양이 내려와 듣고는, 꿈속에 나타나 자신은 이미 인간으로 환생했다고 하여 사명을 백양사로 개칭했다고 한다. 따라서 이 이야기에서는 환생의 증거물인 백양의 주검이 나타나지 않는다. ④의 '백양사 창사 유래'는 기본형과 동일한 구조를 갖는다. 다만 법문을 들은 양의 숫자가 셋으로 구체화되었을 뿐이다. ⑤의 '백양사의 절 이름 유래'에서는 백양이 찾아와 큰 스님의 법문을 들었다고 해서 백양사로 불렀다고 한다. 기본형의 앞부분만 설화했음을 알 수 있다. ⑥의 '백양사 전설'에서는 환양선사가 영천굴에서 설법할 때 백양이 찾아와 듣고는 눈물을 흘리며 절을 한다. 그 연유를 물으니 자신은 신이었지만 천상에서 득죄하여 흰 양으로 태어났다고 한다. 이어서 백학봉 아래에서 벌이는 설법을 듣고 감동하면 자신의 죄를 면해 주겠다는 옥황상제와의 약속을 밝힌다. 백양은 이 말을 남기고 어디론가 사라졌지만, 백양이 나타났다 하여 사찰 이름을 백양사로 개칭하였다고 한다. 이 작품에서는 단편적인 줄거리에서나마 적강구조의 일면을 확인할 수 있거니와 도교적인 모습도 짐작할 수 있다. 따라서 이 작품은 고전소설의 일반적인 화소가 백양사 이야기와 혼유된 것으로 볼 수 있다.

(2) 인물 이야기의 양상

백양사의 인물 이야기는 크게 전설형과 민담형으로 대별할 수 있다. 전설형의 대표적인 사례는 진묵대사와 관련된 이적담을 들 수 있고, 민담형의 경우는 '상추로 송광사 불을 끈 상좌'와 '목중에게 시험당한 백양사 주지'를 들 수 있다.[7] 진묵대사와 관련된 이야기는 주로 그의 위신력을 고양하는 내용이고, '상추로 송광사의 불을 끈 상좌'는 그가 모시는 대사보다 신통력을 먼저 터득한 내용이며, '목중에게 시험당한 백양사 주지'는 「선녀와 나무꾼」과 「비유경」의 16화를 적절히 참고하면서 작화한 희화적 작품이다.

먼저 진묵대사와 관련된 이야기는 크게 세 유형으로 나눌 수 있다. '부처님으로서의 진묵대사', '세속의 혈육을 돕는 진묵대사', '고 깃국을 먹고 중고기를 배설한 진묵대사'가 그것이다. 이제 각 유형별로 내용을 정리해 보도록 하겠다. 먼저 '부처님으로서의 진묵대사'이다.

① 진묵대사가 일곱 살에 출가하여 운문암에서 차 공양 소임을 맡는다.
② 진묵대사가 차를 공양하면 신중단의 신들이 합장배례한다.
③ 진묵대사도 그들에게 합장으로 답례한다.
④ 이 상황을 목격한 주지가 이상하게 생각한다.
⑤ 하루는 주지의 꿈에 신중이 나타나 부처님께서 차를 공양하여 받아 마실 수 없으니 다각을 바꿔달라고 청한다.

---

7) 물론 중창주인 만암선사에 대한 이야기도 있지만 단편적인 예지담일 뿐만 아니라, 대웅전을 세울 때 노루가 나타난 이화도 이야기로 발전하지는 못하였다. 이는 시기적으로 설화가 생성·유통될 만한 상황이 아니었기 때문이라 하겠다.

이상의 내용은 '백양사 승려의 이적담' 중 ①의 '부처인 진묵대사'를 토대로 정리한 것이다. ②의 '운문암의 진묵대사 이야기'도 축약되었을 뿐 이 구조와 동일하다. 이 유형에서는 진묵대사의 위신력을 부처와 동등하게 형상화하고자 했다. 특히 그 위신력을 높이는 차원에서 신중이 배례하도록 했을 뿐만 아니라, 주지의 꿈에 나타나 진묵대사가 부처임을 확인해 주기도 한다. 이는 서사문학에서 보편적으로 나타나는 초월계를 개입시켜 소기의 목적을 달성한 사례라 할 수 있다.

진묵대사가 이미 부처로 형상화되어 칠성신과도 동등하게 교유하게 된다. 이를 통해 세속의 혈육을 돕는 작화도 가능할 수 있었다. 두 번째 유형인 '세속의 혈육을 돕는 진묵대사'를 정리하면 다음과 같다.

① 진묵대사는 자신을 찾아온 누이가 집으로 돌아갈 때까지 광명(光明)으로 길을 밝히는 이적을 보인다.
② 진묵대사는 어렵게 사는 누이를 위해 칠성신을 통해 돕고자 한다.
③ 이에 누이 집에 찾아가 칠성신에게 공양할 것을 당부한다.
④ 누이는 식량이 일곱 명 분이 있음에도 불구하고 냉수로 대접한다.
⑤ 진묵대사는 칠성신이 돌아간 뒤 음식을 대접했으면 식량 걱정이 없었을 텐데, 그렇게 하지 못한 누이가 복이 없다고 말한다.

이 작품은 앞에서 제시했던 '백양사 승려의 이적담' 중에서 ④의 '누님 돕던 진묵대사'를 정리한 것이다. 대체로 선인선과 악인악과의 인과법칙을 바탕으로 누이가 박복하게 살 수밖에 없는 상황을 피력한 것이다. 그런데 같은 유형의 ③ '조카를 도운 진묵대사'는 ④

보다는 서사구조가 잘 짜였을 뿐만 아니라, 이야기도 인과적으로 꾸려 문학적 형상화가 돋보인다. 실제로 이 작품은 누이 대신 누이의 아들인 조카를 돕되, 칠성의 등장과 퇴장이 분명하고 칠성이 보인 행동에 따라 조카의 운명이 획기적으로 변화한다. ④의 내용에서는 칠성이 등장한 이후의 이야기가 없는데 반해, ③에서는 칠성이 등장한 이후의 이야기가 현실적으로 진행된다. 따라서 비교적 치밀한 구조와 형상화가 돋보인다. 문제는 이 작품이 일타스님의『불자의 마음가짐과 수행법』에 수록되어 있어 현대적 변용의 여지가 없지 않다는 점이다.

어쨌든 ③이든 ④든 간에 세속의 혈육을 돕고자 했던 진묵대사의 꿈은 항구적으로 실현되지 못했다. ④에서는 냉수를 대접한 덕분에 동이에 물이 차는 선과를 가져오기는 했지만, 다급한 식량이 충족되지는 못했다. ③에서는 조카가 3년간은 유복하게 살았지만, 그 이후에는 여전히 빈곤에 허덕여야 했다. 따라서 진묵대사가 세속의 혈육을 돕고자 한 것이 이야기의 핵심은 아닌 듯하다. 아무래도 이러한 이야기가 생성된 것은 진묵대사의 위신력을 고양할 목적 때문이라 하겠다. 이를테면 칠성신과 나란히 교유할 정도의 위신력을 가진 진묵대사의 면모를 부각하기 위해 작화한 것이라 하겠다.

진묵대사의 위신력이 확인되자 이제는 그의 배설물이 중고기로 변하는 이화까지 생기게 되었다. 앞에서 ⑤의 '중고기의 유래'가 그것이다. 고깃국을 먹은 진묵대사가 강변에서 배설하니, 그곳에서 중고기가 생겨났다는 것이다. 작품 내용을 정리하면 다음과 같다.

① 진묵대사가 운문암에서 마을로 내려온다.

② 이때 농부들이 천렵하면서 고깃국을 끓여 먹는다.

③ 그들은 진묵대사가 자신들에게 배례하지 않음을 탓하며 고깃국을 건네준다.

④ 진묵대사가 고깃국을 먹자 농부들이 승려가 고기를 먹는다며 실랑이를 벌인다.

⑤ 이때 진묵대사가 자기가 먹은 것을 배설하겠다고 하자 모두 강변으로 몰려간다.

⑥ 진묵대사가 강물에 배설하니 그곳에서 고기가 꿈틀거리며 생겨난다.

⑦ 바로 이 고기가 중고기이다.

중고기는 일명 중택이라고도 한다. 이 고기는 머리의 반들거림이 승려를 닮았다 하거니와, 허리의 붉은 띠가 승려들이 입는 가사와 유사하다고 해서 그렇게 이름을 붙였다. 혹은 조선조 승려폄하 의식이 개입되어 중처럼 어리석은 물고기라고 해서 그처럼 이름을 붙였다고도 한다. 중고기는 긍정적이든 부정적이든 간에 승려와 많은 관계를 가지고 있다. 그런데 이러한 중고기의 유래를 진묵대사의 이적담과 결부시켜 주목된다. 이는 윤회전생의 심오한 진리를 쉽게 설명할 필요성 때문이라 하겠다. 나고 죽음의 관계를 도승과 결부시키면서 민중적인 호기심을 해소한 것이라 할 만하다.

다음은 다소 희화화된 유형으로 '상추로 송광사 불을 끈 상좌'와 '목중에게 시험당한 백양사 주지'를 보겠다. 이 둘은 하층의 인물이 상층의 인물을 시험한다는 점에서 조선후기의 사회상을 반영한 것으로 보인다. 각각의 내용을 정리하면 다음과 같다. 먼저 '상추로 송광사 불을 끈 상좌'이다.

① 한 대사가 상좌를 두고 생활하던 중 하루는 우물에서 상추를 씻어 오라고 한다.

② 상좌가 상추를 씻다 보니 송광사가 불에 타고 있었다.

③ 상좌는 씻던 상추로 물을 흩뿌려 송광사의 불을 끈 후 대사에게 상추를 가져다준다.

④ 대사가 상추를 늦게 가져온다고 나무라자, 송광사의 불을 끄고 오 느라고 늦었다고 한다.

⑤ 대사가 그 말을 믿지 않고 사람을 송광사로 보내 확인한다.

⑥ 송광사에서는 불이 났을 때 갑자기 소나기가 내렸는데, 상춧잎도 함께 떨어졌다고 말한다.

⑦ 이 사실을 안 대사는 오랫동안 도를 닦은 자신도 도통하지 못했는 데 상좌가 먼저 도를 통했다고 밝힌다.

다음은 '목중에게 시험당한 백양사 주지'이다.[8]

① 백양사에 백락산이라는 주지가 있는데, 하루는 낯선 사람이 찾아 와 백양사에서 머물기를 원한다.

② 그는 목중이 되어 백양사에서 나무하기와 불 때기 소임을 맡는다.

③ 목중의 하는 행동이 마치 도통한 사람 같아서 주지가 찾아가 이야 기를 나눈다.

④ 목중은 이야기 중에 머지않아 난리가 날 텐데 자신의 지시대로 하

---

8) 밧줄과 관련하여 참고할 만한 이야기는 다음과 같다. "어떤 사람이 미친 코끼리 에게 쫓겨 광야를 헤매다가 옛 우물을 발견하고 그 속으로 들어가 등나무 줄기에 매달린다. 그때 머리 위에서 검은 쥐와 흰 쥐가 번갈아 가며 등나무 줄기를 갉아 먹는다. 게다가 독사 네 마리가 혀를 날름거리며 우물 벽에서 노려보고 있다. 우 물 바닥에는 한 괴물이 그가 떨어지기만을 기다리고 있다. 그는 공포에 질려 떨 기만 할 따름이다. 그때 등나무 위의 벌집에서 다섯 방울의 꿀이 그의 입으로 떨어진다. 꿀맛이 어찌나 좋은지 그는 그만 모든 걸 잊어버리고 만다. 광야에서 들불이 맹렬히 번져 등나무에 막 옮겨 붙고 있는 데도 말이다."(비유경)

면 살아남는다고 한다.

　⑤ 그 지시에 따라 찰떡을 해서 먹으면서 높은 산의 절벽 아래에 당도한다.

　⑥ 목중이 저 산을 올라가야만 살 수 있다고 하지만 올라 갈 방법이 없다.

　⑦ 이때 산에서 줄에 매인 바구니가 내려와 주지가 타고 오르지만 목중은 간 곳이 없다.

　⑧ 바구니가 올라가다가 중간에 멈춰 서서 어쩔 줄 모르는데, 설상가상으로 다람쥐가 나타나 밧줄을 갉아 한 가닥이 끊어진다.

　⑨ 주지가 깜짝 놀라 당황할 때 목중이 나타나 말하길 백양사 주지의 기개가 형편없다고 한다.

　⑩ 목중은 지금까지 자신이 한 일이 모두 헛수고라면서 가버린다.

　위 두 이야기는 모두 하층의 인물이 상층의 위선을 폭로한 작품이다. '상추로 송광사 불을 끈 상좌'의 경우 상좌가 멀리 있는 송광사의 불을 끄는 도력을 보임에 반해, 대사는 자신의 점심공양에만 골몰할 따름이다. 대사가 오랫동안 도를 닦고도 도통하지 못한 무능의 인물로 형상화된 반면, 상좌는 허드렛일을 할지언정 이미 높은 도력이 있음을 보인 것이라 하겠다. 대사의 위선을 우회적으로 비판하면서, 자신의 처지를 생각지 않고 도력을 키운 상좌의 특별함을 강조한 것이다.

　'목중에게 시험당한 백양사 주지' 또한 하찮은 인물에게 백양사 주지가 우롱당하는 내용이다. 특히 이 작품은 하층의 인물에게 상층의 인물이 우롱 당한다는 점에서 풍자성이 짙다. 목중은 백양사의 주지를 시험하기 위하여 입산한 후 나무를 하거나 불을 지피는 등 하찮은 일을 맡는다. 따라서 주지와는 현격한 신분차이가 존재한다. 그렇지만 그의 행동이 비범한 데가 있어, 주지는 그가 제안한 대로 피난길에 오른다. 그러는 과정에서 목중이 의도한 대로 백양사 주지의 심성이 밝혀지는데, 문제는 그것이 부정적으로 형상화되었다는 점이다. 따라서 목중은 민중을 대변하는 인물로 상층의 문제를 풍자한 것으로 볼 수 있다. 위 두 작품은 조선후기의 신분적 격변과 민중의식의 발로가 엮어낸 풍자류의 이야기라 할 만하다.

(3) 사암 이야기의 양상

백양사는 많은 암자를 거느려 사암 이야기가 많았을 것으로 짐작되지만, 현전하는 것은 대부분 약수암의 영천굴과 관련되어 있다. '백양사 암자의 영험담'에서 들었던 ①-④는 모두 영천굴의 미혈담이고, ⑤-⑥은 백양사의 영천굴과 내장사가 연계되어 있음을 언급한 것이다. 그리고 ⑦-⑧은 홍련암의 조탑과 청류암의 감로수를 간단하게 언급하고 있다. 그런데 ⑤-⑧의 내용은 단편적인 언급 정도에 그쳐 이야기문학으로 형상화되지 못한 아쉬움이 있다. 따라서 여기에서는 약사암 영천굴의 미혈담만을 검토해 보고자 한다.

① 약사암의 뒤쪽에 영천굴이 있다.
② 여기에 승려와 상좌 두 명이 살고 있었다.
③ 영천굴에서는 매일 두 명 분량의 쌀이 나와 승려와 상좌가 생활할 수 있다.
④ 하루는 객승이 찾아와 상좌가 먹을 쌀이 없었다.
⑤ 상좌는 쌀이 많이 나오도록 굴을 막대기로 쑤셨다.
⑥ 굴에서 피가 나온 후로는 물만 나올 뿐 쌀은 더 이상 나오지 않았다.
⑦ 지금도 피가 나온 흔적이 주변에 있다.

위의 내용은 '백양사 암자의 영험담' 중에서 ①을 토대로 정리한 것이다. 그런데 ②~④의 내용도 위에 정리한 것과 큰 편차를 보이지 않는다. 다만 두 명이 거처했던 곳이 약사암 또는 영천굴로 혼용되거나, 굴을 쑤셨던 도구가 막대기·부지깽이·쇠비땅 등으로 변할 따름이다. 그리고 영천굴에서 나오는 물이 약수라는 정도의 이야기가 덧붙었을 뿐이다. 따라서 이 작품은 전형적인 미혈담이지만, 그것의 위치를 감안할 때 사암 이야기로 볼 수도 있다.

4. 백양사 이야기의 기저사상과 그 의미

앞에서는 백양사 이야기의 전반적인 양상을 개관해 보았다. 여기에서는 백양사 이야기가 생성된 동인과 그 목표가 무엇인지 살펴보고자 한다. 모든 이야기가 그러하듯이 백양사 이야기도 생겨나게 된 동인이 있고, 또한 그 이야기를 필요에 따라 활용할 수밖에 없었던 사정이 있기 때문이다. 이를 전제하면서 백양사 이야기의 기저사상과 그들이 궁극적으로 지향하고자 했던 목표가 무엇인지 살펴보도록 하겠다. 논의의 효율성을 고려하여 앞에서 나누었던 유형별로 검토하고자 한다.

첫째, 사명 이야기의 기저사상과 의미를 확인해 보도록 하겠다. 사명 이야기는 종종 당해 사찰의 위신력을 고양하는 데 활용된다. 그래서 주요 사찰마다 창건 이야기가 승속 간에 유통되곤 하였다. 백양사의 경우도 사명 이야기가 사찰의 위신력을 고양하여 사부대중에게 신불을 강조하는 구실을 담당해 왔다.

백양사 사명 이야기의 전반적인 특성은 백양의 환생을 바탕으로
하고 있다. 이는 이야기의 근저에 윤회사상이 깔려 있음을 의미하
는 것이다. 불교에서는 삼계육도를 윤회전생하는 것으로 본다. 물
론 삼계육도의 윤회를 벗어나 서방정토에서 영락을 누리는 것이 본
령이지만, 일반적으로 중생은 욕계·색계·무색계를 윤회전생한다.
이 삼계육도를 지옥도·아귀도·축생도·아수라도·인간도·천상도로
구분하기도 한다. 백양사의 사명 이야기에서는 축생도인 백양이 인
간도에 환생한 것으로 형상화하였다. 축생도에서 환양선사의 설법
을 열심히 들은 공덕이 있었기에 백양이 인간으로 환생한 것이다.
이는 역으로 환양선사의 설법이 훌륭하여 축생인 백양마저도 인간
으로 환생시킬 수 있음을 드러낸 것이기도 하다.

백양을 제재로 윤회전생을 그린 것은 결국 백양사의 영험을 강조
한 것이라 하겠다. 이는 사찰의 영험성을 부각하여 사부대중을 불
교의 세계로 끌어들이기 위한 수법이라 하겠다. 대체로 사찰의 사
정이 여의치 않을 때 변화를 모색하게 되는데, 이 이야기에서는 사
찰의 개명이 그것을 증명하고 있다. 사찰명을 바꾸었을 때에는 사
부대중에게 그만한 설득력을 가져야 한다. 그 설득력의 좋은 방법
이 바로 사찰을 신비화하는 것이다. 여기에서는 그 신비화의 방편
으로 백양의 청법과 환생을 활용한 것이다. 그렇게 함으로써 자연
스럽게 백양사의 신성함·신통함이 부각되어 불자들의 신심도 고취
될 수 있다. 따라서 백양사의 사명 이야기는 윤회전생을 토대로 신
불대중의 신심을 고양한 것이라 하겠다.

둘째, 인물 이야기에 나타난 기저사상과 의미를 살펴보겠다. 백양
사의 인물 이야기에서는 주지를 맡았던 큰 스님과 무명의 승려를 문

학적으로 형상화한 것이 주목된다. 전자의 경우 진묵대사와 만암선사의 이야기가 해당되고, 후자는 목중과 상좌의 이야기를 들 수 있다.

먼저 전자는 불교의 초월계를 토대로 한 영험사상이 기저에 깔려 있다. 진묵대사의 경우 불교의 초월적 세계관을 바탕으로 부처로 형상화된다. 이렇게 부처로 형상화되었기 때문에 차 공양을 받던 신중이 그에게 합장한 것이다. 그리고 세속의 혈육을 돕는 과정에서는 칠성신과 동등하게 배석하여 초월적 면모를 보이기도 한다. 이는 모두 진묵대사가 도통한 신승의 경지에 올랐음을 밝힌 것이라 하겠다. 그런데 이를 통해 불교를 장려하고자 했던 기저 의식을 엿볼 수 있다. 불가에서는 그 귀의처를 불·법·승이라 하거니와 승에 대한 신앙심을 고양하는 인자로 진묵대사의 위신력을 한껏 높인 것이라 할 수 있다. 또한 진묵대사는 윤회전생을 바탕으로 배설물이 물고기가 되는 영험을 보이기도 했다. 이는 초월적 능력을 체득한 진묵대사에 의탁하여 민중적인 호기심을 간명하게 설파한 것이라 하겠다. 만암선사의 영험성은 단편적으로 드러나는데 6.25의 발발, 장성호의 건설을 예견하는 예지력을 보이거나 대웅전을 건립할 때 노루가 찾아와 무릎을 꿇고 질하는 이직이 그것이다. 어쨌든 두 인물담은 불교의 초월계를 토대로 영험성을 부각하고, 이 영험성으로 대중의 신불을 유도한 것이라 할 수 있다.

다음은 목중과 상좌에 대한 이야기이다. 이 이야기에서는 신통력을 바탕으로 풍자의식을 드러내고 있다. 목중은 주지를 시험하기 위해서 백양사로 들어온 후 난리가 난다는 명분을 내세워 주지를 절벽의 중간에 매달리게 한다. 이때 다람쥐가 나타나 밧줄의 한 가닥을 끊자 주지가 크게 놀라 안달한다. 이에 목중이 주지의 소심함에 회의를 느끼고 어디론가 사라진다. 이는 목중이 마치 관음의 현신처럼 신통력을 보이면서 주지의 됨됨이를 확인하되 그를 부정적으로 그린 것이다. 상좌의 경우 멀리 송광사에서 불이 났을 때 백양사의 우물에서 상추잎으로 물을 뿌려 진화한다. 이는 대사도 얻지 못한 신통력을 상좌가 구득했음을 드러낸 것이다. 상좌조차 신통력을 얻었는데 대사는 그러하지 못함을 우회적으로 풍자한 것이라 하겠다. 따라서 두 인물담은 신통력을 바탕으로 기득권층의 무능과 안일을 비판한 것으로 볼 수 있다.

셋째, 사암 이야기의 기저사상과 의미를 살펴보도록 하겠다. 사암 이야기의 주요 작품은 약사암 및 영천굴과 관련된다. 영천굴에서는 항시 두 명이 먹을 만큼의 쌀이 나온다. 그런데 상좌가 쌀이 많이 나오도록 하기 위하여 막대기로 구멍을 쑤셔서 쌀이 더 이상 나오지 않게 되었다. 이를 감안할 때 이 유형에서는 육바라밀 중에서 인욕과 정진을 강조한 것으로 볼 수 있다. 불자가 수행정진하기 위해서는 욕계의 식욕·음욕·수면욕 등에 탐착하지 않고 오로지 정진해야 한다. 그럼에도 상좌는 식욕에 탐착하여 더 많은 쌀이 나오도록 영천굴을 쑤셨기 때문에 그에 대한 응보로 쌀이 나오지 않게 된 것이다. 이는 악인으로 인해 악과가 주어지는 인과법칙으로 설명할 수도 있다. 이 유형의 궁극적인 지향은 바라밀을 실천하여 목적한 바 성불을 이루는 것이라 할 수 있다. 또는 조선후기 불승을 폄시하던 사회 통념이 투영되어 상좌의 우매함을 지적한 것으로 해석할 수도 있다.

5. 결론

지금까지 백양사 이야기의 문학적 양상을 살핀 후 기저사상과 그 의미를 조망해 보았다. 먼저 백양사 이야기의 형성 배경을 검토한 다음, 문학적인 양상을 사명·인물·사암으로 나누어 살펴보았다. 이어서 백양사 이야기에서 나타나는 기저사상과 의미를 간략하게 검토하였다. 이상의 논의를 결론삼아 요약하면 다음과 같다.

첫째, 백양사는 오랜 전통과 수려한 자연경관, 그리고 다수의 주석 승려 때문에 다양한 이야기가 생겨날 수 있었다. 먼저 백양사는 뛰어난 자연경관이 불연지적 특성을 드러낸다. 특히 백암산의 백학봉이나 사자암, 그리고 상왕봉·관음봉 등이 불교적 명명이거니와 이들과 함께 굴혈이나 계곡 등이 배치되어 이야기가 생길 수 있는 좋은 조건을 구비했다. 또한 백양사는 개찰 이후 여러 번 개명되었을 뿐만 아니라, 각종 성물을 조성하기도 하였다. 이러한 불사에서는 그에 상응한 일화나 영험담이 수반되기 마련이다. 게다가 백양사는 오랜 역사만큼이나 다수의 승려가 주석하였다. 주석승려의 이적행위가 이야기문학으로 발전할 수 있었음은 물론이다. 이처럼 백양사는 자연경관이나 사찰의 내력, 그리고 사찰에 주석한 승려로 인하여 언제든지 이야기가 생길 수 있는 환경을 갖추었다.

둘째, 백양사의 이야기는 크게 사명·인물·사암으로 나눌 수 있다. 사명 이야기는 백양사의 명칭 유래를 밝힌 것으로서, 다양한 버전이 있지만 기본 구조는 백양이 법문을 듣고 인간으로 환생하여 백양사로 개칭했다는 것이다. 그리고 인물 이야기는 백양사에 주석했거나 가상의 인물을 동원하여 형상화하였다. 전자의 경우는 진묵대사와 만암선사를 들 수 있다. 만암선사의 경우 예지력을 설파한 단편적인 이야기가 전부인 반면, 진묵대사를 형상화한 이야기는 그의 신통자재한 권능을 부처나 칠성신과 동등하게 다루었다. 후자의 경우에는 목중과 상좌의 이야기가 해당된다. 목중은 백양사 주지를 시험하고, 상좌는 대사보다 뛰어난 신통력이 있음을 드러냈다. 따라서 두 작품의 경우 기득권층에 대한 풍자·비판의식이 내재해 있음을 알 수 있다.

셋째, 백양사의 이야기는 불교사상이 기저에 깔려 있을 뿐만 아니라, 작화를 통하여 목적한 바를 달성하고자 했다. 사명 유래담에서는 윤회사상을 토대로 백양사와 환양선사의 위신력을 고양하여 신불을 유도하고 있다. 그리고 인물담에서는 영험사상을 근저로 진묵대사의 신이함을 고양하였는가 하면, 만암선사의 예지력을 부각하기도 했다. 이는 주석 인물의 신승적 면모를 부각하면서 신불을 유도한 것으로 해석할 수 있다. 또한 목중이나 상좌를 형상화한 작품에서는 신통력을 바탕으로 기득권층을 비판·풍자하고 있다. 그리고 사암 이야기는 욕계의 본능에 탐착하지 말고, 바라밀을 실천하여 성불할 것을 권유한 담론이라 하겠다.

참고문헌

▶ 제1부 불교담론과 수용 ◀

○ 제1장 불교담론의 보편문학적 수용

김승호, 「불교전기소설의 유형화에 대하여」, 『동국어문학』 15, 동국대학교사범대학국
　　어교육과, 2003, 57-78쪽.

_____, 『한국사찰연기설화의 연구』, 동국대학교출판부, 2005, 227-295쪽.

김진영, 『한국서사문학의 연행양상』, 이회문화사, 1999, 259-287쪽.

_____, 「본생담에 나타난 고난과 구원의 소설적 변용과 그 의미」, 『인문학연구』 68,
　　충남대학교 인문과학연구소, 2006, 100-106쪽.

김학주, 『중국문학개론』, 신아사, 1976, 416-422쪽.

김현양 외, 『수이전일문』, 도서출판 박이정, 1996.

사재동, 『한국고전소설의 실상과 전개』, 중앙인문사, 2006, 536-540쪽.

서경호, 『중국소설사』, 서울대학교출판부, 2004, 143쪽.

오형근, 『불교의 영혼과 윤회관』, 불교사상사, 1987.

운허용하, 『불교사전』, 동국역경원, 1990, 488쪽.

윤보윤, 재생서사에 나타난 초월적 조력자의 비교 연구 – 불교서사와 고전소설을 중심
　　으로, 충남대학교 대학원 석사논문, 2007.

이병도 역주 『삼국유사』, 명문당, 1987.

임기중, 『한국고전문학과 세계인식』, 도서출판 역락, 2003, 72-75쪽.

조현설, 「불교의 동진과 신화의 변용 : 동아시아 건국신화를 중심으로」, 『동아시아비
　　교문화』 제1집, 2000. 동아시아비교문화학회, 276-296쪽.

佐佐木敎悟 외, 『인도불교사』, 경서원, 1966, 27-36쪽.

周紹良·白化文 編, 『敦煌變文論文錄』, 明文書局, 1985, 249-254쪽.

차상원 외, 『중국문학사』, 명문당, 1990, 189-193쪽.

한국문학연구소 편, 『한국불교문학연구(상)』, 동국대학교출판부1988, 257-331쪽.

Thames & Hudson, *Arts of Southeast Asia*, the United Kingdom, 2004(Printed Singapore by C.S. Graphics), 68-125쪽.

_____, *Buddhist Art and Architecture*, the United Kingdom, 1993(Printed Singapore by C.S. Graphics), 29-85쪽.

○ 제2장 불교담론의 민족문학적 수용

김승호, 「한중간 불경설화의 수용방식과 변이양상」, 『국제어문』 제48집, 국제어문학회, 2010, 35-66쪽.

김용덕·윤석산, 「한국불교설화의 형성과 전승원리」, 『한양어문』 4권, 한국언어문화학회, 1986, 5-30쪽.

김진영, 「불전과 고소설의 상관성」, 『어문연구』 제33집, 어문연구학회, 2000, 203-234쪽.

신선혜, 「신라불교의 전래와 교단의 확립」, 『불교연구』 33, 한국불교연구원, 2010, 159-194쪽.

신현규, 「불교서사시의 맥락 연구」-『석가여래행적송』과 『월인천강지곡』을 중심으로, 『어문론집』 제26집, 중앙어문학회, 1998, 141-159쪽.

안정훈, 「불경설화의 중국화에 관한 고찰-「경률이상」과 「법원주림」을 중심으로」, 『중국어문학논총』 제58호, 중국어문학연구학회, 2009, 541-565쪽.

_____, 「불교설화의 중국화 과정을 위한 시론」, 『중국소설논총』 제23집, 한국중국소설학회, 2006, 161-176쪽.

이기백, 「삼국시대 불교전래와 그 사회적 성격」, 『역사학보』 6, 역사학회, 1954, 128-205쪽.

임기중, 「동아세아 불교문학 연구의 의미」, 『한국문학연구』 제23집, 동국대학교 한국문학연구소, 2000, 5-15쪽.

장춘석, 「인도유래 불교설화 연구의 동향과 문제점」, 『중국인문과학』 19, 중국인문과학, 1999, 161-173쪽.

최광식, 「신라의 불교 전래, 수용 및 공인」, 『신라사상의 재조명』 12집, 서경문화사,

1992, 107-127쪽.

Victor H. Mair · 정경훈 역, 「그림과 연행-중국의 그림이야기 구술과 인도 기원」 (*Painting and Performance-Chinese Picture Recitation and Its Indian Genesis*(University of Hawaii Press, 1988), 'Introduction'(『동서문화교류연구』 제3집, 한국돈황학회, 2001, 243-272쪽)

○ 제3장 불교담론의 한국문학적 수용

『삼국유사』, 『석가여래십지수행기』, 『월인석보』

김진영, 「안락국태자전승의 무가적 전개」, 『고소설연구』 2, 한국고소설학회, 1996, 423-449쪽.

_____, 『한국서사문학의 연행양상』, 이회문화사, 1999, 34-36쪽.

_____, 「심청전의 구조적 특성과 그 의미-본생담을 중심으로」, 『어문학』 73, 한국어 문학회, 2001, 317-341쪽.

김태광, 「일본에서의 본생담의 수용」, 『경동논총』 3, 경동대학교, 2001.

박병동, 『불경전래 설화의 소설적 변모양상』, 도서출판 역락, 2003.

사재동, 『불교계 서사문학의 연구』, 중앙문화사, 1995, 115-121쪽.

이강옥, 「불경계 설화의 소설화 과정에 대한 고찰」, 『고전문학연구』 4, 한국고전문학 연구회, 1988, 137-162쪽.

인권환, 『한국불교문학연구』, 고려대학교 출판부, 1999, 191-211쪽.

임기중, 『한국고전과 세계인식』, 두서출판 역락, 2003, 71-81쪽

전진아, 「「금송아지전」 연구-이본의 전개양상을 중심으로」, 이화여자대학교 석사학 위논문, 1995.

최호석, 「석가여래십지수행기의 소설적 전개」, 고려대 석사논문, 1993, 81-87쪽.

한국정신문화연구원, 『민족문화대백과사전』 10, 웅진출판(주), 1991, 492-496쪽.

황인덕, 「내복에 먹고 산다형 설화와 삼공본풀이 무가와의 비교 고찰」 『어문연구』 18, 어문연구회, 1988, 115-127쪽.

陶德臻, 『東方文學簡史』, 北京出版社, 1985, 59-65쪽.

傅藝子, 「敦煌俗文學之發見及其展開」, 『敦煌變文論文錄』 上, 明文書局, 1985, 129-146쪽.

岩本裕, 「佛教說話の原流と展開」, 改命書院, 1979, 79-127쪽.

黑部通善, 『日本佛傳文學の硏究』, 和泉書院, 1989.

○ 제4장 불교담론의 시대문학적 수용

김기종, 「「석가여래행적송」의 구조와 주제의식」, 『어문연구』 62, 어문연구학회, 2009, 99-130쪽.

김진영, 「불교계 강창문학연구」, 충남대학교 대학원 석사학위논문, 1992, 6-10쪽.

_____, 「『월인석보』의 서사문학적 전개」, 『한국서사문학사의 연구』 4, 중앙문화사, 1995.

_____, 『한국서사문학사의 연행양상』, 이회문화사, 1999.

_____, 「본생담에 나타난 고난과 구원의 소설적 변용과 그 의미」, 『인문학연구』 통권 68호, 충남대학교 인문과학연구소, 2006, 85-124쪽.

_____, 『고전소설의 전통과 변이』, 태학사, 2006, 231-255쪽.

김학주, 「한국에 전해진 목련구모 고사」, 『우란분재와 목련전승의 문화사』, 중앙인문사, 2000, 133-141쪽.

박병동, 「『석가여래십지수행기』의 형성 경위」, 『고소설연구』 2권, 한국고소설학회, 1996, 383-422쪽.

_____, 『불경 전래설화의 소설적 변모 양상』, 도서출판 역락, 2003.

사재동, 「「원앙서왕가」의 연구」, 『한국언어문학』 제4권, 한국언어문학회, 1966, 90-115쪽.

_____, 「「정각상봉가」에 대하여」, 『한국언어문학』 8·9권권, 한국언어문학회, 1970, 155-178쪽.

_____, 「형성기 국문소설의 형성과정 연구」, 충남대학교 대학원 박사학위논문, 1977.

_____, 「「목련전」의 연구」, 『우란분재와 목련전승의 문화사』, 중앙인문사, 2000, 143-172쪽.

송일기, 「「부모은중경」 한·중 판본고」, 『한중인문학연구』 제5집, 한중인문학회, 2000, 179-215쪽.

유정일, 「『월인석보』 체제에 대한 일고찰」, 『불교어문논집』 제9집, 한국불교어문학회, 2004, 179-197쪽.

이종찬, 『한국선시의 이론과 실제』, 이회문화출판사, 2001.

인권환, 「『석보상절』의 문학적 고찰」, 『민족문화연구』 9, 고려대학교 민족문화연구원,

1975, 143-173쪽.

_____, 『고려시대 선시의 자연』, 현대시학사, 1993.

조동일, 『한국문학통사』 2, 지식산업사, 2007.

조상현, 「선불교의 '실상'의 의미와 시적 구현-려시대 선시를 중심으로」, 『한국한시연구』 17, 한국한시학회, 2009, 5-35쪽.

최호석, 「『석가여래십지수행기』의 소설사적 전개-「선우태자」·「적성의전」·「육미당기」를 중심으로」, 고려대학교 석사학위논문, 1994.

○ **제5장 불교담론의 국문문학적 수용**

『월인식보』 권세7, 초간본.

『월인석보』 권제8, 초간본.

『월인석보』 권제23, 초간본.

고영근, 「『석보상절』, 『월인천강지곡』, 『월인석보』의 제 특징」, 『단어 문장 텍스트』, 한국문화사, 1995.

김진영, 『한국서사문학의 연행양상』, 이회문화사, 1999.

_____, 「『월인석보』의 문화학적 접근-갑사장판 권제21을 중심으로」, 『불교문화연구』, 한국불교문화학회, 2003, 189-229쪽.

동방학연구소 편, 『동방학지』 제6집, 연세대학교 동방학연구소, 1963.

백제불교사상연구회 편, 『월인석보』 권제21, 중앙인문사, 1999.

사재동, 「『월인석보』 권제21에 대하여」, 『월인석보』, 백제불교사상연구회, 1999, 3-18쪽.

_____, 『한국문학유통사의 연구』, 중앙인문사, 1999.

안병희, 「『월인석보』의 편찬과 이본」, 『진단학보』, 진단학회, 1993, 183-195쪽.

안병희 · 이광호, 『중세국어문법론』, 학연사.

이기문, 『국어사개설』, 탑출판사, 1993.

이헌홍, 『고전소설강론』, 세종문화사, 1999.

한상각, 「공주 계룡갑사소장 월인석보 권제21판본에 관한 연구」, 『논문집』, 공주대학교, 1980.

‣ 제2부 불교담론과 전승 ◂

○ 제1장 불교담론의 신화적 전승

김진영, 「본생담에 나타난 고난과 구원의 소설적 변용과 그 의미」, 『인문학연구』 33권 제2호, 충남대학교 인문과학연구소, 2006, 85-124쪽.

김태광, 「금우태자 이야기의 한국 대만 비교 연구」, 『어문연구』 54집, 어문연구학회, 2007, 143-163쪽.

김한춘, 「한국 불전문학 연구」, 『어문연구』 22집, 어문연구학회, 1991, 1999- 272쪽.

박병동, 『『석가여래십지수행기』 연구」, 충남대학교대학원 박사학위논문, 1998, 1-226쪽.

사재동, 「「금송아지전」의 유통 양상」, 『낙은 강전섭 선생 화갑기념 논총』, 창학사, 1992, 365-386쪽.

_____, 『불교계 서사문학의 연구』, 중앙문화사, 1996, 102-115쪽.

신동진, 「「금우태자전」 연구」, 『어문연구』 제16집, 어문연구학회, 1987, 101-132쪽.

이강옥, 「불경계 설화의 소설화 과정에 대한 고찰」, 『고전문학연구』 4집, 한국고전문학회, 1988, 137-167쪽.

정상진, 「「금우태자전」과 변신모티프」, 『두메 박지홍선생 화갑기념논문집』, 박지홍교수환갑기념출판물간행회, 1984, 419쪽.

조동일, 『한국문학통사』 1, 지식산업사, 2007, 91-94쪽.

최운식, 「금송아지설화 연구」, 『한국민속학』 36집, 한국민속학회, 2002, 175-207쪽.

최진봉, 「「금송아지전」의 구조와 의미」, 『숭실어문』 10집, 숭실어문학회, 1993, 291-316쪽.

최호석, 「『석가여래십지수행기』의 소설사적 전개」, 고려대학교대학원 석사학위논문, 1993, 1-100쪽.

○ 제2장 불교담론의 전기적 전승

『삼국유사』, 『수이전』 일문, 『삼국사기』, 『잡보장경』

김광순, 「고소설사의 시대구분과 전개양상」, 『한국고소설사와 론』, 새문사 1990.

김승호, 「불교전기소설의 유형 설정과 그 전개 양상」, 『고소설연구』 17, 한국고소설학회, 2004, 107-131쪽.

김진영, 「본생담에 나타난 고난과 구원의 소설적 변용과 그 의미」, 『인문학연구』 33-2, 충남대학교 인문과학연구소, 2006, 85-124쪽.

_____, 「불교서사의 작화방식과 전기소설의 상관성(Ⅰ)」-초기 불교서사의 작화방식를 중심으로」, 『어문연구』 53, 어문연구학회, 2007, 93-124쪽.

_____, 「불전과 고소설의 상관성」, 『어문연구』 33, 어문연구학회, 2000, 203-234쪽.

_____, 『고전소설의 전통과 변이』(태학사, 2006), 16-24쪽.

김학주, 『중국문학개론』, 신아사, 1999, 420쪽.

김현양 외, 『역주 수이전 일문』, 박이정, 1996.

박일용, 「소설의 발생과 수이전 일문의 장르적 성격」, 『조선시대의 애정소설』, 집문당, 1993.

박태상, 「『태평통재』 소재 「최치원전」 연구」, 『고소설연구』 제1집, 한국고소설학회, 1995, 177-214쪽.

傅藝子, 「敦煌俗文學之發見及其展開」, 『敦煌變文論文錄上』, 明文書局, 1985, 129- 146쪽.

사재동, 『한국고전소설의 실상과 전개』, 중앙인문사, 2006 , 30-58쪽.

오대혁, 「나말여초 전기소설의 형성 문제-불교계 전기소설을 중심으로」, 『동악어문학연구』 제46집, 동악어문학회, 2006, 97-125쪽.

유정일, 「『수이전』 일문 「최치원」의 장르적 성격과 소설사적 의미」, 『어문학』 87호, 한국어문학회, 2005, 433-453쪽.

이헌홍, 「「최치원전」의 전기소설적 구조」, 『수련어문논집』 9, 부산여대 국어교육과, 1982, 163-183쪽.

임기중, 『한국고전문학과 세계인식』, 도시출판 역락, 2003.

임형택, 「나말여초의 전기문학」, 『한국한문학연구』 5, 한국한문학회, 1980, 89- 104쪽.

조수학, 「「최치원전」의 소설성」, 『영남어문학』 2, 영남어문학회, 1975, 92-107쪽.

周紹良 · 白化文 編, 『敦煌變文論文錄』, 明文書局, 1985, 249-254쪽.

지준모, 「전기소설의 효시는 신라에 있다」-「조신전」을 해부함, 『어문학』 제32호, 한국어문학회, 1975, 117-134쪽.

○ 제3장 불교담론의 소설적 전승

『석가여래십지수행기』, 충주 덕주사판, 1660.

고재석, 「영웅소설의 신화적 사유와 그 서사기능의 변이양상-꿈과 변신 모티프를 중심으로」, 『한국문학연구』 제9권, 동국대학교 한국문학연구소, 1986, 67-119쪽.

김재용, 「영웅소설의 두 주류와 원천」, 『한국언어문학』 제22집, 한국언어문학회, 1983, 167-186쪽.

김진영, 『고전소설의 전통과 변이』, 태학사, 2006, 169-175쪽.

김용재, 「고소설 인물 출생담의 기능과 의미 고찰-영웅소설, 애정소설을 중심으로」, 『어문론집』, 중앙어문학회, 36집, 2007, 111-136쪽.

박희병, 「이인설화와 신선전(1)」, 일지사, 1988, 25-53쪽.

서대석 · 박경신 역주, 『서사무가1』, 고려대학교 민족문화연구소, 1996, 136-137쪽.

성현경, 『한국소설의 구조와 실상』, 영남대학교출판부, 1986.

오출세, 「영웅소설과 민간신앙의 구조」, 『한국어문학연구』(전 동악어문논집) 제19집, 한국어문학연구학회, 1983, 33-58쪽.

윤경수, 「고소설에 나타난 단군신화의 수용양상」, 『단군학연구』 창간호, 단군학회, 1999, 189-224쪽.

_____, 「우리 문학 속의 적강화소와 외국 문학 속의 적강화소 대비연구」-「구운몽」과 「실락원」을 중심으로, 『모산학보』 제1집, 동아인문학회, 1990, 177-216쪽.

_____, 「단군신화와 한국문학과의 관계 양상-고소설과 현대문학의 수용을 중심으로」, 『비교민속학』 19집, 비교민속학회, 2001, 331-359쪽.

이병도 역주, 『삼국유사』, 명문당, 1987.

조동일, 『한국문학통사』 4판 2권, 지식산업사, 2007.

최삼룡, 「조선 전기소설의 도교사상」, 사재동 편, 『한국서사문학사의 연구』, 중앙문화사, 1995, 1203-1210쪽.

○ 제4장 불교담론의 예술적 전승

김정교, 「조선초기 변문식 불화-안락국태자경변상도」, 『공간』 208, 1984.

김경미, 「화소분석을 통한「이공본풀이」연구-「안락국태자경」, 「안락국전」 비교를 중심으로」, 경남대학교 교육대학원 석사학위 논문, 1991.

김진영, 『한국 서사문학의 연행양상』, 이회문화사, 1999.

_____, 『고전소설과 예술』, 도서출판 박이정, 1999.

문명대, 「신라화엄경사경과 그 변상도의 연구」, 『한국학보』 14, 한국학보사, 1979.

박병동, 『불경 전래설화의 소설적 변모 양상』, 도서출판 역락, 2003.

사재동, 「안락국태자경의 연구」, 『불교계 서사문학의 연구』, 중앙문화사, 1996, 299-390쪽.

_____, 「안락국태자전 연구」, 『어문연구』 제5집, 어문연구회, 1967, 99-127쪽.

서대석, 「서사무가 연구」, 『국문학연구』 제8집, 국문학연구회, 1968.

楊 雄, 「敦煌變文與壁畵內容之比較」, 『동서문화교류연구』 제2집, 한국돈황학회, 1999, 207-214쪽.

熊谷宣夫, 「靑山文庫藏 安樂國太子經變相」, 『김재원박사회갑기념논총』, 을유문화사, 1969.

이강옥, 「불경계 설화의 소설화 과정에 대한 고찰」, 『고전문학연구』 4집, 고전문학연구회, 1988.

이수자, 「지림사 연기설화의 설화적 성격과 의의」, 『한국서사문학사의 연구』 Ⅲ, 중앙문화사, 1995, 773-815쪽.

이현수, 「불교설화의 소설문학적 수용-「안락국전」을 중심으로」, 『한국문화연구』 6 · 7집, 동국대학교 한국문화연구소, 1984.

정광훈, 「돈황 변문의 구술담화 분석」, 『동서문화교류 연구』 제 3집, 한국돈황학회, 2001, 69-93쪽.

최재웅, 「안락국전승의 계통적 연구」, 충남대학교 대학원 석사학위 논문, 1999.

최진봉, 「「안락국전」의 형성 연구」, 숭실대학교 대학원 석사학위 논문, 1991.

한국정신문화연구원, 『한국민족문화대백과사전』 9, 웅진출판주식회사, 1991, 665쪽.

Victor H. Mair · 정경훈 역, 「그림과 연행-중국의 그림이야기 구술과 인도 기원」, 『동서문화교류연구』 제3집, 한국돈황학회, 2001, 243-272쪽.

○ 제5장 불교담론의 현장적 전승

『비유경』 · 『삼국유사』 · 『육도집경』 · 『해동고승전』.

김승호, 『한국사찰연기설화의 연구』, 동국대학교출판부, 2005.

김종철, 「초기소설의 성립과 불교」, 『국문학과 불교』, 한국고전문학회, 1997, 309-311쪽.

김진영, 『한국 서사문학의 연행양상』, 이회문화사, 1999, 259-289쪽.

동국대학교 한국문학연구소 편, 『불교문학연구의 모색과 전망』, 역락, 2005.

사재동, 『불교계 국문소설의 연구』, 중앙문화사, 1994, 441-493쪽.

성춘경, 「조선시대 소요대사부도에 대한 고찰」, 『문화사학』, 20권, 2003, 209-234쪽.

소재영, 「고소설발달사」, 『한국고소설론』, 아세아문화사, 1991, 20-23쪽.

이수자, 「지림사 연기설화의 설화적 성격과 의의」, 사재동편, 『한국서사문학사의 연구』, 중앙문화사, 1995, 773-825쪽.

이준곤, 「백양사의 설화자료」, 『불교문화연구』 6, 남도불교문화연구회, 1996, 208쪽.

_____, 「백양사의 설화자료」, 『불교문화연구』 6, 남도불교문화연구회, 1996.

인권환, 『한국불교문학연구』, 고려대학교출판부, 1999.

장성군사편찬위원회, 『장성군사』, 광주일보출판국, 1982.

정의행, 「백양사의 승전」, 『불교문화연구』 6, 남도불교문화연구회, 1996, 33- 65쪽.

최래옥 · 김균태, 『구비문학대계』 6-8, 한국정신문화연구원, 1986.

혁연정, 「大華嚴首座圓通兩重大師均如傳」, 고려대장경보유판.

찾아보기

김진영(金鎭榮)

충남대학교 문학사·문학석사·문학박사
목원대학교·건양대학교·우송대학교 강사 역임
현재 충남대학교 국어국문학과 교수

개인저서로 『고전소설과 예술』(박이정), 『한국서사문학의 연행양상』(이회문화사), 『고
전소설의 계통과 변이』(태학사), 『불교담론과 고전서사』(보고사), 『고전소설의 효용과
쓰임』(박문사) 등이 있다.
공동저서에는 『국문학과 불교』(고전문학회), 『서포문학의 새로운 탐구』(중앙인문사),
『불교문학 연구의 모색과 전망』(동국대학교 출판부), 『목련전승의 문화사』(중앙인문
사), 『불가의 글쓰기와 불교문학의 가능성』(동국대학교출판부), 『다시 보는 고소설사』
(보고사) 등이 있다.
그 외 학술논문이 다수가 있다.
kjykyi@hanmail.net

한국서사문학연구총서 21
불교담론과 고전서사

2012년 5월 18일 초판 1쇄 펴냄
2013년 9월 6일 초판 2쇄 펴냄

저 자 김진영
발행인 김흥국
발행처 도서출판 보고사

등록 1990년 12월 13일 제6-0429호
주소 서울특별시 성북구 보문동7가 11번지 2층
전화 922-5120~1(편집), 922-2246(영업)
팩스 922-6990
메일 kanapub3@chol.com
http://www.bogosabooks.co.kr

ISBN 978-89-8433-983-5 93810
ⓒ 김진영, 2012

정가 21,000원
사전 동의 없는 무단 전재 및 복제를 금합니다.
잘못 만들어진 책은 바꾸어 드립니다.